MEMORY HOUSE
记忆坊文化

无论成功与否
热爱本身就是最大的意义

拂衣

宇宙之心与荆棘尽头

Realistic or Romantic

拂衣 ~ 著

长江出版社
CHANGJIANG PRESS

图书在版编目（CIP）数据

荆棘尽头与宇宙之心 / 拂衣著. -- 武汉：长江出版社, 2025.3. -- ISBN 978-7-5492-9951-5

Ⅰ. I247.5

中国国家版本馆CIP数据核字第2025GS1009号

荆棘尽头与宇宙之心 / 拂衣 著
JINGJIJINTOUYUYUZHOUZHIXIN

出　　版	长江出版社
	（武汉市解放大道1863号 邮政编码：430010）
选题策划	北京记忆坊文化
市场发行	长江出版社发行部
网　　址	http://www.cjpress.cn
责任编辑	张艳艳
特约编辑	朱　雀
印　　刷	三河市国新印装有限公司
版　　次	2025年3月第1版
印　　次	2025年3月第1次印刷
开　　本	880mm×1230mm 1/32
印　　张	10.5
字　　数	302千字
书　　号	ISBN 978-7-5492-9951-5
定　　价	49.80元

版权所有，翻版必究。如有质量问题，请联系本社退换。
电话：027-82926557（总编室）027-82926806（市场营销部）

目录 Contents

001 ~ *Chapter 01*　身为宇宙的星尘

039 ~ *Chapter 02*　悸动之下的心跳

058 ~ *Chapter 03*　永不消失的灯塔

086 ~ *Chapter 04*　影影绰绰的温柔

108 ~ *Chapter 05*　梦寐以求的归属

128 ~ *Chapter 06*　剖开隐秘的伤口

141 ~ *Chapter 07* 恋人之间的告白

178 ~ *Chapter 08* 冥冥之中的牵引

209 ~ *Chapter 09* 不为人知的心事

241 ~ *Chapter 10* 开诚布公的秘密

259 ~ *Chapter 11* 如此奇妙的缘分

300 ~ *Chapter 12* 去往更远的地方

326 ~ 尾声　曙光

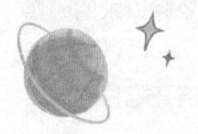

Chapter 01
身为宇宙的星尘

大巴车开进小镇没多久，车载电台就十分应景地播出了一条新闻。

"据《科技日报》报道，近段时间，由我国自主设计并建设的射电望远镜天瞳探测到多例可疑的电磁信号。我国地外文明搜寻的首席科学家透露，这几例信号不同于以往的窄带电磁信号，大概率是人为制造，这意味着中国天瞳可能找到了外星人……"

带着猎奇色彩的消息在乘客中引发了一阵骚动，孩子们拉扯着自家父母，就有关外星人的话题展开了热烈的探讨。

骤然喧嚷的气氛让向清欢从昏昏欲睡的状态中清醒过来，摘下一直塞在耳朵里的耳机后，她揉了揉眼睛，看向了窗外。

灰扑扑的街道上人迹寥寥，大多是在兜售着当季水果的本地人。

沿途而过的水泥墙上不时会出现一些用白漆刷下的广告标语，像是被时光留下的斑驳印记。

即便因为天瞳这座国之重器的落地而声名大噪，这座西南小镇景区以外的地方，却还是保持着安静古朴的模样。

回想起昔日里父亲在电话和邮件中向她所描述的关于这座小镇的种种，向清欢只觉得眼前的一切既陌生，又熟悉。

十几分钟后,大巴车晃晃悠悠地在一家超市门口停下。

司机师傅熄火之后,满脸带笑地招呼了起来:"各位,今天镇子里有集市,大巴车不方便过去,咱们就在这儿下车了。要去天文小镇的朋友可以联系酒店或者搞个共享单车,过去也就四公里,还挺方便的哈……"

稀稀拉拉的抱怨声中,向清欢在邻座大姐有些粗鲁的推搡下随着人流下了车。

随着大巴车掉头离去的轰鸣声再次响起,她站在超市门口茫然四顾,一时间不知该何去何从。

半天之间,她历经了三个小时的空中飞行。

落地之后随便对付了午饭,又紧赶慢赶地搭乘了机场的旅游大巴车,一路颠簸着奔向了这座小镇。

按照网上的攻略,从机场到小镇的车程是三小时,到达目的地后,大巴车会停靠在天瞳科普基地的停车场。

所以在给父亲向天衢发的邮件里,她就这样依样画葫芦地交代了自己的行程。

万万没想到,从起点站驶出后,大巴车沿路都在临停上客,一路折腾下来,到达镇子时已经比原定的时间晚了一个多小时。

更让她郁闷的是,因为小镇上的周末集市,司机居然在到达终点之前就大刺刺地随便找了个地方将他们抛下,言辞之间不仅毫无歉意,甚至还带着一点理所当然的意思。

和她同车的旅客,要么是为了瞻仰天瞳这架全球闻名的射电望远镜而特意前来的天文爱好者,要么是冲着天文小镇的名头,带着孩子来接受科普教育的父母长辈,对于此次行程,每个人都目的明确,准备充分。

虽然对司机的不靠谱行为有着诸多抱怨,但下车之后没多久,大伙就都各显神通地找到了合适的交通工具,四下散去。

仓促之间,也没人要和她搭伙拼车的意思。

向清欢原本也打算叫个车,却又不知道时间耽误到现在,父亲是否还在目的地等着自己。

略加犹豫后,她决定还是先打个电话问问情况。

从通讯录里翻找出向天衢的号码后,向清欢摁下通话键。

随之而来的却是一阵熟悉的提示音:"对不起,您拨打的电话已关机。"

虽然在过去的十余年里,对父亲这种手机犹如摆设,关键时候根本找不到人的情况已然见怪不怪,但关键时候失联,向清欢还是有些无语。

无奈之下,她只能打开邮箱,匆匆写下了一封邮件:"我已经到了,现在在镇里的好又多超市门口。你看到信息后给我发个地址,我打车去找你。"

邮件发出去了十分钟,期待中的回应却久等不来。

向清欢实在有些累了,干脆就近找了个小菜馆坐了下来,随口叫了个炒饭后,百无聊赖地刷起了手机。

刚一打开微博,一条名为"《巅峰对决》开分4.5"的高位热搜,让她原本就满是疲惫的心猛地沉了沉。

颤巍巍地点开热搜话题后,广场上无一例外都是来自观众的抱怨和吐槽声。

"剧组到底有没有了解过网络安全这个行业啊!以为CTF大赛是打电子竞技吗?现场居然还有加油助威的啦啦队?就不怕那些花痴的妹子影响选手们的状态,被赶出去啊!"

"就算没了解过网络安全究竟是怎么回事,多少也该懂得如何做人吧?男主角赛前不练习,不磨合,为了谈个恋爱置队友于不顾,到了比赛阶段却忽然冒出来开'金手指',这是侮辱谁呢?"

"可怜各位演员,演得其实都挺用心的,可是架不住剧本离谱啊!以后还是谨慎接剧吧!"

"看这种破剧简直浪费我的时间,一星走起!"

向清欢走马观花地刷了几条,没敢再继续看下去。

想要找剧组那边相熟的同事问问情况,对着铺天盖地的恶评,却又没好意思吭声。

编剧这一行干了三四年,这不是她第一次拥有评分5分以下的作品,也不是第一次面对全网吐槽。

可是再次真真切切地面对这一切，她还是会忍不住自我嫌弃。

按照母亲林娅的说法，她其实是不该活得这么憋屈的。

身为全国知名985金融专业的毕业生，她原本应该和很多同学一样，毕业以后进入银行、券商或者各种投资机构，干一份收入丰厚且前景美好的工作。

可因为她从小喜欢天马行空，脑子里总是塞满了各种奇思妙想，大学期间利用闲暇时间写下了几本小说，还十分幸运地卖出一份影视版权后，她的人生之路就此发生了转折。

大四那年，在某个影视公司的邀约下，向清欢为他们创作了一个投放在短视频平台的小短剧。虽然剧情十分狗血，最终的播放效果也不尽如人意，但脑中虚幻的人物和故事最终变成影像的事实，还是让她感受到了前所未有的满足和惊喜。

意识到了文字创作这条路才是自己的心中所好，而且也有机会靠这项技能吃饭谋生后，向清欢向父母表达了自己的工作意向。

虽然林娅表示了强烈反对，甚至不惜以冷战来表达心中的不满，但在向天衢的支持和鼓励下，她最终还是坚持了自己的选择。

正式和某工作室签下合约，踏上了编剧的职业道路后，向清欢打起了十二分精神，准备迎接各种新的挑战。

因为知道自己没有受过专业的学习和培训，许多工作也并非只靠热情和兴趣就能完成，她在应付高强度工作的同时，私下里也付出了比旁人更多的精力来钻研学习。

原本她以为天道酬勤，在兢兢业业的努力之下，总能创造出一些令人满意的作品，实现自己的理想。然而随着工作的深入，她很快意识到在现实面前，所谓的理想是多么脆弱，多么不堪一击。

向清欢正式以主笔编剧身份参与的首部作品，是一部以金融行业为背景的都市偶像剧。饰演男主角的是选秀出身的流量小生，人气正当红，女主角则是科班出身的新晋小花，因为在几部质量过硬的年代剧里有过不俗的表现，收获了一批对她饱含期待的粉丝。

这样的男女搭配在项目官宣之初就引发了不少关注，许多粉丝更是在工作人员的微博下频频留言,一心期待着这部作品能被打造成为自家偶像的代表作。

向清欢自觉这样的机会来之不易,于是在剧本创作之初就铆足了劲儿做功课,不仅查阅了大量资料,还自贴经费请昔日的同学们吃饭,追问着他们在金融机构工作时的种种细节,以力求自己的作品能做到真实严谨。

然而当她做好了一切功课,将剧本初稿交上去之后,却在围读会上引发一场声势浩大的围攻。

"小向啊,咱们这种偶像剧主打的就是'甜',你得让男女主角多见面多互动多撒糖啊!工作上的戏份就没必长篇累牍地写那么多吧!"

"可是我参考的是在金融机构里工作的同学们的日常啊!干他们这一行的,一天十几个小时连轴转,到家就恨不得瘫在床上。哪里可能每天准点下班,然后雷打不动地去约会social(社交)?"

"男主角替女主角解决经济困难那段写得太平淡了,没能体现出他腹黑精英的霸总气质。要不你让他私下里把公司的利好消息提前泄露给女主角,让女主角买点股票,这样既不伤女主角自尊,又能体现男主角的温柔和能力,不是正好一举两得吗?"

"可上市公司的重大消息在披露之前,如果被提前泄露,这属于违规行为,会被监管机构追责的……"

"两个主角之间关系转折的部分不够有记忆点,要不你在他们出去露营那里设计一个男主角被毒蛇咬伤,女主角帮他吸毒救命的桥段?这样两人既能互通心意,又能有肢体接触,一切正好水到渠成!"

"别了吧……这种救人的做法已经被医学方面的专家证实过是错误的了,大概率的情况是被蛇咬的人还没死,吸毒的那一方就得先一命呜呼!"

面对匪夷所思的各方建议,向清欢只觉得身心俱疲,却又满是不服气。

然而就在她将各种反驳材料一一整理好,准备为自己的剧本据理力争时,最初将她引荐进编剧圈的那位影视公司制片人杜笙,却先一步约她喝了次下午茶。

也正是从那次下午茶开始，向清欢清楚地意识到了自己的定位和处境。

一个非科班出身的野生编剧，能够在初出校门不久就参与到影视项目中，并获得一个正儿八经的署名权，已经足以让她成为令许多同行为之眼红的幸运儿。

只是成为幸运儿的前提，并非她有多专业、多聪明，或者多有才华，而是因为她年轻能干肯听话，且没有任何行业背景。

没有背景意味着她并没有太多话语权，所有的意见和想法都不会有人在意，即便受了委屈，也不会有业界大佬为她撑腰说话。

相反，一旦她的"坚持"与利益攸关者的目标产生冲突，等在眼前的，就是随时被更换、被取代，甚至被"炒鱿鱼"。

一部影视剧的诞生牵扯着方方面面的利益：工作人员有自己的理想，出品公司有要完成的KPI（关键绩效指标），资本方有需要力捧的明星。

这样的情况下，编剧这个原本应该作为剧目立身之本的角色，在很多时候变成了无足轻重的工具人。只要能在各方势力battle（较量）结束以后，按照强势方的要求，把相应的想法变成可拍摄的文字，编剧的任务就算完成了。

至于创作者的想法和坚持，并不会有人在意。

谈话到了最后，杜笙推心置腹地表示："清欢，咱们认识了这么久，也算是老朋友了，所以有些话就算不中听，我还是得劝劝你。干咱们这一行，艺术追求是一回事，赚钱又是另一回事。为了利益，难免会有人妥协。你要是太较真，惹得大佬们不高兴，分分钟就能换人顶上。到了那个时候，就算你的东西再好，那也没人买单不是？"

对那些苦口婆心的劝导，向清欢最初还带着几分不服气，然而此后发生的种种让她逐渐意识到，或许对方才是正确的。

五个月后，这部都市偶像剧在她忍气吞声的妥协下，终于得以制作完成，继而登陆某视频平台。

鉴于种种荒诞离谱的情节，剧目上线没多久，就在网上引发了大规模的吐槽。

向清欢原本以为，这些负面反馈多少会引发项目团队的警醒，甚至能为自己在未来的工作中多争取一些话语权，然而让她意外的是，虽然差评不断，这部剧的最终播放量却并不低。

后来她才知道，这样的市场反应其实早在出品方的预料之内。

按照他们的用户画像，贡献收视率的观众里，一部分是只追求男帅女美的撒糖情节，对错漏百出的职场戏份并不关注的低龄学生党；另一部分则是秉承着"想看看这部剧到底离谱到什么程度"的想法，配合剧方买的各种热搜，一边刷剧，一边贡献弹幕吐槽的找乐子人。

时至剧目收官，战绩报表上的各种漂亮数据让各个利益方皆大欢喜。

庆功宴上，影视公司的负责人在喝得满面红光之际，把正在筹备中的项目合同和一笔数额不菲的奖金直接塞到了向清欢手中。

那天夜里，向清欢一边看着网上的负面评论，一边在项目合同上签字，只觉得内心五味杂陈。

或许就像杜笙所说的那样，这是一个以利益为导向、以成败论英雄的时代，只要能获得市场效应，取得目标收益，理想、专业、节操，统统不值一提。

何况即便被骂得再厉害，"向清欢"三个字如今也已经在编剧圈中有了存在感。

有名有姓还有钱可赚的情况下，她还有什么好较真的呢？

有了这番心理建设，此后的项目，向清欢很少再反驳大佬们的意见。但凡有人提出修改需求，她都会积极应承下来。

她原本就勤奋好学，又舍得吃苦，几个项目跟下来，不仅摸清了大佬们的喜好，还掌握了博人眼球的套路，对如何制作"工业糖精"也越发如鱼得水。

高效而勤勉的工作态度让她很快在圈子里站稳了脚跟，即便所有参与编剧的作品评分都在5分以下，她也被观众贴上了"垃圾制造机"之类的标签，却并不耽误各种项目一个接一个地被交到她手里。

原本她以为自己终于学会了这个行业的游戏规则，学会了抛下职业节操和私人好恶，去顺应市场需求。

直到十个月前，她接下了《巅峰对决》的剧本改编工作。

《巅峰对决》是一部电子竞技题材小说改编的影视剧，由于原著中真实热血的笔触和还原度极高的竞技描写，而拥有大量的读者群体。

作为书粉，向清欢在接到改编任务之后，对电子竞技行业做了大量细致而周全的研究工作，为了更真实地体验比赛场上那种热血而紧张的感觉，她甚至还熬更守夜地在网上观看了好几场比赛直播。

然而就在她饱含激情所创作的剧本即将收尾时，项目组忽然传来消息，按照投资方的要求，需要将主角的职业背景从电子竞技改为网络安全。

简简单单的一个指令，让她之前所有的准备工作都变成了无用功。

虽然满心沮丧，但向清欢第一时间表示了自己会重新搜集材料，积极配合更改。

只是开机在即的情况下，她再是拼命也无力回天。

在项目组的一再催促下，即便角色的职业设定依旧漏洞百出，她还是将那个四不像的东西递了上去，硬着头皮完成了自己的任务。

《巅峰对决》拍摄期间，向清欢曾经去探过班。

剧组里的青年演员们大多是新面孔，为了能争取一个被观众记住姓名的机会，而兢兢业业地努力着。

向清欢探班当天，拍摄的刚好是男主角所在团队在CTF比赛中夺冠的戏份。

为了让场面更加有感染力，饰演女主角的小姑娘和啦啦队的群演一起卖力地挥动着手里的应援棒，声嘶力竭地欢呼了一个下午。

可是向清欢之前做过功课，她知道CTF和电子竞技比赛不一样。

在真实的CTF比赛中，参赛的选手通常会在一个封闭的环境里持续进行48小时的竞技。

为了保证选手的竞技状态，现场既没有粉丝应援，也没有欢呼声。

除了电脑鼠标，只有来不及换洗的衣服和匆匆扒上几口的饭盒。

可这些牵一发而动全身的细节她来不及修改，为了不影响拍摄进度和演员们的情绪，她只能默不作声地站在那里，看着演员们全情投入地去演绎她所写下的荒诞情节。

剧目正式播出那天,向清欢意外地收到了向天衢的邮件。

邮件中,他表示父女之间多年未见,想让向清欢去自己工作的地方小住一段时间。

为了逃避心中的苦闷,她想都没想,第一时间应承了下来。

回完邮件之后,她给自己开了瓶红酒,点开了《巅峰对决》第一集。

剧情中的男女主角尚在校园,浑身上下洋溢着纯净青葱的气息。

职场的戏份尚未展开,观众都在为两位主演生动的演技而欢呼叫好,谁也不知道故事展开以后,他们将会面对怎样的尴尬处境。

即便当下的评论和弹幕都还算友好,但一想到不久之后将会出现的吐槽盛况,以及那些新人演员面对恶评时委屈而不知所措的模样,她已经提前感到了阵阵窒息。

微醺之中,向清欢想起了大学毕业前夕和向天衢之间的那次通话。

那是她记忆中,向天衢去往天瞳工作之后,父女之间最长的一通电话。

电话里,她向对方讲述了自己想要转行做编剧的意愿,也表达了对未知前途的踌躇和忧心。

四年过去了,关于自己在电话里具体说了些什么,她其实已经记不太清楚了,但她始终记得在听完了她的困扰后,向天衢那带着笑意的鼓励。

"清欢,你还记得爸爸曾经和你说过的'旅行者先锋'的故事吗?"

很多年前,无人外太阳系空间探测器"旅行者先锋"肩负着人类冲出太阳系的使命,开始了它在宇宙中的旅行。

如果保持正确的方向,它将在75000年以后抵达比邻星。

虽然在此之前,谁也不能保证这个目标是否能实现,但它还是义无反顾地出发了。

自此以后,因为那个遥远的目标,它开始了自己艰难而漫长的旅途。

"是的,我记得。"

"那么对你而言,也是这样。如果想要做什么,那就放手去做吧。无论最后成功与否,热爱本身就是最大的意义!"

"所以说……你同意了？"

"是的，只要是你真正想做的事，爸爸永远都会支持你。"

因为父亲的这番话，向清欢不顾林娅的反对，毅然决然地坚持了自己的选择。

只可惜，不是每一次出发都能坚守住最初的航向。

事到如今，"旅行者先锋"早已经由于未知原因，与既定目标渐行渐远，只能日复一日地流浪在黑暗而寒冷的宇宙中，等待寿终正寝。

而她，也已经被困在了名利场的荆棘迷雾之中，变得快要不认得自己了。

炒饭吃完没多久，天空中淅淅沥沥地下起了小雨。

向清欢低头看了看手机，距离邮件发出去的时间，已经过去了四十分钟。

饭店老板娘以平均五分钟一次的频率在她的桌子周围转悠，虽然没有开口说话，但急于逐客的意思藏也藏不住。

毕竟对这种小饭店来说，一天中就指着晚高峰的时候赚点钱。

向清欢不想耽误她翻台做生意，结账后，很快就拖着箱子离开了。

漫天的小雨依旧继续下着，虽然不大，一时半会儿却也没有要停的意思。

想着继续这样漫无目的地晃悠下去也不是个办法，向清欢决定先在附近找个酒店落脚。

刚把定房软件打开，几声刺耳的喇叭声引起了她的注意。

抬眼之间，左前方的十字路口那儿，一辆挂着外地车牌的奔驰车像是得了狂躁症，一边滴滴响着喇叭，一边快速右转。

几乎同时，一辆黑色本田车也在相邻的车道上打起了转弯灯。

两辆车一前一后刚转过弯道，空中传来砰的一声闷响，本田车的车头和奔驰车的车尾猛地撞在了一起，双双停在了原地。

一般来说，这种不涉及人员伤亡的车辆剐蹭，双方车主认定权责关系后协商赔偿或者走保险程序就好。

向清欢忙着找酒店，原本没打算过去凑热闹，然而奔驰车主下车之后那粗野蛮横的表现,让她很快皱起了眉头。

"你这个老不死的,是眼瞎了吗?都这把年纪了就老老实实地在家待着,干吗要开个破车四处找死,触人霉头?!"

本田车主是个白发苍苍的老头,事故发生之后,原本想先看看双方车辆的受损情况。没想到刚一下车,就被对方劈头盖脸地一顿骂,一时间也有些蒙了:"你这个小伙子怎么说话的?明明是你拐弯时车尾越线别了我的车,才引发事故的!怎么还恶人先告状了?"

"我别了你的车?你有证据吗?别仗着自己年纪大就在这儿胡言乱语,再啰唆信不信老子给你点颜色瞧瞧!"

向清欢冷眼旁观了一阵,只觉得这人说话实在难听。

眼见老头在对方凶神恶煞地威胁之下似乎已经没了主意,她忍不住拖着箱子走上前去,朗声表示:"这位先生,刚才的事故我看见了,的确是您的车别了这位爷爷的车。"

没想到半路会忽然杀出个程咬金,奔驰车主一时间有点愣神。

然而在看清了来人是个年轻姑娘后,他立马又恢复了气势汹汹的模样:"你谁啊?半路冒出来的小丫头片子,别在这儿多管闲事!"

见他不仅死不承认,还满口污言秽语,向清欢没打算和他多做纠缠,转而看向了本田车主:"爷爷,您车上有行车记录仪吗?如果有的话,直接给交警,一切就都清楚了!不用在这儿和他吵架费力气!"

"以前我家孩子是装了一个,可前两天不是坏了嘛。"

听到有人替自己说话,老头眼泪都快下来了,当即委委屈屈地表示:"我今天出门,就是为了找地方修这行车记录仪,没想到半路遇到这么一档子事!其实我本来想着如果剐蹭不严重,各让一步私了算了,结果这小伙子还先骂上人了……"

听他说没有行车记录仪,向清欢只觉得情况不妙。

另一边,奔驰车主的表现也越发暴躁:"私了?谁要和你私了啊!今天我话就放这儿了,你要是不把我的车损赔了,咱们就走着瞧!"

争执之间,事发现场逐渐聚集了不少围观群众。混乱之中不知是谁打了122,接到消息的交警也在不久之后匆匆赶到了现场。

借着交警了解情况的机会,向清欢偷偷询问:"您好,请问这个十字路口有安摄像头吗？"

年轻的交警满脸都是为难："这条路刚扩建没多久，所以还没来得及装。"

"那咱们可以调取奔驰车主的行车记录仪吗？"

"这个倒是可以，但是即便调取了，大概也没办法证明什么……"

这个道理向清欢其实能明白——奔驰车转弯时，是车身的后半部分和本田车发生了剐蹭，其间究竟是奔驰车越线，还是本田车追尾，靠前方车辆的行车记录仪根本就看不到。

奔驰车主大概也是想清楚了这一点，才会表现得这样有恃无恐。

一番调查下来，交警大概也没辙了，最后决定各打五十大板，让两位车主分别向各自的保险公司报案，现场定损后进行自赔。

眼见如此，老头也打算自认倒霉，拿起电话准备联系保险公司。

奔驰车主却依旧不依不饶："这样可不行！我的车明明是被他追尾了才损坏的，凭什么还要我自己掏钱修？你是不是看他是本地车牌才这样和稀泥？搞这种地方保护主义，小心我投诉你！"

听他如此胡搅蛮缠，交警也有些火了："那你究竟想要怎么样？"

"当然是让他赔钱啊！不然还能怎么着？"

没想到当着交警的面，对方还能如此蛮横，向清欢一时间只觉得气血上涌："交警同志，事故发生时我就在旁边那家饭店门口，目睹了整个过程。请问我可以算人证吗？如果可以，我愿意为这位爷爷做证，这件事他没责任！"

没等交警回答，奔驰车主已经跳了起来："人证？出事的时候你离得那么远，算什么人证？这事空口无凭，要是没证据，你就别在这儿充英雄！"

"你要证据是吧？我给你。"

话音还没落，一个清朗的声音忽然在空气中响起。紧接着，一道撑着黑色雨伞的人影缓步穿过围观的人群，安静地站在了他们面前。

做影视编剧这些年，向清欢接触了不少娱乐圈中人，在各色帅哥美女的轮番冲击下，自认已经能够做到美色当前，岿然不动。

然而眼前这个忽然冒出来多管闲事的家伙，还是让她忍不住多看了几眼。

对方大概二十多岁的年纪，身材高挑，样貌清隽，身上的牛仔裤加白色衬衫显然都不是什么名牌货，却被他穿得线条利落，异常挺拔。

眼下他举着雨伞往那儿一站，像是自带结界，悄无声息地就把周遭的嘈杂喧嚣都隔离在外。那种淡然又超脱的气质，让他的言谈举止充满了让人信服的力量，让原本吵吵嚷嚷的人群安静了下来，想要听听他究竟要说什么。

对这个半路杀出来的青年，奔驰车主显然有些吃惊，对着他上下一番打量后，满是嚣张的气焰却也消停了不少："你是谁啊？有什么证据？"

青年看着他，却没有做自我介绍的意思，说话时的口气镇定而冷静，像是在论证一道不太复杂的数学题："车辆刚蹭发生在转弯之后，按照路况和限速要求，这位大爷的车速应该是不高于30公里/小时的，对吗？"

关于车速的问题，可以根据刹车轨迹判断。有交警在场的情况下，只靠胡搅蛮缠是混不过去的。

奔驰车主显然明白这个道理，于是不情不愿地哼了个声音："就算是吧……可那又怎么样？这就能证明他没追尾吗？"

青年依旧不置可否，目光四下转了一圈后，最后落到了向清欢的身上："请问你带着纸和笔吗？方便的话借用一下。"

在他礼貌的问询声中，向清欢只觉得越发好奇。

虽然不明就里，她还是点了点头，然后取下了背包，翻出了平时用来记录灵感和素材的笔记本，递了过去。

对方道了声谢，很自然地把自己的伞塞在了她手里，随即站在雾蒙蒙的雨水中，一边飞快地涂写，一边解释了起来："人的反应时间一般在0.2秒到0.4秒之间，具体到这位大爷，可以取一个0.3秒的中间值。另外，从反应开始，把脚从油门移到刹车大概需要0.15秒，刹车自由行程同样取0.15秒；碰撞到有效刹车开始用时约0.6秒，车轮和沥青路面的滑动摩擦系数为0.6……根据牛顿第二定律'F=MA'，我们可以计算出加速度，继而推算出从碰撞到停车的距离……"

在围观群众目瞪口呆的注视下，青年写下了一长串物理公式，最后亮出了自己的结论："根据计算，本田车即便是以30公里/小时的速度与奔驰车发生碰撞，也一直在自己的车道内。所以这场事故，奔驰车主理应负全责。"

虽然关于他的推导思维，现场的人几乎没能跟上，但结论都听得懂。

看着眼前那密密麻麻的物理公式，奔驰车主的脸色由红转青再转白："你糊弄谁呢？就这东西也能当证据？"

"这份推导所有的数据和公式都有据可循，结论自然能当证据。"

青年并没有因为对方气急败坏的表现而动怒，口气依旧不疾不徐："当然，如果你觉得这个证据不够直观，那我还可以提供其他的。"

"其他的？什么其他的？我丑话说在前头，如果还是这些虚头巴脑的东西，我可不认！"

青年眼角一抬，指了指不远处的一家小店："前面那个便利店，您看到了吗？"

"看到了又怎么样？"

"出于安全考虑，便利店的老板前几天刚在门口装了监控，从位置上看，应该是可以拍摄到这个十字路口的相关画面的。"

"你唬谁呢？人家装监控你也知道？"

"我当然知道。因为那个监控是我帮他装的。"

"……"

听说有监控，奔驰车主知道狡辩不下去了，态度立马软了下来。一番协商之后，他最终不情不愿地赔偿了500块钱，做了了结。

事情得以完美收场，交警也重重松了一口气。

对青年致谢之后，交警却又忍不住抱怨道："这位帅哥，既然你知道便利店那儿有监控可以覆盖事故区域，干吗不早说？费那么多精力写公式做推导，那不是耽误大家的时间吗？"

"不好意思，我的推导只是想还原事故的真相。至于汽修店门口有摄像头的事……是我随口胡诌的。"

"什么？"

交警震惊之下，也是哭笑不得："帅哥你这么有文化，怎么还骗人啊？"

"特殊情况特殊处理，让他主动认错，总比一直堵在这儿妨碍交通要好。"

"所以你这是讲理攻心两不误啊！佩服佩服！"

见他态度不卑不亢，理智得像是在做毕业答辩，交警哈哈笑了起来，紧接着朝他们挥了挥手，骑着摩托车离开了。

交警这一走，无热闹可看的围观群众也跟着四下散去。

眼见闹剧散场，向清欢把雨伞递还给了对方，重新背上了背包。

正准备转身离开，青年却忽然叫住了她："向清欢。"

在一个陌生的小镇上，被一个素未谋面的帅哥连名带姓打招呼的情形，实在有些诡异，即使从刚才的表现中，她已经能判定对方并非坏人，但这一刻，难免还是心生警惕。

"你是谁？怎么会知道我的名字？"

"陆北辰。"

一声简短的自我介绍后，黑色的大伞重新罩在了她的头上。对方的声音从蒙蒙的雨雾中传来，带上了一点氤氲的温柔。

"不好意思，让你久等了。我这就带你去见向老师。"

天色逐渐转暗，雨却一直没有停。

向清欢静坐在汽车的后座，听着雨刷器摩擦车窗玻璃时发出的咯吱声响，表面虽然不动声色，手心却不由得越抓越紧。

二十分钟以前，那个自称陆北辰的家伙在简单地做了一句自我介绍后，就自顾自地接过了她的行李箱，将她带上了一辆车。

虽然对方全程都表现得礼貌而有分寸，将她安排在后座后，自己安安静静地开起了车，全程既没有什么奇怪的举动，也没有要和她搭讪闲聊套近乎的意思，但眼下的情形还是让她有些紧张。

毕竟除了一个不知真假的名字外，她对对方一无所知。

在这么一个人生地不熟的地方，无论对方想要把她带去哪里，干些什么，她都只有任人宰割的份儿。

更何况，按照她之前查的攻略，从上车的地方到天瞳科普基地的停车场也就四五公里的距离，车子开得再慢，也早就应该到了。

可按照导航显示，眼下车辆行驶的方向与天瞳科普基地渐行渐远，正一点点地开向镇郊！

惊惶之下，向清欢忍不住拿起手机，偷偷摁下了110。

将手指悬停在拨号键上后，她清了清嗓子，努力装出一副不经意的模样："请问咱们现在是要去哪儿？"

"回家。"

陆北辰似乎很敏感，仅凭她那有些变调的声音，就觉察到了她的紧张，于是大发慈悲地多解释了几句："按照约定，向老师原本是在天瞳科普基地的停车场那儿接你的，但你的车子晚点了，天气又不太好，我担心他淋雨之后着凉感冒，就先把他送回家了。"

"既然计划有变，他怎么不打电话通知我一声？"

"向老师的手机昨晚坏掉了，一时半会儿也没法修。到家看到了你的邮件，想着反正也不远，我就直接过来了。"

"那你是怎么认出我的？"

"向老师给我看过你的照片……没有修过的那种生活照。"

"……"

就算是修过，照片和真人的差别也并不大好吧！

干吗还要特别强调这个？

虽然对方的解释条理清晰，有理有据，乍听之下挑不出什么毛病，但诸多巧合，使得向清欢的疑虑并未打消。

"你叫我爸向老师……所以你是他的学生？"

"嗯。"

"那你是学什么的？什么时候上的他的课？"

"……"

这个问题试探的意味实在太浓了，对方在她提问结束后，很明显地朝后视镜方向抬了抬眼。

最终，他还是清晰地给出了答案："我本科学的物理，研究生读了天文，算是和向老师同个专业。只是他有本职工作，并没有在学校里给我授过课,但在学校之外的地方,他教了很多东西给我……"

一口气说到这里,他的语气里多了一点微妙的揶揄:"你还有什么需要问的吗?"

"……"

被对方看穿心思的滋味实在有些尴尬,但话都说到这份上了,不如一鼓作气地把心里的疑问都弄清楚:"你既然知道他有本职工作,应该也知道他一直都住在单位宿舍吧?咱们怎么还越开越远了?"

"他前段时间从宿舍搬出来了。"

"啊?"

对方的回答到此为止,像是多说一个字都会要他的命。

向清欢有心想探个究竟,又怕真的有什么隐情,自己问得太多反而会激怒对方,于是只能一边紧攥着手机,一边暗自记下沿路的标志物。

又过了十多分钟,车子在一条老旧的街道停下。

陆北辰下了车,帮她把行李从后备箱里取了出来,随即向旁边指了指:"到了。"

矗立在眼前的是一栋三层高的小楼。

和那些靠近天瞳景区,因为商业化发展而修建得精致漂亮的楼房不同,这栋小楼看上去朴素而老旧,很明显是当地居民的自建房。

来和父亲见面之前,向清欢曾经在晚上查过资料。

所以她知道天瞳研究中心虽然地理位置偏远,物质环境和大城市没法比,但为了留住人才,当地政府和研究中心的领导们还是竭尽全力地为工作人员提供了良好的生活条件。

除了干净整洁的宿舍之外,生活区内配套了餐厅、球馆、健身房等设施,让他们在枯燥的工作时间以外,可以享受更多的休闲和娱乐。

也正是因为这样,她才会觉得即便远离妻女,父亲的日子大概也过得还算不错。

可是眼前的一切,还是让她的那些自我安慰瞬间破灭了。

走进小楼后,首先看到的是一间装修简单的客厅,面积虽然不大,打扫得却很干净。穿过客厅后,暗香浮涌而来,郁郁葱葱的花草树植装点着一个小小的院落,一切看上去鲜活惬意,又生机勃勃。

没等向清欢看仔细，一只黑乎乎的小东西喵的一声从院落左边的厨房钻了出来，在陆北辰的脚下撒娇般翻起了肚皮。

陆北辰低声表扬了一句真乖，却没顾得上哄它，随手在它头上揉了一把后，走到了院子右边的房间前，轻轻敲了敲门："向老师，开门吧。人给你接回来了。"

随着咯吱一声响，眼前的房门被匆匆拉开。

倾泻而出的灯光里，一张满是期待的脸出现在了向清欢的面前。

过去十几年里，借着向天衢去燕城出差的机会，父女之间一直陆陆续续有见过面。

虽然每次相聚的时间都不长，但在向清欢的印象里，即便父亲年纪渐长，头顶多出了些许白发，眼角也慢慢有了皱纹，却始终保持着饱满的精神和健康的体格。

可是眼下，比起半年前相见时的模样，父亲像是完全变了一个人。

脸色憔悴不说，就连身材也肉眼可见地消瘦了不少。

那件穿了很多年的白衬衣像是挂在晾衣架上一样，看上去空空荡荡的，仿佛只要风大一点，就会随着它的主人一同倒下。

一个人在短时间内产生这么糟糕的变化，不是身体抱恙，就是精神上遭受了什么巨大的打击。

只是当着陆北辰的面，向清欢也不好多问什么，只能强行抑制住满心的疑问，先一步进了房间。

进屋坐下没多久，陆北辰已经轻车熟路地从柜子里翻出几包中药，进了厨房。

随着空气中的草药味逐渐浓郁，向清欢越发笃定了自己的猜想。

"爸，你是不是生病了？刚进门我就觉得你状态不对劲！如果生病了就尽早去正规医院看看，别总想着靠中药应付，知道了吗？"

"知道了，知道了！我也就是脾胃方面不太舒服，没什么大毛病，所以先吃点中药调养着。"

"真的？"

"不信你问北辰啊！爸的身体自己心里有数，你就别瞎操心了！"

说话之间，陆北辰将药端了进来，递到了向天衢手里。

看着那浓浓的苦药水，向天衢无奈之下露出了一点小孩般耍赖的神色："北辰啊，清欢这才刚来呢，要不你先放那儿吧，等咱们聊聊天再喝？"

"那不行，医生可是交代了，这药就得趁热！"

陆北辰像是听惯了他的各种借口，表面上不为所动，却从口袋里拿了颗糖出来："这是我今天刚买的，你要不先吃一颗，喝起来就没那么苦了。"

这打一鞭子给颗枣的策略甚是有效，在他软硬兼施的坚持下，向天衢撇了撇嘴，最终还是苦着一张脸把碗抬了起来。

等他把药喝完，陆北辰鼓励性地点了点头，随即收拾好药碗，重新进了厨房。

向清欢冷眼旁观了一阵，只觉得有些不是滋味。

原本在向天衢找借口耍赖那阵，她是想要开口劝劝的，然而接下来陆北辰的种种举动，让她悻悻然住了口。

从进门到现在，虽然她和父亲之间一直在说说笑笑地聊着天，似乎并没有因为多年来见少离多的生活而产生什么隔阂，陆北辰也一直知情识趣地待在厨房里，并没有打扰他们之间叙说父女情，但是某种流动在三人之间的微妙气场，还是让她意识到，比起自己，陆北辰似乎才是和父亲更加亲近和默契的那个人。

有了这个认知后，向清欢不由得把目光投向厨房，暗中打量了起来。

昏暗的灯光下，陆北辰站在水池边清洗着碗筷，样子看上去安静又专注。

像是感知到了她窥探的目光，某个瞬间，陆北辰忽然抬眼向她的方向瞥了一眼。

虽然隔着一个院子，向清欢却像是被烫到了一样，迅速把自己的目光收了回来。

如果说相遇之初，首先引起她注意的是对方冷静又超脱的气质，那此时此刻，她更加清晰地认识到，以陆北辰的外形条件，就算是放到星光熠熠的娱乐圈里，也当得起一句含金量十足的"帅哥"。

从遗传学上分析，能生下这么英俊帅气又气质不凡的儿子，他的生母也一定是个让人一见难忘的大美人。

想起自家父母当年离婚时，林娅愤然出口的那些咒骂和外界的风言风语，向清欢不由得心下一紧。

为了不让自己再胡思乱想，她赶紧把注意力重新集中到了向天衢身上。

"对了，爸，你之前不是一直住单位宿舍吗？怎么忽然想着搬出来了？"

"哦……我前阵子身体不太舒服，想好好调养调养，就干脆请了个长假。这工作都不干了，我也不好意思继续蹭单位的福利，所以就暂时搬出来了。"

"既然都搬出来了，你干吗不找个好点的地方住？我今天沿路过来，看着景区附近的那些小区都还挺不错的，条件可比这儿好多了。"

"这不是没那个必要嘛。"

向天衢摇了摇头，一脸不以为然："景区附近的房子是不错，但我和北辰一起住在这儿，安安静静的不说，彼此间还能有个照应！不过你要是对景区感兴趣，明天我让北辰带你过去转转，天瞳就不用说了，那个天文博物馆也挺值得去看看的……"

向清欢很敏感地察觉到了重点："你的意思是……陆北辰他也住这儿？"

"是啊，这是他家的老房子嘛，他不住这儿还能去哪儿？"

"这么说来，你是他的租客？"

"算是吧。怎么了？"

"没什么……"

父亲因为休长假而搬出了单位宿舍，向清欢可以理解。毕竟从她记事开始，向天衢就是那种丁是丁，卯是卯，不肯占公家一毛钱便宜的性格。

可是明明有更好的选择，父亲偏偏住进了这么个远离镇中心，条件还不怎么好的老房子里，那就不得不让向清欢心下生疑了。

只是有些事毕竟涉及父亲的隐私，初来乍到的她也不好多问，于是只能拣着重点劝说："爸,既然你现在休假,要不就趁着这段时间回趟燕城吧?再怎么说那里的医疗条件也比这儿好,让医生好好给你看看,说不定能恢复得快点呢?"

话说到这儿,她忽然意识到了什么,赶紧强调:"之前因为工作关系,我经常熬夜,怕影响我妈休息,就在外面租了套房子。你如果回去,可以住在那里,我搬回去和妈住……"

在她絮絮叨叨的劝说声中,向天衢没着急表态,嘴角却满是欣慰地弯了起来。

然后他慢慢地伸出了手,在她的头顶上揉了揉:"清欢,你现在经常加班熬夜,工作是不是很辛苦?来旅游都还背着个电脑,是还有什么紧急任务吗?"

听他问起自己的工作,向清欢只觉得脸上发烧。

为了防止他追问自己这几年的"工作成果",她赶紧敷衍着表示:"工作上的事就那样吧,忙起来也是一阵阵的。不过刚才和你说的事,你要不要考虑考虑?如果你同意,明天咱们就订机票?"

"别了别了!我在这儿待了这么多年也习惯了,不想来回折腾。再说了,本来也没啥大毛病,哪用得着千里迢迢飞一趟回去看医生?"

"可是……"

"别可是了。"

见她还想再劝,向天衢摆了摆手:"清欢,爸爸知道你是个孝顺姑娘,爸爸的身体情况自己清楚。只是如果方便的话,你可不可以帮我一个忙?"

听他口气郑重,似乎有什么重要的事情要交代,向清欢不敢怠慢,迅速坐直了身体:"没问题!有事您尽管说,我一定尽力!"

"傻姑娘,别这么紧张。其实也不是什么大事……"

向天衢低声笑着,朝厨房的方向偷偷指了指,声音也跟着低了下来:"爸爸请你帮忙的这件事,其实是关于北辰的。"

向清欢低着头,心不在焉地听着向天衢说话,内心却是一团麻乱。

虽然从踏进屋子那一刻起,她就已经察觉到陆北辰和自己的父亲之间,似乎有着某种比普通师生还要亲密深厚的关系,让她始料未及的却是，自己远道而来，父女之间的关怀和问候才不过寥寥数语，这个名字就那么浓墨重彩地出现在了他们的对话中。

从向天衢那毫不掩饰地赞誉中，她很快对陆北辰的情况有了个基本了解。

对方自幼父母离异，于是只能跟着母亲陆婷一起生活。

六岁那年，为了让他能有一个稳定的生活环境，一直在燕城打工的陆婷将他带回了地处阳州小镇的老家，送进了一所当地的小学。

虽然镇子里的小学条件平平，但陆北辰从小表现出了惊人的学习天赋。

经历了小学和初中的两次跳级后，陆婷实在不想自己的儿子被环境所埋没，于是四下奔走，最终靠着他一直以来卓越的成绩，将他送进了全省最好的高中。

高中三年，陆北辰的成绩始终名列前茅，出色的表现让老师们都期盼着他能考入最高学府，为学校增光添彩。

可惜天不遂人愿，临近高考，陆婷忽然病倒了。

为了能就近回家照顾母亲，陆北辰放弃了北上的机会，以全省前三的高考成绩，报考了一所本省的大学。

大学四年，陆北辰几乎每个周末都会往返于学校和家里，照顾母亲的同时，还会兼职打工。即便在这样艰难的条件下，他还是顺利拿到了大学毕业证，并以卓越的成绩考取了本校的研究生。

陆婷病逝后不久，陆北辰也结束了他的研究生学业。

了无牵挂的情况下，他原本可以凭着自己出色的成绩接下许多名企抛来的橄榄枝，获得一份不错的工作，可向天衢看中了他身上难得一见的沉稳和坚持，以及对天文学发自内心的热情和专注，于是建议他继续深造，开阔眼界，以便未来取得更大的成就。

如果不是向天衢清清楚楚地说出了自己的想法，向清欢几乎要以为自家老父亲那么卖力地为陆北辰唱赞歌，是想给自己相亲。

但即便明白了对方的想法，她还是觉得有些困惑。

陆北辰即将走上的，是一条和她截然不同的道路。

她所在的行业浮华、虚荣、纸醉金迷，讲究的是如何吸引关注，博人眼球，在短时间内争取利益最大化。

而所谓的天文科研，虽然听上去崇高又伟大，甚至因为文学家的渲染带上了些许浪漫色彩，但作为向天衢的女儿，她知道那是一条冷寂孤单，几乎看不到方向和终点的艰难道路。

如此泾渭分明的情况下，向天衢究竟想要她做什么呢？

索性向天衢没让她困惑太久，很快给出了自己的答案："丘伯伯你还记得吗？他现在在燕北天文台做博士生导师，主要的研究方向是脉冲星搜索和快速射电暴。前段时间我给他打了个电话，介绍了一下北辰的情况，顺便做了推荐。冲着咱们之间的关系，他表示可以和北辰见个面，了解一下情况……"

"所以呢？这件事和我有什么关系？"

"所以爸爸想着，在招生考试正式开始前，让北辰去一趟燕城，和你丘伯伯提前见个面。到时候你多帮衬点，毕竟他人生地不熟的，也需要有个人照顾。"

向天衢口中的丘伯伯全名丘原，是他当年尚在燕城工作时结交的好友。

因为年龄相仿，且性情相投，向天衢还邀他来家里吃过几次饭。在向清欢的印象里，那是一个性格严谨，不苟言笑，看上去不太好亲近的伯伯。

对向天衢这一厢情愿的想法，向清欢的第一反应是有点好笑。

毕竟在向天衢和林娅离婚后，她和这位丘伯伯，就再也没有打过交道了。

然而在她开口拒绝之前，先一步涌上心头的，是阵阵委屈。

她自幼在燕城长大，二十多年的生活让她与这座城市的相处变得游刃有余，可这并不意味着她有义务陪着每一个去燕城的外地人吃吃喝喝，还要赔着笑脸应付那些复杂的人际关系。

向天衢是她的父亲，虽然在她最重要的成长阶段，对方并没有像大部分做父亲的一样，给予她无微不至的呵护和陪伴，但作为女儿，在他年老多病之时，她依旧愿意担负起做子女的责任，尽心尽力地去陪伴他，照顾他。

可陆北辰算怎么回事?

她为什么要花时间花精力,去照顾这么一个素不相识的陌生人?

想到这里,向清欢的口气冷了下来:"你特意把我叫过来,该不会只是为了和我说这个吧?"

"当然不是!只是这也算是重要的原因之一吧……"

向天衢显然还没能从自家女儿略带嘲讽的口吻中,嗅出极力压抑着的火药味,依旧沉浸在自己的规划中:"北辰这孩子吧,人倒是很聪明,就是性子有些冷,不太会和人打交道。偏偏你丘伯伯又是个严肃的性子,这两年工作忙,也一直没怎么带学生。我就想着他俩正式见面之前,要不你帮着约个饭,有你在中间牵线搭桥,想必那孩子也能自在些……"

桩桩件件的安排听在耳里,既细致又周到,尤其是对鲜少交际、一心扑在科研工作上的向天衢而言,显然是殚精竭虑,费了不少心思。

这让向清欢惊怒之余,不由得开始冷笑:"您这安排得够仔细的啊!是不是要请丘伯伯去哪家店里吃饭,吃饭时该带上什么茶,你都已经考虑好了?"

"这不是应该的吗?在这儿工作生活这些年,你陆阿姨也给了我不少照顾。如今她儿子能有更好的发展机会,我自然是要尽力的。"

"陆阿姨"三个字像是一根针,刺破了眼前父慈女孝的假象,让向清欢憋在心里十几年的那股子怨气彻底爆发了。

"是……你是一心为他考虑,可这么多年你为我考虑过没有?他陆北辰只是要读个博士而已,你就可以又求人又送礼,方方面面都考虑周到。那我呢?我为了争取到一个项目一遍遍改稿,为了能保住饭碗,天天被观众发私信'吐槽',这些你又了解多少?这么多年没见了,你打着父女相聚的旗号,把我千里迢迢地叫过来,我原本以为你多少会关心我几句,结果呢?从进门到现在,你所有的话题都是围绕另一个女人的儿子!所以我和陆北辰究竟谁才是你亲生的?"

在她泄愤似的斥责声中,向天衢目瞪口呆地愣在了那里。

一直在厨房忙碌着的陆北辰也像是听到了动静,朝他们的方向抬起了眼睛。

期待中父女相见的场面竟然会变成如此模样,向清欢只觉得又是失望,又是难过,"家丑"在外人耳边被全程直播的事实,更是让她尴尬万分。

愤懑之下,她只能将刚放下没多久的背包重新背在肩上,恨声表示:"行了……你想交代的事我都知道了。只是我工作还挺忙的,如果没别的事,我明天就买票回燕城。你让他到了联系我就行!"

向天衢被她背包起身的动作惊到了,赶紧也颤巍巍地跟着站了起来:"清欢,你这是怎么了?大晚上的你要去哪儿?"

"这地方我住不惯,出门找个酒店!"

随着她推门而出的动作,向天衢也跟跟跄跄地追了出来,一直在她身后急促地解释着什么。

但心烦意乱之下,向清欢还是头也不回地扎进了黑暗的小巷子里,很快什么都听不到了。

夜雨还在淅淅沥沥地下着,四下里的空气都是凉飕飕的。

细微的雨丝犹如漫天飞舞的柳絮,随便往哪儿一沾,就是甩不掉的一层雾。

向清欢没有带伞,一时间只想赶紧找个地方落脚。

然而雨夜的镇郊是如此安静,处处关门闭户的情况下,竟是连个可以坐下来喝口茶的地方都找不到。

无奈之下,向清欢只能拿出手机,搜索起了附近的酒店。

根据导航显示,距离她最近的一家酒店,也足足有六公里之远。

身心俱疲之下,她实在没勇气步行,于是只能找了个能避雨的地方暂时坐下,一边打开叫车软件碰运气,一边暗自懊恼着。

其实从那栋小楼里冲出来没多久,她就已经后悔了。

对向天衢,她可以有抱怨,有委屈,却不应该用这样口不择言的方式,去打破父女之间维持至今的和平。

自打父母离婚之后,对向天衢,林娅一直心怀怨恨。

尤其是在工作和生活中遇到不顺心的事情后,就会在向清欢面前咒骂他,之所以抛下她们母女俩和大好的前程,去往那个山沟沟里工作,铁定是被哪个狐狸精勾了魂,才会做出这么荒唐且不负责任的决定。

虽然不清楚林娅究竟是在说气话,还是真的这么想,但在向清欢的心里，一直坚信自己的父亲光风霁月，绝不会因为婚外情而放弃家庭。

直到某次父女俩在燕城见面时，她无意间撞见了陆婷。

向天衢对陆婷的介绍很简单，一个在工作地认识的朋友，因为刚好也来燕城办事，所以临时结了个伴。即便他们相处时的态度十分坦然，那个又漂亮又妩媚的女人还是犹如一根新鲜的刺，扎进了向清欢的心里。

对方实在是长得太漂亮了，落落大方的气质，看不出常年在小地方生活的痕迹。

虽说林娅年轻时也是样貌清秀的美人，但如果说败在了这么一个女人的手里，倒也不是完全没可能。

那次偶遇之后，向清欢时常会找借口探问一下陆婷的信息，想从父亲的只言片语中找到他们暧昧的证据。

她知道疑神疑鬼、屡屡试探的自己很不堪，可是出于对母亲的心疼，她又忍不住对出现在父亲身边的漂亮女性心怀敌意。

如今陆婷已经病逝，他们之间究竟是不是像母亲所揣测的那样，有过什么不能见光的暧昧关系，已经不得而知了，但她知道，父亲原本应该投注在自己身上的关爱，因为某种莫名的羁绊，给了那个女人的儿子。

除了关于陆婷的部分，在向清欢的心里，向天衢一直都是个很好的父亲。

在她还是一个小女孩的时候，对方就会经常带着她一起，去燕城的城郊找一片开阔的草地看星星。

一晚晚蹲守的过程中，向天衢给她说了很多新鲜而浪漫的故事。

从那些故事里，她知道了太空并不是完全真空的，每立方米大概有三个原子；在地球上能裸眼看见的行星有八千多颗，每半球各一半；距离地球最近的黑洞，仅有1600光年；恒星死后，这些元素被释放出来成为宇宙尘埃，宇宙尘埃又凝成行星，行星再逐渐演化出生命……

正是因为这些启蒙，向清欢的脑子里开始涌现出各种色彩斑斓的梦。

那些梦在时间和空间的维度上无限延展，让她的童年过得精彩纷呈，又快乐自由。

原本她以为自己的梦想将在父亲的陪伴下，任性地驰骋下去。然而刚上初中那年，向天衢因为工作去往天瞳研究中心待了半个月后，一家人的生活轨迹，就此发生了转折。

从天瞳研究中心回到燕城后，父母之间开始频频争吵。

虽然他们争吵时都会尽量避开向清欢，但她还是从那些偶尔泄露的只言片语中，很敏感地察觉到了什么。

作为一名天文学家，向天衢一直醉心于和宇宙对话，试图从那些神秘的天体信号中，捕捉到宇宙从孕育到湮灭的各种蛛丝马迹。但是在过去的很多年里，他所渴望的那些珍贵数据，只能通过向拥有高端射电望远镜的国外机构发起申请，并经历漫长的等待后，才能拥有一个短暂的机会加以窥探。

在亲身见证了天瞳的敏锐和强大后，他就像青涩的少年遇见了梦想中的女神一样，彻彻底底地动了心，所以回燕城之后没多久，他就告诉林娅，为了更好地推进手里的研究项目，他准备配合团队的需求，去往天瞳研究中心进行驻地工作。

对向天衢而言，这样的工作机会意味着他能够站在全世界距离宇宙最近的地方，去聆听那些他渴望已久的真相和故事，实现自己的梦想。可是对林娅而言，这个决定不亚于丈夫遭遇了婚外恋，是她无法接受的。

作为一个母亲，她不可能抛下燕城良好的教育资源，带着女儿跟着向天衢一起去往那个偏僻的西南小镇；作为一个妻子，她也无法忍受和丈夫长期两地分居的生活。

原本林娅以为，只要自己晓之以理，动之以情地劝说下去，向天衢终有一天能冷静下来，好好权衡一下其中的利弊得失。然而争吵还没完全结束，天瞳研究中心的领导先一步打来了电话，和他沟通到岗时间。也是直到那个时候，林娅才知道，在他们夫妻意见达成一致之前，向天衢已经自作主张地做好了决定。

满心失望之下，林娅和向天衢的关系降至冰点，就连对方动身离开燕城时，也没有去送行。

即便是在那个时候,她都没有真正想过要离婚。

在亲友们的劝慰下,林娅一直在努力地说服自己,当初她在众多的追求者中选择了向天衢,就是看中了他在自己热爱的事业上,有着孤勇者般的坚持和一往无前的决心。如今她作为一个以探索星辰大海为目标的科研人员的妻子,也应该勇敢一点,大气一点,支持丈夫的工作,担负起更多的家庭责任。

然而在现实的困境面前,这些自我安慰脆弱到不堪一击。

向天衢去往天瞳研究中心一年以后,正在上着课的向清欢因为忽然间恶心呕吐,被送进了医院。

接到老师的电话时,林娅因为出差,已经登上了即将起飞的航班。

舱门已经关闭的情况下,林娅无法下机,于是只能试着拨打向天衢的手机,想让他和老师联系,沟通一下女儿的具体情况。

然而直到飞机起飞的前一秒,一遍遍拨打出去的电话,得到的都是"您拨打的电话已关机"的冰冷回应。

在飞机上无法开机的那几个小时,成了林娅此生的至暗时刻,心急如焚却无计可施的状态几乎将她逼到了疯狂的边缘。

等到飞机落地后,她第一时间重新和老师取得联系,才知道女儿得的是急性阑尾炎,被送进医院后不久,就被告知需要做手术。因为始终联系不上家长,最后还是校方签字作保,才让手术得以顺利完成。

那天晚上,林娅彻夜辗转,终于在天色初亮时,通过研究中心的座机联系上了自己的丈夫。

听闻女儿刚刚历经了一场手术后,向天衢表现得很焦急:"之前我就和你说过,我工作的地方为了防止电磁干扰是不可以带手机的,你有什么重要的事可以打座机或者发邮件找我,你怎么都忘了?"

"是!我是忘了!可是就算找到你又能怎么样呢?你是能赶回来签字,还是能请假回来照顾孩子?"

那一刻,林娅只觉得身心俱疲,原本堆在嗓子里的愤怒、斥责和恐惧,也因为彻底的失望而变成了软弱又沙哑的通知:"向天衢,我们离婚吧……你想怎么追求你的事业我都不再拦着你!只是有一点,既然你无法担负起一个做父亲的责任,就把清欢留给我。以后就算是一个人,我也会好好照顾她的！"

大概是心中有愧，对林娅的决定，向天衢并未多加阻挠。

只是离婚协议上，除了女儿的抚养权外，他把燕城的房产和自己工作以来存下的大部分积蓄，也都留给了妻女，自己只带走了几箱子书。

从那以后，除了偶尔回燕城开会，向清欢很少和他见面，日常的联系都变成了一封封的邮件，和每隔十天半个月才会通上一次的电话。

对她而言，"父亲"这个角色从一个常伴左右的活生生的人，逐渐变成了一个远在千里之外的符号和寄托。

失去了向天衢的陪伴后，向清欢经常会想起自己年幼时，和他在一起的点点滴滴，有时候实在睡不着了，她就会反复翻阅床头边的一本书。

那本书叫作《一颗原子的时空之旅》，是她刚上初中那年，向天衢送她的生日礼物。

书的内容对年少的她而言有些晦涩，但其中的一句话让她印象深刻。

"你身体里的每个原子都来自一颗爆炸了的恒星，形成你左手的原子和形成你右手的也许来自不同的恒星，这就是我所知的物理学中最富诗意的事情：你的一切都是星尘。"

所以很多时候，她都会安慰自己，当父亲在那个远隔千里的研究中心仰望星空，试图从那些庞杂的信号中搜寻出他所期盼的目标时，身为星尘的自己，或许也在被他温柔地记挂着。

不知过了多久，打车软件上的单子始终没有人接，向清欢却已经有些坐不住了。

白天来的时候，气温正高，即便下车之后没多久就天降小雨，天气却还是止不住地炎热。

所以她从始至终只穿着一件短袖T恤，也没想过要加衣服。

没想到西南地区早晚温差大，入夜之后空气很快凉了下来，外加她跑出门后又淋了一阵雨，如今衣服半湿着贴在身上，只觉得格外难受。

这种时候，她实在需要一个落脚的地方，把湿衣服换下，再好好地冲个热水澡。

所以即便在浑身疲倦，始终打不到车的情况下，她也决定步行去酒店，总比一直漫无目的等在原地要好。

拿出手机正打算导航，手机屏却骤然间暗淡下去，猛地关了机。

向清欢反反复复地捯饬了好一阵，才意识到坐大巴车时自己一直在听歌，电量只怕早就消耗完了。

眼下这种环境，想要找出个共享充电宝来并不容易。

但身处在一个陌生的小镇，要是没有导航帮忙，她只怕也是寸步难行。

略加斟酌后，向清欢瞄准了附近一户还亮着灯的人家，准备厚着脸皮去借个插座先充充电。

没想到刚一起身，一道黑乎乎的影子已经悄无声息地挡在了她的身前。

上小学的时候，她曾经因为不知轻重招惹了小区附近的一只流浪狗，被咬伤过胳膊，至那以后，但凡遇见这种生物，她都会下意识地远远避开。

如今凝神细看之下，发现对着她虎视眈眈的那团黑影，赫然是只无人看管的野狗，这让她瞬间汗毛倒竖，不由自主地发出了一声惊叫。

突如其来的尖叫声显然刺激到了野狗的神经，盯着她的眼神很快从好奇变成蠢蠢欲动。惊惧之下，向清欢只觉得大脑一片空白，凭着本能用力拽紧背包的肩带后，转身撒腿就跑。

两相对峙之际，野狗还没什么特别的反应，眼下见她一跑，立马也嗷的一声，精神抖擞地跟在了她身后。

夜晚的小巷里光线晦暗，外加刚刚下完一场雨，四下里都是泥泞。

慌不择路之下，向清欢根本来不及分辨东南西北，只是冲着有光亮的地方，奋力奔跑着。

仓皇之间，眼前一块反光的路面让她晃了晃神。

等她意识到那是一片浅浅的水洼时，整个人已经避让不及，随着脚下一滑，水花飞溅，再回过神时，整个人已经重重摔倒在地。

身后的追逐声越来越近，令人心颤的犬吠声已经近在咫尺。

绝望之中，向清欢蜷紧了身子，把头埋进了膝盖里，紧紧闭上了眼睛。

不知过了多久，料想中被恶狗扑咬的惨烈场面始终没出现，就连那令人心悸的犬吠声，也很快安静了下来。

惊诧之下，向清欢慢慢抬起头，屏住呼吸的同时，偷偷睁开了眼睛。

几步之外的地方，一道清俊的身影不知什么时候已经悄无声息地挡在了她身前。

原本满脸凶悍的大狗也像是看到了熟人一般，摇着尾巴在他小腿边转起了圈。

"乖……别淘气，咱们换个地方玩。"

那人伸手在大狗的脑袋上拍了拍，又朝着前方指了指，口气温柔得像是在哄小朋友一样。直到把大狗哄开，他才转身安慰道："你别怕，它不咬人。"

向清欢紧咬着牙，对他的宽慰不置可否。

眼下自己这副模样实在太狼狈了，对方无论说什么她都觉得像是在嘲讽。

几秒钟后，她暗中活动了一下手脚，正打算爬起来，陆北辰已经缓步上前，主动向她伸出了手："你还好吗？要不要去医院瞧瞧？"

向清欢一脸无视，咬着牙挣扎着站了起来："不用！我没事。"

"行吧。"

面对她满是抗拒的态度，陆北辰也没计较的意思，安静地看着她把包背好后，才一脸波澜不惊地问道："你现在想去哪儿？"

"酒店。"

"这地方离酒店可能有点距离。"

"我知道！"

"那你准备怎么去？"

"不劳你操心！"

"我是不想操心，但你远来是客，安全总得保证。"

问答之间，陆北辰像是已经打定了主意："这样吧……如果你坚持要住酒店，就先在附近找个地方把湿衣服换了，然后咱们聊聊。"

几分钟后，向清欢在陆北辰的带领下，走进了一间小茶馆。

茶馆开在一栋自建房的底层，外面看上去虽然不太起眼，内部却装修得幽静雅致。

只是从九点不到就大门紧闭的状态看，店主人并不像是要积极做生意的模样。

听到动静后迎出门的是个四十出头的大姐，听口音像是本地人，见到一身湿淋淋的向清欢后，她先是有些惊异，和陆北辰聊了几句后，很快就把她带去了卫生间。

虽然没有在陌生地方洗澡的习惯，但浑身湿漉漉的情况下，向清欢也顾不上那么多了。

舒舒服服地洗了个热水澡后，她正愁那些湿淋淋的衣服该怎么穿回去，没想到大姐敲了敲门，又十分贴心地递进来一套换洗的衣服。

干净而柔软的布料包裹在身上，像是一个温暖的拥抱，让她一直满是委屈的情绪得以松弛不少。

一切收拾完毕后，她正打算找大姐好好道个谢，对方已经主动招呼了起来："衣服换好了是吧？那就去茶室坐坐，和北辰聊聊天。我去厨房给你弄点吃的暖暖身子，不然一会儿可要感冒了。"

对方态度热情，一脸自来熟的模样，像是根本没把她当外人。

除了生性质朴外，显然也是冲着陆北辰的面子。

想到这里，向清欢只觉得今晚的事无论如何也该和对方道声谢，于是干脆把心一横，径直走进了茶室。

陆北辰早已经坐在那里，正专心致志地看着手机。

虽然不知道具体是在看什么，但从满屏的英文字母来看，显然不是在娱乐消遣。

见她出现，陆北辰不动声色地把手机放下，然后倒了一杯热茶递到了她面前。

"你刚才没受伤吧？"

"没有。"

"那就好。"

对方点了点头，很快抛出了下一个问题："明天你什么打算？"

自己远道而来，却因为负气出走遭遇了这么狼狈的一场意外，如今好不容易坐下，对方没有任何安抚的意思，反而是一脸淡然地问起了她的"打算"，这让向清欢意外之余，也不禁有些气恼，满腹的憋屈竟是一个字都说不出来。

见她没有回应，陆北辰继续自顾自地表示："向老师和我说，他因为说错了话，让你不高兴，所以你不想继续待下去了，打算明天就回去？"

向清欢被他那副轻描淡写的模样彻底激怒了，回答也带上了几分咬牙切齿的劲："是！我就是这么打算的！怎么了？你有意见？"

"没有。我就是想着如果你明天要走，我可以送你去大巴车站。只是吧……"

他顿了顿，口气里终于生出了些许波澜："如果可以的话，你能不能考虑多待两天？向老师他一直惦记着你，如果你刚来就走，他会很伤心的。"

"伤心？不至于！"

向清欢哼声冷笑着："反正这十多年来我们也没正儿八经地见过几次面，双方都已经习惯了。再说了，这儿不是还有你吗？反正他让我帮你办的那些事我都已经答应了，走不走应该也没什么关系。"

"他让你帮我办事？什么事？"

"你自己难道还不清楚？"

陆北辰眉头微蹙，像是想要解释什么。

最终，他只是从口袋里摸了张银行卡出来，递到了向清欢的眼前。

"如果你已经决定了，这张卡你带走。卡里有八十万，密码是你的生日……"

"你什么意思？"

对方的举动让向清欢有些吃惊："咱们非亲非故，你拿钱给我干什么？"

"这钱不是我的，是你爸给你的。"

陆北辰直视着她，口气却变得有些冷："这笔钱他交给我，原本是打算让我等到合适的机会再给你。不过你既然决定要走,以后大家应该也不会有什么见面的机会,我现在给你,也是一样的。"

不会再有见面的机会了?

他和向天衢不是打着主意让自己在燕城做地陪吗?

难道父亲的打算他本人并不知道?

向清欢愣了愣,某种突如其来的预感让她顾不上对方的冷漠态度,连问话也变得磕磕巴巴:"可是……他为什么忽然要给我这么大一笔钱?"

"因为他能再见你的机会可能不多了。"

"你这话什么意思?"

"他得了肝癌。"

"什么?!"

"查出来的时候已经是晚期,所以把钱给你,也算是提早在为后事做安排。"

陆北辰的声音还是很平静,像是说着一件完全与己无关的事情。

向清欢却因为那简短的几句话,彻底陷入了兵荒马乱之中。

难怪向天衢会主动打来电话,邀她来这座小镇见面……

难怪他会停下工作,从单位宿舍搬出来……

难怪他会在短短半年之内,变得如此消瘦,如此憔悴……

这些异常明明白白地摆在眼前,只要她稍微留点心就能发现不对劲,可是就因为她心中藏着的委屈和执念,偏偏都忽略了。

两地生活这么多年,她其实并不清楚向天衢的收入具体有多少,但是从天瞳研究中心曾经发布的招聘信息上看,她也知道,比起父亲曾经可能拥有的那些出国任教或是进入大型企业工作的机会,这点收入实在不足为道。

即便是这样,向天衢每个月还是会雷打不动地给妻女供一笔数额不菲的"抚养费",即便在她年满十八岁,正式长大成人以后,这笔费用也从来没有停止过。

所以向清欢实在不能想象,在这样的情况下,他究竟要怎样俭省,才能攒下这笔接近百万的存款。

她也不敢去想,他至今不去医院,究竟是害怕折腾受苦,还是不愿意因为各种检查和治疗而浪费掉这笔钱。

沉默之间,茶馆的老板娘把刚煮好没多久的面条端了上来。

热腾腾的雾气扑在脸上,让向清欢的眼睛也湿润了起来。

半响之后,她闭了闭眼睛,将眼泪憋回去的同时,也努力压抑着喉咙里呼之欲出的哽咽:"他得肝癌的事,已经确诊了吗?"

"是。镇里的医院查出来后,我不太放心,又带他去了两次省里的医院,结果都是一样的。"

"那医生的意思是……完全没有机会了?"

"根据他们的经验,肝癌一旦进入晚期,大部分患者的生存时间只有六到九个月。"

"那他现在吃的那些中药……"

"主要是缓解癌症带来的疼痛症状,就治疗而言,并没有太明显的效果。"

"那……如果换到更好的医院去看看呢?"

话说到这里,向清欢像是抓到了救命稻草一样,猛地抬起头来:"我在燕城的很多医院都有朋友,他完全可以再去检查一次的!即便结果还是一样,那里的医疗条件也好得多……说不定会有奇迹,你说是不是?"

陆北辰看着她,眼神里有同情,有怜悯,还有许多她不太看得懂的情绪。

许久之后,他轻轻一声叹:"向清欢,你应该了解你爸爸,他既然做好了决定,就不会轻易改变。而且关于这件事,他并不想让太多人知道,尤其是你和你妈妈……所以如果可以的话,你也别再让他为难,好吗?"

短短一句话,犹如一盆冷水浇向头顶,让她的情绪彻底冷静了下来。

陆北辰说得没错,她了解向天衢,所以很清楚对方的想法。

一个因为事业和理想,而在生活上辜负了妻女的男人,虽然对自己的选择从未表示过后悔,但心中一直充满了愧疚。

既然之前没有尽到做丈夫和父亲的义务,那么到了生命的最后阶段,他并不希望自己成为家人们的拖累和负担,也不希望他们为自己的离世而难过。

所以比起四下奔波,一次次折腾着去反复面对那个已经注定的结果,他更希望在自己还能支撑的时候,装作无事发生,和女儿开开心心地走完人生最后的旅程。

只是这些道理她虽然明白,但满心的悲恸,并未因此稍减。

"所以你的意思是,我就算知道这些,也什么都不能做吗?"

"当然不是。如果可以的话,留在这里多陪他几天吧。等你走了以后,他的心愿也算是完成了,到时候我会劝他去住院的……"

像是察觉到了她内心的顾虑,陆北辰的口气里都是诚恳:"你放心,我现在已经研究生毕业,时间还算自由。在他住院期间,我一定会好好照顾他的。"

对方把一切都安排得井井有条,显然是经过了深思熟虑。

虽然知道父亲并不愿意在临走之前还看到自己哭哭啼啼、满心负担的模样,陆北辰所建议的一切,也已经是最好的安排,但身为人女,要在至亲临终之前把床头尽孝的责任另交他人,还是让她止不住地难过。

香味四溢的面条由热转凉,向清欢始终没有动上一口。

沉默之间,两人就这么各怀心事地坐着,谁也没再多说什么。

不知过了多久,老板娘重新走了出来,指着墙上的挂钟朝陆北辰使了个眼色,他才像想到什么一样,轻声提醒:"你如果愿意留下,我们还是先回去吧?时间已经挺晚了,再没消息的话,向老师会担心的。"

向清欢点了点头,慢慢站了起来,对着老板娘低声致谢后,一言不发地跟在了他的身后。

一路沉默地走了十几分钟,那栋破旧的小楼已然近在眼前。

陆北辰把门打开,带着她穿过客厅,重新走进了那个小院子。

右边的那间卧房内,灯光依旧亮着,窗户上模模糊糊地映着一道人影,在来来回回地踱着步。

很显然,在她愤然出走后,向天衢强忍着身体和心灵的双重折磨,一直在屋子里焦灼地等待着。

那一刻,向清欢只觉得心下大恸,自以为已经做好的心理建设全面崩塌，脚步虚浮得连站也站不住。

为了让自己不这么倒下，她下意识抓住了陆北辰的胳膊："对不起，咱们能不能先等一下？"

陆北辰停下了脚步："怎么了？你还有什么顾虑吗？"

"不是……"

虽然一直在努力克制，但她的声音终究还是哽咽了起来："你不是说，我爸不想让我知道他生病的事吗？可是现在进去，我怕控制不了自己的情绪。所以能不能……能不能……"

话还没说完，眼泪先一步流出来了。

向清欢不想对方看到自己这么狼狈的模样，赶紧胡乱擦了一把，却止不住眼泪越擦越多。

悲剧来得如此猝不及防，可她连伤心都要小心翼翼地克制着。

陆北辰站在原地静静等了一阵，然后从口袋里拿出了一包纸巾，像是想要递过去。

然而在她无声地哭泣中，他忽然轻轻叹了口气，然后踏前一步，扣住了她的后脑勺，将她满是泪痕的一张脸，压进了自己的肩窝。

黑暗带来的掩护让她终于可以卸下伪装，肆无忌惮地宣泄心中的悲伤和难过。

向清欢紧拽着他的衣角，浑身颤抖着想要说声谢谢。

话到嘴边，却被汹涌而来的泪水和呜咽声吞没了。

进入社会这些年，她觉得自己已经变得足够强大，足够成熟，能够机警圆滑、游刃有余地面对生活中所发生的一切糟心事，可直到这一刻，她才知道，在亲人的生死面前，她还是一个手足无措，根本不知如何面对的小女孩。

恍惚之中，她觉得自己像是一粒被抛进宇宙深处的细小尘埃，努力想要留住点什么，却只能和熟悉的一切渐行渐远。

直到陆北辰的手掌抚上了她的脊背，开始轻轻拍动，才将她从悲伤的旋涡中重新拽回来。

她知道哭得乱七八糟的自己实在很难看，也知道在见面不到二十四小时的情况下，就把自己的脆弱和无助袒露在一个陌生人面前是一件很失礼的事。

  但她不得不承认,因为那个温暖的肩膀,她所有的委屈、恐惧、无措和伤痛,都暂时有了一个栖身之所。

  在她最慌乱无助的时候,陆北辰是她的唯一依靠,也是她的定心之锚。

Chapter 02
悸动之下的心跳

　　当天夜里，向清欢做了一个梦，梦里她重新回到了无忧无虑的幼年时代。

　　那个时候的向天衢还很年轻，身体健康，精力充沛，时常喜欢和她逗趣。

　　她却因为喜欢不走寻常路，考试时不时吊车尾，常常让林娅和老师感觉头疼。

　　某次因为作文偏题导致语文考试不理想，林娅专门被老师请到了学校，回家后免不了对她就是一顿斥责。

　　知道事情的原委后，向天衢见她闷闷不乐，于是偷偷收拾了露营物品，开车将她带去了燕城的城郊。

　　露营当晚，向清欢彻夜未眠，一直在向天衢的指导下兴致勃勃地摆弄着手里的天文望远镜，去寻找那些用肉眼看不到的神秘星体，一直折腾到后半夜，她实在有些累了，才勉强放下了手里的望远镜，絮絮叨叨地和父亲聊起了天。

　　"爸爸，你之前和我说过，星星离我们是很远的，很多时候只能通过望远镜才能找到它们，对吗？"

"没错!"

"那现在世界上最大的望远镜究竟有多大呢?"

女儿对天文的好奇,让向天衢感到很欣慰,虽然清楚有些知识对年幼的向清欢而言过于复杂,但他还是认认真真地回答起了她的问题。

从父亲深入浅出的解释中,向清欢知道了世界上第一台天文望远镜,出自一个叫伽利略的意大利科学家之手。凭借这台望远镜,他观测到了太阳黑子、月球环形山、木星的卫星、金星的环形山等现象,有力地支持了哥白尼的日心说。

此后天文望远镜不断发展,功能得以完善的同时,种类也越来越丰富,到了近现代,天文望远镜已经不再局限于光学波段。

1932年,美国无线电工程师探测到了来自银河系中心的射电辐射,标志了射电天文学的诞生。从那以后,以接收电磁信号为观测形式的射电望远镜逐渐成为主流。

对父亲的解说中提到的各种知识,向清欢只觉得一知半解,但某种不服输的劲还是让她继续追问:"那咱们国家有很厉害的射电望远镜吗?"

"之前没有,不过就快要有了……"

对这个问题,向天衢表现出了难得一见的激动:"很多年前,我们的科学家就计划着要在国内建立一架全世界最高效的射电天文望远镜。但这个项目推进得很辛苦,光选址就足足用了十多年的时间,在经历了很多艰苦的调研后,才决定把它落于南方的一座山坳里。"

"为什么选个地方,也需要用那么长的时间?"

"因为根据研究,我们的选址目标应该是那些比较偏远,并相对安静的地区,它们应有平坦的或者石灰岩岩溶多谷形地貌。最重要的是,为了能在减少土石工作量的前提下安置那个大家伙,我们需要一个天然又合适的大坑。要找出这么个满足所有条件的地方,自然不是件容易的事。"

"原来这么麻烦啊……但咱们最后还是找到了呀!"

"没错!不仅找到了,而且经历了这么多年的建设,这台望远镜即将建设完工!到时候你如果有兴趣,爸爸一定带你过去瞧瞧!"

从那些言简意赅的描述中,向清欢无法得知这台后来被誉为"天瞳"的射电望远镜究竟有多强大,也不知道项目建设者在推进工作的过程中,具体遭遇过怎样的挫折和难题,但是出于孩子的好奇心,她还是继续追问:"可是爸爸,既然这么辛苦,大家为什么还要建这台望远镜呢?你们是想从那些星星里找到些什么吗?"

"是的,你说得没错!"

向天衢笑了起来,看向星空的目光里都是憧憬:"每个人的童年,都会对星空感到好奇和惊讶,只是随着年龄的增长,有的人失去了这份好奇心。但是,也有很多人始终相信,星空中还藏着很多震撼人心的东西,等着我们去发现、去探索。所以,爸爸希望你即便长大了,也不要对自己曾经喜欢的东西失去热情!"

从梦中醒来时,天色已然大亮。

一窗之隔的地方,是明媚的阳光和晨鸟的阵阵啼鸣声。

昨天夜里,她因为太过伤心,扑在陆北辰的肩上哭了很久,最后好不容易平静下来,眼睛却肿成了核桃。

这种状态下,父女相见必然会被看出端倪,无奈之下,陆北辰只能临时编了个借口,先把向天衢哄去睡了,再把她送去了二楼的客房。

身心俱疲之下,向清欢也没了任何讲究,进屋之后就立马躺下,想要逃避什么一般蒙头睡了过去。

如今睁眼醒来,她自觉情绪稳定了不少,于是一边起身,一边打量房间的环境。

房间面积不大,打扫得却很干净。

不仅家具用品看上去一尘不染,就连床单被褥也都是全新的。

桌面放着一个素净的陶瓷花瓶,瓶子里有一捧漂亮的蔷薇花。从新鲜程度上看,应该是她来之前刚从小院里摘下来的。

为了让她这个远道而来的客人能够住得舒适,屋子的主人显然做了不少准备。

想起昨天夜里自己那鲁莽无礼的态度,向清欢只觉得越发愧疚。

穿戴整齐以后,向清欢下了楼。

原本想主动找向天衢道个歉,没想到刚进客厅,迎面却撞上了拎着新鲜蔬菜从外回来的陆北辰。

昨夜扑在对方怀里哭得昏天黑地时,她尚且没心思多想什么,如今骤然撞见,免不了有几分尴尬。

索性对方神色如常,像什么事都没发生一样:"你起来了?房间住得还习惯吗?"

"挺好的,没什么不习惯。就是我看房间里好像放着不少私人物品,是之前有人在住吗?"

"嗯。"

陆北辰点了点头,耐心解释道:"那个房间原本是向老师在住,他病了以后,我想着上下楼大概不怎么方便,就把一楼的房间收拾出来了。只是他的那些书和资料实在太多了,一时间没来得及搬下来,只能先在那儿搁着。"

"这样……"

虽然对方一再表示自己会照顾好向天衢,但能把他的生活起居都考虑到这样细致周全,还是让向清欢感觉自愧不如。

打完招呼之后,陆北辰拿着食材进了厨房。

向清欢做好了心理建设,敲开了向天衢的房门。

对之前发生的不愉快,两人都十分默契地没再提起,只是拣了些生活中的边角料,小心翼翼地闲聊了起来。

到了午饭时间,陆北辰在小院里支起了一张木桌,然后把准备好的饭菜端了上来。

向清欢坐下一看,发现一桌子的菜虽然简单清淡,大多以蔬菜为主,却也色香味俱全,让人食指大动。

"这些菜都是你自己做的?"

"嗯。怎么了?不合胃口?"

"不是。就是从外表看吧……你不太像会做饭的人。"

她说这句话并非有心恭维,也并不是在嘲讽,而是陆北辰身上那种超脱淡定得有些不食人间烟火的气质,实在不像是经常和柴米油盐打交道的人。

陆北辰看了她一眼,慢声解释道:"我以前是不太会做,只是后来我妈病了,为了照顾她,才跟着杨姐学了些做饭做菜的基本技能。"

听他提起陆婷,向清欢只觉得心下一颤。

虽然芥蒂未消,但她也记得向天衢和她说过,陆婷最后是因病去世的。

自己最难过最绝望的时候,陆北辰能够那么温柔地体恤自己的情绪,并适时地给了自己一个可以依靠的肩膀,想来是和他之前的经历有关。

担心对方会触景生情,因为这个话题而想起那些不太愉快的回忆,向清欢赶紧清了清嗓子,抛出了一个无关紧要的话题:"杨姐是谁?看你这表现,她的厨艺一定很不错。"

"是吗?可看你昨天的表现,评价可没这么高。"

"昨天?昨天怎么了?"

"人家费心做的面,你不是一口都没吃?"

"啊?"

没等她彻底反应过来,向天衢已经笑着把话接了过去:"清欢已经见过杨姐了啊?难怪北辰说,昨晚带你去喝茶了,原来是去她那儿了……说起来,杨姐她可是个热心肠,也经历过挺多事。你要是对本地的风土人情感兴趣,想搞点创作素材什么的,有空倒是可以去多找她聊聊。"

虽然来这座小镇之前,向清欢并没有要搜集素材的打算,但向天衢的话还是引起了她的兴趣:"杨姐她怎么了?有什么特别的经历吗?"

向天衢点了点头:"杨姐她是土生土长的本地人,天瞳的选址落定之后,原本住在那儿的十几户人家都从里面搬了出来……出来之后,虽说政府提供了不少支持,但她也不想就这么闲着,最后和北辰她妈妈合伙在镇里开了个小菜馆,生意做得很红火。前两年找到合适的人打理后,她就退居二线在这附近开了个小茶馆,平时主要用来招待朋友,也算是没那么忙了。"

关于天瞳选址前后的种种故事,向清欢曾经在各种报道中了解过一些。

如今修建天瞳的山坳里曾经住着十几户人家,因为环境简陋,出入不便，很多人一辈子都没有见过外面的世界，世世代代居住在山坳里，过着世外桃源一般的生活。

听说国家要把天文望远镜修筑在自己祖祖辈辈生活着的土地上后，村民们都表现得很配合，有些在外地打工的年轻人，也特地赶回来做父辈们的工作。

在政府的帮助下，世世代代久居山坳的村民们很快搬了出来，住进了镇上由政府修建的新楼房里。随着天瞳项目的完成，许多具有生意头脑的村民陆续做起了民宿、餐饮店、汽修厂之类的生意，日子变得越来越火红。

这些事情发生时，向天衢尚在燕城，能把种种细节了解得这么清楚，想必和这位杨姐之间，也有着不错的交情。

只是按照对方的说法，陆婷曾是杨姐生意上的合伙人。

那么他们之间的那份交情，不知道是不是因为陆婷的关系……

没等她继续琢磨下去，向天衢像是想到了什么一样，慢慢放下了筷子："清欢，记得爸爸之前答应过你，等天瞳建成了，就带你过来看看，可惜这么多年过去了，一直没有找到合适的机会。如今你既然过来了，爸爸就带你去参观一下，好不好？"

没等向清欢回答，陆北辰已经跟着放下了筷子："向老师，上观景台的路太辛苦，您身体又不好。想要参观的话，还是我带清欢过去吧？"

"没关系。"

向天衢摇了摇头，眼神里充满了期许："我年纪也大了，再过几年怕是想去也去不了了。趁着现在还能动，想再去看上一眼。毕竟在那儿工作了那么久，总该去道个别。不然以后见不到了，那该多遗憾啊……"

向清欢紧捏着筷子，原本想要跟着劝上两句，可话明明已经到了嘴边，终究还是没有吭声。

那一刻她忽然意识到，对向天衢而言，即便身患绝症，即便已经离开了工作岗位，但那些一直深藏心中的梦想，从未因此退却。即便面对的是误会、嘲讽、病痛，甚至死亡，他也义无反顾地一路向前。

天瞳景区主要由观景台、天文体验馆和文化园等几个重要部分构成。以射电望远镜的台址为圆心,半径五公里内是电磁波宁静区的核心区。

过去的十几年里,向天衢一直深扎在核心区里,日复一日地和那些枯燥的信号数据为伴。那些朝夕相处的日子,让他对望远镜上的每一块反射面板,每一个液压促动器,每一根钢索,乃至每一颗螺丝钉,都有着很深的感情。

如今,在失去了工作人员的身份后,他也只能和大部分游客一样,按照正常的观景路线,去和他曾经朝夕相处的伙伴,做最后的道别。

次日一早,陆北辰开车将向家父女送到了景区外的游客接待中心。

放眼望去,眼前那栋米黄色的建筑像是一顶用竹篱编制的帽子,伫立在蓝天白云之下,看上去科技感十足。

虽然并非周末,但接待中心周围还是人潮涌动,充斥着慕名而来的旅游者。向清欢记挂着父亲的病情,原本并没有什么游玩的心情,但此情此景之下,也不禁被游人们的兴奋情绪所感染,掏出手机拍下了几张照片。

刚把照片拍完,陆北辰已经向她伸出了手:"手机给我吧,我去帮你存起来。"

向清欢一愣:"为什么?"

陆北辰指着不远处的游客须知,耐心解释道:"从这里进去以后,就是静默区了,像手机、充电宝、相机、手环这类东西都是不能带进去的。"

为了让天瞳能够避免信号干扰,更加高效有序地工作,在望远镜投入使用之初,政府就颁布了相应的环境保护条例。

按照条例规定,在静默区内禁止设置、使用无线电站台和产生辐射电磁波的设施。所以除了陆北辰提到的这些东西之外,包括电视、微波炉、电磁炉之类的用品也都被禁止使用。

道理虽然清楚,但向清欢还是有些不甘心:"我把手机调到飞行模式可以吗?你放心,我不打电话,也不发微信,就是想帮我爸拍几张照做个纪念……你是本地人,又是学天文的,想必认识一些工作人员,能不能请他们帮忙通融通融?"

"这个应该不行。"

陆北辰有些抱歉地摇了摇头，随即补充道："不过拍照的事你别担心，我准备了胶卷相机，不会耽误你拍照。"

"这样……"

心慌意乱之下，自己差点错失为父亲留影的机会，对方作为一个外人，却早早就把一切都考虑周全……想到这里，向清欢也不好意思再提那些无理的要求，低声道了句谢后，就把手机交到了对方手中。

从游客接待中心前往观景台需要乘坐二十分钟左右的大巴车，到达山腰上的中间站后，继续登山步行。

虽然陆北辰事先提醒过"上观景台的路太辛苦"，但在亲眼见到那层层叠叠的登山台阶后，向清欢还是不由得焦急了起来："这台阶究竟有多高啊？有电梯能上去吗？"

陆北辰显然对情况很熟悉："从这里上观景台的台阶大概有800级，垂直高度150米……至于电梯，暂时还没有。"

近800级台阶，即便是身体健康的普通人，都得气喘吁吁地爬上好一阵，何况是年事已高又身患癌症的向天衢？

没等她出声反对，向天衢已经主动凑了过来："怎么？嫌累不想爬，打算在这儿就打退堂鼓啊？"

向清欢原本想说爬山我是没问题，但您这身子铁定吃不消，然而又怕对方察觉到自己已经知道了他身患癌症的真相，一时间只能勉强摇了摇头。

见她满脸犹豫，向天衢笑着鼓励道："别害怕，这路虽然难走，但咱们知道终点在那里，就不会觉得辛苦。而且比起最开始修建时的艰苦条件，如今这有路可走的情况，已经好太多了。"

对方所说的"艰苦条件"，向清欢曾经在新闻报道中了解过。

天瞳最初选址时，因为要为这架超大口径球面射电望远镜选择一个面积合适，且自排水系统良好，又少地震的天然居所，通过遥感技术配合实地考察的方式，确认了一百多个符合初步建设标准的洼地。

对这一百多个洼地，负责选址的工作人员需要一个一个实地考察，吉普车进不去的地方，就靠柴刀在丛林中劈出一条条的路。

一个个的早晨和黄昏，寒冬和夏日，或是烈日暴雨，或是烟雨蒙蒙。

巨大的山体落差，典型的岩溶，山涧下的河谷、丛林、湍流、野兽……还有那弯弯曲曲的石级，两山之间用绳索构筑的桥，他们都只能一点点地用身体去体验，用脚步去丈量。

像是要向那些在他心目中高山仰止的前辈致敬，在做了一个深呼吸后，向天衢开始埋头向上爬。

最开始的一百多级楼梯他停停走走，努力保持着稳健的频率，但是随着喘息声不断加重，他的身体开始发颤，脚步也跟着一点点慢了下来。

向清欢走在他的身侧，一直小心翼翼地观察着，每当发现他步伐趔趄时，就会强行把他拽到一边，要求他稍做休息。

如此停停走走过了好一阵，向天衢的喘息声越发急促，身子也越抖越厉害，爬过的台阶却还没到全程的三分之一。

眼见如此，向清欢不禁伸手拉住了他："爸，要不你就在这儿休息吧，后面的路我自己上去，你想要什么样的照片我拍给您。"

向天衢摇了摇头，像是想要继续爬，但抬眼看着那漫长的阶梯，又忍不住叹了一口气："看样子，爸爸还是高估了自己的体力啊！要不这样吧，你和北辰先上去，我在后面慢慢爬，能爬到哪里就算哪里！"

向清欢哪里放心他独自一人"慢慢爬"，干脆也默不作声地原地站定，摆出了一副"敌不动我不动"的模样。

僵持之间，一直跟在两人身后默默撑着遮阳伞的陆北辰，把手里的伞和矿泉水都递到了向清欢手里，紧接着走到向天衢身前弯下了腰："向老师，如果您坚持要走的话，就让我背您上去。"

或许是不希望因为自己，让这次观景之旅无休止地耽误下去，又或许是已经清楚地知道，这大概是他有生之年最后一次能近距离地靠近自己曾经为之奋斗的地方，对陆北辰的建议，向天衢没有过多推辞，低声道了几句谢后，慢慢趴在了他的背上。

时间已近正午，明晃晃的太阳高高地悬在头顶。

即便石阶两侧布满了林木，却也挡不住炙热的阳光在空气中蒸出来的一股股热气。

陆北辰低着头，背着向天衢一步步地向上走着，速度不快，步履却很平稳。

即便途中时常有人投来好奇的目光，甚至有人低声发出"这父子俩也太能折腾了吧"之类的议论，他却丝毫不为所动。

向清欢跟在他的身侧，稍一转头就能清楚地看见他手臂上暴起的青筋，和一颗颗顺着他下颌线不断滴落的汗水。

虽然想要帮忙，一时之间又不知自己究竟能做点什么。

扪心自问，即便是至亲骨肉，大概也很难像他这样，在面对长辈那些让人为难的要求时，能如此予取予求、温柔尽心。

比起身为女儿的自己，陆北辰或许才是更懂父亲的那个人。

不知过了多久，陆北辰终于迈步爬上了最后一级台阶。

向清欢不由得松了一口气，赶紧将向天衢从他背上扶了下来。

从观景台的位置向下看，天瞳像是一口银白色锅盖，倒扣在群山之中；锅壁上均匀布局着的三角形反射板在阳光的照耀下熠熠生辉，闪烁着耀眼的光芒；高耸的铁塔环绕四周，犹如劈开天际的长矛，直冲云霄；即便馈源舱并未处于工作状态，一切都只是一幅静止的画面，却让人心生震撼。

向天衢缓步走到了观景台的护栏前，深情地凝视着眼前的庞然大物，一双布满青筋的手，在栏杆上无意识地摩挲着。

过去的四千多个日日夜夜，他曾经无数次耐心地捕捉着这台射电望远镜从外太空所接收到的低秘私语，解读着那些穿越漫长时间后，远道而来的信使所带来的世外信息。

如今，他却只能远远地站在这里，怀着无限的眷恋，和它做最后的告别。

向清欢不想打扰父亲，在他凝神观望时，安静地退到了一边。

晃眼之间，却看到陆北辰似乎想要拧开一瓶矿泉水，然而因为用力过度，一直发抖的手让他连做这样简单的动作都有些吃力。

向清欢赶紧走过去，接过了他手里的矿泉水瓶子，拧开了盖子。

这种"美救英雄"的举动让陆北辰怔了怔，直到对方把水重新塞回他的手里,才低声说了句谢谢。

"这么客气干什么?说起来应该是我谢谢你才对,要不是你帮忙,我爸的这点心愿只怕也很难实现。所以说很多父母重男轻女也不是没有道理,至少关键时候儿子可以帮着干力气活……"

向清欢怕他尴尬,主动开了句玩笑。眼见对方并不接茬,她只能继续没话找话说:"说起来,你应该不是第一次上来吧?"

"不是。事实上,在天瞳还没正式对外开放前,我就偷偷跑来看过。"

"偷偷?"

"嗯……天瞳还没正式对外开放前,很多天文爱好者都想提前参观,但是出于安全考虑,政府设置了安保措施,不允许外来者进入。那时候我年纪还很小,出于好奇,就找了条山路偷摸着溜进来了,最后被人发现,还被好好教育了一顿。"

"看不出来啊,你还挺叛逆的嘛。"

没想到他这么冷静理智的一个人,居然还有这么冲动又孩子气的一面,向清欢吃惊之余,不由得也被激发了好奇心。

然而没等她继续八卦下去,一个初中生模样的小男孩已经拽着自己的父亲,蹦蹦跳跳地跑到了他们面前,一脸好奇地指向了眼前的大锅盖:"爸爸,你说这个望远镜真的可以找到外星人吗?"

"谁知道呢?"

比起满是兴奋的儿子,那位父亲显得兴致缺缺,甚至因为燥热的天气,态度看上去有些不耐烦:"其实我都不知道你干吗一直吵着要来看这个,一台望远镜而已,放在那儿又不会动……而且网上图片视频啥都有,看看不就行了?有这个闲工夫,爸爸带你去水上乐园玩玩不好吗?"

"那可不一样!"

小男孩显然有些不服气,立马认真解释了起来:"我们老师说了,咱们国家的天瞳,是地球看向宇宙的眼睛。而且最近不是有新闻说,它接收到的信号有可能是外星人发来的吗?"

"你就听他们扯犊子吧!真要发现了外星人,还能告诉你?这就是景区为了赚钱,才编出这些东西骗你们这些小孩的!"

"才不是！"

听见自家爸爸一再打击自己，小男孩似乎有些生气了："我们老师说，天瞳建成以后，很快发现了很多之前不知道的星星……"

"是是是，你们老师说得都对！可那又怎么样呢？"

被年幼的儿子一再扫盲，中年男人的脸上有点挂不住了，当即摆出一副过来人的架势，对他展开现实主义教育："你说这鬼东西吧，据说造价花了十多亿，现在一天的运营成本也要几十万……可这么多钱花出去了，它给我们带来了什么呢？无非就是发现了几颗星星！"

在小男孩一脸茫然地注视下，中年男人表现得越发义正词严："且不说那些星星距离地球几十万光年，对我们根本产生不了什么影响，就算真有什么影响，那也得是很久之后的事了，到了那个时候，人类都已经灭绝了也说不定！但你知道眼下全球还有多少人吃不饱饭、看不上病吗？把这些钱用在他们身上，难道不是更有意义？所以啊，做人还是要实际点，多看看眼前，别总在那些虚无缥缈又没有结果的事情上浪费时间精力，知道了吗？"

小男孩的嘴唇动了动，看样子还想要说些什么，可仓促之间，似乎又想不到什么合适的反驳之词，怔怔地站了一阵后，就在父亲的催促下不情不愿地下山了。

望着他沮丧的背影渐行渐远，向清欢的目光也不禁开始放空。

一直以来，她都知道父亲的理想，也知道为了这个理想，父亲和他的同行们有过怎样的付出。

可是在以光年为单位的尺度上，宇宙是如此浩瀚，星辰是如此遥远，相较之下，他们的理想显得如此渺小，又如此遥不可及。

无论是想要寻找人类的起源，还是从宇宙大爆炸之初到当下的任何一段历史，在他们的有生之年，几乎都得不到一个想要的结果。

这样的认知，让向清欢遗憾之余，也感觉有些难过。

天瞳的观景之旅，最终在陆北辰拍完提前准备的所有胶卷后，顺利落下了帷幕。

下山的途中，向天衢像是意犹未尽，一直拉着他低声说着什么。

回到游客服务中心，时间差不多到了下午三点。

取回了寄存的物品后，向清欢正打算找个地方尽快把胶片相机里的照片洗出来，一个剃着平头的中年男人朝着他们的方向探头探脑地打量了一阵后，忽然冲到向天衢面前，满脸激动地打起了招呼。

"老向，好久不见啊！你在这儿干吗呢？"

"蒋工，是你啊！"

见到来人，向天衢显得很高兴，很快拉着向清欢介绍了起来："这是我闺女向清欢，这段时间过来旅游，我就和北辰一起陪她四处转转，没想到这么巧，居然在这儿碰见你了！"

"你闺女居然都这么大了，还这么漂亮，老向你可真是有福气哦！"

姓蒋的男人冲着向清欢和陆北辰分别打了个招呼，很快又扭过了头："老向，你最近怎么样啊？精神好些了吗？晚上还失眠不？这么长时间没见你，我还想着你是不是回燕城看病去了，怎么还留在这儿啊？"

"回什么燕城啊？又不是什么大毛病，哪里用得着这么折腾？"

向天衢的表情明显变得有些慌乱，朝姓蒋的男人使了个眼色后，很快交代道："清欢，蒋叔叔是爸爸之前的同事，好久没见了，想要一起喝杯茶聊聊天。这附近有个天文体验馆还不错，让北辰带你过去转转，好不好？"

向清欢知道他是遇见老同事想要叙旧，又担心言谈之中露出什么破绽让自己担心，才找了个借口把自己支开。

即便对参观天文体验馆并没有太大兴趣，她还是善解人意地点了点头。

天文体验馆距离游客服务中心，步行大概十分钟的距离。场馆由四个风格各异的常设展区、一个高科技特种影院、一个科学艺术长廊、一个主题活动区和一个临时展厅构成。通过声、光、电等特效技术的配合，为四方游客生动演绎着"宇宙、生命、人"的永恒话题。

身为向天衢的女儿，向清欢从小耳濡目染，对天文常识并不陌生，此刻心中又惦记着父亲的病情，即便知道这座场馆被很多天文爱好者称为中国当今最好的天文展览馆,她却依旧兴致缺缺,并没有太多热情。

走进大厅后,首先映入眼帘的是一尊站在地球上手指星空的古人雕像,向清欢随意瞥了一眼,也没在意。

刚想随着人流继续往前走,身边一个满是稚气的声音忽然响了起来:"爸爸,那是谁啊?"

这声音听上去有些耳熟,向清欢忍不住扭头看了看。

几步之外,指着雕塑连声询问的,赫然就是那个在观景台上和父亲发生争执的小男孩。

男孩的父亲正忙着打电话,从他口中不时蹦出"方案""报价""竞标"之类的词汇,显然正陷在一场重要的商务谈判中,短时间内根本分不出精力应付儿子。

小男孩等了一阵得不到回应,有点委屈地瘪起了嘴,很快向前走了几步,像是要自己去寻找答案。

见他满脸失望,向清欢忍不住走到他身边,悄声回应道:"如果没猜错的话,我想那应该是张衡?"

"张衡?"

听到有人接话,小男孩的眼睛亮了起来,也不管身边这个大姐姐并不相熟,立马和她展开了热烈的讨论:"你说的是中国古代那个很厉害的天文学家吗?"

"是啊!"

向清欢被他认真的模样逗笑了,忍不住夸赞道:"没想到你小小年纪,知道得还挺多的嘛!看来学习成绩一定很不错!"

"还行吧。我在学校有参加天文兴趣小组,这些知识点老师都说过!"

小男孩做完自我介绍,又继续问:"姐姐你怎么知道那是张衡啊?"

"就像你知道的那样,张衡是中国古代很伟大的天文学家,因为发明了浑天仪和地动仪,为天文发展做出了很多杰出的贡献,所以我想他应该是最有资格站在这里,作为代表迎接四海宾客的⋯⋯"

陆北辰原本安静地站在一旁,听她和小男孩聊天,然而听到这里,还是忍不住纠正道:"这个姐姐说的知识点都没错,只可惜问题的答案她猜错了。"

"错了?哪里错了?"

"前面那个雕塑不是张衡,而是屈原。"

这个答案不仅让小男孩满脸诧异,就连向清欢也有些意外。

下一秒,她却很快反应了过来。

屈原是诗人,是文学家,是政治家,那些形形色色的身份标签里,都和天文学没什么太大的关系。若是只论在天文发展上做出的贡献,他和张衡自然不可同日而语。

然而——遂古之初,谁传道之?上下未形,何由考之?

两千多年前,屈原亲笔所著的《天问》里,却包含了对宇宙、对天地苍穹、对国家社会和世道人心最深邃的追问。

那些追问跨越千年,见证了从日晷到浑天仪,从望远镜到"天瞳"的岁月变迁,那些和他一样被头顶上的星空震撼过的人,即便遭受误解,即便歧路重重,即便一生都难以得到一个自己想要的结果,对浩瀚宇宙的探知却从未停歇。

薪火相传,责以问道!

这是天文学研究的精神所在,也是在黑暗宇宙中牵引着许多人一路向着深空探索的不灭曙光。

满心的感慨还没结束,陆北辰已经俯下腰,凑到了小男孩面前,声音听上去清朗又温柔:"哥哥之前在观景台那儿见过你,你是因为喜欢天文,才特意来这儿参观旅游的是吗?"

"嗯!"

小男孩用力点了点头,口气却有点沮丧:"我从小就对天文感兴趣,所以才会在学校里参加了天文兴趣小组。可是爸爸告诉我,星星和宇宙距离我们太遥远了,不如把心思放在那些看得见摸得着的东西上……我马上就要上初二了,学习任务也越来越重,所以这次旅游之后,我想他大概不会再允许我继续待在兴趣小组里了……"

"那你自己是怎么想的呢?"

"我也不知道。我觉得爸爸的话有道理,但又觉得研究天文是一件很酷的事……"

"如果你还没想好的话,哥哥给你说个故事好不好?"

"什么故事?"

在小男孩一脸好奇的注视下,陆北辰娓娓道来。

"1970年,一个叫玛丽的赞比亚修女给NASA航天中心的科学副总监恩斯特写了一封信。信中,她质疑目前地球上还有那么多小孩子吃不上饭,在这样的情况下,对方怎么能舍得在遥远的火星项目上花费数十亿美元?"

这个问题听起来,和小男孩的爸爸不久之前的说法如出一辙,这让他忍不住聚精会神地瞪大了眼睛:"那后来呢?那位叫恩斯特的人是怎么说的?"

"收到这封信后,恩斯特很快写下了一封回信,最后这封信被NASA以《为什么要探索宇宙》为标题发表了。所以我想,如果你能认真读一下的话,应该能解答你心中的困惑……"

在陆北辰轻声细语地解释中,向清欢拿出了手机,搜出了那封信。

在那封信中,恩斯特用生动的例子和深入浅出的语言,讲述了探索太空的工程是如何帮助人类解决目前所面临的种种危机,以及基础科学发展为人类带来的意义。

信件的末尾,他真挚地表示:"太空探索不仅仅给人类提供了一面审视自己的镜子,它还能给我们带来全新的技术、全新的挑战和进取精神,以及面对严峻问题时依旧乐观自信的心态。我相信,人类从宇宙中学到的,充分印证了Albert Schweitzer的那句名言——'我忧心忡忡地看待未来,但依旧满怀美好的希望。'"

许久之后,小男孩的父亲终于结束了那通长长的电话,匆匆赶了过来。

发现陆北辰和向清欢一直在替自己看着孩子后,他有些尴尬地笑了笑,随口道了几句谢后,就一边低声说着"不要随便和陌生人说话"之类的警告,一边拉着小男孩走向了展区。

陆北辰也重新恢复了沉默寡言的状态,陪着她继续在天文馆里闲逛。

向清欢走马观花地看了一阵,在进入名为"银河映像"的射电体验厅后,终于停下了脚步:"那个……可以问你一个问题吗?"

"什么?"

"你为什么会选择天文专业?"

"嗯?"

"或者换个问法……你选择天文,是因为相信恩斯特所说的那些话吗?"

"为什么不信?"

"因为那些答案,好像都太虚无缥缈,也太漫长了……"

漫长到终其一生,可能都等不到一个所谓的结果。

和宇宙打交道在世人的眼里充满着浪漫的诗意,可事实上,研究人员每天面对的只有无休止的文献、程序、代码和论文,工作乏味而枯燥。

由于就业困难,许多就读于天文专业的人即便深造至博士,进入社会后也会面临转行的现实。如果继续留在这个领域里,要么就是和自己的父亲一样,进入某个研究机构,一辈子都在和各种理论猜想打交道,直到退休也可能拿不出一个可以运用于实际的成果;要么就是去高校当老师,拿着一份不高不低的薪水,和普世意义上的功成名就无缘。

恩斯特写给玛丽修女的那封回信文采斐然,感人肺腑,甚至会被许多对天文学满是憧憬的人奉为圣经。

如信中所说,在许多推进人类进程的宏大命题上,是专属于天文学家的星光在闪耀,然而星光的背后,掩藏着更多人踽踽独行,却收获寥寥的一生。

在这个以光年为尺度的领域里,能留下名字的人实在太少太少。

那些耗尽心力提出的理论和猜想,可能在经历了几代人的验证后,最终或是变成虚无,或是被证明是个错误。

如今父亲的一生即将走向终点,那些被他聆听过的信号,尝试过的猜想,除了变成论文上的几行文字之外,依旧距离人类的生活那么遥远。

可是陆北辰还那么年轻,那么优秀。

如果不是那么执着地要走天文研究这条路的话,他的人生或许会是另一条充满鲜花和掌声的坦途。

陆北辰看着她,像是有点惊讶她为什么会忽然问出这样一个问题。

许久之后,他轻声反问:"向清欢,你有真正发自内心地喜欢过什么吗?"

她有的……

陆北辰所说的那种"发自内心的喜欢",她曾经是体验过的。

正是因为那样的喜欢,她才会在课业紧张的情况下,依旧见缝插针地争取每一点空余时间,将她脑子里肆意飞扬的"脑洞"变成文字,也会在前途未卜的情况下,毅然走上了编剧这条路。

问题的答案其实纯粹又简单。

在她大学毕业之前的那通电话里,向天衢曾经很明确地告诉过她:"无论成功与否,热爱本身就是最大的意义。"过去十多年,他也一直在身体力行地践行着自己的回答。

只是对她而言,浮华的道路走得太久。

迷失之下,她已经快要忘了当初是为什么要出发了。

思绪纷扰之间,射电体验厅四周的灯光忽然亮了起来,模拟着星际运转的画面瞬间将他们抛入了空茫而浩瀚的宇宙之中。

向清欢骤然一惊,忍不住趔趄着后退了几步。

身体失去平衡之前,一只温暖而干燥的手及时将她拉住了。

"你没事吧?"

"没有……"

耳边有咚咚的声音传来,像是她因为这个突如其来的牵手而骤然加快的心跳。

微妙的情绪似乎也感染了陆北辰,片刻的沉默后,他慢慢将手放开了。

"这声音听起来是不是很奇妙?"

"嗯……像是人类的心脏在跳动。所以它究竟是什么?"

"这是脉冲星发出的声音。"

"星星也有声音?"

"准确来说,由于脉冲星的磁场方向和自转轴不在同一直线上,所以在它旋转的同时会周期性地不断向外发送电子脉冲信号。为了让天文爱好者更直观地感受这一切，工作人员通过技术手段，将脉冲星的信号转换成了声音和音乐。"

向清欢被这神奇的一幕所震慑，好奇心也不禁越发浓烈："所有的脉冲星发出的声音都是这样的吗？"

"不，因为处理手段的不同，会产生截然不同的效果，有的脉冲星的声音听起来像是快板，有的则像非洲鼓。至于你现在听到的这个，来自一万年前一次超新星爆发后产生的帆船座脉冲星，因为酷似心跳，天文爱好者们还特意给它取了个很浪漫名字……"

"什么名字？"

像是应景一般，陆北辰看着她，微微扬起了嘴角："'Throbs of heart'，心之悸动。"

相识以来，这是向清欢第一次见到他笑。

眉目微弯的模样，像是天文照片里最绚烂的星云，又灿烂，又温柔。

那一刻，星光环绕，银河流淌，射电体验厅依旧在营造着最逼真的宇宙图景。

一阵阵咚咚作响的节奏里，向清欢清晰地捕捉到了自己悸动之下的心跳声。

Chapter 03
永不消失的灯塔

天瞳之旅结束后,向清欢留在了小镇上,陪向天衢生活了两个多星期。

在此期间,她也逐渐摸清了陆北辰的生活规律。

早上七点起床,外出锻炼晨跑一个小时,然后会带上新鲜的食材和可口的早餐回家。陪着向天衢吃过早饭后,他会在院子里找个舒适的地方坐下来,要么看书,要么对着电脑敲敲打打。

通常这个时候,那只喜欢撒娇的小黑猫会钻进院子找他玩,兴致高昂时,还会跳到他膝盖上翻肚皮打滚。陆北辰像是习惯了这种一人一猫和平相处的状况,常常会一边撸它,一边忙自己的事,于是键盘敲击的清脆声响里,时常会夹杂着小猫惬意的咕噜声。

午休之后,陆北辰一般会出门,有时候是去杨姐那里帮忙,有时候是去图书馆查资料。遇到温度适宜,向天衢精神又不错的时候,他就会开车带着他们父女在镇子周边的各种小景点里转悠。

日子过得规律而平静,没有出现什么太大的惊喜,向清欢的内心深处却感到了前所未有的安宁和自由。

最初决定留下时,她其实满心忐忑,既害怕向天衢的病情忽然恶化，自己不知该如何面对，又担心朝夕相处之间自己表现不甚，会被对方看出什么端倪。

好在陆北辰态度平静，对他们父女俩照顾有加的同时，并没有表现出那种让人不适的迁就和小心。

但凡遇到什么专业上的难题，他就会去找向天衢讨论，有不同意见时，也会据理力争，并不会因为对方已经从工作岗位上退下来，并且成了一个病人，就小心翼翼地有所避讳。然而遇到对方该吃药、该休息的时候，他也绝不手软，但凡向天衢想要在这两个问题上和他讨价还价，他就会面无表情地守在那里，直到对方乖乖听话，才肯罢休。

从始至终，他似乎从未因为这个和他关系亲厚的长辈被提前判了死刑，而表现出紧张、慌乱和手足无措，也没有因为对方的生命即将走向终结，就放任他任性耍赖，欲予欲求。

等待在前方的，仿佛只是人生中最平淡无奇的一段路。

在那段路的终点真正到来之前，他始终用稳定的情绪和举重若轻的姿态，防止着所有人的情绪提前崩塌的可能性发生。

这种从容又稳定的态度仿佛一剂最有效的镇静剂，让向清欢逐渐放下了惶惶不安的情绪，开始专注地享受起了父女相聚的时光。

与此同时，她也开始考虑该怎么给陆北辰一些力所能及的补偿。

对方和自己的年纪差不多大，研究生毕业还没多久。

工作未定的情况下，显然没有什么稳定的收入。

虽然按照陆北辰自己的说法，他是为了跨校考博才会特意留出这么一段时间来做准备，但向清欢心里清楚，如果不是为了照顾向天衢，他其实可以拥有更多的选择。

无亲无故的情况下，向清欢并不想在他这儿白吃白喝占便宜，但以陆北辰的性子，定然不会接受她花钱买心安。

几经考虑之下，向清欢干脆主动承担起了购买食材的任务，不时通过网购买回一些小镇上难得一见的海鲜和进口水果，委婉地表达自己的心意。

最初陆北辰只是冷眼旁观，并没有要干涉的意思，然而在她变本加厉的行动下，终于还是忍不住提醒："其实你没必要买这么多东西，向老师现在的情况,很多东西也不适合吃。"

"这个我知道。只是有些东西不是买给他的。"

"那是?"

"你这段时间不是在为考博做准备吗?那不得多补充一点营养?我看有些东西镇子里买着不方便,就顺手网购了。"

"这样……"

陆北辰若有所思地点了点头,像是接受了她的说法。

在她以为这件事已经糊弄过去时,他又开口表示:"经济上我还算宽裕,你别有心理负担。"

向清欢一愣:"什么?"

陆北辰悉心解释道:"我妈之前做生意攒了一些钱,临走前都留给了我,而且大学期间,我也一直有在兼职打工和帮着老师做项目,多少有些收入,所以就算暂时不工作,日常生活还是能保证的。"

"那么杨姐那边……"

"她之前开餐馆,我妈投了不少钱,所以现在的生意,我也算是个小股东。虽然按照杨姐的意思,现在餐馆的盈利还算不错,我只要专心读书等着拿分红就好,平日不用往店里跑,但生意上的麻烦事还挺多,我也不能因为她有心照顾我,就真的什么也不过问。所以我去她那里帮忙,只是希望能尽点心意,而不是生活所迫,你也不用因为担心这个而找理由花钱。我这么说……你能安心了吗?"

对方表现得如此坦然,把她那点千回百转的小心思衬托得像个笑话似的。

窘迫之下,向清欢只能干笑了一声,然后顺势找了个话题:"对了,我发现你是跟你妈姓的啊?"

"嗯……怎么了?"

"你爸没意见吗?"

之所以会有这一问,并非她闲来无事,有心挑拨,而是当今社会,一心想要儿子随父姓,执着得仿佛有皇位要继承的家庭实在太多了,能让这么一个出色的孩子随母姓的情况实在有些难得。

"我爸?"

陆北辰哼声一笑，向来平静的口气里出现了难得一见的冷冽："他有什么意见？我姓什么关他什么事？"

向清欢心下一惊，很快意识到自己大概是触碰到了对方不愿被提及的隐私。

但话已出口，一时之间又难以转圜。

正在尴尬之际，陆北辰已经迅速调整好了表情，恢复到平日里情绪稳定的模样："抱歉，我没别的意思。只是想说，我妈取的这个名字我很喜欢，所以不需要别人给什么意见。"

"是是是，这个名字特别好，我也很喜欢。"

"是吗？"

"……"

话赶话说到这儿，情况忽然陷入了尴尬。

陆北辰似笑非笑地看着她，像是在欣赏她口不择言之后的慌乱。

向清欢又羞又窘，恨不得咬断自己的舌头，但木已成舟的情况下，说过的话又不能吞回去，最后只能在对方一脸探究的注视下，抱着她网购回来的一箱子海鲜快步躲进了厨房。

那天午饭过后，向天衢照例回房午休。

陆北辰似乎也没有出门的打算，将一切收拾完毕后，就在院子里找了个阴凉的地方，对着笔记本电脑看资料。

午后的阳光暖融融的，透过繁茂的蔷薇斜斜洒下，在小院勾画出一片斑驳的阴影，小黑猫也像是和几只蝴蝶较上了劲，在花丛中满是兴奋地来回奔跑。

这样明媚又惬意的时光，向清欢实在不想辜负，于是也抱着笔记本电脑找了个地方坐下来。

没想到刚码了几行字，一个意料之外的电话打了进来。

"欢姐，你这段时间去哪里浪了？看这乐不思蜀的劲，该不是有什么艳遇吧？"

打电话的是一个叫俞明的小编剧，虽然论起实际年龄，对方比她还大两个月，却总喜欢一口一个姐地在她面前装嫩卖萌。

之前的工作中，两人曾经一起待过好几个剧组，在长期加班熬夜吃夜宵，外加吐槽甲方的过程中，也算是建立起了坚实的革命友情。

只可惜俞明的运气不太好，前后码了好几百万字的剧本，至今却依旧还在为一个编剧署名权而苦苦挣扎。为了这件事，他没少在向清欢面前抱怨，甚至数次嚷着要转行，眼下忽然打电话来，不知道是否还是因为发生了类似的事情要找她吐槽。

虽然很清楚每次说正事之前，先满嘴跑火车地调侃几句是对方的习惯，但问候中的"艳遇"两个字，还是让向清欢心下一跳，下意识朝陆北辰的方向瞥了一眼，这才背过身去，压低了声音："我在外地办事呢，估计还得待一阵，你找我是有什么事吗？"

"啧啧啧，究竟什么事啊，保密工作做得这么好，居然连我都忽悠！"

俞明嘿嘿笑着，终于说起了正题："算了，既然你在忙，我就长话短说。一个好消息，一个坏消息，你准备先听哪一个？"

不远处还坐着个专心学习的陆北辰，向清欢实在没心情和他闲扯："随便！有事赶紧说！"

"有事我第一个想着告诉你，你居然就这态度？实在太无情了……"

俞明长吁短叹地抱怨了几句，这才笑着表示："好消息是，《白鸟林》的女主角终于敲定了，没意外的话半个月以后开机。"

"敲定了？谁？"

"宋沁！"

这个名字隐约有点耳熟，但一时半会儿又对不上脸："宋沁是谁？之前有什么作品吗？"

"欢姐你这记性……宋沁就是前两年刚从影视学院毕业的那个小姑娘，在《巅峰对决》那部剧里演女主角室友，当时你还夸过她漂亮又有灵气，怎么忘了？"

"哦，是她啊！"

经他提醒，一张灵动俏丽的脸落进了向清欢的脑海。

如果是和那姑娘合作的话，还真可以算得上是个好消息了。

《白鸟林》是一部罪案题材的都市悬疑剧，因为评级不高，投资有限，所以剧本创作期间，大佬们都没提出什么太离谱的建议和要求。

对这个能够充分发挥主观能动性的机会，向清欢倒是很珍惜，接到工作之后，就和编剧组的小伙伴们一起认认真真地把剧本打磨了好几遍。

没想到初稿刚定，早已签下合同的男主角叶麟忽然因为一档综艺爆红出圈，从一个微博粉丝不过百万的四线小明星，直接飞升为圈内一线，从而吸引到了不少资方的关注，这也让《白鸟林》一直未曾敲定的女主角瞬间成了圈内抢手的香饽饽。

在此之后，有关《白鸟林》女主角的选角传闻隔三岔五就会登上热搜，项目组在借机炒作宣传的同时，也开始频频和许多有名有姓的大牌女演员接触。

演员的变动往往意味着番位之争，随之而来的就是剧本的大幅度修改，毕竟谁都不愿意自己辛辛苦苦工作了半天，却是替他人作嫁衣，让同事出风头。

向清欢之前曾经历过因为演员临时更换，而被不断要求编剧加戏减戏甚至写飞页的噩梦，至今想起来仍觉得心有戚戚焉。

只是没想到这块香馍馍把各家女明星遛了一圈后，最后居然落到了宋沁这么个名不见经传的新人女演员手中。

电话那头，俞明依旧表现得兴致勃勃："说起来也是她命好，本来这部剧定了某个顶流大花，都准备签合同了。结果对方仗着自己粉丝多，死活不肯和男主角平番，非要压他一头，剧组实在搞不定，又急着开机，权衡了半天，最后只能把宋沁给签下来了。"

这种专业过硬，又名气不大的新人女演员进了剧组，想来不会多生事端，给编剧团队添堵。想到这里，向清欢不由得松了一口气："好消息我已经知道了，那坏消息呢？"

"坏消息是……女二号签了谢芷纭。"

"……"

一秒钟前还满是雀跃的心情瞬间像被人浇了一盆凉水，心寒之下，向清欢连说话都带上了几分生无可恋的劲："制片人和导演都怎么想的？女二号人设那么好，适合出演的女演员多了去了，干吗签这么个喜欢炒作的惹事精？"

"这你就不知道了吧？"

俞明也跟着叹气，八卦的劲头依旧很足："谢芷纭最近勾搭上了东阳娱乐的太子爷瞿明，两人好得如胶似漆，当街热吻的画面都被狗仔拍到好几回了！东阳娱乐又是这部戏的重要投资方之一，这种情况下，她想要点什么资源不都是勾勾手指的事？要不是导演组还有点节操，谢小姐的演技又实在是拿不上台面，别说女二号了，只怕女一号都是她的！"

"……"

虽然不想承认，但向清欢很清楚，若单论美貌度，这位谢小姐的确是有在娱乐圈里作天作地的资本。身高脸小骨相极佳，举手投足间又自带风情，也难怪富家公子们一个个捧着资源追在她身后，只求博美人一笑。

只可惜她天赋有限，又不肯用功，但凡出镜，唯一的考虑就是如何在镜头前最大程度展示自己的美貌。

原本这样的角色当个漂亮花瓶也算是物尽其用，然而谢小姐心比天高，接连几部担纲女主角的烂剧无效播出后，就开始顶着女二号女三号的身份在那些配置不错的剧里抢戏作妖。

向清欢之前和她打过交道，知道她飞扬跋扈的戏精性格，一想到原本有机会好好打磨的一部剧很可能因为她的加入而变得乌烟瘴气，她只觉得无比郁闷。

俞明并未就此打住，依旧在电话那端火上浇油："签约没多久，谢芷纭的经纪人打了电话过来，说是想在开机之前请剧组的工作人员吃个饭，提前熟悉下关系。所以我这次找你也是想问问，你老人家究竟啥时候有空，我好和人家说一声！"

向清欢深知这种饭局无异于鸿门宴，去了就得听谢小姐以自我为中心地对剧本提出各种"修改建议"，心烦之下，她想都没想，立马回绝："我没空，要去你们自己去。"

"别啊！人家知道你是这部剧的主笔编剧，可是指名道姓了要把你叫上呢！"

俞明怕她得罪人，赶紧苦口婆心地开始劝："再说了，合同都签了，大家迟早要见面的，与其让她进组之后再提要求，把咱们搞得鸡飞狗跳，不如早点接触，知道她有什么想法，也好提前做个准备不是？"

对方话糙理不糙，作为编剧团队的主笔，项目开机之后自己不可能一直不和演员们打交道。

可是一想到谢芷纭那飞扬跋扈又矫揉造作的性格，向清欢又实在觉得不舒服。

几经挣扎后，她也不想俞明太为难，只能重重叹了一口气："那行吧，我先看看最近的安排。等回程的时间定了，我第一时间和你说。"

因为那通电话，向清欢心情变得有些糟糕，电脑上的文字写了删，删了写，弄到最后居然比刚打开文档那阵还少了几行。

好不容易到了晚饭时间，她心不在焉地扒拉了几口，放了筷子以后正打算重整旗鼓，把下午没完成的工作补上，陆北辰忽然轻声提醒道："一会儿你方便的话，洗一点冰箱里的水果，拿去天台，我收拾好东西就上去。"

向清欢一愣："你要干吗？"

陆北辰有些神秘地朝她眨了眨眼："晚点你就知道了。"

虽然在这栋小楼里住了两个多星期，但是秉承着客人的自我修养，向清欢大部分时间都在客厅、小院或是自己的房间里待着，从未到处乱跑。

如今第一次爬上小楼的天台，却发现另有一番景象。

和大多数当地人用来晾晒衣物或者圈养家禽的天台不同，眼前这地方显然是被精心打理过的。

除了有雨棚、躺椅、茶几和茶具之外，居然还摆放了一台漂亮的天文望远镜。

鉴于有着幼年时经常陪父亲外出观星的经验，向清欢对民用天文望远镜的品类和性能也有些基本的了解。

好奇之下，她快步走到了那台望远镜的旁边，细细查看了起来。

机器似乎有些年纪了，却被保护得很好，乳白色的镜筒上标注着"BOSMA"的字样，乍眼一看像个超大号的保温瓶。

虽然外观并不太起眼,但向清欢还是很快意识到,这是一台被天文爱好者们戏称为"煤气罐"的博冠马卡150,价格接近五位数。虽然在民用望远镜里算不上顶配,但其卓越的性能和高性价比,还是让它在观星爱好者中大受欢迎。

只是天文学发展到现在,射电望远镜早已经取代了光学望远镜,成为观测和研究的主流。陆北辰作为一个专业人士,不知道买这么个花里胡哨的机器干什么……

没等她继续琢磨下去,陆北辰已经拿了几个软垫上来,放在了躺椅上,看样子似乎是要打持久战。

好奇之下,向清欢不由得再次确认:"你这又是准备水果,又是拿垫子的,究竟是打算干吗啊?该不会是打算在天台上搞露营吧?"

"差不多。"

陆北辰点了点头:"这段时间是英仙座流星雨的活跃期,今天差不多能到达峰值。我想这种景象你们女孩子应该喜欢,所以特意让你上来看看。"

搞了半天,他居然是在打这个主意。

只是……

"看个流星雨还需要专门准备天文望远镜?"

"那倒不是。望远镜视野太窄,一般用来定点观察比较好。这儿没什么污染,如果是看流星雨的话,肉眼已经足够了。"

"我就说嘛……"

向清欢一边说着,一边拍了拍那台望远镜:"不过你既然是干这行的,能接触的专业设备应该挺多的吧?干吗还要花钱买这个?"

"不是我买的。"

"嗯?"

向清欢原本只是随口一问,却被对方稍显犹豫的态度激起了好奇心:"既然不是买的,那就是别人送的喽?"

"是。"

"谁这么大手笔,难道是你的女朋友?"

"不是。我没有女朋友。"

见她斜着眼睛，一脸的不相信，陆北辰犹豫之下，终于给了个答案："这台望远镜是我高中毕业那年，向老师送给我的。"

"……"

明知道向天衢把他当成亲儿子养，自己真是脑子抽了才会自找没趣。

沉默之间，向天衢拿着个保温杯，慢悠悠地上了天台。

见两人站在一起，他也凑了过来："你俩说什么呢，聊得这么高兴？"

"没什么，随便聊聊读书时候的事……"

"读书时候的事？什么事？"

向清欢不想因为望远镜的事让父女之间再生嫌隙，赶紧随口胡诌："我刚在问他，明明从小就喜欢天文，怎么大学却学了物理？"

"这很正常啊，一方面是因为北辰考的大学本科没有设天文专业，只有物理学专业的射电天文方向，最接近他想学习的专业领域。另一方面，物理是天文专业学习的基石，以后想要有更好的发展，需要好好打基础。而且除了物理之外，本科学习光学、机械、电子、自动控制、计算机等专业的同学，都是可以报考天文学方向的研究生的……"

向天衢耐心解释了一阵，随即话锋一转："你不也是大学学了四年金融，最后却干起了影视编剧吗？虽然说不上学以致用，但之前学习到的金融知识，想必也能给你带来很多帮助吧？"

"其实也就……还好啦！"

一番话戳中了向清欢的痛处，她敷衍了两句，准备到此打住。

然而向天衢像是来了兴趣，继续孜孜不倦地追问着："说起来，你工作也有三四年了，之前看你那状态，好像做了不少项目。爸爸之前工作忙，一直都没好好问过你，你究竟都写了些什么剧？有没有已经播出的？反正爸爸现在也挺闲，你要不要推荐几部让我瞧瞧？"

在对方满是期待的追问声里，向清欢一脸窘迫地站在那儿，实在不知道该如何是好。

她的那些"作品"，随便打开一部，弹幕和评论区都是差评和吐槽。

即便她屏蔽掉这一切，专门下载一份"洁净版"，想来以向天衢向来严谨的性格，看到那些矫揉造作，有违基本常识的糟烂情节，就算表面不予评价，内心也会大皱眉头。

可是要坦言过去这些年，她所有的努力都没换来一个拿得出手的"作品"，又实在太可悲了。

还没想好如何应付，陆北辰先一步开口了："向老师是想看看清欢的作品吗？"

"是啊！"

向天衢没能察觉到女儿的尴尬，表情还是乐呵呵的："虽然我知道，清欢写的那些剧离我的生活可能有些远，但我也想借机了解下你们年轻人都在想什么。"

"既然这样，晚些时候我帮你找几部。"

说话之间，原本疏朗静谧的天空中忽然亮起了几道长长的光带，像是有淘气的孩童拿着金色的荧光笔在黑色的画布上涂抹。

紧接着，那些光带越来越多，速度也越来越快，恍惚之间，竟是如落雨一般，让人眼花缭乱。

向清欢知道，这是以英仙座Y星附近为辐射点出现的流星雨，每年七到八月间都会稳定出现。流星的亮度一般在二等以上，偶尔还会出现彩色的火流星，速度高达60公里每秒的高速流星群里，有超过40%会留下尾迹，形成流星痕。

在理想的观测地区，整个晚上可能看见的流星甚至接近千数，因为场面活跃，又容易被观测，向来备受观星爱好者们的青睐。

向天衢尚未离开燕城时，每逢这个时候，都会带上她一起，欣赏这场来自宇宙的视觉盛宴，还会在旁人都合掌祈愿时，耐心地给她解释流星雨的成因。

所以她很清楚，这种在影视剧中促成了无数浪漫情缘的现象，究其本质是和彗星有关。当彗星接近太阳时，会因太阳的热力而使其表面的冰块及沙石升华，这些升华的物质就是日后的流星体。

彗星绕日运转中，部分流星体会和彗星分离，由于太阳光压及行星作用力，继而不断扩散，互相远离。当地球的运行轨道与彗星轨道相交时，流星体受地球地心吸力影响，会闯入地球大气层并且燃烧，而燃烧时所产生的火焰亮光，便是人们所看到的流星雨。

即便知道真相，此刻的她还是忍不住双手合十，闭上了眼睛，在心中虔诚祈愿。

祈愿一切都只是个误会，父亲依旧身体健康，无病无灾。

祈愿在未来的日子里，他能够平安喜乐，事事顺遂。

眼睛重新睁开时，陆北辰的脸刚好也扭了过来。

四目相接之下，向清欢的脸不由得热了起来。

在从事天文研究的专业人员面前，搞这种神神道道的祈愿行为，实在是有点可笑，更何况向天衢的病况已经是板上钉钉的事实，又哪里是她祈一下福、许一下愿，就能改变的？

不过从陆北辰的反应来看，似乎并没有要嘲笑她的意思。

"今年天气不错，不像去年刚好赶上满月，月亮的强光对流星雨的观测造成了不小的影响，外加镇子里也没什么光污染，观测的舒适度会比在城市里要高很多。"

"所以呢？"

"所以既然有这么多流星陪着你许愿，愿望是一定能实现的。"

"你还信这个？就算观测条件再好，能被普通人看到的流星也就百来颗吧，全世界那么多人许愿，它们忙得过来吗？"

向清欢被他一本正经的样子逗笑了，随即起了谈性："我爸已经下去洗漱了，一会儿你准备怎么应付他？"

"应付？"

"我的意思是，你准备找些什么剧推给他？"

陆北辰反应极快，领会到了她的意思："怎么，你是不打算给他看自己的作品吗？"

虽然不想承认，但向清欢还是忍不住重重叹了口气："我倒是想，但那些剧吧……从我写完剧本到拍摄完成，中间不知道要被各方人马修改多少轮，最后被搬上屏幕时，往往离谱得连我这个亲妈都不认识。虽然我不能说自己有多无辜，但无论如何，编剧那一栏毕竟挂着我的名字，要是知道那么多人都在骂自家姑娘，他心里该多难过？"

陆北辰不置可否地嗯了一声，慢慢把头扭了回去。

就在向清欢以为他已经心领神会地决定放弃这个话题时，陆北辰再次开口了。

"其实你写的那些剧，有几部我觉得还不错。"

"听你这意思……是看过我的剧？"

"这很奇怪吗？"

"可是你看上去并不像是对青春偶像剧感兴趣的样子……"

"我看那些剧，倒不是因为兴趣。"

"那是因为什么？"

"因为向老师一直以你为傲，总在我面前念叨。我觉得好奇，干脆把你的作品翻出来瞧了瞧。"

"你都是什么时候看的？"

"你来之前看过一些，这段时间也突击补了不少。"

这段时间？就在她的眼皮子底下？

这个回答实在太让向清欢意外了。

在她的印象里，陆北辰但凡对着电脑的时候，不是忙着看文献，就是在专注地写代码，根本没见他在聊天追剧之类的事情上浪费过时间。

所以他究竟是怎么操作的？

像是看出了她的疑虑，对方很快给了个解释："我学习或者干活的时候会开个视频小窗当背景音。你的那些剧，人物关系和故事都不复杂，所以就算偶有遗漏，也不影响对剧情的理解。"

好吧……学霸的世界她不懂。

毕竟从市场反馈来看，她的那些弱智剧，也就是观众吃饭健身时用来打发无聊的产品，并不值得对方专门花费时间细细观摩。

虽然已经有了这个认知，但这一刻她难免还是有些难堪，于是只能摆出一脸不经意的表情："你平时看剧多吗？"

"不算多，看电影多些。"

"有什么喜欢的？"

"*Interstellar*（《星际穿越》），还有最近刚补的 *The Man From Earth*（《这个男人来自地球》）……"

原来这家伙是个科幻片爱好者,还兼容审美不俗的小众文艺风格。

念头至此,向清欢不由得一阵苦笑:"以你的阅片口味,还能勉为其难地对我的作品评价一句还不错,我可真是荣幸之至。"

"我不是在说场面话敷衍你……"

陆北辰也跟着笑了起来,口气却很认真:"你做编剧的那部《灯塔》,我是真的蛮喜欢的,前后看了得有好几遍。"

"《灯塔》?你居然连这个也看过?"

这下,向清欢是真的有些震惊了。

《灯塔》是向清欢初涉编剧行业不久写下的一部作品。

虽然已经过去了四五年,故事的内容却依旧记忆清晰。

一个年轻的男孩子,自小和族人们一起生活在一座小岛上,以捕鱼为生。

十五岁那年,一艘遭遇海难的小船被冲到了小岛上,让他认识了船上的两个幸存者。从幸存者的口中,男孩知道了大海并非不可逾越,在海的那一头,还存在着一片更大更精彩的世界。

男孩就此动了心,想要跟着他们一起走,去亲眼见证那个全新的世界,但这个想法遭遇了族人们的反对。

在他们看来,眼下的生活安顺平稳,即便偶有天灾,在他们的虔诚祈福下也能平稳度过。但海那边的世界都是未知,根本不知道藏着多少凶险,更何况,大海是如此神秘莫测,一旦风暴降临,他们完全不知道该如何应付。

不久之后,两位幸存者养好了身体,决意离开小岛。

临行之前,他们告诉男孩,如果有一天他想要去海的那边看看的话,可以在旅途中留意海面的灯塔,它们会为他指明道路。

幸存者走后没多久,海上风暴骤起,漫天的惊雷和咆哮的巨浪让小男孩担心起了那两位朋友的安危,于是开始不断为他们祈福。

让人难过的是,不久之后,海浪将那艘小船破碎的残骸和两位幸存者的尸体冲回了岛边。目睹这一切后,男孩的族人们只觉得满心惶惶,于是更加严厉地阻止男孩想要离开小岛的行动。

接下来的日子里，男孩一天天长大，从孩子长成青年，娶了岛上最漂亮的女孩，生下了一个可爱的孩子，日复一日的平淡生活里，他再也没有提过想要出海的事。但是在他的内心深处，从未忘记过那座灯塔，也从未放弃过想要离开小岛，去海的那一边看看的念头。

终于有一天，一场风暴再次将一艘船掀到了岸边。

与他幼年时见过的那艘小船不同，这次的船不仅更大更牢固，还装载着有关另外那个世界的图册。图片上精彩纷呈的画面再次勾起了青年心中的梦想，于是他再也按捺不住自己的冲动，将自己的心事偷偷告诉了妻子，想让她和自己一起走。

对他的想法，妻子只觉得惶恐。

她无法理解自己的丈夫为什么不能安安稳稳地守着她和孩子，非要去追求那些看不见摸不着的海市蜃楼。几经争论之后，她却没有将这一切告诉自己的族人，而是默默准备起了水和食物。

数日之后，青年告别了妻儿，登上了那艘小船，朝着大海的深处驶去。

旅途中，他屡遭风险，好几次差点被巨浪吞噬。即便如此，他却从未想过要回头。

不久之后，船上的食物和淡水已然告罄，但大海依旧无止无尽，没有尽头。饥渴难耐之下，青年没有力气再划动船只，只能靠在船头，等着死亡的到来。

即将昏迷之前，他的眼前忽然出现了一阵光亮，那是在他脑海中幻想过千万次的灯塔！

在灯塔的召唤下，青年重新鼓起了勇气，奋力将小船划向了远方的目标……

这个剧本写得很快，完结之后，向清欢将它投给了一个网站举办的编剧大赛。

因为经验不足，笔触青涩，作者又没什么知名度，这个作品最终没能获奖，但因为那个开放式的结局，引发了不少讨论。

有人认定青年最终实现了自己的心愿，抵达了理想的彼岸，有人却觉得那不过只是他临死前的一个梦境，灯塔也只存在他的幻想之中。

那个时候的向清欢还没有什么追名逐利的想法，即便作品与奖项无缘，但能引发公众的讨论，已经足够让她满心雀跃，备感满足。

谁料不久之后，她在查看讨论的过程中忽然收到了一条私信，发信人表示，自己是一名电影学院导演系的学生，对她的剧本很感兴趣，想要拍个微电影。只是预算有限的情况下，想要和她商量一下具体的授权价格。

这条私信她原本没有放在心上，只是随意问了一下对方的创作思路和想法，谁料到不过半个月的时间，对方就给她发来了厚厚一沓的概念草图。

自己随手写下的一个剧本居然让人如此认真对待，这让向清欢感动之余也不禁上了心。在确认那个一腔热血的大学生是真的喜欢这个剧本，并极力想要把它变成影像之后，向清欢抱着知己难得的心情，直接大手一挥，将剧本做了免费授权。

半年之后，同名微电影《灯塔》制作完毕，对方第一时间将成品发到了她的邮箱。

虽然在预算有限的情况下，整部剧的服化道都十分粗糙，所有关于大海的戏份，也只是在一个农村的小水塘里拍摄完成，但无论是演员的精准表演，还是那些鲜活的镜头语言，都充分展示着导演出色的才华和认真严谨的工作态度。

征得她的同意后，那位大学生导演将这部微电影上传到了各大视频网站，然而在推广有限的情况下，未曾掀起任何水花。

但是在向清欢的心目中，这是她从业以来写得最自由肆意，完成度也最高的一部作品，让她惊诧的是，这么一部冷门到未曾开分的作品，究竟是怎么被陆北辰翻出来的？

惊诧之间，陆北辰却没有再继续解释的意思，而是抬眼看向了天空："流星雨已经看到了，趁着今晚天气还不错，你还想看看别的东西吗？"

"别的什么？"

陆北辰没接话，却已经开始调整望远镜的极轴，并将主镜和赤道仪做同轴校准。

在他熟练的操作下，镜头很快锁定住了天空中最明亮的一颗星体。

即便不能像父亲一样，能轻易对天空中的诸多星座加以辨认，但向清欢还是知道，望远镜此刻对准的，是大多数人耳熟能详的北极星。

北极星是距离北天极最近的明亮恒星，但即便通过天文望远镜观察，能看到的也仅仅只是一个亮点，和肉眼观测的结果，并没有太大区别。

所以她不太清楚，对方究竟想要做什么。

像是察觉到了她内心的疑惑，陆北辰轻声解释了起来："在宇宙中寻找特定的观测目标时，我们通常会需要借助导星设备。但因为地球在自转，通过天文望远镜看天上的星星是会产生移动的。只有将望远镜的极轴对准北极星，让望远镜的旋转轴大致和地球南北极轴保持一致，才能更加精确有效地寻找到目标星系。"

虽然在她的印象里，类似的操作向天衢也做过，但或许是因为她年纪太小，并未和她解释其中的原理。

如今这明明白白的一番话听下来，她自觉受益良多，忍不住点头表示："我明白了，因为地球的自转轴正好对着北极星，所以它不会像其他恒星那样随着地球自转而东升西落。对寻星者而言，它就像是……"

"就像是导星系统在星辰大海中巡游时，永远不消失的一盏灯塔。"

说话之间，陆北辰再次进行了手动矫正，将导星系统连接手机APP后，输入了"M31"的名称。

赤道仪上的绿灯开始闪烁，那意味着系统已经进入工作状态。

各种曲线接连跳动之下，陆北辰有条不紊地打开了摄像头，在暗场的情况下开始让相机持续曝光。

不久之后，随着导星工作已完成的提示跳上显示屏，他终于轻吁了一口气，然后朝向清欢招了招手："好了，过来看看吧！"

"这是什么？"

"银河系之外的世界！"

从目镜的取景框看过去，停驻在镜头中心的，是一颗细小的星子。

它挂在漆黑的夜空中，像画布上不经意间被甩上的白色光斑，几乎没有任何细节。

但因为那个名为M31的梅西耶星编号,向清欢知道,那是地球上的人类肉眼可见的最遥远的天体——直径足有22光年的仙女座大星云。

即便它如今看上去是如此微小渺茫,如此不起眼,但事实上,它的直径足有银河系的1.6倍,目前正以每秒300公里的速度朝着银河系运动。

在大约三十到四十年之后,它将会和地球所在的银河系紧紧拥抱在一起。

虽然那个结果还只存在于预测里,即便真的到来,也已经和她毫无干系,但这一刻,某种无力的宿命感,还是让她忍不住深深叹了口气。

陆北辰侧眼旁观:"怎么了?感觉你好像有点失望?"

"那倒没有。我只是觉得……人类真是渺小,很多事情明明知道可能会发生,却根本改变不了什么。"

"那你有没有想过,很多事情,其实在你察觉的时候,它就已经发生了呢?"

"什么意思?"

"我们见到的太阳,其实是8分钟之前的太阳,见到的月亮,是1.3秒之前的月亮,见到1英里之外的建筑,是5微秒之前存在的,甚至你在我一米之外,我见到的也是3纳秒以前的你。我们所眼见的都是过去,而一切也都会过去。"

徐徐的夜风之中,他的声音听上去是如此温柔,这让向清欢一时之间甚至无法分辨,他究竟是在客观阐述生命的本质,还是在变着法地安慰自己。

但她还是努力振作了一下精神,让那些关于宇宙本质的讨论回归到现实问题:"对了,有个问题想问你,你是怎么发现《灯塔》那部剧的?"

毕竟这部剧实在太小众,而且从未出现在公司为自己准备的官方资料中。

陆北辰微微一笑:"我看过你的微博。"

是了……

当初看完那部微电影后,她的确是因为激动难耐,接连发了好几条微博,以抒发自己的喜爱之情。

只是那时候的她完完全全只是个小透明,微博只是一个树洞般的存在,并没有太多人关注。

没想到历史那么久远的东西,居然还是被人翻出来了。

想到对方饶有兴致地在自己的微博上浏览黑历史的模样,向清欢不由得有些羞窘,忍不住解释道:"那部剧是几个在校大学生拍的,制作挺粗糙,几乎没什么人关注,难为你还愿意看上一眼……"

"不!"

陆北辰摇了摇头,很认真的样子:"我是真的很喜欢那部剧。"

"为什么?"

"具体说不上来……可能是觉得男主角和我有点像?"

"看不出来你这人还挺自恋的。"

谈话至此,气氛忽然变得有点微妙。

最后还是陆北辰先清了清嗓子:"时间也不早了,要不你先下楼休息吧?"

"那你呢?"

"我还想再拍几张照片。"

"那你忙你的,我去那边吹吹风,等困了就下楼,你不用管我。"

"嗯……"

陆北辰点了点头,开始专心致志地摆弄电脑和相机。

向清欢找了张躺椅躺下,看着他忙碌的背影,慢慢合上了眼睛。

天地开阔,群星环绕,宇宙将她包裹其间,然后无休止地向外延伸,就连远在250万光年之外的仙女星云,也在向她频频眨眼,释放着温柔的信号。

没有喧嚣,没有争吵,没有层层压力下的KPI,只有微风萦绕,和不远处的那个人偶尔摆弄机器时发出的沙沙声。

那一刻,向清欢觉得自己飘浮了起来,轻盈的灵魂在宇宙中自由驰骋,耳边的沙沙声是牵引着她的引线,在她感觉孤单疲惫的时候,可以随时回家,获得一个温暖的拥抱。

不知过了多久,她从迷迷糊糊的状态中清醒,才发现身上不知什么时候多了一层薄毯。

陆北辰坐在离她不远的一张躺椅上，目光怔怔地看着天空，像是在想着什么不为人知的心事。

"现在几点了？"

"凌晨三点过了吧。"

"你的照片忙完了？"

"嗯……差不多吧。"

"那干吗不叫醒我？"

"看你睡得挺香的，想着反正也没什么事，干脆让你多睡会儿。"

说话之间，陆北辰从口袋中拿出了一张照片："刚下楼打出来的，颜色不算太好。要是不嫌弃的话，送给你了。"

向清欢把照片接在手里，借着天台上微弱的灯光，细细看了起来。

那是一张M31在历经了六个小时的曝光之后拍摄出来的照片。

与之前从望远镜里见到的情形不同，长时间的曝光之后，大仙女星云从一个微弱的光斑，变成了一个盘状结构的旋涡。

旋涡的最外层是浅蓝色，向内塌陷的部分颜色逐渐变深。

深蓝、金紫、靛蓝、玫红……层层晕染之下，聚焦在旋涡的中心处，形成了亮白的光点。

在周边细碎的星芒衬托下，它看上去又华丽，又璀璨，美得动人心魄！

向清欢紧握着那张照片，觉得心跳忽然快得有些不寻常。

虽然知道这大概只是对方的无心之举，并没有什么特别的意思，她还是忍不住低声问道："你忙到大半夜就是为了拍这个？"

"嗯。"

"怎么忽然想到送这个给我？"

"下午听到你打电话，我猜你大概快要走了……就当作一个纪念吧。

陆北辰扭过头，目光重新投向了远处的星河，声音轻轻的，听不出太多波澜："医院那边，我已经联系好了。你走了以后，我会劝向老师尽快住院的。"

向清欢的确做好了要走的打算，只是还没想好要怎么开口。

许多工作需要回燕城处理是原因之一，但更重要的，是向天衢的身体问题。

虽然近两周的相处时间里，对方努力表现得一切如常，遇到天气没那么热的时候，还会陪着她在镇子周边的景点逛上几圈，但向清欢还是注意到，他瞒着自己偷偷吃药的频次已经越来越高。

虽然一切无可逆转，但能住进医院，被专业的医护人员照顾，总比在家熬着要好。

只是为了守住身患绝症的秘密，让彼此心安，只要她还在，向天衢铁定是不肯进医院的。

陆北辰显然也很清楚这一点，所以才会在她主动开口之前，委婉地给她下了"逐客令"，至于后续将要面对的一切，对方似乎也没准备让她多费心。

在外人看来，整件事似乎非常诡异。

作为父亲，向天衢宁愿把自己死亡之前最脆弱不堪的时光，交付在一个丝毫没有血缘关系的外人手里，却不肯对亲生女儿透露分毫；作为女儿，向清欢明明已经知道了这个秘密，却还要装作没事人一般，配合着对方演戏。

幸好陆北辰始终情绪稳定，不动声色之间将所有事情都安排得井井有条。

仿佛在他看来，父女间这些相互欺瞒的小把戏都是理所当然，并没有什么地方值得指摘和诟病。

买好了回程的机票后，向清欢终于开口和向天衢辞行。

大概是两周时间的愉快相处一定程度上弥补了自己的遗憾，又或许是清楚自己的身体情况已经无法再继续隐瞒下去，得知向清欢即将回燕城之后，向天衢只是交代了一些要注意身体、少熬夜之类的话，并未再做挽留。

向清欢怕他难过，全程强撑着笑脸。

然而在她表示"忙完了手里的项目我再来看您"后，向天衢只是含笑敷衍，竟连一个虚假的约定也不敢答应。

心痛之下，向清欢只觉得眼睛发酸，又怕对方看出破绽，只能转而看向了陆北辰："来这儿打扰了这么久，也不知道该怎么感谢。如果不介意的话，我请你吃个饭吧？"

陆北辰想了想，也没推辞："行，那一会儿我送你去机场，路上找个地方吃。"

车子开往机场之前，陆北辰将她带去了镇子中心的一家小饭店。

虽然还没到用餐高峰，但店里已经坐了不少人，生意看起来很红火。

进门之后，小伙计很快迎了上来，先是对向清欢上下打量了一下，然后笑着招呼道："辰哥，带朋友来吃饭啊？"

"嗯。"

"想吃点什么？我让厨房给你做！"

"我们赶时间，炒几个不那么辣的家常菜就行了。"

"好嘞，你稍等啊！"

几句寒暄之后，小伙计转身进了厨房，全程连菜单都没拿出来。

陆北辰也不在意，交代完小伙计后，找了个靠窗的位置坐了下来。

向清欢明明已经做好了请客的打算，在他的安排下却连说话的机会都没有，一时间也有点郁闷："说好了请你吃饭，怎么菜都不让我好好点几个？"

陆北辰一脸的不以为意："这里做的都是些家常菜，也点不出什么花样。何况大师傅手艺还不错，让他自由发挥就好，应该出不了什么岔子。"

向清欢犹自不服气："你就这么放心？不怕他们拿一些滞销的食材应付你？"

"理论上应该不会。"

"为什么？"

"你见过几个店家敢坑自己老板的？"

"……"

搞了半天，这就是当年陆婷投资的那家小饭馆。

难怪他叫起菜来轻车熟路，跟在自己家一样。

不过即便清楚了这层关系，向清欢也没打算占他便宜："行吧。但是咱们之前已经说好了，就算你是老板，今天这顿饭也得我买单！"

陆北辰不置可否地笑了笑："你特意约我吃饭，应该不是想要讨论这个吧？有什么需要交代的，你现在可以说了。"

对方态度直接，向清欢也没再多客套，低头喝了口茶后，拿出了那张银行卡："这张卡，还是你拿着吧。"

"不用了吧？要请客也花不了这么多。"

"……"

向清欢不知他是真没明白还是在装傻，只能把话挑明："我爸住院期间，花费肯定少不了，这些钱都是他的，你该用就用，也别为了留给我，特意省着。"

陆北辰这才嗯了一声，依旧任由她拿着卡的手举在半空："除了这个，还有别的吗？"

"还有就是……我能不能加你的微信？我爸要是有什么事，咱们也好及时沟通。"

"好。"

这一次，陆北辰倒是很快拿出了手机，调出了一个微信二维码。

添加完好友，气氛很快又沉默了下来。

见他没有要收卡的意思，向清欢正打算再劝说几句，几位男客相互寒暄着从门外走了进来。

眼见来了生意，小伙计赶紧迎了上去，冲着其中一人打起了招呼："蒋工，你可是好久都没来吃饭了，工作挺忙的吧？今天打算吃点啥啊？"

"是啊！刚忙了一个多星期，赶紧出来放放风。咱们还是老规矩，你赶紧的！"

听到那熟悉的称谓，向清欢不由得抬了抬眼。

被小伙计称为"蒋工"的中年人看上去有些面熟，显然就是两个星期之前，从天瞳观景台下来之后见到的那一个。

按照规矩，和父亲曾经的老同事偶遇，她原本应该去主动打个招呼。

然而仅有一面之缘的情况下,她也不确定对方是否还记得起自己,犹豫了一阵后,还是坐着没动。

一通寒暄之后,客人们最终挑了个他们斜前方的位置坐下,一边喝着茶,一边继续闲聊。

如果向天衢没有患病,平日里过的大概也是这样的生活。

在基地里心无旁骛地持续工作一两周后,可以获得一个短暂的假期,然后邀上三五好友,一起找个熟悉的地方吃吃饭、聊聊天,像普通人一样体验一下热闹的烟火气,然后再重新回到与世隔绝的工作环境中,去继续那些单调枯燥、却让他们乐在其中的工作。

想到这里,向清欢只觉得又是遗憾、又是难过,正准备收敛心神,继续劝说陆北辰收下那张银行卡,男客们的八卦却再次引起了她的注意。

"对了,你们还不知道吧,半个月前我见到老向了,身边还跟着她闺女呢!听他说闺女现在在燕城工作,也不知道是不是过来接人的。"

"就老向那情况,换个环境应该能好些吧?"

坐在蒋工身旁一个戴眼镜的男人似有所感,忍不住长长一声叹:"其实老向这个人吧,平时看着还挺乐观的,谁能想到他居然能赶上这种事?"

"这你就不懂了吧?很多得了抑郁症的人平时看上去比普通人都开朗,所以身边人都很难察觉!要不是他后面连工作都没法做了,谁能想到他居然得了这毛病?"

"这事说起来,还是老向太较真了。就咱们这工作性质,要是没个好的心态,那怎么行啊!所以咱们该吃吃该喝喝,最重要的是把心态调整好,不然落到老向那样的境地,就不值当了……"

说话之间,小伙计已经把炒好的菜端了上来。

对着热腾腾的美味,几个人很快抛开了那些不愉快的话题,开始大快朵颐。

向清欢愣愣地坐在那儿,努力消化着刚刚听到的那些内容。

虽然脸色依旧平静,心中却早已是一片山呼海啸。

从小到大,向天衢在她的心目中一直都是乐观又坚强的人,即便在他身患绝症之后,她也从未将他和"抑郁症"几个字联系在一起。

可是一切究竟是怎么发生的?他为什么会变成那样?

是因为在工作中受到了什么委屈吗?

随着各种猜测纷至沓来,向清欢将牙一咬,就想过去问个清楚。

刚一起身,一只手却紧紧将她抓住了。

"向清欢,你要干什么?"

"我要过去问问,他们所说的那个抑郁症究竟是怎么回事!"

"你打算怎么问?就这么气势汹汹地冲上去?这些都是你爸的老同事了,他自己都一心瞒着的事,你让他们怎么开口?"

"……"

这个道理向清欢不是不懂。

向天衢自己都缄口不提的事,他的那些老同事私下里再是议论,却也不会越俎代庖,在她的面前八卦。

可是事情到了这一步,要她不闻不问,装作没听见,又实在做不到。

在她满脸不甘地注视下,陆北辰像是妥协了,很快站了起来:"跟我来吧,关于这件事,我来和你说。"

几分钟后,在陆北辰的带领下,他们进了二楼的一间包房。

房门关上后,所有的喧嚣都被隔绝在了世界的另一边。

见她进门之后就看着自己,一脸亟不可待的模样,陆北辰并没有着急开口,而是先给她倒了一杯水。

等她一口气喝完,情绪也有所平复后,他才轻声表示:"和你解释之前,我想先明确一点。向老师这病,并不是因为工作环境或者人际关系上的问题。事实上,在天瞳工作期间,他和同事的关系相处得非常好,领导们对他也很关心。"

"这个我知道……"

虽然过去的十几年里,她和向天衢见面的机会不多,但从对方时常和他分享的日常来看,并没有因为生活环境和人际关系方面的问题有过困扰。

所以仔细想来,导致抑郁症的原因,大抵是来自工作本身。

陆北辰接下去的问题,也证明了她的猜想:"另外我还想确认一下,关于向老师工作的具体内容,你清楚吗?"

"是……我清楚。"

对方的这个问题看似有些荒唐,向清欢却明白他的意思。

向天衢主要的工作方向是脉冲星的观测和研究。这项工作虽然听上去宏大又高尚,但因为离人们的日常生活实在太遥远,所以很多人并不清楚它究竟意味着什么。

但她曾经认真了解过,很多年前,因为人类的祖先发现北斗星座不会随意地改变自己的位置,于是一直利用它来辨识方向。然而自1967年第一颗脉冲星被发现以后,因为它能不断发出稳定的电磁脉冲信号,而被认定为比北斗星更优秀的"宇宙灯塔",其绝对时空基准的特征也让外太空航行的宇宙定位成为可能。

除此之外,脉冲星还具有在地面实验室无法实现的极端物理环境,是理想的天体物理实验室,对其进行研究能够获得许多重大物理学问题的答案。

鉴于以上种种,对脉冲星的探索和研究成了天文学家们最重要的课题之一,各个国家都希望尽量寻找出更多数量的样本,来占领未来科学发展的高地,而向天衢和他的同事们所做的,就是借助射电望远镜的力量,从无数的宇宙信号中搜寻那些神秘的波段,从而找到新的脉冲星。

见她不需要自己多解释,陆北辰继续说了下去:"大概两年前,向老师所在的项目团队在寻找脉冲星的过程中发现了一组很神秘的信号,和稳定又规律的脉冲星信号不同,它爆发的能量非常巨大,在一个短暂的周期内重复出现后却很快消失。经过讨论后,大部分人都认为那个信号大概是由手机、微波炉等地面信号干扰而产生,仅仅只是'噪声'而已,但向老师怀疑,那组信号来源于一个新的快速射电暴……"

"快速射电暴?"

"是……关于这个现象,需要我简单解释一下吗?"

"不用了。"

对陆北辰解释过程中出现的种种专业名词,向清欢无暇追根究底,只是急切追问着:"这个什么射电暴,和我爸的病有什么关系?"

陆北辰轻轻叹了一口气："过去国内外发现的快速射电暴大多是源自银河系外，而且都具有不可重复性，但这次发现的信号，不仅源于银河系内，而且在短时间内有过多次爆发。所以对向老师的猜想，许多人都不太认同。但向老师坚信自己的判断，所以过去的两年里他一直在和那组信号较劲，期待着它能再次出现，以验证自己的判断。但大部分数据实际上都是嘈杂的'噪声'，想要找到的快速射电暴只是叠在这些噪声背景下，只存在几毫秒的一个'眨眼'，想要找到并不容易……这样的情况下，他开始失眠、反胃、健忘，精神也难以集中，甚至数次晕倒在工作岗位。直到公司领导发现了不对劲，强行将他送进了医院，大家才知道，因为工作压力过大，他患上了抑郁症……"

故事说到这里，那些让向清欢疑惑不解的蛛丝马迹终于都有了答案。

向天衢之所以早早地离开工作岗位，并非发现身患癌症而主动请辞，而是早一步到来的抑郁症已经阻止了他继续工作的能力。

之所以会执着地留在这座小镇里，除了不愿麻烦她和母亲之外，更因为他对一心投入的事业，依旧藏着未了的心结。

那个心结牵绊着他的脚步，困顿着他的灵魂，让他只能留在这个为之奋斗过的地方，保持着和它最后一点微弱的关联。

见她神情怔怔，陆北辰放软了声音："关于这件事，其实你也不必太担心，离开工作岗位以后，我一直有遵循医嘱让他吃药。你这次过来陪他住了这么一阵，我感觉他心情好了很多，以后应该不会再有什么过激的举动。"

一番话说得轻描淡写，向清欢却无法心安理得。

她没有患过抑郁症，却也在工作压力过大的时候，有过抑郁的情绪，所以她能够体会在那种情绪的支配下，一个人将会变得多么焦虑低落、厌世悲观。而陪伴在身边照顾他的那个人，也会因此如履薄冰，背负起巨大的压力。

照顾一个晚期癌症患者已经非常不容易了，如果病人还伴有抑郁症的话，那种压力又哪里是只靠着一张银行卡就可以解决的？

"你之前说，爸爸住院的事，你已经联系好了是吧？"

"是。"

"既然如此,那张银行卡你实在不想收就不收吧,等我回去把工作的事情处理好,就回来照顾他。"

"可是……"

"别可是了。"

思绪翻涌之间,向清欢已经彻底做好了决定:"我知道我爸是怎么想的,但无论如何,我是他的女儿,我理应承担这一切,而不是交给一个……"

"外人"两个字她说不出口,临时转了一个弯:"反正到时候他住进了医院,难道还会因为想瞒着我,再从医院里跑出来不成?"

"那肯定不至于……"

陆北辰闻言笑了笑,没有再劝:"既然你都决定好了,那就这样吧。来之前记得联系我,我去机场接你。"

Chapter 04
影影绰绰的温柔

回燕城的飞机上,向清欢把手里的工作盘点了一遍。

虽然洽谈中的项目不算少,但大多处于起步阶段,如果及早退出,应该不会产生太大影响。至于那些正在进行中的项目,和金主那边说说好话赔赔笑脸,无非就是把她的名字从"编剧"那一栏去掉,外加赔上一笔不大不小的违约金。

这样算下来,目前唯一棘手的就是开机在即的《白鸟林》。

作为这部剧的主笔编剧,当初签约时,合同里已经约定好了她需要跟组。

若要临时跳票,只怕没那么容易。

飞机落地之后,向清欢决定先回趟家把行李放了,然后再联系俞明,把自己的情况和他交个底。

没想到刚一到家,就看到林娅拿着拖把站在客厅里,正忙着拖地。

向清欢一见这情形就急了,背包都没来得及放,赶紧冲了过去:"妈,你怎么来了?我不是和你说了,来我这儿之前,先和我打个招呼吗?"

"我来我自己姑娘家,还需要打什么招呼?"

面对她的抗议，林娅一脸的不以为然："再说了，你这次出门都有半个多月了，再不过来打扫一下，房子要怎么住人啊？妈这不是为了你好，才特意过来帮你打扫一下卫生吗？你怎么还抱怨上了？"

身心俱疲之下，向清欢不愿和她争辩，只是很快抢过了她手里的拖把："行了行了，您难得来一次，别折腾了，剩下的活晚点我自己干，您赶紧坐下来休息休息！"

林娅像是忙了半天也有些累了，嗯了一声后，在沙发上坐了下来。

歇了一会儿后，她随口问道："这次出门，玩得还开心吗？"

"还行。"

"你爸陪了你几天？"

"这段时间我们每天都在一起。"

"那就好。"

问话到了这里，没有再继续下去。

仿佛林娅之所以提起向天衢这个人，只是为了确保自己家姑娘在旅行的过程中，不会因为无人接待而受到冷遇。

虽然知道对林娅而言，对向天衢的怨怒并没有因为岁月的流逝而有所释然，但向清欢还是觉得，有些事情需要和她交代一声。

只是考虑到对方的心情，她打算急事缓办，从不太重要的地方开始说起。

"妈，这次过去我才知道，我爸他生病有一阵子了。"

"嗯……"

林娅神色淡然地点了点头，顺手拿起了一个苹果："你吃晚饭了吗？要是还没吃的话，妈去帮你洗个苹果？"

她这顾左右而言他的态度满是敷衍，让向清欢一时间有些犹豫。

考虑了一阵后，她还是继续说了下去："我爸这病挺严重的，所以连工作都停了！而且他害怕给我增加负担，从头到尾一直都瞒着，最后还是他的学生私下里告诉我的……"

林娅依旧置若罔闻，仿佛根本没听见她在说什么："光吃苹果好像也不行，要不妈去给你煮碗面吧？你想吃什么口味的？要不要加个鸡蛋？刚我清理冰箱的时候看着还有盒午餐肉，就是不知道过期了

087

没有……"

在她自言自语的碎碎念中，向清欢再也按捺不住，声音扬了起来："妈，你都不问问我爸得的是什么病吗？"

林娅神色不变："你想说就说，用不着在这儿拐弯抹角。"

"我爸得的是肝癌！晚期！最好的情况也就还能活半年！而且在此之前，他还因为工作压力太大，得了抑郁症……"

"你和我说这些做什么！他现在怎么样关我什么事？"

没等她把话说完，林娅猛地把手里的苹果一摔，声音也变得尖锐了起来："向清欢你给我搞清楚，我和你爸早已经离婚了！这些年再苦再累也是我一个人撑过来的，他问过半句没有？既然他之前没管过咱们娘俩，没管过这个家，那么现在过得好不好，得了什么病，我统统都不想知道！"

向清欢没想到她反应会如此大，一时间僵立当场，不知道该继续说点什么。

但内心深处，她是能够理解林娅的。

一个年轻时被众星捧月，被许多异性钦慕仰望的女人，不求富贵不求安逸，最终从一众追求者中选择了无权无势的向天衢，原本只想拥有一份温馨稳定的婚姻。

但是因为丈夫的选择，她所憧憬的婚姻最终变成了一个笑话，让她在原本应该最美好的十几年里，不得不独自承担生活的重担。

眼下女儿已经长大成人，虽然并没有如她所愿，在金融领域里做一名精英白领，但至少努力上进，善良正直。到了这个时候，她也应该放下所有负担，在女儿的陪伴下好好享受生活，稍稍补偿一下年轻时候所遭遇的艰辛和委屈。

所以那些会让她心生波澜，唤起不愉快记忆的人和事，的确不应该在她面前提起。

想到这里，向清欢轻轻喘了一口气，声音也软了下来："妈，我和你说这些没别的意思，就是想告诉你，这次我回来可能待不了多久。把手里的工作安排好以后，我想去爸那儿，陪他走完最后这段路……"

"随便你！"

林娅语速飞快地打断了她，随即拿着包站了起来："你向来主意大，妈也管不了你。你想做的事，自己拿主意就行！"

林娅一走，原本充斥着火药味的小屋瞬间安静了下来。

向清欢把行李随便收拾了一下，又去浴室洗了个澡，这才满是疲惫地躺上了床。

时间接近夜间十一点，虽然已经很累了，但她的脑子里始终乱哄哄的，怎么也睡不着。

辗转反侧了好一阵，她干脆拿起了手机，打算刷点娱乐八卦。

屏幕才点亮，落入眼帘的却是陆北辰发来的一条微信："安全到家了吗？"

想着自己曾经信誓旦旦地表示过"落地后给你报平安"，向清欢只觉得有些汗颜。歉疚之下，她赶紧回复："谢谢，我已经到家了。"

消息发出去后，她又觉得这样呆板的回复看上去似乎有点敷衍，正准备再发条语音交代一下自己的情况，随着叮咚几声响，对方已经把微信电话打过来了。

"已经到家了？"

"嗯。"

"到了有多久？"

"有一阵了⋯⋯"

听对方那意思，似乎是因为回复时间耽误太久，而担心她出了什么状况。

向清欢赶紧解释："回家以后我妈在，和她说了一阵话，所以没来得及看微信。"

陆北辰这才像是放下心来："没关系，平安到家就好，明天我会转告向老师，让他放心。"

听他提起向天衢，向清欢不由得有些难过："对了，我爸呢？他还好吗？"

"挺好的，今晚我把《灯塔》推给了他，向老师看得还挺高兴。现在人已经躺床上了，大概再看一会儿就睡了吧。"

"不是吧？他真的有兴趣看那种一看就很夯的小短剧？"

"想要亲眼见证一下吗？"

像是为了让她安心，陆北辰笑了笑，很快发起了视频通话邀请。

画面接通之后，镜头对准了不远处的卧室窗户。

静谧的黑暗之中，窗户被灯光染上了一层温暖的黄色。

光晕之下，是一个抱着笔记本电脑躺在床上的模糊人影。

"你想和他说说话吗？"

"别了吧。时间挺晚了，我就问问情况，等明天找个合适的时间再打给他。"

"那也行……"

话说到这里，他们之间那点有限的谈资已然告罄。

沉默之间，陆北辰没着急挂电话："对了，你那边是出了什么事吗？"

"怎么这么问？"

"刚说话那阵，感觉你情绪不太对劲。"

向清欢没想到他居然如此敏感，却又不想吐露自己和母亲之间的不愉快，于是只能勉强笑了笑："倒是没出什么事，就是和我爸住了一阵，回来以后有点想他，一时半会儿睡不着……"

她顿了顿，又赶紧补充："不过很感谢你的电话，陪我聊了这么一阵，心情好像也没那么糟糕了。"

"所以你的意思是，有人陪你打电话聊天，心情能好一点是吗？"

话音刚落，手机镜头忽然晃了晃，紧接着像是被人放到了固定的手机支架上，很快稳定了下来。

镜头所拍摄到的画面里，除了熟悉的花树和蔷薇墙外，还冒出了笔记本电脑的一角，连那只小黑猫也目光炯炯地在不远处对着镜头偷瞄着。

熟悉的景象很快唤起了她的回忆，眼前也不禁浮现出了陆北辰的身影："你现在在干吗啊？还在院子里待着吗？"

"嗯。要翻译一份材料，又想陪着向老师，就把电脑搬到院子里来了。"

"那我会不会影响你？"

"不会。你忘了我可以一心二用？"

"……"

想起对方曾经在敲键盘写代码的同时，还能顺手开个小窗，观摩她那些肥皂剧的场景，向清欢尴尬之余，也不禁有点好笑："你可以啊，为了一心二用还特意准备了一个手机支架，方便一边干活一边视频聊天，这准备工作做得挺足。"

这一次，陆北辰只是轻轻嗯了一声，没再多解释什么。

见他不再回应，向清欢原本想要说再见，转念之间，忽然觉得有点不对劲了。

半个月的时间相处下来，她知道对方并不是一个热衷刷手机的人。

尤其是在写代码或是看资料文献时，手机往往都是调成静音塞在口袋里，好几个小时才会瞥上一眼。

而且他没有女朋友，也没有什么和朋友煲电话粥的习惯，遇到非要打电话的时候，通常是直击重点，有事说事，通话时间往往不会超过三分钟。

所以今夜这个手机支架，究竟是为了和谁进行长时间的视频通话而特意准备的？

念头至此，向清欢只觉得心跳得有些厉害，为了验证自己那点自作多情的猜想，那句原本已经到嘴边的"晚安"，被她硬生生地咽回去。

静默之间，陆北辰像是忘了手机依旧处在视频通话状态，任由它继续摆在那里，如果对方不主动结束这次通话，他能这样天荒地老地继续等下去。

最开始，向清欢还抱着一点不服输的心理，和他两相静默地一直僵持着，然而随着时间一点点过去，她逐渐意识到，对方是真的已经做好了准备，不介意一直陪她到手机电池耗尽。

支架摆放的角度在电脑的侧后方，所以镜头能很清楚地拍摄到陆北辰工作时的模样，时而凝神思考，时而敲字如飞，状态看上去既松弛又专注，似乎并没有因为自己的一举一动都暴露在镜头下，而刻意讲究些什么。

也难怪，毕竟他长得那么好看，即便是在这种时常产生"死亡效果"的前置镜头里，看上去也是那么赏心悦目。

能有这么一张好看的面孔做睡前陪伴，自然是件让人心情愉悦的事，但就他们目前的关系而言，她没有办法把对方的温柔周到，当作理所当然。

"陆北辰……"

"嗯？"

听她忽然开口，对方很自然地停下了正在敲击键盘的动作，身体微微俯下，将脸凑近了一些："怎么了？"

"你现在看的这些资料，是在为考博做准备吗？"

"嗯。"

"都是天文方向？"

"当然！"

像是觉得她的问题有点好笑，陆北辰挑了挑眉："你是觉得有什么问题吗？"

"不是……"

向清欢犹豫了一下，还是继续说了下去："我只是在想，如果你继续做这个的话，以后会不会变得和我爸爸一样……"

一样执着于自己的事业，却可能终身也得不到一个想要的结果。

一样难以被理解，在某个连手机信号都要被屏蔽的山坳里，寂寞地度过自己的一生。

像是看穿了她的心事，陆北辰笑了起来："向清欢，你相信天道酬勤这回事吗？"

"不！"

虽然从小到大，无论是父母还是老师都会向她灌输"只要努力，就一定会有回报"这种心灵鸡汤，但是长到现在这个年纪，她已经不会再那么天真了。

人脉、背景、机遇，甚至运气，很多时候可能都比努力重要。

这一点无论是在她还是在向天衢身上，都已经得以佐证。

"嗯，我也不信。甚至包括向老师自己，可能也不相信……但你知道很多像他一样的人，还是十几年如一日地继续坚持着自己的理想吗？"

"为什么？"

"因为他们坚信，虽然个体的力量有限，那些努力很有可能成为撬动事情发生改变的契机，与此同时，他们也已经坦然做好了准备，接受未知的命运。对他们而言，无论成功与否，热爱本身就是最大的意义，所以并不会因为努力到最后没有换来理想中的结果而怨天尤人，觉得有什么不公平。"

"那么你呢？你也这样想？"

"是的。如果未来能像向老师那样，把一生都奉献给自己的理想，对我来说，那会是一件非常值得骄傲的事。"

像是怕她继续胡思乱想下去，陆北辰终于主动给这场谈话做了终结："你也在路上累了一天了，早点休息吧。向老师这边有什么情况，我随时联系你。"

"嗯……那你先挂？"

"没关系，手机放在这儿也不耽误，你睡着了我再挂。"

"那么……晚安？"

"晚安。"

这声温柔的道别后，向清欢把手机斜斜地放在了床头。

尚未挂断视频连线的电话里，光线依旧亮着，让她想起曾经读过的一首诗歌。

"灰色的烟雾模糊了遥远的星座，眼前的一切失去了历史和名字，世界上只有一些影影绰绰的温柔。"

那首诗歌她之前读的时候觉得有些晦涩，此刻却显得如此应景。

许久之后，在那片影影绰绰的温柔里，她安静地闭上了眼睛。

向清欢原本以为，依照林娅自尊又倔强的性情，母女之间发生了不愉快后，至少也要等她好好哄上一阵才能恢复邦交。

没想到仅仅过了一天，她手边的工作都还没来得及处理，林娅的电话忽然打过来了。

"你今晚有事吗？"

"啊……目前看应该还好……"

虽然对方的口气听上去依旧生硬，还没完全消气，但能主动打来电话，显然有主动示好的意思。

受宠若惊之下，向清欢哪里还顾得上其他事，赶紧顺水推舟，摆出了求和的姿态："妈你有什么事尽管说，一切以你为大，我这边就算有什么安排也都推了！"

"这可是你说的啊！"

女儿恭顺讨好的态度显然让林娅很受用，口气也跟着软了下来："你盛伯伯的儿子从国外回来也有一阵了，咱们两家一直计划着一起吃个饭。结果你前段时间不在燕城，这事就给耽误了。刚才他给我打电话，说知道你回来了，就定了个餐厅。一会儿我把时间地点发给你，你打扮得漂亮点，按时过来就行！"

林娅口中的盛伯伯全名盛福辉，是一家大型金融机构的高级合伙人。

因为家世优渥，为人真诚，一直以来又为她们母女提供过不少帮助，所以向清欢对他的印象也很不错。

虽然在林娅口中，盛福辉只是一个"相交多年的老友"，但向清欢心里很清楚，这位财大气粗的盛伯伯曾经是父亲在情场上最有力的竞争者之一。

当年的林娅青春貌美，学业优秀，是一众男性心目中的白月光，身边的追求者前赴后继，从未有所间断。而众多追求者中，高大英俊又懂得讨女孩子欢心的盛福辉，被公认为是最有可能抱得美人归的那一个。

谁也没有想到的是，几经挑选之后，林娅最终选择了无权无势，整天只知道泡图书馆的向天衢，两人手拉手公然出双入对的那一幕，让无数看热闹的人都跌破了眼镜。

虽然情场失意，但盛福辉并未因此有所怨怼，在经历了短暂的失落后，很快坦然地表示了祝福。在组建了自己的家庭后，他除了将对林娅的爱意转变为友情外，也因为性情相投，和向天衢成了不错的朋友。

向天衢尚未离开燕城时，两家人经常互有走动，遇到天气不错的时候，还会一起相约出游。所以向清欢至今都记得，盛福辉膝下那个和自己差不多年纪的小儿子，性情顽劣又爱撒娇，经常为了抢夺自己手里的玩具而撒泼哭闹。

后面父母离婚，盛福辉又忙于创业，两家人见面的机会不再那么频繁，向清欢也因为年龄渐长有了自己的社交圈，鲜少参加长辈之间的应酬。

没想到多年不见，当初那个让人头疼的小胖子已经跑出国门晃了一圈，再出现时，居然混成海归精英了！

虽然对林娅特意交代的那句"打扮漂亮点"有些疑惑，但这次饭局怎么说也是个缓和母女关系的契机，向清欢不敢怠慢，挂了电话之后挑挑拣拣地选了好一阵，才总算选定了晚上赴宴的战袍。

盛福辉定的餐厅地处CBD附近，距离向清欢住的地方有段距离。

因为工作性质决定了不用和普通上班族一样朝九晚五，向清欢没能充分预估下班晚高峰时的交通状况，虽然提前出了门，但到达餐厅时，还是比预定的时间晚了近半个小时。

对女儿的姗姗来迟，林娅显然有些不高兴，没等她坐下，就小声训斥了起来："清欢你怎么回事？之前不是和你说得好好的吗？怎么迟到了这么久？"

倒是盛福辉始终笑呵呵的，一脸不以为意的样子："林娅你别那么较真嘛，孩子们工作忙，被事情耽误了也是常有的事！既然来了就别念叨了，先让清欢和盛庭好好聊聊……"

他这边圆场还没打完，一个贱嗖嗖的招呼声已经响了起来："欢姐，好多年没见了，你可真是越长越漂亮了呢！难怪我爸总在我面前夸你来着！看你这状态，要不知道你比我大，我都不好意思叫你姐呢！"

欢姐？

听着那拿腔拿调、装国际友人的声音，向清欢不由得一阵青筋暴跳。

盛庭只比她小了一个月不到，长得还一副人高马大的模样，至于一见面就刻意强调年龄差吗？

在娱乐圈混了这些年，这种腔调她并不陌生。

一般来说，男性但凡铆足了劲叫年岁差不多大的女孩为"姐"，不是在装嫩卖萌求怜爱，就是在暗示对方，我对你没啥兴趣，切勿倒贴。

赴约之前，向清欢只当是长辈们之间的一次普通聚会，因为惦记着一直以来的交情，才顺便叫上了两家的小辈。

如今盛庭做作的表现一出，再回忆起林娅那句"打扮漂亮点"的叮嘱，她才后知后觉地意识到，这场鸿门宴的目的，大概是为了给她和盛庭这两个"单身狗"相亲。

平心而论，在她认识的那些有钱公子哥里，盛庭算是很拿得出手的。

身材高大、样貌英俊不说，手里还握着一张货真价实的名校毕业证书。

从林娅平日里有意无意间透露的信息来看，对方也颇为上进，学成回国之后就在自家老爹手下的一家分公司里做事，并非那些仗着有老可啃，就肆意挥霍的纨绔子弟可比的。

即便这样，自己并没有要攀豪门当少奶奶的意思，对方这亟不可待要划清界限的做派算怎么回事？

"谢谢夸奖。不过盛庭你倒是没怎么变，虽然看着是长大了不少，但一说话吧……还是熟悉的配方，熟悉的味道。"

"欢姐你什么意思啊？"

"没什么意思，夸你和当年一样天真可爱又懂礼貌啊！"

阴阳怪气谁不会啊？

你对我没意思，我还看不上你呢！

两句哈哈打完，对方立马偃旗息鼓。

向清欢也不客气，和长辈们打完招呼后，就对着眼前的珍馐美味，开始专心致志地大快朵颐。

长辈们没能闻出两人之间的火药味，只当是多年不见彼此之间的客套恭维，当即开始煽风点火地进行助攻。

"盛庭这孩子，从小就讨人喜欢，现在长大了更是不得了，不仅长得帅，还这么能干，老盛你真是好福气！"

"嗐……林娅你也别夸他了，这孩子从小娇生惯养的，可没少让我和他妈头疼。不像你家清欢，有能力，有主见，无论干点什么事，都认真专心、像模像样的。这点还真是随了她爸……"

话说到这里，盛福辉自觉失言，赶紧打起了哈哈："对了清欢，伯伯听说你毕业以后一直在干编剧，而且干得还挺不错。趁今天这个机会，你要不要给咱们推荐几部你的作品，也让咱们家盛庭好好瞧瞧？"

当着长辈的面，向清欢实在不想出丑，何况旁边还坐着一个满身优越感的盛庭。就算盛福辉工作太忙，不会真的去看她的那些肥皂剧，但以这个大少爷的脾性，指不定会当场搜索观摩。

尴尬之下，她只能随口敷衍："盛伯伯，您别取笑我了。你也知道，我干编剧也是半路出家，要学习的东西还有很多，之前写的那些剧我实在不好意思拿出手。要不等我再努努力，等有好的片子上线了，一定第一时间通知您。"

"你这孩子啊，就是太谦虚了……"

盛福辉原本也是随口一提，见她推搪，也没继续较真："那咱们可说好了啊，等你有满意的剧上了，千万记得通知我！"

见他不再坚持，向清欢不由得暗中松了一口气，正打算找个其他话题活跃一下气氛，盛庭已经悄悄凑了过来："欢姐你现在在做编剧啊？我记得你之前不是学金融的吗？"

"转行了……不行吗？"

"哪就不行了？这可是好事，娱乐圈多热闹啊！"

盛庭那张堆满假笑的脸上浮现出了一点兴奋劲："你都参与过哪些项目，和我说说呗？"

向清欢满脸警惕："你问这个干吗？"

"不干吗……大家好久不见，彼此多了解一下嘛！"

见她不吭声，似乎是不准备接茬，盛庭朝着林娅的方向指了指："你要是不说，我可去问林阿姨了！她那么喜欢我，肯定不会瞒我的！"

这人不仅脸皮厚，自我感觉还超级良好。

不过以林娅的性子，盛庭要真的开口问，铁定会掏家底似的把自己卖个干净。

与其把当妈的牵连进来，不如自己独自面对。

念头至此，向清欢眼睛一瞪，勉勉强强地表示："前两天刚播完的《巅峰对决》，是我的作品。"

"《巅峰对决》？就是主创团队好几次被骂上热搜，评分只有4.3分的那个剧？"

什么啊？！

开分时明明还有4.5分，这才半个月不到，怎么还跌了？

面面相觑之间，向清欢下定了决心，要是对方不识眼色，继续在这个问题上冷嘲热讽，她立马找借口走人。

没想到盛庭却像是来了精神，继续追问道："马上要开机的那部《白鸟林》，你是不是也有参与？"

向清欢只觉得意外："你怎么知道？"

"这又不是什么秘密，官微上一查就知道了！"

"你平时工作不是挺忙吗？居然还有空关注这些？"

"就算再忙，也得关注一下欢姐你的近况啊！"

盛庭嘿嘿笑了一阵，随即摆出了一副关心备至的模样："不过我听说你们签了谢芷纭演女二号，这位谢小姐可不是个省油的灯，之前在好多剧组都闹得鸡飞狗跳，到时候该不会作妖吧？"

看来这人还真是个追剧党，居然连这些演员之间的小道八卦都如数家珍。

向清欢不愿和他闲扯这些圈内八卦，随口回了句不清楚，不再接腔了。

半个小时后，饭局到了尾声。

大概是对两人不时凑在一起窃窃私语的状态很满意，盛褔辉买完单后，又主动提出让盛庭送向清欢回家。

向清欢哪里愿意遭这个罪，正想找借口拒绝，盛庭已经满是热情地接过了她手里的包："这就不用您特别交代了，只要欢姐不嫌弃，我保证完成任务！"

对方都这么说了，向清欢也不想担他口中"嫌弃"的罪名，无奈之下，只能在两位长辈满是期待的目光中，跟着对方上了车。

车子开出去没多久，俞明打来了电话，说是制片人杜笙知道她已经回燕城了，想要约着主创团队在项目开机前一起吃个饭。

向清欢原本没什么兴趣，但杜笙平时太忙，要抓她一次也不容易，有些话在电话里说会显得太敷衍,不如趁这个机会把自己的情况当面说清楚。

打定主意之后,她让俞明把饭局的时间地点发到了她的微信上,然后合上眼睛,考虑着和杜笙解释时的种种话术。

刚安静了没两分钟,盛庭忽然开口问:"欢姐,你明天是要和《白鸟林》剧组的人一起吃饭啊?"

"偷听别人打电话可不是个好习惯。"

"我哪里偷听了,这不是光明正大在听吗?"

盛庭嘿嘿笑着,依旧兴致勃勃:"你们那饭局,除了工作人员之外,演员们会参加吗?"

"你问这么多干什么?"

"我这不是关心你吗?你别这么冷淡嘛……"

盛庭被她敷衍了一阵,有点委屈地撇起了嘴:"我原本还想着,你们吃饭肯定要喝酒,反正明天我也买啥事,可以去接你。结果看你这态度,我都不敢提了……"

"你这是打算当司机?"

"是啊!怎么了?"

听他越说越来劲,向清欢皱了皱眉,把眼睛睁开了。

"盛庭,咱们两家的父母今天为什么把咱们拉在一张桌子上吃饭,你不会不清楚吧?"

"清楚啊!他们觉得咱俩打小认识,算得上是知根知底的青梅竹马,如今男未婚女未嫁,想要从中牵线,把咱们凑一对,是吧?"

"既然清楚,你还一直在这儿献殷勤,究竟是打什么主意?"

"哎呀,欢姐,看你这话说的……"

像是没想到她会这么直接,盛庭一时间只能讪笑:"既然长辈们有这个心,咱俩就接触接触嘛,要是接触以后觉得不合适,我也不会死皮赖脸缠着你啊!再说了,我有哪里不好吗?居然让你这么嫌弃,连个机会也不肯给……"

面对盛庭浮夸的表演,向清欢心中只觉得好笑。

"你挺好的,可再怎么说,我也比你大不是吗?"

"比我大怎么了？"

"每次你叫我欢姐，我就会想到你小时候挂着鼻涕来抢我的鸡腿，抢不赢还大哭耍赖的样子，立马什么谈恋爱的心情都没了。"

"一个称呼而已，你怎么还较真了？如果你不介意，以后我也可以叫你欢欢啊！"

"大哥您饶了我吧！再这样我可真吐你车上了！"

"……"

大概是从那略带嫌弃的表情里感受到了她是真的对自己没想法，盛庭有些尴尬地挠了挠头，语气也终于认真了起来："算了，你要是真没那个想法，我肯定不会烦你，只是我爸和你妈那儿，咱们多少还得再应付应付不是？所以明天的饭局，我还是去接你，你要是怕别人误会，就和他们说我是你表弟？"

"随你吧。"

虽然不明白对方为什么在这个问题上如此执着，但既然话已经说清楚了，她也不想再矫情："如果你坚持，晚点我把地址发给你，你人到了打我电话就行。"

次日的剧组聚会安排在市中心的一家私房菜馆。

碍于前一日塞车迟到的教训，向清欢早早出了门。

原本以为自己会是最早到的那一个，没想到刚上电梯，便在餐厅门口先一步撞见了俞明。

见她出现，对方像是见到救星一样，赶紧扯住她的胳膊往电梯里走："谢天谢地，欢姐你总算是来了。我正无聊呢，要不你陪我下楼买包烟，然后再和我说说你旅游期间的艳遇？"

向清欢很敏感地从他如释重负般的状态中意识到了什么，于是一边陪他下楼，一边问："无聊你干吗不进去？我看杜姐的车停在楼下，她不是已经到了吗？"

"杜姐是到了，可谢芷纭和她男朋友也已经到了！"

"谢芷纭？她来干什么？"

"人家怎么不能来，今天这局不就是他男朋友组的吗？"

提起谢芷纭和她的男朋友,俞明似乎心有余悸:"我本来还觉得奇怪,就杜姐那勤俭持家的作风,怎么会请大家在这种汤还没喝一口,就得先放两碗血的地方吃饭,结果来了才知道,原来是谢小姐自己邀人邀不到,才让男朋友出马帮忙攒的局。可怜我一直被蒙在鼓里,想着能和剧组同事见面,还提前来了。没想到刚进去坐了没两分钟,人家就开始抱怨自己的故事线不够丰满,人设不够出彩,一个劲地要和我讨论剧本。还好我机灵,赶紧找了个借口溜出来了……"

这情况倒是让向清欢始料未及,但人都来了,临时偷跑也说不过去。

无奈之下,她只能先陪俞明买了烟,又在附近的绿化带旁磨蹭了好一阵,直到杜笙打来电话催问,才慢悠悠地上了楼。

全员到齐之后,向清欢暗中观察了一下。

除了制片人以及编剧团队的几个主创外,包括导演、监制以及负责服化道等一系列工作的剧组老师,几乎都被请到了现场。

觥筹交错之间,谢芷纭倒是没怎么说话,只是娇滴滴地坐在那儿,等着男朋友为她夹菜剥虾,一副生活不能自理的模样。

那位传说中的东阳娱乐太子爷瞿明像是十分享受这种"霸道总裁宠娇妻"的人设,专心伺候着女朋友的同时,也没忘记自己的职责。

"我知道各位老师工作都挺忙的,能凑在一起吃顿饭也不容易,所以今天大家能给我这个面子,我十分感激。借这个机会,我也想和大家说几句掏心窝子的话……咱们小纭过去虽然拍过几部戏,但总体来说还算是个新人,这次有幸加入咱们剧组,戏份又重,难免会有些忐忑。所以在以后的合作中,还请各位老师能多多支持,多多照应!"

这一番话说得客客气气,给足了大家面子,吃人嘴软的老江湖们心领神会,自然是纷纷应和。

"瞿总太客气了,大家在一起工作,互相关照是应该的!"

"是啊是啊!而且谢老师人长得这么漂亮,又勤奋努力,能合作是我们的荣幸!"

"瞿总您放心,谢老师这么敬业,合作起来一定没问题的!"

向清欢修为有限,吹捧的话实在说不出口。

尴尬之下，只能顺着其乐融融的氛围，挤着笑脸朝眼前的女人敬了杯酒。

没想到谢芷纭像是偏偏要和她过不去，一脸娇羞地喝了两杯酒后，忽然指名道姓地表示："向老师，没想到咱们又合作了！知道你是咱们这部剧的编剧以后，你不知道我有多高兴呢！"

没等向清欢回应，坐在一旁的瞿明十分配合地表示出了惊喜："小纭你之前和向老师合作过啊？"

"是啊！不过当时我出演的是个小角色，原本也不受重视，还好向老师人好，肯给新人机会，特意帮我设计了不少高光戏份，这才让我有了发挥的空间呢！"

回想着她当初仗着上一任靠山，不断试图加戏，最后导致剧本改了又改的场面，向清欢只觉得眼前一黑。

但对方都点到自己头上了，她只能客套表示："谢老师客气了，那是您吃透了角色，又能发挥主观能动性，才能把角色演绎得那么精彩。俗话说，没有小角色，只有小演员，相信以您的条件和能力，大红只是迟早的事！"

话音刚落，身边的俞明已经忍不住偷笑出声。

谢芷纭却依旧一副拎不清的样子，把她的嘲讽当补药："借向老师吉言。之前我大概看了下《白鸟林》的剧本，觉得我在咱们这个剧里的角色还挺不错的。所以晚些时候我还想单独约一下向老师，针对里面的人设和剧情，再好好和你讨论讨论。"

向清欢实在不想接她这茬，打着哈哈随口敷衍了几句。

趁着上洗手间的机会，她很快找到了杜笙："杜姐，我家里出了点事，现在这个项目我没法跟组了，后面的事你看能不能交给俞明？"

"啥？你不能跟组了？为什么？"

杜笙闻言一惊，紧接着追问起了具体情况。

知道她为了照顾病中父亲而准备离开燕城后，杜笙满脸都是为难："你的情况我能理解，如果是其他项目我肯定没话说。但现在这个项目吧，主要的投资都是谢芷纭她男朋友带过来的。因为之前和你打过交道，她一心只认你，现在你忽然不干了，只怕会有麻烦。"

向清欢也明白其中的利害关系,只能斟酌着表示:"杜姐,要不这样吧,我这两天找机会带俞明一起再见见谢芷纭,一方面了解一下她的想法,另一方面也让他们熟悉熟悉。对付她这种加戏咖,俞明有经验,只要关系处熟了,到了拍摄现场应该不会有太大问题。"

"现在看来,也只能这样了……"

杜笙朝她瞪了瞪眼,又忍不住提醒:"不过你俩说话的时候注意点,谢芷纭是个小心眼,报复心又重,真得罪了她,可有你受的!"

不久之后,饭局终了。

向清欢下楼之后正准备打车,不远处忽然亮起的车灯和嘀嘀的喇叭声,引起了她的注意。

见她发现了自己,一身骚包打扮的盛庭赶紧下车迎了上来,一口一个姐地叫了好几声,又满脸自来熟地和她周边的同事打了招呼。

光看那体贴殷勤的样子,简直把"表弟"这个身份演绎得入木三分。

向清欢不清楚他究竟葫芦里卖的什么药,只能耐着性子任由他挥洒自我,直到两人上了车,才忍不住吐槽:"你还真闲啊!居然那么早就来这儿等着了!不知道的还以为你们公司是搞专车服务的呢!"

"那我不是怕来晚了接不到人吗?"

盛庭像是还不死心,上车之后摇下车窗,探头探脑地往外张望着:"今天你们组局,演员是不是也在啊?我刚好像看到谢芷纭了。"

"你没去要个签名?"

"开什么玩笑,我又不喜欢她……"

"那你喜欢谁啊?"

"……"

明明只是随口调侃,一直满嘴跑火车的盛公子忽然陷入了沉默。

向清欢冷眼旁观到现在,已然琢磨出了些许不对劲:"我说盛庭,你这么殷勤地跑来接我,又一直打听演员的事,该不是为了追星吧?说说看,你想要谁的签名?看在你特别跑一趟的分上,我去帮你弄!"

"你也太小看人了吧?"

盛庭闻言像是受到了侮辱:"小爷怎么说也是有头有脸的人,会为了个明星签名这么折腾？"

"哦？是吗？既然如此，那以后这件事我可就不过问了。"

"别啊……"

见她一脸冷淡，像是真的不打算再管，盛庭终于忍不住挤了个声音出来："那个……我就是想问问，你和宋沁熟吗？今天的聚会她怎么没来啊？"

"宋沁？"

向清欢没想到他憋了半天居然憋出了这么个名字，一时间也有点愣神："今天这局是谢芷纥组的，你说她会不会叫宋沁？"

"这样啊……早知道姓谢的在，我就不瞎忙活了。"

"话说你打听宋沁干吗？找她有事？"

"嗐……我这不是得罪了她，想要找个机会和她当面道歉吗？可是她一直不肯见我，我只能曲线救国，从你这儿想法子了。"

"具体什么情况，展开说说，我再看看能不能帮上忙？"

"行吧……"

微风徐来，灯火蒙蒙，正是适合听八卦的好时候。

酒意微醺的状态下，向清欢也不着急走，干脆靠在椅背上，听他说起了自己的少男心事。

原来从国外回来没多久，盛庭因为无聊，经常会和朋友去一个小剧场看话剧。

机缘巧合之下，他认识了当时常活跃在话剧场上磨炼演技的宋沁。

对这个看上去清纯又努力的女孩子，盛庭心生好感，很快开始了热烈的追求，而宋沁也被他的热情所打动，开始尝试着接受他。

甜蜜地交往了一段时间后，盛庭的一个外地同学来燕城旅游，招待对方的同时，他也亟不可待地想要给对方介绍自己新交往的女朋友。

然而约见当天，宋沁忽然发来短信，满是抱歉地表示因为临时有工作，无法出席当晚的饭局。

原本想要秀恩爱的机会就这么落空，盛庭自然满心不爽。

来自同学们的种种玩笑，更是让他觉得委屈。

等到饭局结束，他拉着朋友去酒吧续摊，却发现宋沁正和一群老男人坐在一起，聊得正开心，他的满心不爽和委屈顿时化成了怒气。

"你不是说你有工作吗？怎么会在这里？！"

"我就是在工作啊！"

"所以你的工作就是陪这些老男人喝酒？"

"盛庭你胡言乱语地说些什么？"

激动之下，两人当着那些老男人的面爆发了一场激烈的争吵，场面一时间闹得不可开交。

虽然酒醒以后，他很快知道，那天的宋沁只是因为临时接到了一个剧组试镜的机会，才会临时爽约。和她谈笑风生的那几个老男人，也不过只是有意向和她合作，而打算深入了解一下她对角色看法的导演和工作人员。

然而一切为时已晚。

因为这场闹剧，宋沁错失了工作机会，那些无端受到的侮辱，更是让她愤然拉黑了盛庭的所有联系方式，并很快从原来租的房子搬了出去。

对方这种毅然决然要和他断绝关系的态度，盛庭知道是自己彻底伤了她的心。

但即便缘分已断，短时间内再难修复，他还是想找机会当面向对方表达一下自己的歉意。

所以在知道向清欢的工作后，他立马摆出了一副殷勤嘴脸，一方面想要通过她获得一个能和宋沁正面邂逅的机会，另一方面也是希望能就此挡下长辈为他安排的各种相亲局。

这段故事说到最后，盛庭眼巴巴地看着她，像是想要博得一点同情。

向清欢却是满心不爽，翻着白眼大力吐槽："你既然这么看不上娱乐圈的从业者，干吗还来找我？你别忘了，我也算是混娱乐圈的。"

"嘻……欢姐你别埋汰我了！我不是已经知错了吗？之前是我心存偏见又嘴贱，才会说那些话。如今我已经知错了，你就不能原谅我吗？"

盛庭可怜兮兮地自我检讨了半天，直到向清欢脸色稍霁，才小心试探道："我的伤心事可都老实交代了，以后如果剧组有什么宋沁参加的活动，你可得通知我一声啊！"

"得了吧！"

向清欢实在受不了他那弯弯绕绕的小心思，直接把话挑明了："首先，我临时有点事，过两天就得离开燕城，所以这部剧后续的工作我不会参与。其次，就算剧组有什么活动，演员们来去也都很小心，你就算守株待兔一直等，大概率也是逮不到人的！"

"啊？那我不是连最后一点希望都没有了？"

"那倒也不是……"

眼见对方满脸失望，向清欢才慢悠悠地开始补充："没有意外的话，《白鸟林》很快就能开机了，到时候你如果想去探班，我可以让人安排。"

"真的？"

"怎么着你也叫了我好几声欢姐，我也不能白占你便宜。只有一点，你去探班就乖乖待着，别打扰别人的正常工作！"

"你想哪儿去了？我可是个正经人，不可能做出那些不靠谱的事！"

有了她的这番保证，盛庭只觉得喜不自胜，指天誓日地表明了绝不捣乱的态度后，满脸殷勤地把她送回了家。

进家之后已是夜间九点。

虽然不久之前那场虚伪浮夸的饭局让她满心疲惫，但坐下之后，还是第一时间拨了视频电话给陆北辰。

这一次，铃声响了好一阵，电话才被接起。

镜头里陆北辰的脸看上去有些憔悴，在他身后，隐约是一面挂着"患者须知"公告栏的白墙。

向清欢立马促声问道："陆北辰，你现在在哪儿？是在医院吗？我爸他怎么了？是不是出什么事了？"

"你问题这么多，我要先回答哪一个啊？"

陆北辰安抚性地笑了笑，声音听上去有点哑："之前不是和你说过了吗？向老师住院的事在你走之前我已经安排好了，这两天趁着他心情还不错，把人劝着住进来了。"

对方表现镇定，不像是有什么突发状况的样子，这让向清欢终于放了点心:"我爸情况还好吗?"

"挺好的,你别担心。"

"现在都这么晚了,你怎么还在医院?"

"向老师今天刚住进来,有很多手续得办,另外还要准备一些生活用品,所以时间久了点。"

住院这么大一件事,全程只有他一个人在忙前忙后,不仅要照顾病人,还要签单缴费,购置各种生活用品。

自己这个当女儿的,却在千里之外的酒局上逢场作戏赔笑脸,想到这里,向清欢只觉得愧疚难当:"对了,工作的事我都安排好了,最多再耽误两三天就能过来,到时候有我陪着我爸,你也就不用那么辛苦了!"

陆北辰眸色微闪,似乎想要说点什么,但最终只是笑了笑:"你今天喝酒了?"

"你怎么知道?"

"眼睛和脸都那么红,不是喝酒还能是什么?"

"……"

震惊于对方敏锐的观察力,向清欢有些不好意思地捂了捂脸:"其实都是因为工作上的事,不然这种场合,我一般是能推就推的。"

"干你们这一行,还真是不容易。"

陆北辰还是微笑着,口气中的疲惫却藏也藏不住:"既然喝了酒,就早点休息吧。而且你也不用太着急过来,我给向老师请了护工,暂时都能应付。"

在他倦意浓浓的交代声中,向清欢忽然觉得有些不安,于是忍不住再次确认:"陆北辰,你那儿真没事吧?"

"嗯……没事。"

"那我过去的时间定了就告诉你!你会等着我的……是吧?"

"是。"

陆北辰看着镜头,像是要让她安心一样,目光里都是温柔。

"向清欢,我会等你的。"

Chapter 05
梦寐以求的归属

按照向清欢的想法,谢芷纭之所以那么"看重"她,无非是觉得自己容易拿捏好说话。

只要双方能够坐下来,聊清楚对方究竟想要如何凸显自己的"高光时刻",再讨价还价地修改好剧本,那自己的任务就算是完成了。

反正以宋沁的性格和咖位,即便有所不满,也不会公然对剧组的工作人员发难。

至于这些加出来的戏份谢小姐能不能演绎好,最后究竟是会换来观众的掌声还是吐槽,她也实在顾不上了。

没想到邀约见面的电话主动打过去好几次,谢芷纭却像是格外繁忙,不是忙着去美容院做SPA,就是要陪男朋友出席慈善拍卖会,各种理由层出不穷,竟是没个可以现身的时候。

向清欢实在没心情和她耗下去,干脆联系了对方的经纪人,直言自己有急事要办,后续的剧本沟通工作会交接给俞明。

没料到她刚把机票定好,谢芷纭的电话突然打过来了。

"不好意思啊向老师,这段时间我的确是太忙了,所以一直没能和您约上!您看后天下午有没有时间?我请您喝个下午茶!"

原本预计三天之内解决的问题，因为对方拖拖拉拉的做派耽误了快一个星期，向清欢再是委曲求全，此刻也已经失去了耐性："不好意思啊谢老师，之前已经和您的经纪人打过电话了，最近我家里出了点事，后续的工作已经交给俞明了，您和他沟通也是一样的。"

"哎呀，那哪行啊！这部剧我可是冲着您在才接的呢！"

谢芷纭显然小公主当习惯了，丝毫不理会她口中的"家事"有多严重，只是自顾自地抱怨了起来："您是知道的，好多编剧老师都很有个性，沟通起来很麻烦。我合作了那么多剧组，只觉得您最专业，最认真，也最好沟通！现在我第一次接这么重的角色，您要是不在了，我可怎么安心啊？"

向清欢心下吐槽，你要是还没断奶就赶紧回炉重造，但口气还是客客气气的："谢老师，谢谢您的肯定和欣赏，但我家里的事实在着急。而且俞明也是这部剧的编剧之一，对情况很了解。他干这行挺多年了，又是科班出身，相信合作起来，绝不会让你失望的！"

"好吧……"

见她态度坚决，谢芷纭终于委委屈屈地退了一步："既然您都这么说了，我也不勉强了。不过就算不跟组，后天的沟通你怎么着也得在场，帮着把控一下。你是不知道，为了这部剧，咱们家瞿明可上心了，这几天特意约了好几个朋友，说是准备了解一下具体情况后，追加投资呢！"

这番话软硬兼施，连讨好带威胁，死死地拿捏住了向清欢的七寸。

无奈之下，她只能再次妥协："那行吧，后天就后天。就是麻烦谢老师定好时间以后尽量准时。"

挂了电话没多久，向清欢收到了谢芷纭的助理发来的短信。

下午茶的时间定在后天下午两点半，地点是玫瑰酒店的大堂吧。

为了能速战速决，向清欢提前一天和俞明碰了个面，把剧本里有关谢芷纭的戏份粗粗过了一遍，顺便拟定了一个大概的修改计划。

到了约定当天，向清欢拖着行李箱和俞明一起早早奔赴到了约会地点。结果足足等了半个小时，谢芷纭才和她的助理姗姗来迟。

向清欢心下憋屈，却又不能发作，只能赶紧打开电脑，只盼着眼前的煎熬能早点结束。

谢芷纭却像是丝毫没把自己的迟到放在心上，人才坐下，就兴致勃勃地向她做起了推荐。

"向老师，你要不要试试他们家的香槟鱼子酱下午茶？鱼子酱是七年份的，入口即化，保证你一试难忘！另外，他们家的薰衣草白巧克力和香芋芝士拿破仑也很不错，瞿明知道我爱吃，碰到我忙的时候，经常会给我打包来着……"

她的恩爱还没秀完，向清欢已经忍无可忍地变了脸色："谢老师，我晚上的机票已经订好了，到时间就得走。下午茶的话题要不咱们先放一放，把正事聊了再说？"

"哎呀！你看我这记性，都忘了您是今晚的飞机了！"

谢芷纭一声惊呼，终于显露出了一点抱歉的神色，紧接着，她像是早有准备一般，让助理拿出了一个iPad。

"向老师，我知道您忙，所以也不多耽误。关于剧本，我团队的工作人员提了点建议，您看看还能调整吗？"

向清欢把iPad接在手里，仔细看了看。

熟悉的文档上是密密麻麻的若干标注，稍微读了几页，各种离谱的修订竟是陌生到连她这个亲妈都快要不认识了。

坐在她身边的俞明暗中抽了口凉气，看向她的眼神里都是绝望。

很显然，在见他们之前，谢芷纭团队里的编剧已经早一步按照她的意思做了修改，意味着今天这次会面并非沟通和提建议，而是拿着方案来和自己讨价还价的。

类似的情形，向清欢之前不是没有遭遇过，所以她很清楚，对方早有准备的情况下，这将是一场漫长的拉锯战。

但此刻心急之下，她早已耐性全无，很快口气生硬地表示："谢老师，您的修改建议我大概看了一下，有待商榷的部分比较多。毕竟这部戏，宋沁老师饰演的角色才是推动故事发展的主线，要是按照您这个改法，只怕会有些喧宾夺主。"

谢芷纭脸色变了变，开口却还是一副娇娇柔柔的语气："向老师，看您这话说的，我这不是来找您商量的吗？要不您看看具体哪里不合适，咱们仔细聊聊……"

事情到了这份上，向清欢也实在没辙了，只能忍气吞声地继续坐着，一条条地开始详细解说。

时间一分一秒地过去，大堂里的客人换了一拨又一拨。

谢芷纭始终保持着慵懒又娇柔的姿势，一边吃着小甜点，一边心不在焉地听着，对她的各种解释也不知究竟听进去了多少。

眼见向清欢开始一遍遍地看手机，脸色也越来越难看，俞明忍不住笑着打起了圆场："谢老师，欢姐怕是不能再耽误了，剩下的部分要不我来和您对吧？要是有什么解释得不清楚的地方，我先记下来，到时候发邮件给欢姐，让她亲自给您解答！"

"哎呀，不知不觉都这么晚了啊！向老师你赶紧走，别把航班耽误了！"

谢芷纭一脸恍然地笑了起来，随即表示："向老师，这个时间点不好打车，要不我让助理送你去机场？"

向清欢实在不想因为承下她这份人情，令以后有诸多纠葛，客气了几句后，拉着行李箱匆匆走出了大堂。

眼下已接近下午六点，距离登机时间只剩两个小时。

向清欢第一时间点开了打车软件，紧接着，就被"排队150人，等待半小时以上"的提示震惊了。

这种下班晚高峰阶段，想在短时间内打到车根本没指望。

要是坐地铁，也不知道自己拎着这么个行李箱能不能顺利挤上去。

踌躇之间，向清欢将牙一咬，正准备拿着箱子往地铁站走，盛庭的电话忽然打进来了。

"欢姐，在干吗呢？"

"准备去机场，怎么了？"

"你今天就走啊？可是够快的……"

对方叹了口气，有点遗憾的样子："本来约了朋友吃饭，结果临时被放鸽子。我想着餐都订好了也别浪费，打算找你一起，没想到你也没空……"

"那你赶紧约别人吧，我着急赶地铁，不和你多说了。"

"现在这时候挤地铁？不是吧……话说你人在哪儿啊？"

"玫瑰酒店门口，怎么了？"

"那正巧了！我就在附近，开车送你去机场得了！"

"别了吧……那太麻烦了！"

"麻烦什么啊，反正我也没啥事，你等着我啊！"

十分钟后，向清欢终于顺利坐上了盛庭的车，还没来得及喘口气，对方已经絮絮叨叨地教育了起来："你说你这人啊，知道自己要赶飞机，还把时间弄得这么紧？就燕城晚高峰的交通状况，能遇见我是你的运气好！不过话又说回来了，你怎么会从这儿出发啊？是临时有活要干？"

向清欢实在无力和他解释，敷衍着嗯了一声后，很快闭上了眼睛。

车子汇聚在浩浩荡荡的车流中，一路停停走走，速度始终没有越过40码。

向清欢合了一阵眼只觉得不对劲，忍不住探头向窗外看去："现在什么情况啊？怎么一直堵？"

"谁知道呢？"

盛庭也有点无奈地摊了摊手："或许是前面有车祸事故，或许是碰到什么路段正在维修。反正看这架势，你得做好心理准备……"

"什么准备？"

"临时改签喽！"

因为盛庭的这句话，接下来的路途中，向清欢一直在暗中祈祷。

只可惜天不遂人愿，尽管过了拥堵路段后，对方铆足了劲地一路超车，甚至飙出参加F1比赛的架势，终究还是晚了一步。等她好不容易到了机场，拉着行李跌跌撞撞地准备检票时，却被工作人员告知，登机通道早在十多分钟前关闭了。

事已至此，向清欢来不及抱怨，立马掏出手机准备改签。

一番查询下来，却发现当晚燕城飞阳州的机票已经全部售罄。

接踵而来的坏消息像某种不祥的预兆，阴影弥漫地盘桓在了她的头顶。

即便盛庭一再表示，买第二天一早的航班回去，其实也只是耽误一个晚上而已,她却依旧惴惴不安,心绪难平。

为了防止再次误机,向清欢改签到次日的第一班航班之后没有回家,而是在机场附近定了个酒店。

盛庭自觉是因为自己阻止了对方坐地铁的计划才导致误机,十分仗义地表示要留下来当护花使者,顺便请她吃个夜宵,聊表歉意。

向清欢实在拗不过他,而且一通折腾下来的确也饿了,于是去酒店把行李安顿好后,跟着他去附近的餐厅。

一顿饭心不在焉地吃了一个多小时,期间盛庭十分懂事地没有问起什么娱乐圈中的八卦。直到饭局终了,他才小心翼翼地开口:"一直还没问你呢,你不是才回燕城没多久吗?怎么又这么着急往外跑?是遇到了什么麻烦吗?"

"不是。"

向清欢犹豫了一阵,最后还是老实交代道:"我爸生病了……肝癌晚期,我想趁他还在的时候,好好陪陪他。"

"原来如此。"

面对生老病死的话题,盛庭的态度也变得严肃了起来:"这事你妈知道吗?"

"知道。"

"她没打算去看看?"

"我爸妈都离婚这么多年了,有什么好看的?"

虽然知道眼前这个父母恩爱,从小在蜜罐子里泡大的公子哥并不是一个好的倾诉对象,向清欢还是继续说了下去:"其实我能理解她,这么多年她一直独自将我拉扯长大,实在很不容易,要说心里没点恨,肯定是假的。这次她能放我去我爸身边尽孝,已经很不容易了,我也不能再对她提什么要求。"

"不是的……"

没等她把话说完,盛庭忽然开口反驳:"其实我觉得林阿姨并没有你想的那样恨你爸。现在发生这种事,她一定也很难过,只是不知道如何面对,才会假装不在乎的。"

听他头头是道的分析，向清欢只觉得好笑："看不出来啊，我妈是怎么想的你也知道？"

"我当然知道！"

盛庭似乎有些不服气，立马嚷了起来："我爸年轻的时候追过你妈，结果输给了你爸，这事你是知道的吧？"

"嗯……我知道。"

"那你肯定不知道后来你爸妈离婚了，老头子还挺生气的，没少在你妈面前抱怨数落！结果有一次你妈实在烦了，和他大吵了一架，搞得两个人差点翻脸！也是那个时候，我爸才知道，你妈生气归生气，却容不得别人说你爸半句不是，所以我爸也算是白白讨人嫌喽……"

他这话说得长吁短叹，显然是为了排遣向清欢心中的烦恼才会描述得如此夸张，向清欢心下感激，忍不住点了点头："谢谢你。听你这么一说，我发现有些事情，可能的确是我误会我妈了。"

"那可不是？"

盛庭像是松一口气，低头喝了口酒后，又接着问："说起来，你爸妈离婚后，一直都单着吧？"

"嗯。"

"那他现在病了，身边有人照顾吗？"

"有的。我爸在当地的一个学生一直照顾着他。"

"学生？那年纪应该不大吧……人靠不靠谱啊？"

"你放心，他人很可靠的……"

听他问起陆北辰，向清欢心下一动，这才想起一番兵荒马乱之下，自己竟忘了向对方报备一下行程。

想到这里，她赶紧拿出手机，给对方打了个电话。

铃声响了好一阵，始终没人接听。

向清欢看了看时间，眼下已近午夜，想来对方已经休息了，正打算挂机，电话却被接了起来。

紧接着，陆北辰有些沙哑的声音在耳边低低响起："这么晚了，你还没休息？"

"不好意思啊，这个时候打扰你！"

向清欢自觉有愧，立马促声解释："我是想和你说一声，本来我定了今晚的飞机过去的，结果因为工作上的事，不小心耽误了。现在改签成明天一早的航班，中午之前应该就能到。你看方不方便发个医院的地址给我，飞机落地之后我可以直接打车过去。"

"要不还是算了吧……"

陆北辰的声音终于再次响起，口气又轻又软，像是在尽力安抚她的情绪："如果工作上的事比较忙，你其实不用特意赶过来。至于向老师……我这儿都能应付的。"

一周之前还说着"我会等你"的人，态度忽然来了个一百八十度的大转弯，像是她出现与否，已经不再重要，这让向清欢原本归心似箭的一颗心，犹如失重一般，重重向下坠去。

"陆北辰，我爸是不是出什么事了？"

"没有。"

"那你开一下视频，让我见见他！"

"我没在医院。"

"那你现在过去！不管几点都好，我今晚必须见到他！"

"向清欢，你别这样……"

"那我应该怎样？我爸现在躺在医院，你却连他住院的地址都不肯给我，你究竟想隐瞒什么？而且你以为不告诉我，我就真的查不到？"

"你不用查了，向老师他……已经不在医院了。"

"那他现在在哪里？"

"……"

"陆北辰！你回答我！"

"他已经走了……"

在她咄咄逼人的态度下，陆北辰终于没再继续隐瞒下去："很抱歉，因为向老师有交代，所以关于他去世的事，我没有第一时间通知你。现在他的身后事也已经办完了，所以我想你暂时没有必要再过来了。等我整理好他的遗物，会尽快给你寄过去的……"

这几句话他说得非常平静，像是在交代着一件最平常不过的事情。

对向清欢而言，却像是一把重锤忽然砸在了头上，除了脑子嗡嗡作响之外，根本不知道自己应该做何反应。

这个结局来得实在太快了，快到令她猝不及防。

她记得陆北辰曾经说过，按照医生的意思，向天衢应该还有半年左右的时间，所以她也乐观地以为，在接下去的日子里，她还能好好地陪在父亲身边，陪他走完生命最后的旅途。

然而在她做好了所有的准备，即将履行自己的计划时，陆北辰告诉她，她连这样的机会都彻底没有了。

见她呆立当场，脸色煞白，嘴唇哆嗦着却始终发不出声音，一直小心观察着动静的盛庭赶紧扶着她坐下，然后接过她手里的电话走到了一边。

不知过了多久，盛庭终于结束了和陆北辰之间的通话，见她还是一副表情呆滞、无所反应的模样，不由得也紧张了起来："欢姐，我不太会说话，你要是想哭就哭吧，我在这儿陪着你呢！"

向清欢用力扯了扯嘴角，像是要痛哭。

可是努力了好一阵，眼泪还是没能流下来。

她曾经在许多影视作品中写过生离死别的场景，也曾经因为演员们一秒入戏，眼泪说来就来的精彩演绎，而悲伤到无法自已。

可事情真的落到自己身上时，她的表现如此差劲。

或许是因为噩耗来得太突然，她还没来得及彻底明白"死亡"究竟意味着什么。

也或许是这一刻除了悲伤之外，还有难以言述的失望和委屈。

父亲就这么走了，却没有给她留下只字片语。

不仅连他离世的消息都要靠他人转述，而且从陆北辰说的话来看，他甚至不愿意她这个做女儿的去参加自己的葬礼。

故事里都说，人在将死之际，脑海中会走马灯一样浮现一生当中最重要的人和事。

可对向天衢而言，除了事业之外，她并不确定自己究竟在不在他的回忆中。

这种看似冷静的表现让盛庭原本准备好的一肚子安慰没了用武之地，沉默之下，也只能小心翼翼地和她转述起了电话里的内容。

从他干巴巴的讲述中,向清欢终于知道,向天衢之所以会走得这么突然,是因为瘤体比较接近肝包膜,出现了肝癌破裂出血的现象。

事实上,在她离开之前,向天衢就已经开始呕血,因为怕她担心,所以一直刻意隐瞒着。

等到陆北辰意识到情况不对,强行将他送进医院时,一切为时已晚。

虽然医生们拼尽全力,却也无力回天,最终在两天之前的一次抢救后,宣告了他的死亡。

在他过世之后,陆北辰并没有为他安排葬礼,也没有设置灵堂,举行告别仪式,而是按照遗嘱,第一时间火化了尸体,然后拿着早已办好的手续,在殡葬专管员的监督下,将骨灰抛入了怀抱天瞳的一座山峰之中。

人类来自星辰,也终将归于星辰。

你所热爱的一切,所憎恨的一切,所拥有的最宝贵的东西,在宇宙生命伊始的几分钟内,由自然的力量合成,在恒星的中心转化,或者在它们燃烧的消亡中诞生。而当你去世的时候,这些碎片将回到宇宙中,进入无限死亡又重生的轮回之中。

对身为天文学家的向天衢而言,能够以这样的方式重归宇宙,与那些来自深空的脉冲信号拥抱共舞,大概是他梦寐以求的归属。

但对向清欢而言,这一切还是太残忍。

这种没有墓地,没有坟冢的结局,让她备觉凄凉,且无所适从。

不久之后,向清欢在盛庭的劝说下回酒店退了房。

需要她陪伴和照顾的那个人已经不在了,甚至连想要撒上一杯薄酒加以纪念都找不到目标,这样的情况下,她实在没有必要再专门飞过去。

车子进入市区后,盛庭打开导航,准备把她送回家。

向清欢这才像是回过神来,轻声表示:"盛庭,麻烦你把我送去我妈那儿,今晚我想陪陪她。"

推开林娅家房门时,时间已经接近零点。

林娅似乎刚刚睡下,听到客厅里有动静,很快爬了起来。

发现女儿拿着行李箱一脸沉默地站在客厅后，她先是有些吃惊，正准备迎上去问问情况，忽然间像是意识到了什么，脚步猛地顿住了。

"你不是已经请好假，打算今天去你爸那儿吗？怎么突然过来了？"

"我误机了，所以没去成。"

"那你打算什么时候去？"

"不用去了……看护他的人告诉我，我爸已经走了。"

"哦……这样……"

林娅点了点头，表情看不出太大的变化："既然这样，你早点休息，等明天找个时间再联系下对方，看看他的后事，有什么需要你做的。"

"没有。后事已经办完了，尸体火化以后，骨灰撒进了山林。"

"那也挺好……至少你不用每年清明节，特意往那山沟沟里跑一趟。"

"妈！你说的都是些什么？"

"我哪里说错了吗？"

在她轻描淡写的回答里，向清欢的身体不由自主地颤抖了起来。

她忽然觉得特意前来陪伴林娅的自己，是不是太自作多情。

站在女儿的角度，她当然知道母亲十几年来所经历的委屈和愤恨，可是听闻父亲去世的噩耗后，对方竟表现得如此漠然，甚至连一点最基本的哀悼和伤心都没有，不禁让她难过又失望。

无论如何，他们曾经是那么令人称羡的一对，是因为彼此心中有爱，坚定地选择了对方，才会结婚生子，组成家庭。

如今斯人已逝，一切过往皆归于尘土。

究竟还有什么怨恨，是天人永隔之后，依旧还放不下的呢？

身心俱疲之下，向清欢无力再起争执，匆匆洗了把脸后，钻进了自己的房间。

夜凉如水，这座城市里的人大多已经早早入梦。她辗转反侧了好一阵，却怎么也睡不着。

她只能拿起手机，打算好好看一下向天衢生前发过的那些朋友圈，却先一步看到了不久之前陆北辰发来的微信："节哀顺变，别太难过了。等到方便的时候，给我个你家的地址。"

看着那条微信，向清欢心中只觉得五味杂陈。

在对方的想象里，此刻的她大概会因为亲人的离世而痛哭流涕，悲伤不已。

事实上，从噩耗传来到现在，时间已经过去了四五个小时，她始终面色麻木，连一滴眼泪都没有掉过。

她知道自己的反应不合常理，也知道对陆北辰，她不该有所迁怒。

虽然他隐瞒了父亲的死讯，一直到所有的事情都办完之后，才将一切告诉自己，但那毕竟是向天衢自己的意思。

至于向天衢对他的那些偏爱和照顾，不管是不是因为陆婷，也不是他一个做小辈的能够左右的。

她只是觉得很失望，除此之外，还有些难以言述的嫉妒和委屈。

虽然父亲把一生的积蓄都留给了自己，却把信任、期待和爱给了那个全无血缘关系的陌生人。

心有不甘之下，她鬼使神差地拨通了对方的电话。

陆北辰显然也没睡，铃声只响了一下，就被接起来了。

"安全到家了吗？"

"嗯。"

"那就好。关于向老师的事，我很抱歉……"

"和你没关系，毕竟所有的一切，都是按照他的心愿办的。"

向清欢迅速打断了他："我打电话给你，是想问问，我爸临走之前，有说些什么吗？"

比起那张银行卡，她更想知道对方临终之前，有没有提起她这个女儿。

无论说了什么，只要有"向清欢"三个字出现，就能证明父亲多少是记挂着她的。

只可惜，陆北辰的回答让她失望了。

"抱歉……向老师刚进医院没多久，就被送进了手术室。"

"所以说，他也没有什么特别的话留给我是吧？"

虽然这个结果并不意外，但向清欢还是忍不住心下绞痛："好的，我知道了，谢谢你，晚安……"

"你先等一下！"

电话挂断之前，陆北辰忽然叫住了她："向老师去医院之前，曾经用手机给你发过一封邮件，你收到了吗？"

邮件？

印象中，她在回燕城之后的确是收到过向天衢发来的一封邮件。

只是那个时候她正为工作交接的事而忙碌着，匆匆瞥了一眼，发现整封邮件除了一张图片，没有任何只字片语后，就漫不经心地放置在了一边。

毕竟过去的十几年里，向天衢经常会把邮箱当即时通信的工具，隔三岔五和她分享一些星体图片或是业界新闻，所以她完全没有想过，那竟会是向天衢留给她的最后信息。

那个时候，他想必对自己的身体情况已经心知肚明，才会特意发出那封邮件。

所以那绝不只是一次随意的分享，而是留给自己的遗言。

可他要和自己说的，究竟是什么呢？

怀着满心的疑惑，向清欢重新找出了那封邮件，将图片下载后，细细看了起来。

那是一张来自宇宙深处的图片。

漆黑深远的背景下，一个巨大的球形星体成了整个画面的焦点。在它坑坑洼洼的表面上，是一片心形的亮白色区域。

画面更远一点的地方，则是一颗体积较小的球形星体，和它遥遥相望。

以向清欢有限的天文知识，一时间分辨不出图片上的星体究竟是什么，略加犹豫后，她将图片放进了微信对话框中。

"我收到的最后一封邮件是这个，你知道这是什么吗？"

"这是冥王星。"

"你确定？"

"看到那片亮白色的区域了吗？那是被称作'冥王星之心'的斯普特尼克平原。至于远一点的那颗，我想应该是冥卫一……"

"冥卫一？你是说……卡戎？"

关于冥王星和卡戎的故事，向天衢曾经和她说过。

1930年，科学家在太阳系边缘的柯伊伯带发现了一颗神秘的天体，并将之命名为冥王星。因为柯伊伯带悬挂在太阳系的外围，黑暗又寒冷，宛如一片幽冥地狱，因此冥王星一度被誉为太阳系内最孤独的星体。

在和水星、火星、天王星等一起被列入太阳系九大行星的范畴后，冥王星似乎有了属于自己的世界。然而随着时间的推移，科学家们逐渐意识到冥王星并不能满足作为大行星的条件，于是在2006年将它降级为矮行星，被剔出了九大行星的行列。

身处黑暗地带的冥王星再次回到了孤独的状态，可是人们很快发现，在属于它的那个小世界里，有一颗名叫卡戎的伴星，一直在它的天空中永恒不动。

虽然冥王星是太阳系中离太阳最遥远的星星，几乎没有阳光能够穿越59亿公里的旅程找到它，但是卡戎一直陪伴着它，走过每一段清冷的旅程。

那时候她还太小，并不清楚冥王星和卡戎之间的关系为何会这样牢固。

向天衢告诉她，那是因为一种叫潮汐锁定的天文现象，才会使得它们之间一直保持着同步自转，密不可分。

"除了冥王星和卡戎之外，宇宙中还有其他星体因为潮汐锁定而永远相伴吗？"

"当然有！比如地球对月球的锁定，让它永远面向人类，也比如……爸爸和你！"

"我们之间也有潮汐锁定？"

"当然！"

在她好奇的询问声中，向天衢满是宠溺地把她抱了起来："你是爸爸最心爱的宝贝，所以我们之间也有潮汐锁定。未来无论身在何处，发生了什么，爸爸的爱，都会永远陪着你！"

回忆纷至沓来，摧枯拉朽般击碎了她心上裹着的坚硬外壳。

向天衢没有骗她。

无论是在燕城的郊野，在阳州的天瞳研究中心，在医院的病床上，还是在宇宙的浮尘中，他的心始终面对着她的方向。

最后这封邮件，是他留下的遗书，也是他誓言的佐证，让他那些因为愧疚而难以轻易说出口的爱，在这一刻震耳欲聋。

长久的沉默中，陆北辰始终没有挂断电话，也没有出声催促，像是在等着她安静地消化这一切。

在他无声的陪伴下，向清欢将头埋进了被子，发出了呜呜的痛哭声。

向清欢花了一段时间来调整自己的心情，等到情绪终于稳定后，她决定还是去一趟阳州，一是想处理一下父亲留下来的遗物，二是想当面向陆北辰表示一下感谢。

没想到还没来得及动身，林娅忽然病倒了。

在向清欢的印象里，林娅的身体一直还算不错，尤其是在自己成年以后，因为卸下了生活的重担，整个人轻松了不少，这些年来除了偶尔会因为感冒、湿疹之类的小毛病吃点药外，几乎没怎么让她操过心。

然而这一次，林娅身上的病来得气势汹汹，除了胸闷气短吃不下饭之外，甚至还毫无征兆地发起了高烧。

向清欢不清楚母亲的这场病究竟因何而起，但久久不见好的情况下，也只能放弃了原本的计划，留在她身边，细心照料着。

这样过了一个多星期，林娅的身体终于慢慢好转，只是从沉默寡语的表现上看，情绪依旧阴沉而低落。

向清欢只当她是在家养病闷得太久，才导致心情不佳，于是特意找了个天气不错的日子，强行拉着她去附近的公园里散步。

因为并非周末，公园里还算安静，母女两人沿着湖边的小径一边走，一边闲聊，却心有默契一般，谁都没有主动提起和向天衢有关的话题。

等到几圈走下来，差不多到了晚饭时间，向清欢正打算就近找个好吃的餐厅，让林娅换换口味，一个陌生的号码忽然打了进来。

"你好，请问是向小姐吗？这里有你的一份快递，请问你在家吗？"

"我现在不在，方便的话，您帮我放丰巢吧。"

"丰巢可能放不下哦，这可有好几个箱子呢！"

"好几个箱子？"

向清欢心下一动，很快意识到了什么："请问这些快递是从哪里寄来的？"

"看地址应该是阳州。"

"阳州？那这样吧，我和小区值班室打个电话，请他们先代收一下，晚点我过去拿，麻烦你了。"

挂完电话，向清欢正琢磨着怎么和林娅解释，对方已经主动问道："刚听你说，阳州那边有东西寄过来……是你爸的东西吗？"

向天衢去世之后，这是林娅第一次主动提起他。

虽然有些意外，向清欢还是点了点头："我想应该是。"

林娅轻轻叹了口气，表情变得有些复杂："既然这样，那去你那儿吧。妈帮你做饭，你好好收拾收拾。"

陆北辰一共寄过来四个箱子，拆开之后，基本都是向天衢生前常用的书本、相册和一些生活用品。

东西大多都不值钱，陆北辰却包装得很仔细。

向清欢把它们一件件拿出来，分门别类地摆放好，想到它们和曾经的主人一起共度过的那些时光，如今旧物犹存，那个人却已经无法再见，心中顿生物是人非之感，眼眶也不禁红了起来。

林娅在厨房里忙活了一阵，最后端了两碗面出来。

坐下之后，她朝那些物件瞥了几眼，口气却是淡淡的："这些东西大多是和他专业相关的，你留着也没用，打算怎么处理？"

向清欢这才勉强收敛了心神，轻声表示："我书房里有几个柜子还空着，爸爸留下来的那些书可以先放里面，至于其他的……妈你看有没有什么想要带走的？如果没有的话，我就一起先收起来。"

她原本只是随口一问，并不指望林娅会真的留下什么。

毕竟过去的十几年里，母亲身边有关向天衢的一切痕迹都已经消失殆尽，她实在没有必要在这种时候给自己添堵。

让她意外的是，林娅慢慢站起身，将压在箱底的一张画拿了起来："这个留给我吧……毕竟夫妻一场，就当留个纪念。"

那是一张看上去有些老旧的画，而且说不上有任何美感。

画面色彩单一，由长短不一、疏密相间的黑色竖线组成，乍眼看去，像是美术生练习排线的作业。

向天衢却像是很喜欢，专门为它定制了一幅画框，挂在了自己卧室的床头。

当初见到时，向清欢虽然觉得父亲的审美有些诡异，却也没怎么放在心上，没想到向来品位不俗的林娅，会专门把它给挑了出来。

好奇之下，她暂时放下了整理的工作，小心翼翼地坐到了林娅身边："妈，你怎么偏偏选了这个？是有什么特殊的意义吗？"

"是……"

半响之后，林娅点了点头："这是我二十五岁生日那天，你爸送我的生日礼物。也是因为这个，我们才开始正式交往的。"

关于父母恋爱时的种种细节，向清欢知道的并不多。

毕竟父母离婚前她还太小，对那些情情爱爱的话题处于懵懂状态，等到两人离婚之后，曾经的甜蜜回忆都变成了不堪的伤口，避之不及的情况下，更是谁也不会轻易触碰。

但从林娅的旧友口中，向清欢还是了解到，年轻时候的林娅青春靓丽，性格活泼，十分受异性欢迎，包括盛福辉在内的追求者也是前赴后继，从未间断过。

为了赢得她的芳心，追求者们用尽了各种手段。有人每天抱着鲜花堵在她的宿舍门口，有人把蜡烛摆成爱心的形状，弹着吉他一夜夜地在她楼下唱歌。

然而心高气傲的林娅始终不为所动，一心只扑在学业上，似乎研究生毕业之前，都没有想谈恋爱的打算。

所以她的密友们始终不明白，出身平平又其貌不扬的向天衢究竟是用了什么样的手段，才会让林娅放下身段，心甘情愿地和他在一起。

像是察觉到了女儿欲言又止的心情，林娅微微叹了口气，像是陷入了某种回忆。

林娅和向天衢相识在学校组织的一次中秋活动上。

那天天气不错，所以天文系特别开放了几台专业望远镜，供学生们观星。因为凑热闹的人实在太多，林娅排了很长时间的队，最后却因为指导观测的老师临时有事，根本没能看出什么名堂。

满心失望之下，她正准备走，一个身材消瘦的男同学忽然拦住了她。

然后他小心翼翼地开口问："同学，你是想找哪颗星星没找到吗？或许我可以帮你的忙。"

对鲜于社交，甚至有些社恐的向天衢来说，这次搭讪大概已经鼓起了所有的勇气。向清欢惊叹之余，忍不住追问："所以我爸是对你一见钟情吗？"

"或许吧……不过你爸那个时候戴着个眼镜，看着呆呆的，我甚至都记不清他的长相。但就是那个晚上，在他的指点下，我第一次找到了天津四、南河三、星宿二，也找到了金星、火星和木星……直到分别的时候，他才记起来要做自我介绍，也是那个时候，我才知道他是我们学校天文系的研究生。"

相识之后的故事，开始变得细水长流。

和林娅料想的不同，向天衢没有因为这个浪漫的开始，就和其他追求者一样，开始大张旗鼓地对她穷追不舍，却会在她生理期想赖床的时候买好早餐请室友转交给她，或是在她读书晚归的时候默默跟在她身后，将她安全送回宿舍楼。

除此之外，每到周末晚上，他们都会相约在学校附近的小公园里散步。

在那些星光相伴的独处时光里，向天衢从未有过什么冒失的表白，却无数次地说过自己想要探索星辰大海的理想。

这种温和而细致的守护犹如涓涓细流，逐渐让林娅对他产生了好感，就在她有所暗示，希望对方能够主动将关系向前推进时，向天衢却依旧是踏步不前，满脸不解风情。

林娅又气又急，又不愿放下自尊去问他究竟是在打什么主意。

时至生日将近，她推掉了所有的邀约，只盼着对方能够有所表示，谁知盼到最后，却从旁人口中得知，最近那家伙一直都泡在实验室里，像是完全忘记了关于她生日的事情。

生日当天，林娅失望之下最终选择和几个室友在外面吃了顿饭，聊表庆祝，却在返回宿舍的途中，遇到了拿着鲜花和蛋糕等在楼下的向天衢。

见他出现，林娅满是沮丧的一颗心瞬间雀跃了起来，表面还是装作一副不在意的样子：“谢谢你记得我的生日，也谢谢你的礼物。”

"不是的……花和蛋糕是今天刚买的，不算是生日礼物。"

"那就是还有别的喽？"

"嗯……"

向来理智又稳重的理工男脸上露出了难得一见的窘迫，犹豫了老半天，才把藏在身上的一张图纸拿了出来：“林娅，这个送给你，祝你生日快乐。”

看着眼前那奇奇怪怪的一张纸，林娅只觉得疑惑。

"这是什么？"

"一颗恒星的光谱。"

"恒星？它有什么特别的地方吗？"

"恒星本身没什么特别，但是这是一颗距离地球25光年的恒星，在你出生的时候，光刚刚从它那里离开……我也是找了有一阵才找到的。"

"所以你最近一直待在实验室里，就是为了准备这个？"

"是……"

"可是你为什么想送我这个？"

"这束光离开恒星，前往地球的过程中，一定有过很多美好的回忆。所以如今我找到了它，就想带它一起来见见你。"

这是林娅的前半生，听过的最奇怪，也最浪漫的情话。

所以在她收下那份礼物的同时，也接纳了向天衢的爱情。

当时的她不知道的是，类似的情景，很多年前也在另外一个天文学家和他的恋人之间上演过。

然而无论是他们还是那对情侣，最终殊途同归，迎来了同样的结局。

曾经的那张光谱，最后被放进了洛杉矶的失恋博物馆。

而属于林娅的那份，也在离婚之后被她亲手还给了向天衢。

在林娅轻言细语的回忆声中，向清欢再次打量起了眼前的那张光谱图。

那束来自25光年之外的光被定格在了一张A2大小的纸上，见证了父母之间的爱情和离别，历经二十多年的兜兜转转，最后又回到了原主人的手中。

如今林娅再看到它时，究竟会想些什么呢？

是曾经的心动甜蜜，还是后面的怨恨争吵？

细细想来，父母之间即便横亘着十余年的互不相见，彼此却好像受到楞次定律的控制，一直被看不见的磁场牵引着。

所以离婚之后，林娅始终没有再嫁，向天衢也一直把那张光谱挂在床头。

感应电流的效果总是反抗引起感应电流的原因，因此过犹不及，患得患失，越在乎就越受伤。

爱恨交织之下，无论是想靠近还是远离一个人，都会因为内心的牵绊，而显得困难重重。

Chapter 06
剖开隐秘的伤口

将向天衢的遗物彻底整理好后,向清欢给陆北辰打了个电话。

没想到感谢的话刚说了两句,听筒里已经传来了一阵熟悉的提示音:"地铁前方到站西门桥。请下车的乘客提前做好准备……"

向清欢一惊:"陆北辰,你现在在哪儿?"

对方的回答避重就轻:"地铁上。"

向清欢不接受他的糊弄,直接连当地追问:"你来燕城了?什么时候到的?"

陆北辰知道敷衍不下去了,这才轻声表示:"今天刚到,才下飞机没多久,现在在在去酒店的路上……"

轻描淡写的解释让向清欢有些生气:"既然你来燕城了,怎么不告诉我一声,我好去接你!你初来乍到还带着行李,挤地铁算怎么回事?"

"没关系,我来这儿待不了几天,所以行李带得不多。至于为什么没有告诉你……"

他顿了顿,像是犹豫了一下:"我以为这个时候,你可能不太想见到我。"

向清欢捏着电话,对他的揣测一时间不知如何作答。

无论是他从父亲那里获得的偏爱,还是对向天衢的死亡刻意隐瞒,要说自己对他丝毫没有怨气,那肯定是假的。

只是自己当初去阳州时,对方的招待十分周到,自己走了以后,又一直跑前跑后地照顾病中的向天衢,如今对方到了自己的地头上,就算再有什么情绪,也该尽好地主之谊。

想到这里,她抬高了声音:"你住哪个酒店?地址发给我,我现在去找你!"

按照对方发来的地址,向清欢打车赶往了地处西门桥附近的一家便捷酒店。

酒店位于城市的西边,和她所住的地方刚好是反方向,车子停停走走,竟也花了一个多小时。

到达目的地后,向清欢给陆北辰发了条微信,就等在了大堂里。

刚等了几分钟,随着叮的一声响,电梯门向两侧打开,紧接着,一道熟悉的身影出现在了她的面前。

近一个月的时间没见,陆北辰似乎瘦了不少,原本线条分明的一张脸,显得越发清俊。此刻站在那里,像一棵坚韧而挺拔的春竹,连原本逼仄闷热的酒店大堂,也因为他的出现,带来了一股舒爽的凉意。

向清欢赶紧站了起来,一时间又不知该说点什么。

倒是陆北辰主动打起了招呼:"你家离这儿挺远的吧?过来一趟好像也不容易。"

"燕城就这样,日常通勤四五个小时的大有人在,一个多小时的车程也算不上什么……"

几句话寒暄下来,向清欢情绪逐渐放松了些:"对了,你这次过来是为了见丘伯伯吧?他工作的燕北天文台在北边,你干吗把酒店定得这么远?"

"因为这儿离动物园挺近……"

"什么?"

"而且这附近不是还有个天文馆吗?"

"……"

听他说话的态度,似乎对和丘原之间的见面毫不紧张。

向清欢怕他托大，忍不住赶紧提醒："丘伯伯的性格你是知道的吧？他和我爸可不一样，是个特别严肃的老头，对待学术方面的事也特别较真，并不会因为我爸和他打过电话，就对你另眼相看……而且他特别不喜欢人迟到！"

"谢谢提醒，这些向老师都和我说过了。"

"既然你都知道，那你和丘伯伯联系了吗？你们准备约在什么时候见面？见面地点离你这儿远不远？"

"这不是还没来得及吗？"

听完她一个接着一个的问题，陆北辰忍不住笑了起来："我今天刚过来，本来是打算先休息一阵，熟悉熟悉环境，再联系丘老师的。结果……"

结果她一来，倒像是把他的计划全打乱了。

面面相觑了一阵后，向清欢很快做好了决定："这样吧，今天时间也不早了，你先好好休息。丘伯伯那边我来联系，等时间地点定好了，我再通知你！"

为保见面顺利，当晚回家之后向清欢先一步联系了林娅，向她打探了一下丘原的喜好。

在知道女儿牵线搭桥，是为了向天衢向丘原推荐的一名学生，林娅表现得很忧心："你爸也真是，老丘那性子他又不是不知道。前两年你徐阿姨的侄子想考他的博士，请我约他见了次面，结果还是被回绝了……眼下他的那个学生，根本没什么背景，千里迢迢让人从那么老远的地方过来干什么？"

听她这么一说，向清欢也不由得紧张了起来："按照你的意思，陆北辰是一点机会也没有了吗？"

"既然来都来了，尽力试试吧……"

林娅仔细想了想，然后提醒道："不过你丘伯伯是个务实的人，不喜欢搞那些花里胡哨的东西，他要是同意见面，你就让那小伙子好好准备一下，到时候有事说事，别在送礼之类的事情上花心思！"

有了林娅的提醒，向清欢给丘原打电话的时候不由得多了几分谨慎小心。

听她表明目的后，丘原倒是表现得很客气："清欢啊，你说的这事你爸之前和我说过了，本来我还想着有机会的话，先和他见个面，再详细了解一下，没想到他走得这么突然……既然你说那小伙子已经过来了，那就明天吧。我家附近刚好有个茶馆还算安静，咱们在那儿见。"

对方约的是茶馆而非饭店，显然是想见面之后直奔主题，速战速决。

向清欢不敢怠慢，把时间地点发给了陆北辰后，忍不住又把自己探听到的情报认真交代了一番。

次日下午，她特意提前了半小时到达了约定地点，没想到才进大堂，却发现陆北辰已经等在了那儿。

"你怎么来得这么早？我还说晚点问问你到哪儿了呢！"

"我怕丘老师提前到，不好让他等着，就提前过来了。"

"你还挺细心的嘛……"

见他眉眼带笑，样子看上去很松弛，向清欢忍不住逗他："看样子你还真是一点都不紧张啊！就那么有把握？"

"紧张也没用啊。"

陆北辰看着她，眼神里带上了一丝憧憬："虽然不知道结果如何，但能有机会和丘老师见面，当面聆听他的教诲，也算是不虚此行了。"

半个小时之后，丘原按照约定的时间，准时准点地踏进了事先预定的包房。

进门之后他没多客气，和向清欢打完招呼后，就把注意力放在了陆北辰身上。

"小陆是吧？你的基本情况老向之前已经和我说过了，不过你既然想考我的博士生，我还是想问问，你对我的了解有多少？另外关于你未来的研究计划，我也想听你当面说说。"

虽然在学业上，自己没有选择继续深造，但向清欢很清楚，对一个普通的研究生而言，无论再优秀，研究方向终究还是太肤浅，专业的内容聊得越多，越容易露怯。

所以当着丘原这种业界大牛的面，要避免聊太学术的东西，最保险的做法就是谈情怀和理想。鉴于陆北辰和向天衢之间的关系，还可以用当年的师生情谊套套近乎，争取给对方留下一个好印象。

然而陆北辰像是根本不懂这些，很快打开了笔记本电脑，恭恭敬敬地表示："丘老师，在拜会您之前，我将您的论文都读了一遍，也按照自己的理解，做了一些心得总结，其中也包括了我对未来的研究规划……如果可以的话，我做个投影，方便您一边看，一边听我回答。"

丘原笑了起来："能有投影当然好，毕竟我这种老头子对着电脑看字也不方便。不过这是喝茶的地方，一时半会儿哪来的东西？"

"下午我提前来了一阵，已经请这里的服务员帮忙准备好了。如果您方便的话，我们现在就可以开始。"

搞了半天，这家伙提前那么早过来，是为了准备这个。

向清欢心下恍然，忍不住瞪了他一眼，眼见他专心致志地开始连接投影，想着接下来的时间自己戳在那儿也不太好，于是找了个借口，知情识趣地出了房间。

在门口等了一个多小时，天色逐渐转黑。

向清欢不知道一墙之隔的房间里情形究竟如何，难免觉得心下忐忑。

正打算请服务生以加水的借口进去探探情况，一直紧闭的包房大门忽然被拉开，紧接着，丘原满脸笑容地朝她招了招手："清欢，等了这么久也饿了吧。我看时间也不早了，咱们顺便一起吃个饭！"

原本一直强调着大家单纯见个面、喝喝茶的丘原忽然主动提出要吃饭，这显然是个不错的征兆。

趁着对方点单的机会，向清欢悄悄凑到陆北辰身边，悄声问道："看样子丘伯伯对你挺满意啊！怎么样？他都和你说了些什么？"

"没说什么，就简单问了一两个问题。"

"那他问你什么了？"

"他问我，如果考他的博士生，以后是不是想着一定要留在燕城工作？"

向清欢心下一凛，忍不住追问道："那你怎么回答的？"

陆北辰笑了笑，没有正面回答她的问题："丘老师主要的研究方向是脉冲星搜索和快速射电暴，我想考他的博士生，也是希望在这个方向有所建树。"

"当然！这个我知道！"

"那你也应该知道,目前国内最适合进行这些研究的地方在哪里……"

地处阳州小镇的天瞳研究中心!

那个让父亲驻守多年的偏僻山坳。

随着答案的出现,向清欢陷入了沉默。

似乎是被不久前的"面试"引发了谈性,饭桌上丘原的兴致很高,一直在和陆北辰家长里短地闲聊着。

谈笑风生之间,他忽然像是想到了什么,问道:"对了小陆,你这次过来,打算待多久?"

陆北辰想了想:"应该不会太久,和您见完面之后,再处理点私事,大概两三天以后就回去了。"

"刚听你说,你在家乡也没什么其他亲人了,如果回去以后只是复习备考,没有其他事情的话,考试前的这段时间要不就留在燕城吧?"

丘原似乎已经打定了主意,热情建议道:"现在离初试还有几个月,中间还涉及报名、提报材料什么的。而且这段时间燕城有不少行业内的交流会,我可以帮你争取到一些参会名额,多去学习一下,对你有好处。至于住宿方面的问题,我也可以帮你想想办法。"

"丘老师,多谢您!"

对方的建议似乎让陆北辰有些心动,但一时之间陆北辰像是还有顾虑:"但您容我考虑一下,如果决定留下来的话,我会联系你的。"

时至饭局终了,陆北辰找了个借口,先一步出去买了单。

丘原抢单失败,只能冲着向清欢轻声抱怨:"你这小男朋友怎么回事?大老远地跑过来,都不让我请他吃顿饭?"

向清欢心下大窘,只能赶紧解释:"丘伯伯,你误会了,他不是我男朋友。"

"不是你男朋友?那你怎么这么操心?"

"我不是操心,是我爸之前交代过,他来燕城以后让我帮忙照顾着点……"

"行了行了,你也别解释了,丘伯伯都知道!"

丘原啧啧摇头,一副过来人的样子:"小伙子人不错,脑子聪明不说，人也挺踏实的，长得还精神。你爸之所以那么看重他，除了惜才之外，肯定也是有其他考量的。"

"其他考量？什么考量？"

"你说呢？"

丘原瞪了瞪眼，伸手在她手背上一拍："如果你没那个想法，就当丘伯伯什么都没说过。但如果你也觉得小伙子还不错，就别太别扭了，好好加把劲。相信你爸在天有灵，会祝福你们的。"

因为丘原语重心长的一席话，向清欢认真审视了一下自己的感情。

不可否认，对陆北辰，她不是没有动过心。

无论是替她解围时的冷静自信，安慰她时的体贴真诚，送她礼物时的温柔浪漫，都曾经让她怦然心动。

何况对方还长得那么好看，光凭一张脸，就足以成为无数少女的春闺梦中人。

如果早几年遇上这样一个人，她一定会鼓起勇气奋起直追，就算被无视、被拒绝也不后悔。

可她如今已经是一个走进社会的成年人了，又亲眼见证了向天衢和林娅所经历的一切，比起头脑发热下的一时冲动，她更渴望一段长久而稳定的关系。

经历、环境、目标、未来……这些都是横亘在她和陆北辰之间的巨大鸿沟。

与其在跨越的过程中历经种种矛盾争吵，让彼此身心俱疲，最后连朋友也做不了，还不如一开始就保持合适的距离。

而且在她看来，陆北辰大概也和她抱着同样的想法。

虽然在过去的接触中，她时常感受到对方那些掩藏在平静态度下的温柔和关切，但她不确定那些不动声色的另眼相看，究竟是因为男女之间的感情，还是因为她是向天衢的女儿。

更何况，关于陆北辰，她的心里还有一道过不去的坎。

而这道坎，就是他的母亲陆婷。

以她对父亲的了解，她相信他和陆婷之间并没有实质性的亲密关系。

但从向天衢对陆北辰的态度来看，要说两个人之间完全没有任何暧昧，她又实在无法说服自己。

成年男女之间的关系，很多时候就像掩藏在海面下的暗流。

虽然表面一片平和，但在看不见的地方，澎湃汹涌。

即便她心里明白，父母当初之所以离婚，究其根本，是因为事业和家庭之间产生了不可调和的矛盾。至于夫妻关系破裂之后，无论是哪一方有了新的感情归属，甚至重组家庭，都是合情合理，无可指摘的。

可是一想到有一个母亲之外的女人，曾经像父亲藏在心中的一颗朱砂痣，即便在她故去之后，也能让父亲一直把她的儿子当至亲骨肉一样对待，她就觉得委屈难平。

然而再是心有不甘，这些揣测终究都随着向天衢的离去，而变成了一段无法求证的往事，如今若是因此迁怒陆北辰，也实在不公平。

一番考虑之后，她决定还是遵从父亲的嘱托，尽好待客的本分，至于其他的，就当作什么都没发生。

反正只要等对方顺利考完试，他们之间的缘分，也算是告一段落了。

只要不再联系，那些隐秘的心动终将归于平静。

见完丘原的第二天，向清欢主动给陆北辰发了条信息，问他接下去有什么安排。

没想到对方竟然表示自己正在中介那里看房子。

吃惊之下，向清欢干脆直接把电话打了过去："你看房子干什么？是准备留在燕城备考吗？"

"嗯。昨天回去以后，我认真考虑了一下丘老师的建议，决定暂时留下了。"

"那你家里的猫呢？"

"已经寄养在杨姐那儿了，你放心，杨姐还挺喜欢它的。"

"那就好……房子你看好了吗？"

"暂时还没有。"

"也是……这一时半会儿的，短租房应该不好找。而且燕城这房价，就算是短租房也不便宜……"

向清欢琢磨了一阵,脑子里忽然冒出了一个念头:"对了,你对地段有要求吗?不一定要住在动物园附近吧?"

"当然不是!"

陆北辰被她逗笑了:"我主要想找个地方复习备考,能洗澡睡觉就行,至于其他方面,倒没什么要求。"

"那好办!"

说话之间,向清欢已经拿好了主意:"我现在租的这个小区里有套房子,房东是个做通信业务的大叔,前段时间被外派去了国外,所以想把房子卖了。反正他现在还没卖出去,我问问他能不能便宜点租给你。到时候你要有什么需要帮忙的,我还能有个照应。"

陆北辰似乎有点犹豫:"会不会太麻烦了?"

"不麻烦,我和他关系还挺好的!"

见他不反对,向清欢立马翻出了对方的微信:"那我先帮你问问,有消息了第一时间通知你!"

房东的回复来得很快,听向清欢介绍完陆北辰的情况后,不仅立马同意让他住过来,连房租也比正常市场价便宜了不少。

不到半天时间,顺利解决掉了这么一个大难题,向清欢只觉得成就感十足。

秉承着好人做到底,送佛送到西的原则,在通知对方住进来之前,她干脆自掏腰包请了个保洁阿姨,把屋子里里外外彻底打扫了一遍,又去附近的商场添置了许多必要的生活用品。

第二天陆北辰带着行李走进房门,眼前的景象让他吃了一惊。

房间里窗明几净,打扫得一尘不染,床单被褥也是新换的。

洗发水、沐浴露之类的东西整整齐齐地摆放在浴室里,书桌上甚至还准备了香薰。

"这些都是你准备的?"

"那不然呢?你指望房东为了你这么个短租客,专门找人来收拾啊?"

向清欢扬扬得意地炫耀了一番,见他不说话,又赶紧安慰道:"你也不用觉得不好意思,毕竟之前我去你家叨扰的时候,你也没亏待我。

何况你妈生前对我爸一直不错，现在帮个忙，也是应该的。"

陆北辰若有所思地看着她："所以你这么费心劳力，是在还我妈当年的人情？"

"算是吧？"

"那还完以后，咱们是不是算两清了？以后也不用再联系了？"

他说话时虽然面带笑意，有一点调侃的意思，但向清欢还是慌了起来："你别误会，我不是这个意思……"

"不是就好。"

陆北辰点了点头，忽然间话锋一转："向清欢，你是不是一直觉得，向老师之所以会对我这么好，都是因为我妈？"

"……"

这个问题实在太直接了，直接到让她一时之间根本不知如何回答。

当初她初到阳州小镇，就因为这样的揣测，和向天衢发生过剧烈的争吵。

至于争吵的内容，陆北辰大概全部听在了耳里，此刻想敷衍，大概也敷衍不过去。

念头至此，她干脆将心一横："就算是也没什么。毕竟那时候我爸妈都离婚了，他喜欢谁，想要对谁好，都是他的自由，我无权干涉。"

"你说得没错，我也是这么想的。"

陆北辰笑了起来，口气却变得有点惆怅："所以很多年之前我主动问过他，有没有可能和我妈在一起，和我们成为一家人。"

"什么？"

"可惜被他拒绝了。"

"……"

这个消息实在有点过于炸裂，震惊之下，向清欢变得结结巴巴："你的意思是……你主动帮你妈和别的男人相亲？"

"这很奇怪吗？"

陆北辰依旧微笑着，眼神悠悠地望向窗外："向老师大概和你说过，我和你一样，从很小的时候开始，就一直跟着妈妈生活。但他肯定没有告诉你，我其实是私生子，所以从有记忆开始，身边就没出现过爸爸这个角色。"

向清欢屏住了呼吸，不敢搭腔，也不敢扭头看他。

这个真相太震撼，对方的口气又太冷静，强烈的反差之下，让她一时间有些手足无措。

所幸在她做出反应之前，对方继续把故事说了下去。

在他平淡的叙述里，向清欢补全了想象中关于他们母子的拼图。

和她如今差不多大的时候，经过熟人介绍，陆婷只身来到燕城打工，在动物园附近的一个批发市场帮一位老乡卖衣服。

因为聪明能吃苦，人也长得漂亮，她所在的小店生意总是比别家要红火。

在此期间，她认识了一个男人，对方不仅长相俊朗，出手阔绰，最重要的是，对她也非常体贴照顾。

孤身在外的情况下，女人总是很容易被男人的温柔所打动，在对方的热烈攻势下，陆婷终于接受了他的追求。

交往后不久，陆婷发现自己怀孕了。知道这个消息后，男人非常高兴，随即让她辞去了工作，并将她安置在一套干净整洁的房子里，每日嘘寒问暖，殷切地盼望着孩子出生。

虽然满心幸福，但未婚先孕的事实还是让陆婷有些不安，于是一直追问着对方什么时候去领结婚证，但男人总是以工作忙为借口，一拖再拖。

等她察觉到对方其实早有家庭，自己的存在不过是个名不正言不顺的第三者后，腹中的孩子已经快有28周了。

得知真相的陆婷只觉得万念俱灰，虽然男人一再表示自己对她是真爱，和她交往之后就在着手准备离婚，但她还是决定要打掉这个孩子。

然而当她从医生口中得知，妊娠28周以后，胎儿已经是个有手有脚的完整生命，她终究还是在踏进手术室的前一秒逃了出来。不久之后，陆婷悄无声息地从她和那个男人同居的房子里搬走，独自一人生下了孩子。

看着初生不久的小婴儿皱巴巴的脸，她下定决心，孩子既然生下来了，她就要凭自己的力量好好养活。于是经过短暂的休养后，她在朋友的帮助下一边带孩子,一边重新做起了服装生意。

这样过了好几年,陆北辰从嗷嗷待哺的小婴儿,逐渐长成了一个能蹦能跳的小男孩,陆婷的生意也渐渐成了规模。然而就在她以为一切重新走向正轨,新的生活已经开启时,某天下午,在新家的附近看到了那个男人的车。

离开男人的这些年,她一直尽力避免着再和对方有所联系,不仅换掉了一切联系方式,还先后搬了好几次家。

虽然不清楚这次的遭遇,究竟是对方特意找上门来,还仅仅只是个巧合,但她很清楚,以对方的经济实力和社会地位,一旦较起劲来,她大概很难再保住儿子的抚养权。

情急之下,陆婷不敢继续逗留,匆匆把生意上的事处理干净后,带着陆北辰回了老家。

故事说到这里,许多让向清欢感觉异样的细节都有了答案。

为什么陆北辰会跟着妈妈姓,为什么他老家的那栋小楼里,从没出现过有关父亲的痕迹……

包括他这次来燕城,之所以会把酒店定在动物园附近,大概也不是对动物观赏感兴趣,而是因为他曾经在这附近生活过,才会本能地找一个熟悉的地方落脚。

关于陆婷工作过的那个批发市场,向清欢小时候曾经去过几次。

印象里,那里人声嘈杂,环境拥挤。

做生意的小老板们为了省钱,往往舍不得雇佣人力。但凡需要送货调货,只能亲力亲为地拎着那些装满货品的黑色大塑料袋,大汗淋漓地挤在人群中。

想着年幼的陆北辰,一脸懵懂地跟在母亲身后,看着她日复一日地劳累、奔波,身边却连一个能依靠的男人也没有,向清欢的心中不由得一阵绞痛。

"这么说起来,你从小到大,都没有见过自己的爸爸吗?"

"其实是有的。不过这个秘密连我妈也不知道……"

"为什么?"

"那个时候我妈实在太忙了,有时候实在顾不过来,就会把我扔给家附近的一个阿姨，请她帮忙照看我。后面有个男的经常会在那一片出现，找我聊天，还会送我一些挺贵的零食。一开始我以为他是其他小朋友的家长，也没在意，后面回想起来，应该是他通过什么渠道得到了家里的地址，不敢去找我妈，就先来找我了……"

"那……你会觉得遗憾吗？"

"或许有吧，但和他没有关系。而且你可能不相信，我之前还蛮嫉妒你的。"

"嫉妒我什么？"

"嫉妒你有向老师这样的爸爸。"

真讽刺啊……

向清欢心中深深叹了一口气。

自己满心嫉妒着的那个人，居然也一直在嫉妒着自己。

可是以陆北辰那么骄傲自矜的性格，为什么会忽然把自己的隐私赤裸裸地暴露在她面前呢？

"你为什么忽然和我说这些？"

"因为我不希望你对向老师有所误会，也不想你因为某些传闻，一直藏着心结。"

陆北辰的目光收了回来，落在了她的身上："就像你知道的那样，向老师无论是对我还是对我妈，一直都很好，但那只是出于对一个单身妈妈的同情，和对一个与自己女儿差不多大的孩子的关心。除此之外，他没有任何其他念想……因为在他心里，你和你的妈妈，永远是他最爱的人。"

对方表现得如此坦诚，为了解开她的心结，不惜剖开自己最隐秘的伤口，这让向清欢释然之余，不禁有些愧疚。

许久之后，她抬起眼睛，在对方的注视下点了点头："谢谢你……还有对不起。"

"不用说对不起。"

陆北辰摇了摇头，看向她的目光更温柔了一点："如果我的故事能让你不再因为误会而难过，那一切就是值得的。"

Chapter 07
恋人之间的告白

房子租好以后，陆北辰开始认真复习备考。

日常除了在附近的公园跑跑步，去超市采购必要的生活用品，以及参加丘原推荐的那些专业的学术交流会外，几乎没见他因为游玩逛街之类的事情离开过小区。

向清欢清楚对他而言，这次考试是朝理想迈进的一次重要机会，心无旁骛之下，不希望被任何无关紧要的人事干扰。

即便双方所住的位置直线距离不超过300米，除了偶尔发个问候微信，或者将林娅煮好的汤汤水水借花献佛地送过去，替他改善一下生活质量外，也没有怎么主动打扰。

这样过了三四个月，陆北辰考试的日子已经近在咫尺。

想着他苦行僧一样闭关了这么久，向清欢原本计划着考试前的最后周末约他出门转转，放松一下心情，没想到还没来得及约，盛庭的电话先一步打了过来。

"欢姐，明晚你准备几点出门啊？要不要我去接你？"

"明晚？你接我干什么？"

"明天不是你生日吗？你妈约了我们全家一起吃饭，顺便给你庆祝生日。怎么,她没和你说?"

"……"

林娅生病期间,盛庭一家人特意上门探望过好几次不说,还大包小包地送了不少营养品。林娅觉得过意不去,一直想找个合适的机会对他们表示一下感谢,没想到这机会找来找去,竟是把自己的生日给征用了。

见她不吭声,盛庭啧啧叹了起来:"怎么,欢姐你生日那天有安排了啊?要是这样咱也不耽误,我和我爸妈说一声就行!"

"别了别了……"

虽然之前她的确有生日当天约几个朋友吃饭庆祝的打算,但邀约还没有发出去,林娅既然已经将饭局定下,她这个做女儿的自然不能让母亲为难。

想到这里,她赶紧表示:"这事她和我提过,不过没说具体安排。既然你都清楚了,方便的话,明天过来接我一趟吧。来之前给我打个电话,我得提前准备准备……"

"得嘞!那咱们明天见!"

应付完盛庭没多久,林娅终于打来了电话,对她生日当天的各种安排做了一番介绍。

中午十一点在燕城郊区的一处农家乐集合,吃完中饭之后陪长辈们一起钓鱼赏花拍照片,顺便叙叙旧,最后再一起吃晚饭给她庆生。

虽然整套流程听下来还算不错,但作为寿星,关于生日的种种安排自己居然是最后一个才知道的,让向清欢有些哭笑不得。

不过细细想来,自打她进入社会开始工作以后,过生日的时候要么在电脑前加班赶稿,要么在片场和各色人等battle,运气好的话还能给自己点个外卖蛋糕,独自吹蜡烛对自己说句生日快乐,若是运气不好撞到加班,连在微信上回复朋友祝福的时间都没有。

能像这样在家人、长辈和朋友的祝福下,坐在一起吃顿饭的机会算是很难得了,林娅大概知道她最近情绪不高,接连推了好几个新项目,才会自作主张地早早做了安排。

到了生日当天,向清欢特意起了个大早,吃完早餐后,开始一条条地回复朋友们发来的生日祝福。

送祝福的友人大多是她昔日的同学，另外一些是因为工作认识的朋友。

虽然祝福有长有短，但林林总总汇集在一起，看上去很是热闹。

向清欢兴致勃勃地和亲友们聊了一阵，其间又收了好几个祝福红包，心情愉悦之下，正准备开始梳妆，手机上忽然弹出了一条新邮件提醒。

向清欢心下一跳，匆匆打开邮箱，凝神细看之下，失望地发现那封最新的未读邮件，是来自某航空公司的例行祝福。

往年每逢她过生日，向天衢都会给她发送一封邮件，祝她生日快乐。

文字虽然不长，却从未缺席过。

如今父亲不在了，那份持续了十多年的祝福也就此戛然而止，这让她再一次真切地意识到，自己曾经拥有的那份在意和宠爱，已经彻底消失了。

失去亲人的痛苦往往并不是从对方的死亡开始的，而且潜藏在他走了以后的每一个不经意的回忆中。

因为长时间两地分隔，日常生活中，她触摸不到太多与父亲有关的痕迹，可是这一刻，那封原本让她满怀期待，最终却没有出现的邮件，还是让她阵阵心痛，怅然若失。

临近十点，盛庭打来电话，说车子已经上路，让她提前做好准备。

想到自己的小区门口不好停车，向清欢不敢耽误，将提前搭配好的衣服换上之后，匆匆下了楼。

刚走到小区大门，身后忽然有人叫她的名字，向清欢扭头一看，几步之外的地方站着的，居然是一身整齐打扮的陆北辰。

以对方一直以来专心备考的状态来看，想来不会是去哪里闲逛，可看他刻意收拾得整整齐齐的模样，显然也不会是去菜市场。

惊诧之下，向清欢不禁多了句嘴："你这是要去哪儿啊？"

"不去哪儿，出来随便走走。"

"随便走走还打扮得这么帅？"

"谢谢你的夸奖。"

"……"

负责接人的盛庭暂时没到，向清欢只能有一搭没一搭地继续和他闲聊。

聊了几句后，对方像是不经意地问道："看你这样子，是准备出门吗？"

"嗯。等朋友过来接我去吃饭。"

"中饭还是晚饭？"

"都一起解决……怎么了？"

"没什么。"

陆北辰笑了笑，目光却垂了下去："前阵子一直劳烦你给我送汤，本来想趁着今天周末，请你吃个饭。既然你已经有约了，那只能改天再说了。"

听他原本有约自己见面的打算，向清欢不禁有些郁闷："真想请人吃饭怎么也得提前说一声吧！事到临头才开口算怎么回事？"

"抱歉啊，因为想定的几家餐厅都没了位置，服务生答应帮我协调，最快只能今早确认。我也没什么经验，只能先等着。这一来二去的，就把时间耽误了……"

"所以你的意思是，你已经订好位置了？"

"没关系的，反正餐厅生意不错，我就算取消，也不会耽误他们做生意。"

陆北辰似乎自觉失言般轻轻咳了一声，没等她再追问下去，朝不远处缓速停下的一辆车指了指："是那辆车吗？你朋友是不是已经到了？"

顺着他手指的方向，向清欢抬眼看去。

盛庭已经降下了车窗，朝他们的方向挥了挥手："欢姐，上车！"

事已至此，向清欢也没法再继续琢磨下去，只能低声表示："我先走了，吃饭的事改天吧！等你考完了，咱们再一起庆祝。"

为了表明自己的诚意，她忍不住又补充："其实我这个人吃饭不挑的，什么都可以。实在不好订位置的话，我看咱们小区附近的那家烤肉就不错。"

"是吗？"

陆北辰轻声笑了起来："那行吧，等我考完了，咱们一起去试试。"

向清欢点了点头，正准备走向盛庭的车，一个身穿外卖骑士服的小哥嗖的一声把摩托车停在了他们面前，打起了电话。

几乎同时，陆北辰的手机响了起来："喂，你好！"

"啊……您是陆先生吧？"

眼见接电话的人就站在自己眼前，外卖小哥赶紧从外卖箱里拿出了一个包装精美的蛋糕礼盒："这是您订的生日蛋糕，麻烦签收一下。另外需要提醒您的是，这种蛋糕很容易化，您要是暂时不吃的话，得先放在冰箱里冷藏……"

在他细致的提醒声里，向清欢下意识地站定了脚步，向陆北辰看去。

他在燕城人生地不熟的，订个生日蛋糕做什么？

难道说……是特意为她准备的吗？

陆北辰却像是什么都没察觉到一样，低声说了句谢谢后，就十分自然地把蛋糕接在了手里。

紧接着，他朝着车子的方向指了指，柔声提醒道："你快过去吧！再耽误下去，你朋友该吃罚单了。"

向清欢看着他，内心只觉得五味杂陈。

她从来没有想过对方会记得她的生日，所以也没有期待过会有什么惊喜。

连收取朋友祝福时，也不会因为属于陆北辰的微信对话框始终毫无动静而沮丧失望。

以他们如今的关系来说，坐在一起吃顿饭也需要一个冠冕堂皇的理由。

尽地主之谊也好，庆祝考试完成也罢，但那个理由绝对不应该是庆祝生日。

毕竟他们之间明面上的联系只因为向天衢而存在，连用"朋友"这个称谓都有些勉强。然而没想到的是，陆北辰在忙于备考的情况下，还是为了她的生日花足了心思。

那一瞬间，她甚至有冲动叫上对方一起，去赴接下来的生日宴。

但想到向林娅介绍陆北辰时可能会引发的尴尬，她还是放弃了。

"这是你订的蛋糕？"

"嗯……"

"怎么忽然想着买这个？"

"没什么，就是想吃点甜的，翻了下大众点评发现这家还不错，就订了一个。"

"原来如此。"

对方一脸云淡风轻，似乎不准备承认订蛋糕这件事与她有关，这让向清欢失望之余，也开始怀疑自己是不是在自作多情。

为了掩饰沮丧的心情，她勉强笑了笑："这牌子我听说过，价格可不便宜，就是不知道味道怎么样。"

"那你想尝尝吗？"

"什么？"

陆北辰看着她，口气格外温柔："我的意思是……如果你有兴趣，我等你回来了，一起试试。"

"真的吗？"

在他轻言细语的建议中，向清欢的心情再次雀跃了起来。

"那就这么说定了！你不许提前偷吃。我吃完饭就回来！"

"好！"

见她满脸期待，陆北辰的嘴角浮出了一丝笑意："不用着急，我等你回来。"

上车之后没多久，盛庭开始了他的例行八卦。

"刚才和你在一起的那哥们儿是谁啊？样子看着还挺帅……贵圈新晋的小明星？"

虽然猜测不靠谱，但出自盛庭这种向来自视甚高的公子哥，也算是对陆北辰颜值的一种肯定。

心情愉悦之下，向清欢故意卖起了关子："怎么了？你有什么意见？"

"意见倒是没有，只是才进娱乐圈呢，就跑到你这儿来献殷勤，一看就不是什么正经人……"

"你行了啊!"

向清欢怕他继续误会下去,这才不情不愿地解释道:"他不是娱乐圈的,是我爸的学生。"

"你爸的学生?搞天文的?"

盛庭闻言越发来了兴趣:"我看他刚才好像买了蛋糕,是想为你庆生吧?你就这么把人抛下自己走了,是不是也忒不仗义了?"

"那你想怎么样?"

"叫上他一起呗!"

谈笑之中,盛庭显然已经打好了主意:"你要是担心你妈看出破绽,我就说那是我哥们儿。"

向清欢愣了愣:"破绽?什么破绽?"

"不是吧,你连我都想瞒着啊?看你俩难分难舍的架势,难道不是在谈恋爱?"

"你瞎说什么呢,我们只是普通朋友!"

"啧啧,行吧……"

盛庭转过头,意味深长地看了她一眼,嘴里嘀嘀咕咕地一阵吐槽:"都被人抓现场了还硬说是普通朋友,你们这些混娱乐圈的,真是不坦诚。"

一个小时后,车子在燕城郊区附近的一排民宿前停了下来。

盛庭从车子后备箱里把事先准备好的水果吃食一袋袋地搬了出来,最后居然还搬出了一个三层高的大蛋糕。

向清欢被这隆重的气势吓到了,受宠若惊之下赶紧过去帮忙:"大哥,你准备这么多东西干吗?再这么演下去,咱俩的男女朋友关系都要坐实了!"

"别紧张嘛,也不都是为你准备的。"

盛庭显然早已得到了消息,满脸都是淡定:"毕竟这么多人呢,还要在这儿待一天,吃的喝的不得都准备好?来的人里面就我这么个壮劳力,还不得拼命逮着我薅羊毛?"

向清欢越听越糊涂:"哪里有很多人?不就是我和我妈,外加你家三个吗?"

"何止啊!"

盛庭啧啧一叹:"等着吧,过一会儿你就知道了!"

十几分钟以后,好几辆车子接连在民宿门口停下,一群和林娅年纪相当的叔叔阿姨相互寒暄着走了进来。

从他们的谈话中,向清欢终于得知,林娅的一个大学室友昨天回国,特意在同学群表示要在燕城逗留两天,还指名道姓地呼唤了林娅,提出要和包括她在内的一帮老同学聚一聚。

虽然当年交情平平,但众目睽睽之下,林娅也不好拂了对方的面子,一番考虑之后,干脆借着给向清欢庆生出游的机会,临时搞了这个同学局。

到了林娅这样的年纪,能和昔日的同学们凑在一起谈谈笑笑,追忆青春的机会并不多,但自己好端端的一个生日,变成了长辈们的主场,这让向清欢无奈之下,也有点郁闷。

只是既来之,则安之,人都已经到现场了,她很快挂起了笑脸,努力表现出一副乖巧懂事的模样。

盛庭原本只是想借着给向清欢庆生的机会,向她探听一点娱乐圈的八卦,没想到却临时变成了苦劳力,面对一群老阿姨又实在没什么话题可聊,于是只能鞍前马后地跟在向清欢身后。

好不容易熬到晚饭时间,向清欢正寻思着吃完饭后该找个什么借口,让盛庭送自己回去,林娅已经远远冲她招呼了起来:"清欢,去外面找下你秦阿姨,告诉她饭菜都已经准备好了,赶紧回来吃饭!"

林娅口中的秦阿姨全名秦凌,正是这次远道而来,促成同学聚会的主角。

虽然在此之前不曾见过面,但关于秦凌的故事,她倒也略有耳闻。

根据盛庭的八卦,这位秦阿姨年轻的时候也是个美人,因为自视甚高,所以和同样以美貌著称的林娅之间颇有点针锋相对的意思。

在盛福辉追求林娅的那段日子里,经常会曲线救国,请她的室友们一起吃饭。

几番接触之后,秦凌曾经私下里对他表明过心意,却遭遇了盛福辉的婉拒,这让她和林娅之间的关系也越发微妙。直到林娅和向天衢手拉手地走在了大学校园里,正式公开了恋爱关系,两人之间一直紧张的关系才算得以缓和。

研究生毕业之后,随着秦凌嫁人并移居海外,昔日里的矛盾就此烟消云散,两人之间也因为同学群的存在,一直保持着联系。

大概是因为久居国外,回国之后看什么都新鲜,秦凌来了以后没坐多久,就拉着几个要好的女同学一直在附近转悠拍照。

如今大部分人都回来了,她却依旧不见踪影,也不知道是没拍尽兴,还是兴奋之下忘了时间。

听到林娅的嘱托,向清欢不敢怠慢,立马拉着盛庭一起出去找人。

前前后后找了好几圈,始终不见踪影。

无奈之下,向清欢正打算回去问问有没有人知道她的手机号,盛庭却像是发现了什么,对她招了招手:"欢姐,你看那边那个是不是?"

向清欢凝神一看,不远处的荷花池边,两个女人正肩并肩地坐在一棵垂柳下聊天,从衣着上看,正是秦凌与林娅常有走动的一位女同学。

眼见两人聊兴正浓,向清欢也不敢贸然打断,于是轻手轻脚地走了过去,想等到合适的机会再打个招呼。

没想到刚一靠近,却听到自己的名字出现在了两人的对话中。

"林娅家那姑娘是叫向清欢是吧?刚才我见到她,觉得和她妈年轻时候长得还挺像的,是个漂亮姑娘。"

"那可不是?我们有时候私下里都会开玩笑说,也得亏她长得像她妈,要是像她爸,老盛的这个儿媳妇人选,可能得再考虑考虑了!"

"所以说,老盛是真有想法和林娅结亲啊?我说呢,刚一直看着盛庭围着那姑娘转,原来是这么回事!"

秦凌的口气听起来似乎有些感慨:"这么看起来,林娅这些年也算是有些长进了。当年我就劝过她,别和向天衢那种不靠谱的人在一起,她偏偏不听。结果呢?离婚了不说,还没捞到一分钱的好处!现在倒是知道帮女儿找个靠谱的人家嫁了,但她这一辈子,也就那样了……"

坐在她身边女人似乎有些尴尬,讪笑着劝道:"秦凌你也别这么说，林娅当初和老向离婚，不是因为对方做了什么赌博出轨之类的糟心事，只是事业选择不同而已……而且这是人家的家务事，咱们这些外人，也不好说什么。"

"只有出轨赌博找小三的男人才不靠谱吗？"

秦凌似乎有些不服气，声音也跟着扬了起来："向天衢他是个男人，既然结了婚就要负起一个做男人的责任，给老婆孩子提供最好的生活条件。但你看看他，口口声声说着理想，哪里为老婆孩子考虑过？退一万步说，他要是真能做出点什么成绩来，也能说一句是为了事业而耽误了家庭。结果呢？研究了一辈子的星星，除了把林娅骗到手之外，还有什么拿得出手的？最后赚到的钱，可能还没老盛他公司一个月的收益多！"

向清欢万万没有想到，父亲过世之后还要被人如此诋毁，一时间只觉得热血上涌，立马想冲上前去让对方把话说清楚。

脚步刚动，胳膊却被人一把拉住了。

"欢姐，算了……今天那么多长辈在场，闹起来了大家都尴尬。她刚从国外回来，啥都不清楚，难免胡说八道！反正她明天就走了，以后眼不见心不烦，你别和她计较。"

虽然满腔愤懑，但向清欢知道盛庭的话不是没有道理，真要闹起来，除了自己会落个"不懂事"的名号外，向天衢也难免会遭人议论。

想到这里，她狠狠地一甩手，再也没朝秦凌的方向看上一眼，扭头回了民宿。

她没能把人找回去，长辈们不由得一番询问。

好在盛庭机灵，主动接过了话头。

又等了十几分钟，闲聊结束的秦凌终于姗姗来迟，在众人的招呼下坐上了饭桌。

向清欢原本就兴致缺缺，听完了秦凌私下里的那些闲言碎语更是心烦，心不在焉地吃了几口饭后，开始频频看表。

觥筹交错之间，盛福辉留意到了她低落的情绪，于是主动提醒道："咱们今天除了替秦凌接风外，可不能冷落了另外一位主角。今天可是清欢的生日，咱们这些做长辈的，是不是也该表示表示？"

到场的同学大多不知道还有这么一出,听他这么一说,赶紧发红包的发红包,送祝福的送祝福。

忽然成为焦点,向清欢一时间有些不知所措,赶紧挤出笑脸,连连道谢。

热闹之间,秦凌忽然开口问:"来了这么久还没来得及问呢,清欢现在是在干什么呀?"

盛庭怕她摆脸色让对方难堪,赶紧把话接了过去:"秦阿姨,欢姐现在做影视编剧来着。"

"就你知道得多……我和清欢聊天呢,你那么着急回答干什么?"

秦凌有些嗔怪地看了他一眼,然后看向了向清欢:"我记得你妈之前说过,你大学读的是金融吧?怎么忽然转行做编剧了?"

向清欢心中有怨气,根本没心思和她解释自己的心路历程,于是言简意赅地表示:"因为兴趣,我喜欢写故事。"

"工作的话只凭兴趣爱好可不行哦……"

像是终于逮到了可以发表长篇大论的机会,秦凌立马摆出了一副过来人的架势:"我之前听说,在国内做影视编剧可是很辛苦的,不仅没什么话语权,钱赚得也不多,而且还经常会被观众骂来着。趁你现在还年轻,可以好好考虑一下自己未来的发展……说起来,清欢你有没有考虑过出国留学?阿姨在的那座城市,有好几所学校的金融专业都不错,我闺女就是在那儿读的研究生,毕业之后好多公司抢着要!你要是有兴趣,阿姨可以让她帮你留意着……"

"不用了。"

向清欢不想听她炫耀,很快打断了她:"我现在的工作挺好的,不劳秦阿姨费心。"

"费心倒也谈不上,只是给你提个建议罢了。"

她过于冷淡的反应让秦凌有些尴尬,讪笑了几声后,又忍不住给自己找补:"阿姨是过来人,所以才想提醒你,无论是工作还是生活,选择是很重要的,不能因为任性,就像你爸那样……"

话刚说到这里,随着咚的一声响,向清欢已经把手里的酒杯重重地放在了桌子上:"秦阿姨,麻烦你把话说清楚,我爸他怎么了?"

面面相觑之间，林娅的脸色也变了变："清欢，秦阿姨好心提醒你几句而已，你这是什么态度？"

"是啊……我随便说两句话而已，清欢怎么还不高兴了？"

见她黑着一张脸，秦凌赶紧赔起了笑脸："不好意思啊清欢，阿姨在国外待久了，说话比较直接，其实是想告诉你金融专业未来的发展会比较好，收入也高，没什么其他意思……"

脸都已经翻了，向清欢也不想继续让自己受委屈，当即冷声一笑，站了起来："有没有其他意思您自己心里清楚，在国外待得比较久不是在背后嚼人舌根、说人坏话的理由。既然秦阿姨你那么看不上我爸，数落了他那么多不是，现在又觉得我没出息，我就不在这儿碍你的眼了。谢谢各位叔叔阿姨的祝福，我吃好了，先走一步，你们慢慢聊。"

话一说完，她将包往肩上一背，头也不回地开始向外走。

林娅的脸色变了几变，声音扬了起来："向清欢，你一个女孩子，脾气怎么这么大？现在吃着饭呢，你这是要去哪儿？"

"清欢都这么大一个人了，想去哪儿不行啊？"

尴尬之间，盛福辉赶紧打起了圆场，随即朝自家儿子使了个眼色："而且不是还有盛庭在吗？"

盛庭心领神会，立马站了起来："林阿姨你放心，欢姐交给我，我一定安全把她送到家！"

盛庭追上向清欢时，她依旧憋着一肚子的闷气。

虽然愤然离席之前，她把该说的话都说了，也明确地表达了自己不满，但她心里清楚，那些对向天衢的偏见和不屑，并不会因为她的举动而有所收敛。今天饭桌上所发生的一切，还会成为长辈们私下里的谈资。

如果受到非议的只有她自己，她倒也不在乎，毕竟生活圈子不同，她和那些长辈们未来也不会有太多交集，但是很显然，作为她的母亲，林娅将无可避免地被牵扯到这场是非之中。

离开房间之前，林娅那句带着气恼和不满的质问声她其实听见了，但她不知道对方的气恼究竟是因为秦凌对向天衢的诋毁，还是因为自己的"不懂事"。

她只知道自己一走了之后，对方再是尴尬，也得继续替她收拾后面的烂摊子。

可今天明明是她的生日，在她的期待里，原本应该是和母亲一起，在亲友的陪伴下，高高兴兴地度过这一天，弥补一下父亲离世而带来的痛苦。

可是因为一场闹剧，让所有的一切都搞砸了。

思绪翻涌之间，不远处传来的一阵欢笑声引起了她的注意。

那是正在附近民宿院子里嬉戏打闹着的一对父女。

年幼的小女儿身材圆滚滚的，穿着一条粉色的公主裙，正一边咯咯笑着，一边朝树后躲。身材瘦削的父亲佯装出一副气势汹汹的模样，有些笨拙地前后转悠着，像是努力想要把她抓住。

一阵热闹的追逐后，小女孩像是有些累了，双手一张，撒娇似的扑到了男人的怀里："爸爸，我热！我想吃西瓜！"

男人有点为难的样子，偷偷朝屋内的方向指了指："可是妈妈说啦，吃西瓜容易拉肚子，不让你多吃。要是被她发现，她可是会生气的。"

"那我就吃一块！而且爸爸可以和我一起吃！"

"这样啊……"

浑身是汗的男人笑着把女孩抱了起来，伸出手指和她拉了拉钩："那咱们说好了，只吃一块。等妞妞吃完了，咱们再去找妈妈。"

向清欢站在原地，静静地看着父女两人因为达成了一个只有他们知道的小秘密，而笑得心照不宣的模样，心中又是羡慕，又是难过。

直到他们走向了远处的水果摊后，她才悻悻然地把目光收了回来。

天色已经开始转黑，附近的民宿飘出了饭菜的香味。

若是这个时候开始往城里赶，大概能争取在八点钟之前进家。

虽然时间有点晚，但依照陆北辰的性子，应该不会拒绝陪自己一起吃顿晚饭。

何况在他家里，还有一盒美味的生日蛋糕等着她……

想到这里，向清欢没再犹豫，很快拿起手机，准备叫车。

结果下一秒,盛庭已经气喘吁吁地堵到了她的身前。

"欢姐你走得够快的啊!我追了好一阵呢,才把你追上……"

"你不好好吃饭,出来干吗?"

"看你这话说的,咱俩啥交情啊?你都走了,我留在那儿干什么?"

盛庭察言观色地和她说了几句话,见她依旧是一副余怒未消的模样,赶紧安慰道:"我爸刚才给我打电话了,说今天这事是秦阿姨不对,让我好好安慰安慰你。"

像是为了表明自己的立场,他又继续吐槽:"说起来,秦阿姨的嘴也是够欠的,一定是当年哪儿哪儿都比不过你妈,才会这把年纪了还拼命在她面前找存在感。这么看来,我爸当年看不上她,也是有原因的……"

向清欢不想他为了替自己出气,胡言乱语之下,将盛福辉也卷入这场是非,于是出声制止:"长辈们之间的旧事你就别提了,免得让你爸跟着闹心。"

"那倒也是……"

盛庭讪笑了几声,像是意识到刚说的那些话有些不妥,赶紧找补:"都是些过去的事了,你妈当初会嫁给你爸,那可是心甘情愿的事,不管后面发生了什么,也轮不到外人多嘴,秦阿姨也是忒没眼力见了才会在那儿胡言乱语,你看在她年纪大的分上,别和她计较了……"

"盛庭!"

没等他把话说完,向清欢忽然打断了他:"你……还有你爸,是不是也是这样想的?"

盛庭一愣:"什么?"

"我爸这一生,耽于理想,但在别人眼里,始终没能取得什么光鲜的成就,为了所谓的事业,还辜负了家庭,是个一事无成的失败者。"

"其实也不是啦……"

盛庭原本想敷衍过去,但在她一脸认真的注视下,终于郑重了起来:"说实话,对向伯伯的一些决定,我是不太理解,但作为晚辈,我也没资格对他的人生做出评价。至于我爸……他当年在感情上输给了向伯伯,却一直能和他做朋友,即便是在你爸妈离婚后,也没说过他半句不是，我想这应该是对他最高的认同吧！"

对方的回答听起来十分真诚，但向清欢并未因此释怀。

关于向天衢一直以来的理想和坚持，即便盛家父子能抱着善意去体谅，去理解，那别人呢？

对那些不了解他的人而言，有多少人和秦凌一样，谈起向天衢这个名字时，口气都是惋惜和不屑？

或许在他们眼里，放弃了大好前景、一心要走编剧这条路的自己，也和他一样任性幼稚，不识时务。

更可悲的是，以她过去几年的成绩和表现来看，竟也无力反驳。

见她满脸郁郁，盛庭看了看表："欢姐，时间不早了，要不我先送你回去吧？回城之后我找个酒吧请你喝一杯，就当为你庆生了！"

虽然并没有要和对方喝酒庆生的打算，但向清欢还是跟着他上了车。

没想到车子刚开出去五公里，车体前部忽然冒起了一阵白烟。

盛庭下车检查了一阵，满是郁闷地表示，车子的水箱出了故障，已经无法正常行驶，可能要等维修人员赶到，才能解决问题。

眼下这情况，车子一时半会儿是上不了路了，但要她把盛庭抛下自己打车走，未免太不仗义。

虽然这个生日鸡飞狗跳、闹剧频生，如今还被搁置在了回程的路上，也不知道要等到什么时候，但趁着日子没结束，她至少还可以许个愿。

想到这里，她推门下车，就近找了个地方坐下来，打开手机，给向天衢发起了微信。

"爸爸，今天是我26岁的生日，从早上开始，亲戚朋友们就发来了很多祝福，但那些祝福里，唯独没有你的……

"小的时候，无论你工作多忙，只要是我的生日，你都会陪我一起吃蛋糕、一起吹蜡烛，即便是你离开燕城，去了天瞳研究中心，每年到了这个时候也会记得给我发祝福邮件，所以对我来说，生日这天已经习惯了有你在我身边。只是今年的生日，虽然也有很多人帮我庆祝，但是没有你在，我觉得很孤独。

"今天的生日宴上,我见到了很多你和妈妈昔日的校友,但是他们私下里的一些议论和评价,让我很难过。回来的路上我一直在想,是不是我争气一点,妈妈就可以以我为荣,不用再面对那些让人难堪的同情和怜悯,可是我又做不到像你那样坦然无畏地去面对自己的理想,甚至不敢承认那些乱七八糟的作品是我写出来的……

"去年过生日,你给我打电话,说下次过生日的时候你争取回燕城,像小时候那样,带我去郊外一边吃蛋糕,一边看星星。今天我的生日到了,你却不在了……

"爸爸,你在那边还好吗?我真的很想你。如果可以的话,今晚我睡着了以后,你能不能来见见我,像往年那样,对我说一句生日快乐?"

信息一条接一条地发了出去,密密麻麻的文字很快铺满了整个屏幕。

虽然很清楚那个熟悉的对话框已经随着向天衢的故去,永远不会再有任何回应,所有的信息,终将有去无回,但这一刻,无尽的懊恼、悲伤、思念和痛苦,让她只能用这样的方式宣泄。

信息发到最后一条,对话框陷入了死一般的寂静。

另一边,盛庭满心喜悦地朝她挥起了手:"欢姐,维修师傅说了,问题不算大,十几分钟就能修好,你再等等啊!"

向清欢点了点头,正打算过去看看,电话忽然响了起来。

看着屏幕上熟悉的名字,向清欢骤然想起了要对方等自己一起吃蛋糕的约定,不由得满是愧疚地按下了接听键。

"那个……不好意思啊。回家的路上车子忽然坏了,暂时还在修理。我可能要晚一点才能回来。"

"没关系。"

陆北辰耐心听完了她的解释,随即问道:"所以你现在在哪儿?"

"就在农家乐的附近。"

"有安全的地方可以休息吗?"

"有的。"

"嗯……"

电话那边稍微安静了几秒钟,很快又有声音传来:"那你先别急着走,在附近找个地方等一下,然后发个定位给我,我现在过去找你。"

"这大老远的,你来找我干什么?"

"我准备出门了,有什么事见面再说。"

没等她再问下去,对方已经将电话挂了。

十多分钟后,盛庭在维修人员的帮助下修好了车子。

听闻她决定留在原地等陆北辰后,他只觉得哭笑不得:"欢姐,那哥们儿这是搞哪一出啊?想见面的话我把你送回去不就得了?至于大老远跑这么一趟吗?难道是他误会了咱们之间的关系,才这么紧张的?"

虽然不明就里,但向清欢很清楚,陆北辰绝不会因为一些捕风捉影的事,就做出荒唐的举动。

既然他这么交代了,一定有他的原因。

见她态度坚决,盛庭也没再调侃,很快把车子开到了附近的一家咖啡厅门口,陪她等在了那里。

一个小时不到,一辆黑色的SUV在他们面前停下。

陆北辰摁下车窗,冲盛庭打了个招呼,然后看向了向清欢:"上车吧。"

盛庭轻轻吹了声口哨,随即低声交代道:"人是你自己要等的,现在等到了,我的任务就算完成了。后面如果有什么要帮忙的,随时打我电话。"

向清欢点了点头,轻声道了句谢,紧接着拉开车门,坐在了陆北辰身旁。

车子重新上路没多久,她很快意识到了有什么不对劲。

"这车是你租的?"

"嗯……取车点在小区附近,还挺方便。"

"干吗忽然想到租车?"

"去天文台的路有些远,自己开车方便些。"

"天文台?你去天文台干什么?"

"你的生日愿望不是想去郊外看星星吗?燕北天文台在那里有一个观测站。我对燕城不太熟,准备的时间也不够,所以想来想去,也只能这样安排了。"

向清欢赫然一惊，很快意识到了什么："你怎么知道我的生日愿望？我爸的手机在你那里？"

"嗯。"

陆北辰看着她，有点抱歉的样子："向老师生前订阅了一些专业领域的电子刊物，因为不想浪费，就把他的手机留给了我。他走了以后因为要通知之前的领导同事，微信一直也没有注销。今天的事是个意外，先和你说声对不起。如果你介意的话，回去以后我把手机还给你……"

"不用了。而且你也不用道歉。手机既然是爸爸留给你的，你就好好收着。"

被人窥见心事的感觉虽然有些尴尬，但这一切毕竟只是个巧合。

而且为了她随口的一句话，对方就能如此劳心劳力，要是再去计较什么，那实在太不懂事了。

陆北辰点了点头，没有在这个问题上继续纠结下去："你在外面待了一天，应该累了吧？要不先睡一会儿，到了我叫你。"

向清欢嗯了一声，将头靠在了椅背上，轻轻闭上了眼睛。

那一刻，窗外是呼啸的风声和无尽的长夜，电台里播放着不知名的英文歌曲。

轻微的颠簸中，她觉得自己像是躺上了一艘小船，在海浪的起伏中，意识逐渐模糊，很快什么都不知道了。

意识重新复苏时，向清欢发现车子停在了村野间的一条小路上。

放眼看去，四下里都是郁郁葱葱的植被和大片的农田。

陆北辰似乎早有准备，见她醒来，递了杯咖啡在她手里，向清欢低头一喝，居然还是热的。

"这是哪儿？"

"燕北天文台观测站附近的一个小村子。"

"哦……爸爸之前带我来过这里。"

向清欢仰起头，看向远处那些即使在夜色中，也十分引人注目的"锅盖"。

在过去的几十年里，这些射电望远镜一直在执行着探月工程及深空探测任务地面应用系统的数据接收和VLBI测定轨工作。

如今，它们大部分已停止使用，却依旧矗立在旧址上，成为游人们证明自己"到此一游"的打卡点。

除了资深的天文爱好者之外，大概很少有人知道它们曾经为国家天文事业的发展和月球探测工程，奉献过什么。

喝完咖啡后，向清欢下了车，想要拍下几张照片做纪念，却发现在这条村间的小路上，除了他们之外，居然还有不少拿着长枪短炮的摄友蹲守在附近，一边找着合适的拍摄角度，一边小声讨论着什么。

这种热闹的氛围感染了向清欢，让她原本有些低落的情绪逐渐兴奋了起来。

等她前后绕了一圈，拍下了一系列望远镜的照片后，才发现陆北辰不知什么时候打开了车子的后备箱，铺上了一层软垫，又变戏法一样把啤酒、水果和一些零食拿了出来。

宽敞的汽车后备箱变成了一个半私密的休闲空间，可以让人舒舒服服地坐在里面，尽情地享受夜晚的浪漫。

惊喜之下，向清欢钻了进去，开了一瓶啤酒，朝对方举了举："谢谢你！我先干为敬！"

陆北辰笑了笑，拿起身边的一瓶矿泉水："晚点回去还得开车，就不陪你喝酒了。用水陪你干一杯，你领会精神。"

"别啊！"

向清欢一口酒下肚，只觉得热血上涌，说起话来也多了几分豪气干云的味道："来都来了，你不准备刷夜吗？到了明天一早，酒劲早过去了，不会有事的。"

陆北辰有些意外："你还准备刷夜？"

"那不然呢？"

"可是你上次看星星的时候，早早就睡着了。"

没想到对方会旧事重提，向清欢不由得尴尬了起来："那个时候咱们还不熟嘛，也没那么多可聊的。无话可说的情况下，当然会睡着。"

"所以你的意思是，我们现在算是比较熟了吗？"

"……"

虽然这句问话听上去没有任何逾矩的地方，但在对方深深的凝视下，向清欢还是不由自主地心跳加速。

为了掩饰突如其来的悸动，她装出一副不经意的样子，抬头望向天空。

星光灿烂，银河渺渺。

头顶上那些因为远离霓虹干扰而分外明亮的星光，可能从几百万年前就踏上了旅程。光线穿行于无垠宇宙的同时，人类在不断进化，一代又一代地历经生老病死，周而复始。

旅途开始后的几百万年，这些远道而来的信使，穿越漫长的时间，最终落进了他们的视线之中。

陆北辰的声音在此刻徐徐响起："向老师曾经说过，天文学是无比确定的学科，人类在宇宙中只能发现一切规律早已存在。如果只能向这世界看上一眼，星空将是他唯一的选择。等目光收回时，心会变大，事会变小。所有让你困扰的一切，都会变成微不足道的浮尘。"

向清欢静静听着，眼眶渐渐变得湿润。

她知道这是对方看了那些微信后，给予她的安慰和温柔。

这个世界上，有人已经漫步宇宙，有人却困囿于昼夜与厨房。

但星河浪漫，远胜一切人间理想。

向天衢都能坦然面对的事，她又何必从无关紧要的人那里寻求一份认同呢？

不远的地方传来阵阵惊呼，似乎有人在长时间的蹲守后，拍摄到了让人满意的作品。

一片欢呼声中，向清欢看向了陆北辰："说起来，你是怎么喜欢上这些星星的？"

"你问这个，是想要更了解我一点吗？"

"算是吧。"

"因为它们治愈了我。"

过于坦诚的态度令人惊讶，陆北辰的口气认真了起来："如果没有它们陪伴，后面又遇到了向老师，我现在大概率不会坐在这里陪你过生日。"

这个答案背后显然藏着一段不为人知的往事,向清欢不确定他是否有兴致继续说下去,于是开了一罐啤酒递过去。

陆北辰接在手里,若有所思地看了她一眼:"看你这样子,是真的准备在这儿刷夜啊?"

"当然!有酒有故事,刷夜也值得!"

"好吧……"

陆北辰像是妥协了,低头喝了口酒,这才继续说了下去:"我的身世,之前大概和你说过。和我妈回到老家以后,她很快把我送进了附近的小学,自己则是投了点钱在杨姐那里,一起经营起了那个小菜馆。然而家乡也不是世外桃源,没过多久,镇子里开始有了各种风言风语,学校里的同学也开始欺负我,说我是没有爸爸的野孩子……"

因为没有足够的人生经历,小孩子缺乏对生命的敬畏,往往最天真,却也最残忍。

一个年轻漂亮的女人在没有结婚的情况下,独自带着一个孩子生活的情形,足以让他们在大人们的影响下,炮制出各种不堪的流言。

年幼的陆北辰初初从燕城回到阳州,连家乡话也听不太明白,自然也没有什么朋友。虽然习惯了身边只有母亲相伴,但来自同龄人的欺负和排挤,还是让他感到了深深的自卑和寂寞。

原本他以为,这样的情形会随着自己的长大和环境的改变而有所好转,就在他以卓越的成绩考进当地最好的初中后,却发现类似的行为还在变本加厉。

某次考试期间,因为拒绝配合同桌作弊,放学之后,陆北辰被人堵在了墙角。

对方在对他拳打脚踢的同时,还添油加醋地转述着从大人那里听来的有关陆家母子的不堪传闻。

情急之下,向来懂事乖巧的陆北辰第一次和同学动了手,虽然不要命的架势彻底震慑住了对方,却也带着一身伤,被班主任叫到了办公室。

那天的训斥到了最后,班主任以一句"以后要学好,别跟没人管教的野孩子一样,动不动和人打架"做了收尾。

就是这漫不经心的一句话,彻底刺伤了他的自尊。

从那天起,陆北辰开始变得沉默寡言,像是受伤的刺猬一样,不再试图得到老师的帮助和理解,也不再奢望能和同龄人交朋友。

除了跟着陆婷去杨姐家开的小饭店里帮忙外,他几乎不和任何人说话,也没有任何社交。

某天放学以后,他照例去了杨姐家的小饭馆,一边写作业,一边等着陆婷下班。没想到刚写了几行字,饭店里风风火火地涌进来了一群人。

和镇子里那些喜欢议论东家长西家短的人不一样,他们坐下之后讨论的不是八卦,而是一个名叫"天瞳"的东西。

虽然其中的很多内容他都听不懂,却大概明白,他们口中的"天瞳",是一台用来寻找星星的望远镜。

大概是他过于专注的表情引起了那群人的注意,不久之后,一个男人走到了他的身边,一边看着他正在写的物理卷子,一边和他闲聊了起来。

"小朋友今年多大了啊?"

"十一。"

"那应该还在读小学吧?怎么开始做初中的卷子了啊?"

"……"

没等他说话,一旁的杨姐主动解释了起来:"北辰小学跳了级,现在已经是初中生了!"

"这么厉害啊!"

男人脸上浮现出了夸赞的神色,很快朝他的同伴们招了招手:"你们都过来看看,这可是颗读书的好苗子!好好培养一下,以后说不定能和咱们做同事!"

"你少在那儿一厢情愿了!"

人群中有人笑了起来:"这种读书的好苗子抢的人多了去了,人家可未必愿意搞天文!"

"你怎么就知道人家不愿意了?"

男人还是笑呵呵的,伸手在他的肩膀上拍了拍:"小朋友,好好加油！等你以后读完了大学，来咱们研究中心。叔叔带你去找星星！"

后来陆北辰才知道，那群人都是建设天瞳项目的工程师，每个人身上都顶着博士或者硕士的头衔。

即便他们是那么闪闪发光，在各自的领域里取得过了不起的成就，却没有因为他只是个沉默寡言的小孩子，就有所轻慢。

因为那次偶然的碰面，"找星星"这件事在年幼的陆北辰心里埋下了一颗种子。

虽然并不清楚这颗种子究竟意味着什么，但因为见过那些叔叔意气风发，又满怀热情的模样，他认定那一定是一件了不起的事。

接下来的几年，他开始在课余时间翻阅大量的天文类科普读物，也会在一个个无人陪伴的夜晚爬上家里的天台，仰望星空，去想象宇宙深处发生的故事。

一次次静默的对话中，他逐渐知道，在这片深邃的宇宙银河里，玫瑰色的星云荡漾，迸出湛蓝色的星体。橘红色燃烧在红巨星之上，白矮星兀自黯淡坠落。桃子色超新星残余，极光绿蔓延其间……可最后它们都在消亡，没有什么能够永恒。

他还知道了一个叫罗曼耶克的俄罗斯程序员，曾经花了14年的时间做了一款游戏。这个游戏中没有打斗、没有对话，也没有任务，只有一个人、一艘飞船和一个广袤的宇宙。

游戏里数十亿颗恒星和行星，都是按照一比一的比例模拟，每当他失眠时，就会绕着一颗行星飞行好几个小时，从中感受安宁和慰藉。

超脱痛苦的方法是见识更广博之物，深知自身命运如同蜉蝣沉浮于朝朔之间，只要竭尽全力把握当下便全无遗憾，天地旷阔能容下一切悲喜。

具体到陆北辰身上，他的情感和悲喜不再被旁人的议论所左右，因为他有了自己想要去窥探的世界和想要追求的目标。

宇宙如此浩瀚，他的心慢慢变得安宁。

自卑和孤独逐渐被星辰所治愈的同时，对宇宙的好奇心也在一天天加深。

听闻天瞳项目已经正式完工，并在投入使用没多久，就迅速发现了两颗新的脉冲星后,陆北辰抑制不住心中的渴望,决定亲眼看看它的真容。

只是那个时候,天瞳并未对外开放,为了保证相关研究不被外界所干扰,政府在周边地区设置了重重关卡。

当年的陆北辰还只是一个小小的初中生,自然找不到门路和关系可以正大光明地走进去。几经犹豫之后,内心的渴望战胜了各种顾虑,陆北辰决定仗着自己当地人的身份,从山间小路偷偷绕行。

出发之前,陆北辰做了很多功课,不仅在包括杨姐在内的原住民那里套了不少话,还根据他们的描述制作了一份手绘地图。

然而满怀信心地进山后,不久,他发现自己迷路了,在一座陡峭的山崖边被困到大半夜,才被收到消息的安保人员救走。

后来他才知道,为了能尽快找到他,基地里出动了许多人,除了负责安保的工作人员外,还有很多科研工作者,也主动加入了搜寻的队伍中。

找到他时,因为时间已晚,陆北辰被暂时安置在了基地内的招待所。

虽然又是羞愧又是后怕,还担心着会不会被责罚,但他实在太饿了,所以偷偷溜了出去。

然后在招待所的大堂里,他遇见了一个文质彬彬的男人。

看到一个小男孩在基地招待所里到处乱跑,男人似乎有点吃惊,听闻他是想找东西吃后,他从自己的背包中翻出了一盒泡面和几根火腿肠。

等待泡面的那段时间里,对方将他仔细打量了一下,然后问他:"你就是今天偷偷跑进山里的那个小朋友吧?"

"嗯……"

虽然对方口气和蔼,并没有要斥责他的意思,但他还是立马紧张了起来。

狼吞虎咽地把面吃完后,他忍不住问:"叔叔,今天的事,我会被处罚吗?"

男人不置可否地看着他,口气有点神秘:"那可不一定……不过你得先告诉我，你偷偷跑进山里干什么？"

"我想看看天瞳。"

"你小小年纪，为什么要看天瞳？"

"因为我想知道，能发现那么多脉冲星的望远镜，究竟长什么样子。"

"你还知道脉冲星啊？"

男人笑了起来，像是来了兴趣："那你再说说看，关于天瞳，或者关于星星，你还知道些什么？如果知道得够多，叔叔可以考虑帮你求求情。"

那个晚上，陆北辰和那个戴着眼镜的陌生男人聊了很久。

最开始对方只是在提问，但很快被他激发了谈性，不仅在他出现错误的时候会加以提点，还主动说了很多他不知道的事情。

前后聊了快两个小时，男人的电话响了起来。

接完电话后，他有点抱歉地冲他笑了笑："不好意思，我的同事有点急事找我，我得先走了。今天晚上你好好休息，等到天瞳正式对外开放了，再过来参观也不迟。"

陆北辰只觉得意犹未尽，忍不住问他："叔叔，你是在天瞳工作吗？那我以后来参观的时候可不可以找你？"

"你想找我做什么？"

"我还有很多问题想问你！"

"这样啊……可是叔叔在燕城工作，这次只是过来出差的。"

"……"

见他满脸失望，男人想了想，写下了一张小纸条，塞进了他的手里："要不这样吧，这是叔叔的姓名和联系方式，以后有什么问题想问，可以随时给我打电话。"

陆北辰把纸条抓在手里，不点头也不说话。

过去的两个小时，他一直封闭着的内心世界才刚刚被打开，却因为对方的离去，很快又陷入了孤独。

直到对方离开后，他才悻悻然地把纸条打开，上面是一行整齐又漂亮的笔迹，记录着他的电话、邮箱和姓名。

姓名的最后一个字有些生僻，当时的陆北辰甚至不知道它究竟怎么念，后面他特意在手机上查了一下，才知道那个字和"渠"同音，本意是四通八达的道路。

所以"向天衢"这个名字给他留下的初印象，就是一个男人单薄又坚毅的身影，在朝着天空的方向前行。

再次见到向天衢，是在大半年以后。

那天陆北辰放学不久，正打算去镇子里的超市买文具，却发现迎面走来的人群中有一张熟面孔。

虽然对方曾经给他留过联系方式，但出于某种微妙的心情，过去的大半年，他从未主动联系过对方。此刻再次相见，他并不确定对方是不是还记得自己，所以犹豫了老半天，也没有主动上前打招呼。

但向天衢显然对他印象深刻，目光刚落到他身上，就笑着朝他挥了挥手。

陆北辰这才大着胆子迎了上去："向叔叔你好，你又过来出差了吗？这次会在这里待多久？"

"很久。"

对方有点神秘地朝他眨了眨眼："叔叔以后会在这里工作，短时间内，应该都不会走了。"

那次相遇以后，陆北辰又在杨姐的饭店里陆陆续续地撞见过他几次，有时候是和同事一起，但更多时候只有他一个人。

无论身边有没有人，每次见到陆北辰，他都会笑呵呵地主动打个招呼，问问他学习和生活上的近况。对陆北辰主动询问的一些数理上的难题，也会认真而耐心地给予解答。

这样过了好几个月，某天晚上，向天衢独自一人来到了杨姐家的小饭馆，并且破天荒地叫了好几瓶啤酒。

虽然憋了一肚子的问题想和他聊，但对方的脸色看上去实在太难看，陆北辰只能识趣地坐在一旁，一边偷眼打量他，一边翻着他从图书馆里借来的那些课外书。

时至夜间十点，饭店里已经没了生意。关门打烊之后，陆婷意外地在饭店附近的巷子里发现了醉得不省人事的向天衢。

在陆北辰的坚持下,陆婷陪着他一起,将向天衢扶回了饭店,安置在一个包间里,守了整整一夜。

直到天色将明,对方才从昏昏沉沉的状态中醒来。

陆北辰原本以为,向来沉稳温和、情绪稳定的向天衢大概是在工作中遭遇了什么麻烦,才会借酒消愁。毕竟在过去的日子里,他也见过许多在天瞳工作的研究人员,因为困囿于某个难题,而在饭桌上长吁短叹的模样。

不久之后,他从杨姐口中得知,对方之所以会那么消沉痛苦,是因为他两地分居的妻子打来电话,正式和他提出了离婚。

大概是对陆家母子那一夜的照顾有些过意不去,没过多久,向天衢就拎着一堆水果再次来到了小饭店。

结果那天饭店里刚好来了几个混混,多喝了几杯后,以包房里的空调不制冷为借口,不仅试图赖账,还不依不饶地纠缠着陆婷。

危机之中,还是向天衢出面镇住了场子,不仅让那群混混乖乖地给了钱,最后还帮着修好了空调。

因为那次交道,向天衢和陆家母子之间的来往逐渐多了起来,尤其是在知道了陆婷是个单亲妈妈,身边很多大务小事都得一个人扛后,更是热心帮忙,主动担起了许多体力活。

随着接触不断增多,向天衢和陆婷之间的情谊也日渐深厚。碰到过年过节,向天衢又刚好有假可休的时候,陆婷就会做上几个拿手小菜,邀请他去自己家里坐坐。

对向天衢而言,独自一人身在异乡本就寂寞,每隔一段时间就需要蹲在山坳里与外界隔绝的工作性质,也让他很难在同事之外交到什么朋友。所以无论是与陆婷之间的友情,还是和陆北辰之间亦师亦友的关系,都让他十分珍惜。

然而,一个身在他乡的离异男人和一个漂亮能干的单亲妈妈原本就是让人议论的焦点,频频来往之下,有关两人之间的暧昧传闻很快喧嚣尘上。

这些八卦被年幼的陆北辰听在耳里,却并没有像过去一样感觉到气愤和羞辱，相反，他开始期盼向天衢和陆婷之间的暧昧关系不再只是传闻。

这个念头在他心里徘徊了很久，这中间他也推波助澜地做过不少暗示。

但向天衢始终进退有度，保持着君子之姿，就算和陆婷的来往再是频繁，也从未有过半点逾矩的意思。

时间一久，陆北辰也有点急了。

虽然这么多年过去了，他早已经习惯了和母亲在一起的生活，也不再会因为别人辱骂他是没有爸爸的野种就自伤自怜，但内心深处对父亲的渴望，从未停止。

向天衢的出现，满足了他对这个角色的所有幻想。

一个心有诗书、理想高远、人品刚正、温柔可靠，又能在人生的道路上一直带着他往前走的男人，即便曾经结过婚，即便他们身上没有血缘关系，他也认真而急切地想要和他成为一家人。

陆婷究竟是什么想法，他没有当面问过。

但在平日那些看似不经意的试探中，他已经清楚地意识到，陆婷对向天衢并非没有动过心。

那些秘而不宣的情感之所以一直被克制在某条界线内，大抵是因为自卑，也是因为担心给对方带来不必要的困扰。

如果向天衢能主动迈出一步，她必然不会拒绝。

这样的认知之下，陆北辰主动找上了向天衢，非常真诚而坦白地询问对方："你有没有考虑过和我妈妈在一起。"

大概是误会他因为那些八卦传闻而受到了伤害，向天衢好言好语地和他解释了一番。陆北辰听到最后实在是急了，干脆直接表示："可是我是真的很希望你能做我的爸爸！"

向天衢像是被他的想法惊到了，过了好一阵，才满是歉意地冲他笑了笑："向叔叔已经结过婚了，而且还有一个和你差不多大的女儿，你是知道的。"

"我知道。可是你已经离婚了，也没有和她们一起生活了，不是吗？"

"我们的确没有生活在一起，但是叔叔的心一直在她们身上。爱情和家庭都是有排他性的,所以叔叔不能和你妈妈在一起,也不能做你的爸爸。"

在陆北辰满脸失望的注视下,他伸出手臂,将他轻轻揽进了怀里:"北辰,人和人之间的关系有很多种,并不是只有成为家人才能相濡以沫。如果你愿意,叔叔可以做你的老师,陪着你一起向前走……"

故事说到这里,陆北辰手里的啤酒已经喝完了。

向清欢沉默了一阵,又递了一罐过去。

关于向天衢和陆婷之间的关系,对方曾经和她明确解释过,此刻诸般细节听在耳里,除了愧疚于对父亲的猜忌之外,更多的却是对陆北辰的心疼和怜惜。

"所以你之前说的遗憾,其实是指这件事?"

"什么?"

"我爸到最后都没能和你妈在一起……"

"那倒也不是。"

这一次,陆北辰主动向她举了举手里的啤酒罐:"这些年来,向老师对我一直很好。虽然我们不能成为一家人,但因为他的存在,我其实没有缺失过什么。"

"所以你对我的好,也是因为他吗?如果我不是向天衢的女儿,你还会这么大费周章地从燕城赶到这里给我过生日吗?"

这个问题才问出口,不仅陆北辰愣在了那里,连向清欢自己也有些不知所措。

人和人之间的关系自有因果,但讲究的是随遇而安,进退得当。

她和陆北辰这样两个从出身到境遇都完全不同的人,如今能够跨越山海坐在一起把酒言欢,已经是莫大的缘分。

这段缘分的起因自然是向天衢,除此之外,究竟有没有其他什么原因让他们的距离一再拉近,其实无须深究。

但眼下她追根究底,非要问出个所以然的架势,倒像是热恋中患得患失的小情侣,非要弄清楚"你究竟爱我什么"。

尴尬之下,向清欢清了清嗓子,正打算说点什么给自己找补,陆北辰已经开口了:"其实在知道向老师有个女儿之后,我曾经非常嫉妒你。"

"这个你说过。"

"而且除了嫉妒之外,还会觉得你有点讨厌。"

"为什么?"

"大概是觉得向老师那么爱你,你却从来没有真正了解过他。在他和你妈妈离婚以后的这么多年里,你甚至没有来他身边看望过……虽然我知道自己的这个想法其实很偏激,很没有道理,但很长一段时间里,我的确就是这么想的。"

向清欢原本想为自己辩驳几句,但最后只是悻悻然地叹了口气:"所以后面我去了阳州,很快闹着要走,你一定觉得我更差劲了吧?"

"没有。"

"没关系,你不用安慰我。"

"真没有!"

为表郑重,陆北辰干脆摆出了一副指天发誓的姿势:"因为向老师一直念叨着你,我开始对你有了好奇心。尤其是听说你毕业以后顶着很大的压力,转行做了一名影视编剧后,我开始翻你的微博和作品,想认真了解一下,那个让他引以为豪的姑娘,究竟是个怎么样的人。"

"……"

对方对她的初印象,居然是建立在那些恶评满满的作品上,这让向清欢越发觉得尴尬。

陆北辰却话锋一转:"后来我找到了《灯塔》,看完以后又翻到了你的感想和创作动机。那个时候,我觉得自己可能误会了。能写出那样一个故事的女孩,心里一定装着星辰大海,也一定是和向老师一样,为了理想可以不问前路,勇敢执着。"

很多年前随手写下的一个故事,居然成了陆北辰对她印象改观的契机,向清欢惊诧之余,也不禁有些庆幸。

最初的梦想在纸醉金迷的现实中已经被玷污得面目全非,却依然有人能从过往的蛛丝马迹里,窥见它曾经的模样。

即便他们之前有过怨恨、误解、试探和嫉妒,但这一刻,因为对方温柔的宽慰和真诚的剖白,向清欢觉得自己真正释然了。

车里带来的那几罐啤酒即将告罄时，向清欢觉得自己有些撑不住了。

这天她起了个大早，先是从城区赶到城郊，忙前忙后地帮着招待长辈。

饭桌上闹了一场不愉快后，又一路来到这个天文观测站。

如今身在旷野，夜风徐徐，星月相伴，尘世间的烦扰都被远远抛开，加上酒精的催化，让她精神放松之下，整个人逐渐困乏了起来。

只是刷夜的要求是她提出来的，真要这么闭眼睡去，难免有些扫兴。

更何况，在她身边，坐着一个一心陪她刷夜的陆北辰。

为了不让自己的倦意表现得太明显，向清欢伸手在脸上用力揉了揉。

陆北辰刚好在这个时候把目光收了回来，瞥见了这一幕，不由得笑了起来："怎么了？是不是有些困了？"

"刚才是有一点，不过被蚊子咬了几口后，好像又精神了。"

向清欢讪笑了两声，也觉得借口找得太勉强："说起来，你后天得去考试了吧？这个时候还拉着你刷夜，是我没考虑好。"

"没关系，考试前的准备也不靠这一两天。"

"但考试这么重要的事，肯定需要好好休息。"

"能让你过一个开心的生日，对我来说，也是很重要的事。"

向清欢怔了怔，还没琢磨出这句话背后的滋味，陆北辰已经拿起手机看了看："快到十二点了。趁着今天还没结束，你要不要先许个愿？"

"行啊！"

听到要许愿，向清欢赶紧振作了一下精神，摆出了双手合十的姿势。

陆北辰看着她，表情有点无奈："你们城里人许愿这么不讲究的吗？连个生日蜡烛都不吹一下？"

向清欢有点不服气："大哥，你别站着说话不腰疼，这荒郊野外哪来的蜡烛？"

"说不定还真有。"

陆北辰有些神秘地朝她眨了眨眼，把手伸进后备箱里的一个背包中,翻了几下后,居然真的找出了一把五颜六色的生日蜡烛。

紧接着,他又变戏法一般拿出一个小小的保温袋,拆开之后,把一块新鲜的蛋糕捧到了她的面前。

那是一块三角形的蛋糕切块,看样子应该是从外卖小哥送过来的那个蛋糕上切下来的。虽然交付的时候,对方曾经强调过,材料的原因,蛋糕需要冷藏,但此刻看上去,那块蛋糕并没有半点要融化的迹象。

看她目光怔怔,满脸都是疑惑,陆北辰一边插着蜡烛,一边解释了起来:"过生日不能没有蛋糕,只是从家那边赶过来,路上有点难保存,所以我只能切了一块,然后在附近的奶茶店里要了个保温袋,再买了些冰块,一块儿带过来。"

说话之间,蜡烛已经被点亮,像是原本遥不可及的星星被他摘了下来,捧在了手心里。

比星星更亮的,是他的眼睛。

火光微微摇曳着,在周遭投下一圈明暗交织的阴影,让陆北辰那张微微含笑的脸,看上去格外温柔:"好了,许愿吧。"

经历了一整天兵荒马乱的糟心事后,向清欢原本以为这个生日将会平平淡淡地过去。

能在结束之前,有陆北辰陪在身边,为她完成心愿,已经算是额外的惊喜。

然而这一刻,眼前充满仪式感的一切让她有些不知所措,直到听见对方的提示,才赶紧双手合十,闭上了眼睛。

想许的愿望其实有很多:但愿爸爸在天堂一切安好;但愿妈妈在未来的日子能身体健康,平安喜乐;但愿自己的事业能够蒸蒸日上,早点创作出一部自己满意的作品……

除此之外,还有一个心愿模模糊糊地涌进了她的脑海。

——如果此时此刻陪着她的那个人,能一直在身边,那实在太好了。

吹完蜡烛许完愿,该走的流程暂时告一段落。

两相静默之下,气氛逐渐变得有点微妙。

周遭已经有人发动车辆,准备返程,有人则回到车内小憩,想等到再晚一点，去捕捉更美的夜景。

静静地观望了一阵后，还是陆北辰先一步打破了沉默："刚才你都许了什么愿？"

"愿望这种事，说出来不就不灵了吗？"

"那倒也是。"

这个话题找得实在是不高明，陆北辰自己也笑了起来："蛋糕快化了，要不你赶紧尝一口，然后去休息？"

听他这话的意思，像是不准备再继续陪自己聊下去了。

不过也是，之前所有的浪漫都是生日带来的附属品，如今零点将过，幻境消失，一切都将回到原本的轨道上。

灰姑娘的南瓜马车都会被打回原形，她自然也不能奢求更多。

虽然有点沮丧，但她不想因为自己的任性而让对方为难，于是慢慢拿起了一把塑料叉子。

吃蛋糕之前，她又觉得有点不甘心，于是小小地耍了个赖："对了，你还没有唱生日歌！"

"我唱歌可难听了，你确定要听？"

"骗谁呢！"

向清欢瞪了他一眼："今天在车上我有听你唱两句，还挺好听的！别以为我睡着了就不知道！"

这几句话倒不是单纯的恭维。

从农家乐过来的路上，虽然她睡得迷迷糊糊的，耳边却时不时能听到驾驶位上的陆北辰在跟着车载音乐轻轻哼唱。

虽然不知道他唱的究竟是什么，但是就自己神经被温柔按摩的状态来看，绝对和难听扯不上关系。

陆北辰似乎有些意外："我是怕开车分神，才跟着瞎哼哼的，你居然也能听出好听难听？"

"我不管！你现在可以继续跟着瞎哼哼，我可以把它当成生日歌！"

"你这人……"

陆北辰有些无奈地笑了笑，打开了手机上的音乐软件。

像是怕外放音乐会打扰到周围已经休息的摄友，略加犹豫后，他微微倾身，将一个耳机小心翼翼地塞进了她的耳朵。

修长的手指拂过了她的脸颊和耳郭，那一瞬间的触碰让向清欢心跳如雷。

为了掩饰突如其来的紧张，她赶紧清了清嗓子："这张专辑叫什么？我之前好像没听过。"

"这是一张太空唱片，制作人利用'旅行者先锋'在太空中采集的电磁波，转化成了人耳可以识别的旋律，从本质上说，和你之前在天文博物馆里听到的那些来自脉冲星的心跳声，是一个原理。专辑里的歌大部分都是纯音乐，至于你在车上听到的那首，叫作*Always together with you*（《永远陪着你》）。"

Always together with you……永远陪着你。

冥冥之中，这个回答竟像是对她不久前心愿的回应。

心跳之下，向清欢抬起了眼睛："你是不是很喜欢这首歌？"

"是很喜欢……所以当初听完之后，我就把它下在了手机里。"

"为什么，这首歌有什么特别之处吗？"

"这首歌的灵感来自海王星，海王星是已知星球中，距离太阳最远的大行星，但即便隔得再远，它从未想过要离开。所以这首歌的歌词，就像是身处异地的恋人之间的告白。"

说话之间，一阵忽高忽低的音效声从耳机里传来，像是遥远的海王星在旋转之间发出的低语，也像是陆北辰深藏在心底深处，隐而不宣的秘密。

> 如果你想要银河漫步，那么我陪你
> 如果你想要星星，那么我把星星摘下来给你
> 如果你想要宇宙，那么我就是你的一整个宇宙
> 如果你感觉孤独，那我会常伴你左右……

温柔的哼唱声中，向清欢慢慢挖下了蛋糕的一角。

绵软的巧克力甜点在嘴里融化，细腻香浓，又带着一点淡淡的苦涩。

"蛋糕挺好吃的，你想要尝一尝吗？"

"你喜欢的话，就都吃了吧，反正也没多少。"

"别啊，你不是说了吗？好东西要大家一起分享……你就尝尝嘛。"

"好。"

见她一脸执拗，陆北辰没再坚持，伸手想要把她递到眼前的蛋糕接过去。

手指相碰的那一刻，向清欢像是触电一般，不由自主地抖了抖。

看着眼前被摔成烂泥的蛋糕，陆北辰有点无奈地叹了口气："看来今天我是没口福了……只是有点可惜，费了那么大的劲带过来，你却没能吃多少。"

在他低低的叹息声里，那个一直深藏在向清欢心底的念头忽然变得蠢蠢欲动。

反正她今天过生日，零点的钟声正式敲响之前，就让她任性一回吧。

想到这里，她将身体微微前倾，凑到了对方面前："那你还想尝尝吗？"

陆北辰怔了怔："什么？"

向清欢笑了笑，在他反应过来之前，再度凑身向前，轻轻吻上了他的嘴唇。

那是一个带着破釜沉舟意味的吻，主动吻上去之前，向清欢甚至做好了被对方推开的准备。

她知道自己的行为太唐突也太冒失，对向来稳重自矜的陆北辰而言，或许是一种冒犯。

虽然从之前的种种表现来看，陆北辰的确有对她另眼相看，但她并不确定，心动和爱情的成分究竟占多少。

如果因为自己的一时冲动，让对方心生尴尬，那以后可能连朋友都没法做。

但眼下的气氛实在是太好了，旷野之上，群星闪耀。

空气里是巧克力蛋糕融化后的微微甜香，耳机里是海王星传来的告白声。

如果不在这个时候勇敢踏出这一步，她不知道下一次机会要等到什么时候。

比起一直这样不进不退地站在一个模糊的位置上和对方相处，她宁愿冒险，去探问出一个明确的结果。

这是她此刻最真实的想法。

也是很多年前，她创作《灯塔》的剧本时，已经做出的选择。

陆北辰始终没有动，也没有把她推开。

他就那样安静地保持着原本的姿势，任由她的嘴唇紧贴着自己，像是在等着她的下一步动作。

虽然事先已经做好了心理准备，但对方这样镇定又淡然的反应还是让向清欢有些失望。

耳机里的音乐停止之前，她垂下了眼睛，慢慢退开了。

或许这种时候，她应该说点什么或者做点什么来缓解一下尴尬。

比如说晚上的酒喝得实在太多了点，才会临时起意和他开个玩笑，又或者干脆一言不发，装作不胜酒力，直接闭眼装死。

反正以陆北辰的个性，只要她愿意装鸵鸟，对方肯定不会对她的失态行为追根究底。至于对方心里究竟怎么想，以后会不会因此和她拉开距离，眼下她的确也顾不上了。

打定主意之后，她暗中叹了口气，正准备装作无事发生，去车后座休息，刚一起身，手腕猛地被人拉住了。

"你要去哪儿？"

"去休息啊……还能去哪儿。"

"亲完就跑，也不问问对方有没有意见，这样不太合适吧？"

对方口气淡然，听不出是真的介意，还是在和她开玩笑。

羞窘交集之下，向清欢干脆把心一横："那你想要怎么样？"

"和你想的一样。"

话音刚落，陆北辰已经伸出手，像当初安慰她那样，扣住了她的后脑勺。

在她反应过来之前，他主动凑身向前，重新将她吻住了。

向清欢浑身僵硬地被他拥在怀里，感觉对方的嘴唇在她的嘴唇上不断辗转，似乎是在小心翼翼地试探着她的接受程度。

就在她因为太过紧张而忘了呼吸，对方像是受到了鼓励一般，和她更浓烈地纠缠在一起,唇齿交融。

触电般的感觉从舌尖涌向头顶,然后迅速弥漫全身。

汹涌而来的慌乱,让她像一个溺水的人一样,紧紧抱住了对方。

那一刻,时间仿佛静止,身体间的距离、呼吸和所有的声音都在那个绵长而炙热的吻中被抽空。除了轻拂的夜风之外,只能听到深夜汽车后备箱里鼓点般的心跳声。

Chapter 08
冥冥之中的牵引

次日清晨,向清欢从睡梦中醒来时,身边已经提前备好了洗漱用的牙具、一次性毛巾和矿泉水。

等她把自己收拾干净后,陆北辰又从附近的村子里买回了热腾腾的早餐。

"吃完早餐还想去其他地方转转吗?"

"不用了,你明天还得考试呢,先回家休息吧。"

"也好。"

听她说不准备再逛,陆北辰点了点头,轻声提醒了一句"你把安全带系好"后,很快上了车。

车子一路向东,在经过收费站后折而向南,行驶上了高速。

放眼望去,道路两侧都是大片的农田和林场,在蓝天的映衬下,显得格外生机勃勃。

向清欢目不斜视地坐在副驾驶位上,小口地吮吸着手里那包尚有余温的鲜豆浆。

陆北辰把车子开得很稳,她的心情却一直有些动荡。

昨天夜里,在结束那个缱绻而绵长的吻后,她原本以为对方会主动和她说点"我爱你""你能不能做我的女朋友"之类的话,但陆北辰像是忽然从过热的状态中冷静了下来,在用力地拥抱了她一阵后,很快拿起一床毯子,把她安排到了车子的后座。

SUV的车体空间足够宽敞,一个人躺在三人座的后排,足以舒舒服服地睡个好觉,但因为刚刚经历过的那个吻,向清欢一直辗转反侧,怎么也睡不着。

过去的几年里,她谈过两场不咸不淡的恋爱,虽然说不上有多么刻骨铭心,但情侣之间会发生的牵手、拥抱、接吻之类的事,都经历过。

从陆北辰的反应来看,对方显然没有太多经验,也说不上什么技巧,那种生涩而炙热的表现,却让她体验到了从未有过的热烈心动。

只是她毕竟是个成年人了,又身处声色犬马的娱乐圈,所以她很清楚,恋人之间虽然会用亲吻表达心意,但接吻这种事未必只是情侣专属。

从相识到萌生好感,再到暧昧试探,最后告白亲吻,这才是她所认可的,恋人之间正常的发展轨迹。

在过去那些恋情里,她也是这么按部就班地过来的。

可是眼下,亲手打破这个规则的人是她自己,要不是自己意乱情迷之下主动吻上去,想来陆北辰也不会有接下去的反应。

虽然不想承认,但她知道,男人和女人不一样,生理上的冲动通常并不需要以情感为基础。

寂寞、压力、好奇,甚至一段暧昧的气氛,都能促成一段亲密关系的发生。

对自己而言,能和心动的人拥抱亲吻自然是一件让人开心的事,可是她不确定陆北辰究竟怎么想。

如果对方闭口不言,再也不提起这件事,她是不是也该心领神会,回到最初的位置,当作一切都没有发生?

思绪纷扰之间,手里的豆浆已经喝完了。

陆北辰专心致志地开着车,似乎没有要开口闲聊的意思。

无事可做又不愿意主动找话题的情况下,车子里的气氛逐渐变得有些尴尬。

所幸在她决定闭眼假寐之前，俞明来拯救她了。

"欢姐，距离咱们上次见面已经好几个月了吧？你最近情况怎么样，家里的事都处理完了吗？"

"哦……已经处理完了，忘了和你说一声，不好意思啊！"

想着对方临危上阵，接下了原本属于自己的工作，向清欢只觉得有些抱歉，于是主动发出了邀约："对了，你最近忙吗？要是有空的话，我请你吃个饭？"

"还吃什么饭啊，你要是最近有空的话，赶紧过来救救命吧！剧组这边我已经hold（掌控）不住了，再没个人过来帮帮忙，只怕整个编剧团队都得被谢小姐一锅端走了！"

虽然俞明气愤之下，说起话来有些前言不搭后语，但向清欢还是从他的阵阵抱怨声中，弄清了这段时间发生的事情。

自玫瑰酒店一别后，因为几个投资方之间内部出现了一些矛盾，《白鸟林》原本已经定好的开机时间一推再推，直到一个月前才正式落定。

在此之后，接替她进行跟组工作的俞明就成了谢芷纭的重点骚扰对象。

跟组期间，俞明的休息时间本来就少，难得遇到可以闭眼的时候，常常会被谢芷纭一通通又长又臭的电话吵醒，时间一长，情绪难免暴躁焦虑。

但他也清楚自己只是个人微言轻的小角色，没有和资本以及明星叫板的资格，何况对方表现得如此"敬业"，他要是有所不满，肯定会被扣上一个"不配合"的帽子。

所以再是不爽，依旧忍气吞声地伺候着。

只是谢芷纭演技平平，走个人的剧情线时也只是勉强能看的程度，一旦和演技突出的同行同时出镜，浮夸做作的演技就会被衬托得惨不忍睹。

偏偏在《白鸟林》这部剧中，她饰演的又是女主角宋沁的闺密，两个人同场飙演技的场次不在少数，几十场戏拍下来，虽然碍于瞿明的面子，导演已经尽量在减少NG（指没有通过，需要重拍）的次数，但每次大家一起围着监视器看回放时,表情依旧精彩纷呈。

眼见对比如此惨烈,谢芷纭只觉得脸面挂不住,碍于导演和摄像是业界老资历,她不敢太过造次,于是就开始对着负责妆造、灯光和剧本的一众工作人员抱怨撒泼。

这群人里,俞明因为年纪最轻,资历最浅,自然成为她泄愤的主要对象。俞明甚至好几次被这位谢小姐指着鼻子唾骂:"早知道这剧会被写得这么烂,合同我就不签了!"

剧组里的工作人员大多是老江湖,自然心知肚明究竟是怎么回事,但天大地大资本最大,就算大家心有不平,却没人愿意为俞明这么个名不见经传的小角色出头。

倒是同为新人的女主角宋沁见他太过委屈,常常会私下安慰他几句,顺便在他熬大夜改本子的时候帮他点上一份夜宵,但这些小小的温暖并不足以让形势好转。就在一个星期之前,谢芷纭干脆直接把自己的编剧团队带进了剧组,大有将俞明和原本的编剧组人员清扫出局,取而代之的意思。

向清欢心里清楚,一旦谢芷纭的编剧团队掌握了话语权,自己和小伙伴们苦心打磨的剧本将会变得面目全非,到时候不仅项目会沦为了展现谢芷纭个人秀,而疯狂注水的烂剧,甚至连原编剧团队的署名权也很有可能会被抢夺。

就她个人而言,一个烂剧的编剧栏会不会留下自己的署名,她已经不太在乎,只要钱给到位,就这么销声匿迹也未尝不可。

但对俞明而言,这个署名权意义重大,一旦出局,他一路走来所付出的心血,都会被抹杀。

自己留下的烂摊子,还是要自己去处理。

即便再不想和谢芷纭打交道,她还是很快表示:"你先别急,拍戏的地址你微信发给我,明天我过去探探班,顺便和谢芷纭聊聊。"

一通长长的电话讲完,车子也已经下了高速。

想着第二天的探班之旅必然是一场唇枪舌剑,向清欢干脆拿起手机,把剧本又顺了一遍。

专心投入之下,一路的沉默倒也变得顺理成章起来。

车子开进小区时已经接近中午，陆北辰把车停好后，没着急下车："中午要一起吃饭吗？"

"不用麻烦了吧。"

等了这么久，只等来这么无关紧要的一句话，向清欢越发心赌，口气也不禁冷淡了起来："你明天还要考试，昨晚又没休息好，还是早点回去补个觉。我刚好有点事要忙，回家随便泡个面就成。"

"你怎么知道我昨晚没休息好？"

"……"

见她不说话，陆北辰也没追问下去："这样吧，如果中饭你不想吃，就把冰箱里冻着的蛋糕带走。正好可以填填肚子。"

听他提起蛋糕，向清欢越发觉得郁闷。

看他这表现，似乎并没有忘记昨晚发生的一切。

可一路沉默的态度，又算是什么意思？

为了不让自己千回百转的心事表现得太明显，向清欢同意了他的建议，跟着他一路进了家。

刚把房门打开，鞋还没来得及换，对方忽然转过身来，将她重重抵在了墙上。

"向清欢，我是做错什么事让你不高兴了吗？"

"没有……"

"那么就是昨天晚上的事，让你觉得被冒犯了？"

"也不是……"

近在咫尺的地方，是昨晚和她接吻时，满是缱绻的那张脸。

眼下，那张向来理智冷静，看不出太多情绪波动的脸上，却带上了她不熟悉的困惑和焦灼。

"那你为什么醒来以后态度变得那么冷淡，回来的路上甚至没有和我说过一句话？"

"……"

有话就问是个好习惯，至少比独自排演内心戏的自己要坦诚。

只是没想到，原来自己万般纠结着的心事，同样让对方忐忑不安。

虽然心情在这一瞬间已经放晴，但对这种直接提问，向清欢一时间不知该如何解释。

犹豫了好一阵,她才耍赖般哼了个声音出来:"可你今天不是也没怎么和我说话吗?"

"嗯?"

陆北辰愣了愣,像是终于意识到了什么,紧张的表情慢慢放松了些,然后踏前一步,轻轻抵住了她的额头:"对不起,我没什么谈恋爱的经验,所以今天起来以后看你好像不太高兴,以为是我惹你生气了,就没敢打扰你……"

没有犹豫,没有暧昧,仅仅因为一个吻,就认定两人进入恋爱关系的陆北辰好像有点过于纯情了。

但这个结果,比任何热烈的表白还要让她安心。

瞬间明媚的心情让向清欢忍不住笑了起来:"你少来!我爸之前可是和我说过,你读书的时候没少收情书,还有好多小姑娘守在你学校门口等你下课,你好意思告诉我你没什么谈恋爱的经验?"

"读书时候的那些经验哪里够用?以后我还得多补补课……"陆北辰也跟着笑,"写情书我不太行,以后可以试着补上。至于其他的……你明天要去的地方在哪儿?我考试结束以后可以去接你。"

"别了,别了!"

向清欢怕他较真,影响了考试,赶紧摇头表示:"剧组拍戏的地方在燕城的郊区,我去了不一定当天就回。你好好考试,等你考完了,我们再去庆祝。"

"好。"

见她满脸笑意,并不是在赌气,陆北辰终于松了一口气。

只是把手松开之前,他忍不住凑上前去,在她的嘴唇上吻了吻:"这么说起来,你是不反对做我女朋友了?"

亲都亲了,现在再来征求她的意见是不是太晚了?

向清欢满心傲娇地想要再摆摆姿态,然而看着他一脸期盼的样子又有些舍不得,最后只能哼声表示:"光我同意没用,我妈对我交男朋友的要求可是很严格的!不仅要长得帅,脾气好,懂得心疼人,还要有上进心……"

"所以说，至少要以向老师为标准是吗？"

陆北辰笑了起来，更加用力地抱紧了她："你放心，我会好好努力，争取早点得到她的认可的。"

次日中午，向清欢按照俞明发来的地址，赶到了燕城郊区的一处废弃厂房，刚好赶上了一场拍摄中的重头戏。

谢芷纭饰演的女二号因为"恋爱脑"发作，中了歹徒的圈套，被带进了一个破旧的仓库。宋沁饰演的女一号发现情况有异，寻着蛛丝马迹一路找来，最终发现了奄奄一息的谢芷纭。

两人逃跑的途中，歹徒因为谢芷纭不小心掉落的手链而发现了她们的踪迹，于是一路追赶，危急之中，宋沁为了保护闺密的安全，主动挺身而出，奋力与歹徒搏斗，直至最后叶麟饰演的男一号赶到，才将她们两人安全救出。

这场戏份对谢芷纭的要求并不高，只要遵循着她养尊处优的大小姐人设，在宋沁奋力保护她时，表现出惊惶、无助又手足无措的情绪即可，对她而言，基本可以算作本色演出。

而宋沁不仅要和五大三粗的男人近身打斗，还得在堆满了杂物的旧仓库里反复奔跑、摔倒、爬起，光体力而言，就是个不小的挑战。

作为新人，宋沁之前大多出演的都是一些青春偶像剧，并没有太多拍打戏的经验，所以开拍之前，导演已经做好了NG的准备。

没想到正式开拍之后，她的表现出乎意料，不仅打戏流畅利落，感情戏的部分也感染力十足。无论是救援前的担忧，发现朋友行踪后的惊喜，逃跑时的紧张，还是与歹徒搏斗时的奋不顾身，每一处表演都细腻精准，鲜活地展示出了一个聪慧、冷静、重情重义，为了朋友可以两肋插刀的女孩形象。

只可惜这些原本可以一条过的精彩表现，因为谢芷纭状况百出的表演被频频打断，几乎每一次拍到最关键的时候，她不是走位错误，挡住了宋沁的机位，就是手舞足蹈，夸张号啕，却一滴眼泪也流不出来。

原本这种情况下，导演只取宋沁和对手戏男演员打斗时的中近景镜头，也可以交差了事，偏偏谢芷纭心有不甘，每次拍完都第一时间跑到监视器那儿看回放，确认自己有没有美美地入镜。

如此这般折腾了大半天，导演也倦了，黑着一张脸让大家先休息，各自找找状态。

眼见如此，向清欢才逮着机会和俞明聊了起来。

"你那边现在什么个情况啊？"

"还能什么情况，等着被谢小姐折腾呗！"

俞明一脸疲态，连抱怨的声音也有气无力："咱们这个本子原本主打的就是闺密情，女二号虽然是个'恋爱脑'，但对女主角还是挺讲义气的。所以今天这场戏最开始的设计是，两个姑娘为了保护彼此一起和歹徒搏斗，这样才能差不多势均力敌，也增加了男主角能够及时赶来的合理性……结果呢，谢小姐又怕摔又怕疼，还觉得自己披头散发的样子不符合她仙气飘飘的形象，带着她的编剧团队和我一顿battle，就变成现在这个样子了呗！"

"难怪了……"

向清欢叹了口气，看着远远坐着的宋沁："宋沁她是不是受伤了？刚才有一下我感觉她好像扭到脚了。"

"这么一遍遍折腾能不受伤吗？和她演对手戏的哥们儿有点功夫底子，都嚷着受不了了，何况她这个娇滴滴的小姑娘！"

"她的助理呢？这种时候怎么着也得帮着敷个冰袋吧，怎么扔她一个人在那儿？"

"她的助理是个刚毕业不久的小姑娘，前几天不知道因为什么和谢芷纭的助理起了点冲突，结果直接被人骂哭了。宋沁怕她心情不好，这两天都没怎么让她过来……"

听他这么一说，向清欢只觉得心下不忍，四下转了一圈后，找了个冰袋送了过去。

宋沁原本正坐在角落里小心翼翼地揉着脚，见她出现，很快站了起来："向老师你来啦？之前听俞老师说您家里出了点事，不能参与后续的工作了，我还挺担心的。您那边现在没事了吧？"

"已经处理好了，谢谢你啊！"

虽然之前并没有打过太多交道，但向清欢对这个刻苦敬业又演技精湛的小姑娘颇有好感，眼下见她满脸疲惫，裸露在外面的皮肤青一块紫一块都是瘀伤，只觉于心不忍："这场戏拍得挺辛苦的吧？真是难为你了。"

"不辛苦！"

宋沁赶紧摇了摇头，满脸真挚："向老师，我是真的很喜欢这个本子，也很庆幸能有机会出演这个角色。如果有表现不好的地方，请您多多指点，我会好好琢磨，争取不再耽误大家的时间！"

对方虽然是新人，但毕竟是正儿八经科班出身，之前除了在偶像剧里打酱油外，还有着很多话剧和舞台剧的经验，NG不断的情况究竟是谁造成的，想来心里有数。

即便如此，她却没有抱怨，而是一心想着精益求精，从不同的工作人员那里听取意见来提高自己，这种执著又敬业，且不受外界干扰的精神，让向清欢敬佩之余，也不禁替错失了这段缘分的盛庭觉得可惜。

想到盛庭，向清欢打算旁敲侧击地试探一下，那个不知分寸的家伙在宋沁这里是否还有机会，一个人影忽然大剌剌地戳在了她们面前。

"哎呀向老师，好久不见啊，刚看到您的时候我还以为自己认错人了呢！您看现在有时间吗？我们芷纭想请你过去坐坐，顺便叙叙旧……"

来人正是谢芷纭的助理，大概是跟在她身边久了，说起话来也带着一股娇揉造作的劲。人都已经堵上门的情况下，向清欢也不好意思推托，有点抱歉地冲宋沁点了点头后，跟着她上了谢芷纭的保姆车。

保姆车里空调阵阵，小桌板上放着鲜花美食，和一车之隔、尘土满天飞的片场完全是两个世界。

眼见向清欢出现，原本正在忙着自拍的谢芷纭赶紧放下手机，娇滴滴地冲她撒起了娇："向老师，你看看，你不在剧组里，剧本都搞得乱七八糟的。我费劲沟通多少次了，还是不像样，可愁死我了！"

向清欢听出了她话里的潜台词，当即皮笑肉不笑地表示："谢老师你别太担心，俞明也是很有经验的编剧，而且这个剧本他从最开始就一起参与，只要好好磨合，肯定不会让你失望的。"

"得了吧，就他那样的，连个拿得出手的作品也没有，能改出什么好东西?"

谢芷纭撇了撇嘴,没有意识到这句吐槽将向清欢也顺带得罪了进去:"之前我是想着能和向老师你合作,才会接这部剧的,结果没想到后面有这么多变故,也是让人很为难。不过这部剧的制作班底总体还算不错,如果因为编剧的问题耽误了项目,倒也不是不能解决……"

"谢老师有什么建议?可以说来听听。"

"我的想法是,如果向老师你实在抽不出空跟组的话,可以和制片人建议一下,换几个更有经验的编剧进来?"

听她这口气,如果不是向清欢亲身上阵伺候,那就是铁了心要换编剧团队。

这让向清欢一时之间有点后悔。

如果当初自己能够硬气点,稍微多坚持一点作为编剧的节操,或许也不会给对方留下一个好摆弄的印象。

不过事已至此,后悔已经于事无补,为了让俞明和团队的小伙伴前期的付出不至于打水漂,她还是忍气吞声地点了点头:"谢老师,承蒙你看得起,刚好我手头的事情差不多忙完了。如果你不介意,晚上我和俞明一起根据您的意见再调整一下剧本,争取能让后面的戏拍摄顺利!"

当天收工之后,向清欢和俞明一起回了宾馆,随手点了份外卖后,就蹲在电脑前开始改剧本。

针对当天下午那场怎么拍都无法令人满意的救援戏,两个人抓耳挠腮地讨论了足足一个小时,最后终于讨论出了一个既不用让谢芷纭肉搏打斗吊威亚,又不用表现惊恐交集的情绪,还能拥有人设高光和美貌特写的方案——被歹徒追上后,因为一心想要保护宋沁,谢芷纭冲上前嚷了几句,就被歹徒打晕在地直接躺平。

方案落定后,俞明迅速对着电脑一通敲打,然后把修改后的剧本给谢芷纭的助理发了过去。

过了大概十五分钟,对方发来了一个OK的手势,同时没忘记挑拨一把,附言表示:"辛苦向老师!"

眼见如此,俞明也是哭笑不得,一边往嘴里塞外卖,一边酸溜溜地吐槽：“之前我还一直琢磨呢，咱俩的水平其实差不多，怎么谢芷纭只认你？现在看来，不服不行，还是咱们向老师最懂如何拿捏公主心！”

"吃你的饭吧！明天还有好几场重头戏呢，还怕公主没机会让你了解吗？"

向清欢瞪了他一眼，心里却有些犯愁。

接下来要拍的几场戏，谢芷纭和男女主角的对手戏都不算少。

饰演男主角的叶麟如今声势正盛，背后的经纪公司也颇为强势，以谢芷纭看人下菜碟的做派，必然不敢得罪，那么一旦她要作妖，倒霉的人只能是宋沁。

这小姑娘虽然敬业低调好脾气，但怎么说也是剧里的绝对女一号，真要被谢芷纭这么压着欺负，一旦剧播，铁定会被观众疯狂吐槽。

满心的烦恼还没结束，陆北辰的电话忽然打了进来。

向清欢心下一跳，瞥了眼还在吃饭的俞明，赶紧戴上耳机，出门进了走廊。

"女朋友，刚才下楼买东西，看你房间的灯一直没亮，今天是不准备回家了吗？"

"那可不。本来只是打算探探班的，结果临时遇到一点麻烦，可能要在剧组待一阵了……"

带着笑意的"女朋友"三个字像是一颗糖，让向清欢原本满是烦恼的情绪瞬间甜蜜了起来：“你呢，今天的考试感觉怎么样？”

"还行吧，正常发挥。"

"你的正常发挥，就是没问题的意思吧？"

被对方自信的口气所感染，向清欢开心之余，不禁有些感叹："知道自己想要什么，然后为之努力，最后达成目标的感觉可真让人羡慕！"

"喂！复试通知还有一阵才出来呢，你别着急现在就给我'立flag'（指乌鸦嘴）啊！"

陆北辰像是很敏感地捕捉到了她此刻的困扰，很快问道："还有啊，我怎么听出一点心有不甘的味道？怎么了，你那边的工作不太顺利吗？"

"是有一点……不过也习惯了。"

虽然和恋人倾吐烦恼是身为女朋友的特权，但向清欢不想对方刚刚结束一场高强度的考试，就变成自己的情绪垃圾桶，自嘲之后很快振作了一下精神："总之呢，这边的事情我尽快搞定，然后回去好好陪你庆祝庆祝。"

"好！"

见她不愿多说，陆北辰没再追根究底，只是柔声表示："女朋友，还记得之前我们曾经聊过吗？无论成功与否，热爱本身就是最大的意义。"

"当然记得。"

这句话不仅陆北辰说过，向天衢曾经也用来鼓励过她。

"所以如果是你热爱并认可的事，放手去做就好。"

"你这心灵鸡汤可够毒的，真要因此得罪了金主被炒鱿鱼了怎么办？"

"你现在是有男朋友的人了，还怕被炒鱿鱼？而且真到了那个时候，再认怂也来得及……"

"我可谢谢您嘞！"

没想到平日里看着一脸正经的陆北辰还有这么贫的时候，向清欢忍不住乐了："你这么不靠谱，丘伯伯知道吗？"

"在他面前我肯定不能暴露，毕竟我还指着在他那儿混呢！"

陆北辰跟着笑了一阵，这才叮嘱道："时间不早了，你忙完了早点休息。至于你该如何面对工作中的那些麻烦事，前人其实已经给过答案了……"

"什么答案？"

"岂能尽如人意，但求无愧于心。"

多了个向清欢在身边伺候，谢芷纭的闹腾劲总算是消停了不少。

除了继续颐指气使地指挥着他们改剧本，恨不得每一场戏都有自己的高光时刻外，换编剧的事倒是没有再提过。

两天之后，仓库救援的戏份拍摄完毕，剧组人员被大巴车拉着，兜兜转转了好一阵后，转场到了附近的一片山野荒林。

这片山林人迹罕至，荒草丛生，放眼望去，倒是十分契合《白鸟林》这部罪案悬疑剧阴郁又压抑的风格。

能在燕城近郊找到这么一片合适的取景地，向清欢不得不佩服制片主任的神通广大，但对向来养尊处优的谢芷纭而言，情况就不是那么美妙了。

"徐老师，这地方怎么连个微信都上不了啊！是网络有什么问题吗？"

"这地方有点偏，附近只有几个小村子，所以通信公司应该没布太多基站，还请谢老师多担待。"

制片主任怕她闹腾，赶紧赔着笑脸安抚："不过咱们在这儿的戏也就一两天的事，您要是有什么紧急情况，打电话肯定是没问题的！"

"哎呀，所以你的意思是，这里不仅不能发微信、刷微博，连外卖也没办法点了吗？这条件也太艰苦了吧！向老师你说是不是？"

就算能连上网络点外卖，这荒山野岭的地方，有哪个骑手肯接单？

更何况，哪次外卖送过来了，这位谢小姐不是吃了两口就扔在一边，嚷着要保持身材？

向清欢看不上她那大呼小叫的矫情劲，只能勉强笑了笑。

没想到下一秒，谢芷纭已经拿起电话，开始对自家男朋友诉苦了："宝宝，我跟你说，今天咱们拍戏那地方简直不是人待的！我本来看老师们工作辛苦，想点些外卖给他们改善一下生活呢，结果网络根本连不上！你说气人不气人！"

这通抱怨效果奇佳，下午三点刚过，东阳娱乐的太子爷带着浩浩荡荡的几辆车，把蛋糕奶茶等一系列吃食送过来了。

投资方的太子爷亲自上门探望自己的女朋友，剧组自然要给面子。

即便拍摄进度已经十分紧张，导演还是知情识趣地暂停了拍摄，留了点时间给霸道总裁和他的小娇妻你侬我侬。

凑在谢芷纭的保姆车里说了半个小时的悄悄话后，翟明先一步下了车。

看着眼前一帮子妆造整齐，正等着开工的人，他意识到了什么，赶紧敲了敲车门："芷纭，你快点，大家都等着你呢！"

"知道啦！我有个事要和朋友打个电话，马上就好！"

谢芷纭表现得不疾不徐，一派悠然，瞿明不好意思再催促，讪笑了几声后，准备去和导演聊上几句，目光忽然落在了坐在一旁的宋沁身上。

"宋老师是吧？之前经常听朋友提起你，说你表演天赋很高，一直想找机会认识一下，今天终于见到了。"

宋沁正专心致志地看剧本，忽然听到有人和自己打招呼，赶紧站了起来："瞿总你好，您过誉了，我就是个新人，要学习的地方还很多……"

"宋老师不用谦虚，谁都是从新人的时候过来的。盛导那么严格的人都坚持用你做女主角，这还说明不了问题吗？"

像是为了表现自己的"平易近人"，寒暄了几句后，瞿明朝着不远处的奶茶蛋糕指了指："宋老师不去吃点东西吗？听说你们最近拍戏很辛苦，我特意买了带过来的。"

"不用了，谢谢瞿总。"

宋沁显然没有要和他套近乎的意思，一直表现得很客气："我吃了东西容易犯困，怕影响一会儿的拍戏状态。"

"宋老师真是敬业啊，不像我家芷纭，看到好吃的就走不动路了。"

提到谢芷纭，瞿明像是忽然想到什么一样，赶紧表示："说起来，芷纭她拍戏经验不多，人也娇气了点，接下去还要麻烦宋老师多多关照……"

向清欢站在一边，有一搭没一搭地听着，心中不禁阵阵冷笑。

谢芷纭一个在娱乐圈里混了好几年，走到哪儿都必备两个生活助理和一辆豪华保姆车，还有一个霸道总裁男朋友保驾护航的女明星，哪里轮得到宋沁这么个新人来关照？

谢芷纭自己显然也抱着同样的想法。

下车看到自家男朋友在和宋沁聊天后，立马脸色一黑，连表个姿态的意思都没有，很快扭身走了。

吃完了下午茶，剧组继续开工。

然而，不知道是不是有男朋友在侧旁观的情况下忽然来了精神，谢芷纭的表现总觉得有点用力过猛。

随着天色逐渐转黑,向清欢等来了当天的最后几场戏。

从仓库逃脱后,闺密二人组和男主角一起钻进了附近的白鸟林,却在慌乱之中迷了路,一时陷入了困境。追兵在后的情况下,为了将歹徒多年来诱拐少女,杀人藏尸的证据尽快交到警方手里,男主角选择了主动暴露,将歹徒引开。

在此之前,他也因为生死未卜的前路,而向女主角表明了心意。

发现自己一直以来心心念念的白月光,真正爱着的人是自己的闺密后,谢芷纭痛苦且伤心,即便如此,她明白所有的一切都是自己一厢情愿,无论是男主角还是闺密,从来没有对不起自己。

最终,在为受害者洗刷冤屈的共同目标下,两个女孩子解开了心结,相互扶持着走出密林,将证据送去了警局。

打板之后,先开拍的是男主角在引开歹徒之前向女主角表白的戏份。

虽然秉承着整部剧的风格,这段表白被向清欢写得非常含蓄克制,并没有什么声嘶力竭撒狗血的场面,但男女主角显然都提前下过功夫,认真揣摩过人物的内心,因此表现得十分精准。

尤其是宋沁,虽然在这场戏里几乎没什么台词,但颤抖的表情、逐渐湿润的眼眶和想要触碰却提前收回的手,都生动刻画出了女主角在那一刻的震惊、担忧、纠结和不舍。

时至拍摄结束,连心思一直放在自家女朋友身上的瞿明都忍不住真情实感地鼓起了掌:"宋老师真是厉害,今天这场戏的表现,播出后肯定能上个热搜。"

导演显然也很满意,顺口和他开起了玩笑:"瞿总既然这么看好她,要不要考虑下找她合作,或者干脆把人签了啊!"

"能有合作机会我们当然会争取,不过主要得看宋老师自己的意愿和档期能不能配合上了……"

言谈之间,不远处谢芷纭眼角的余光冷冷扫来,瞿明似乎意识到了什么,敷衍了几句后,没再说话了。

稍事休息后,紧接着开拍的是宋沁和谢芷纭从泄愤争吵到放下心结,最后体谅和解的一场戏。

这场戏对两个女演员的情绪转化和表达的要求都非常高,谢芷纭是否能够顺利完成,向清欢和俞明都有些担心。

没想到谢芷纭像是心里憋了一口气,开拍之后,对剧本上提示的心痛和失落的情绪几乎没有任何表现,立马进入了气势汹汹的质问模式。

"你们都把我当傻子是不是?你们瞒着我搞了那么久的小动作,所有人都知道,偏偏瞒着我?"

"枉我一直把你当最好的朋友,你却这样对我。现在他为了保护你,连命都可以不要,你是不是满意了?"

这几句台词和剧本上的内容大相径庭,也不知道是谢芷纭的临时发挥,还是她的编剧团队出的主意。

而且她歇斯底里的表现,就算扔在古早偶像剧里都嫌太过浮夸。

和她演对手戏的宋沁显然也有些意外,但导演没喊停的情况下,还是顺着剧情的发展在努力往下接:"婷婷,你误会了,他会做出这样的选择并不只是因为我……"

台词还没说完,谢芷纭忽然扬起手臂,一记耳光狠狠抽在了她的脸上,口中不依不饶地骂道:"少在这儿惺惺作态!你这个贱人!"

宋沁被这一记意料之外的耳光抽蒙了,踉跄着倒退几步后,捂着脸浑身僵硬地愣在了原地。

导演意识到了状况有异,叫停之后赶紧问道:"谢老师,这是怎么了?剧本里没这一段啊!"

谢芷纭笑了笑,一脸不以为意的模样:"剧本里是没有,但我觉得加上这一段效果可能更好,所以临时发挥了一下。导演您如果觉得不满意,咱们就和编剧老师们商量商量,然后试看再多来几条!"

剧组里发生霸凌事件,向清欢不是没见识过,但大多时候只是某些演员仗着资历和背景抢戏抢镜头而已。

像眼下这种以"追求表演效果"为借口,直接对对手戏演员动手的情况她简直是闻所未闻。

事情虽然荒谬,但发生在谢芷纭身上倒不算意外。

虽然她样貌出众,有资本捧着,还有一个背景不凡的男朋友,但进了剧组,大家都是靠实力说话。这么久的戏拍下来,从工作人员到剧组演员都对宋沁赞不绝口，自然会让她心生落差。

再加上今天瞿明到场后对宋沁主动示好的态度，更是彻底将她激怒了。

眼下制片人不在现场，调节现场的任务自然落在了导演身上。

然而这部剧的导演是个混圈多年的老油条，虽然看清了问题的本质，但当着瞿明的面，也没打算得罪人。

一番权衡利弊后，他很快把锅甩向了向清欢："清欢，你是这部剧的主笔编剧，这个地方要怎么处理，还得看看你的意见。谢老师既然有自己的想法，要不你们先讨论看看？或者宋老师要是没什么意见，咱们要不试着拍两条？"

导演这话说得含蓄，但意思向清欢很清楚。

以宋沁的咖位、背景和一直以来的配合程度，有些委屈受了也就受了。

只要她以编剧的身份说句话，扇人耳光的霸凌事件就会变成表演中的一环，顺理成章地蒙混过去，就不会有人再议论。

而谢芷纭和瞿明，大概还会因为她的"聪明懂事"，记下她的这份人情。

宋沁依旧安静地站在那里，慢慢放下了捂在脸上的手。

刺眼的灯光下，她的半边脸已经高高地肿了起来。

从向清欢的角度看过去，她的胸膛一直在重重起伏，显然心里藏着莫大的委屈。

一次次的深呼吸后，她还是忍住了眼泪，不知道是担心破坏了妆造影响后续拍摄，还是不想示弱认输。

这是一个年纪比自己还小的女孩子，为了实现自己的理想，一次次跑组、试镜，就为了争取到一个成就自我的角色。

《白鸟林》的女一号能够落在她手里，几乎可以算作天降大饼，所以她才会为了这个来之不易的机会，一直拼命忍耐着。

美女云集的娱乐圈里，她的长相的确不够出挑，家世背景也乏善可陈。

除了勤奋吃苦，演好每一个角色外，她的确没什么和谢芷纭较劲的资本。

但这一切，都不能成为她被人明目张胆欺辱霸凌的理由！

原本已经下戏，准备回保姆车休息的叶麟在亲眼见证了这一幕后，似乎有点不忍心，原地站了一阵后，示意自己的助理送了个冰袋过去。

与此同时，向清欢已经做好了决定，冲着谢芷纭笑了起来。

"谢老师想改剧本是吧？我肯定会配合。不过按照人物设定，女主角可不是什么逆来顺受的'小白莲'……谢老师既然想动手，那这段戏宋老师肯定得接着，你扇了她几次，她照样给你扇回来，您看这样可以吗？"

随着这几句话，原本窃窃私语着的片场瞬间陷入了一片诡异的寂静，连一直垂着眼睛的宋沁也满是意外地抬起了头。

谢芷纭更像是听到了什么不可思议的事，愣了好一阵，才气急败坏地质问道："向清欢，你这话什么意思？"

"就是谢老师您听到的那个意思。"

话都已经说出口了，再想装作世界和平，无事发生已经不可能了。

面对对方连名带姓的质问，向清欢一脸不为所动："或者您有哪里不清楚的，我可以给您详细解释。"

谢芷纭自出道以来一直顺风顺水，资本傍身之下，哪里受过这种挑衅，一时间脸都气红了："你凭什么让她打我？剧本上有这个内容吗？"

"之前是没有……这不是谢老师你要求加的吗？"

向清欢还是笑眯眯的，丝毫没有退让的意思："谢老师有自己的想法，我可以理解，但毕竟我是这个剧的主笔编剧，有责任在保证剧本质量的情况下，配合各位老师的要求做出相应的调整……"

她顿了顿，口气中嘲讽的意味更浓了一点："还是说，谢老师只许州官放火，不许百姓点灯，为了欺负人，连编剧的工作也想要搞一言堂了吗？"

她这番话说得实在露骨，连原本只想吃瓜打酱油的导演都不禁变了脸色。

俞明更是暗中倒抽了一口凉气，赶紧拽了拽她的衣角，低声提醒："欢姐，别说了，瞿总还在那儿看着呢……"

没等他把话说完，谢芷纭已经像是受到了莫大的侮辱一般，疾步冲到了向清欢眼前：“向清欢你把话说清楚，我谢芷纭进组以后每天都在认认真真地研究剧本，辛辛苦苦地拍戏，导演要求几条就来几条，从来没多说过什么，怎么到你嘴里成了欺负人了？我究竟欺负谁了？"

"欺负谁了谢老师您心里没数吗？如果编剧专业上的事您没数，那这部剧谁是女一号，刚才那场戏究竟有没有扇人耳光的必要，您应该是清楚的吧？"

"怎么？你的意思是作为一个演员，我对自己的角色提出意见都不行了吗？"

在她的声声质问之下，谢芷纭干脆撕破了脸皮："与其在这儿冤枉别人，你不如先看看你自己是个什么玩意。就你写的那些剧，每次播出以后多少人在骂？要不是为了剧组考虑，你以为我愿意带着自己的编剧团队来操这份心？而且这部剧的跟组工作你不是已经交给别人了吗？在这儿指手画脚算怎么回事？"

俞明原本一直拉着向清欢，怕她说出什么更直白的话刺激到谢芷纭。

如今看对方这倒打一耙的架势，瞬间也火了，正准备上前理论，向清欢一把拉住了他："多谢谢小姐的提醒，我之前写的那些剧，的确是有不少差评。但也是因为这样，今天我才会站在这里，从编剧的角度，让它能够精益求精。"

她顿了顿，目光直视着对方："谢小姐不想看到我，我能理解，就算最后换掉编剧团队也没关系。但是作为这部剧曾经的主笔编剧，我还是想发表一下自己的意见——关于刚才谢小姐擅自改动的那场戏，我、不、同、意！"

掷地有声的一段话再次让空气陷入了寂静。

谢芷纭再是不忿，一时间也无从反驳，最后只能扭身扑到了瞿明怀里，小声地啜泣着，像是受了天大的委屈。

瞿明满脸尴尬地站在那儿，似乎一时间不知该如何是好。

在他有所反应之前，向清欢知情识趣地再次表示："不好意思，这几天我原本是来探班的，的确不该发表这么多意见。为了不耽误大家的拍摄进度，我先走了，祝大家拍摄顺利！"

见她要走，俞明赶紧追了上去："欢姐，现在都几点了，这荒郊野外的你怎么走？要不你先等等，等一会儿收工了再一起回去？"

"算了。"

虽然知道对方说的都是实话，但向清欢知道自己继续留下，场面难免尴尬，说不定还得在瞿明的"调解"下，和谢芷纭"冰释前嫌""握手言和"。

想到这里，她忍不住浑身一哆嗦："我都这么大人了，回去的路还是找得到的。就是后面的工作，你得多费心了。"

"那有什么？不就是该干吗干吗？"

经此一役，俞明像是下定了决心："说实话，这段时间我也是受够了，谢芷纭要是再这么无理取闹欺负人，老子也不伺候了，到时候她爱找谁找谁去！编剧这行容不下咱，咱还不能转行干别的吗？"

"行了，行了，你别说气话。就这几天的拍摄情况来看，只要后面不乱来，我感觉这部戏还是挺靠谱的。好好跟到最后，争取到署名权，对你以后的事业发展有好处。前面那么多事你都忍下来了，别因为一时冲动把到手的机会放弃了。"

"行吧……"

被她这么一劝，俞明满心的冲动也慢慢冷静了下来，匆匆交代了"注意安全""有事打我电话"之类的话，才依依不舍地和她挥手告别。

向清欢原本计划着，距离这片山林不远有一座小村镇，只要能顺利走到那个镇子，无论是叫车回酒店，还是找个地方暂时过一夜，她都算是安全了。

至于那个村镇，剧组进林之前，俞明曾经指给她看过。在她的记忆里，和大巴车停靠的地方，也就隔着一条弯弯曲曲的公路和几片农田。

打定主意之后，向清欢开始凭记忆中的方向，深一脚浅一脚地往前走。

随着道路渐行渐远，拍摄现场亮起的灯光和隐隐的喧嚷声，都被她远远地抛在了身后。

走了大概有半个小时，记忆中停在荒林入口处的大巴车始终没有出现，眼前只有一丛丛茂密的杂草和始终看不到尽头的树林。

这让向清欢意识到，自己大概是迷路了。

跟着剧组大部队进林的时候，正好是下午时分，那时天气晴朗，视野良好，所以即便她一边走路，一边和俞明聊着天，对自己行进的方向也是十分清晰的。

原本以为，只要记住来时的方向，她就能按照原路顺利走回去，但一路摸索下来，她才终于知道，自己低估了夜间独自走在荒林里的难度。

事到如今，拉下面子返身回到剧组和大部队会合已经做不到了，若是呼叫求援，说不定又会惊动附近的野禽，引发不必要的麻烦。

无奈之下，向清欢只能拿出手机，试图通过查看地图，判断一下自己当前的所在位置。

下一秒，页面上"无互联网连接"的提示，让她彻底傻眼了。

正在彷徨之际，一阵清脆的手机铃声忽然响彻耳际。

向清欢心下一喜，立马哆哆嗦嗦地摁下了接听键。

低沉而温柔的声音从电话的另一头传来，在寂静的夜色里，带着让人安心的味道："女朋友，你收工了吗？今晚要不要加班？"

"不用……"

向清欢苦笑着，一时间不知是释然多一点，还是委屈多一点："我想以后很长一段时间，我大概都不用加班了。"

"嗯？怎么了？"

仅仅一句简单的丧气话而已，对方已经迅速捕捉到了她情绪上的不对劲："是发生什么事情了吗？"

"其实也不是什么大不了的事，就是我好像把金主给得罪了。"

反正闲来无事，一时半会儿找不到出路的情况下，能和心爱的人聊聊天，多少也能驱散一点心里的惶恐。

然而故事还没来得及详细展开，陆北辰的态度很快严肃了起来："所以说，你现在还没走出那片林子？"

"嗯……"

向清欢怕他担心，刻意放轻松了语调："不过没什么关系，今天来的时候我已经观察过了，这片林子虽然有点荒，但还挺安全的。大不了我就在这儿熬一晚上，等天亮以后，再想办法出去！"

"还挺安全的？那你考虑过荒郊野林里各种蚊虫的感受没有？好不容易遇上你这么个送上门的大餐，你以为它们会轻易放过你吗？"

说话之间，电话那头一阵窸窸窣窣的动静传来，像是陆北辰一边打着电话，一边收拾着什么："那片林子具体在哪个位置，你清楚吗？"

向清欢努力回忆了一下，最终只能给出一个含糊不清的答案："今天是大巴车把我们拉过来的，因为一直在打盹，我也没注意看路标。不过林子附近好像有个小村镇……"

"知道名字吗？"

"嗯……知道。"

在她报出镇子的名字后，陆北辰很快给出了建议："我刚才看了下地图，你说的那个镇子的南面，的确有一片山林。你现在打开地图，顺着指示的方向一直往北走，应该能走出去。"

"等一下……"

向清欢怕他误会自己的智商，赶紧解释道："你说的这个法子我之前就想到了，只是林子里没有网络，地图打不开。"

"手机自带的指南针呢？"

"之前要装的APP太多，我嫌它占地方，直接删掉了。"

"……"

随着对方提出的各种自救方案被一一否定，向清欢也觉得自己没救了。

沮丧之下，她轻轻叹了口气："算了，你别着急，今晚这事，也是我应得的教训。实在不行的话……"

实在不行的话，她可以试着打一下119。

只是这鸟不拉屎的地方，只怕救援人员真的来了，天也亮了。

没等她把话说完，陆北辰迅速打断了她："清欢，抬头！"

"嗯？怎么了？"

虽然不明就里，向清欢还是按照他的提示，仰头向上看去。

墨蓝色的天空中，月色皎皎，星落如棋。

"你在的地方能看到星星吗？"

"可以。"

"那你试着找一下北极星？"

"所以男朋友你是准备亲身上阵，帮我引路？"

念头至此，向清欢忍不住笑了。

北极星又叫北辰，是最靠近北天极的一颗恒星，位于地球地轴的北端。

因为地球的自转，而它又处于天球转动的轴上，所以相对地面的观察者静止不动，从古至今，它一直是人类辨别方向时，最稳定的坐标。

放着现成的导航系统不用，她真是急糊涂了。

只可惜，道理虽然明白，但以她的寻星能力，在这浩瀚如海的星海中，一时之间难以锁定目标。

陆北辰似乎从那长长的沉默中察觉到了她的窘境，继续耐心地指导着："如果暂时找不到，你可以先试着找一下北斗星作为定位辅助。"

"啊……我看到了！"

这一次，幸运之神终于降临到了她的身上，举目四望了好一阵，那犹如勺子的星群很快落入了她的眼帘。

"现在你把勺斗的天枢和天璇两颗星连起来，向前延长大概五倍的距离……"

在对方的提示下，向清欢的精神很快振奋了起来："陆北辰，我找到它了！"

"那就好。"

对方似乎也松了一口气，接着又交代道："你朝着它的方向往前走，应该就能走出去。如果中途遇到什么麻烦，你就……"

话还没说完，像是被什么东西拦腰斩断一般，忽然消失在了空气里。

向清欢低头一看，手机没电了！

这一下，连打119寻求救援的想法也彻底没戏了。

想要尽快走出去，她能依靠的人只有自己。

就是不知道面对突如其来的失联,陆北辰究竟是怎么样的心情……

念头至此,她不敢多想,凝神静气后做了个深呼吸,然后开始朝着北极星所在的方向走去。

深夜的荒林中一片寂静,除了她沉重的呼吸外,只有脚步踩踏杂草和落叶时发出的咯吱声。

成片的树林和杂草似乎永无尽头,像是想方设法地要把她困在其中。

在这么凄寂无依的时刻,向清欢的心中却不再惶恐。

高悬在天际的那颗星像是在冥冥之中牵引着她,让她摒除了一切杂念和恐惧。

不知过了多久,一条宽敞的水泥路终于出现在了她的视野里。

更远一点的地方,是星星点点的烟火和成片的农田。

等她一鼓作气地走进小镇,找到一家小旅馆落脚时,时间已经接近午夜。

虽然身心俱疲,但她还是第一时间找老板借了个充电器,只盼着能赶紧给陆北辰报个平安。

好不容易等到手机重新开机,向清欢立马拨通了对方的电话。

电话铃声只响了一下,就被对方接起来了。

"喂!你现在怎么样了?"

"放心吧,照你教的方法,我已经走出那片林子,回到镇子上了。现在找了个小旅馆,给你报平安呢!"

"什么小旅馆?安全吗?你发个定位给我。"

"你这人……怎么把我当小孩啊?之前为了工作,条件再差的地方我也住过,哪有什么不安全的?"

嘴里虽然抱怨着,但向清欢怕他担心,还是发了个定位过去。

闲聊了几句之后,她实在有些困了,于是说完晚安后,就去浴室洗了个澡。

舒舒服服地冲完了热水澡,向清欢只觉得这些天所遭遇的倒霉事也被清洗干净了,穿回衣服后正准备好好睡个觉,陆北辰的电话居然又打了过来。

"清欢,你睡了吗?"

"还没……刚洗完澡,头发还没干呢!"

向清欢被他过于殷勤的问候弄得有点哭笑不得:"怎么了?这个时候打电话给我,是发现这家小旅馆有什么问题吗?"

"那倒没有……"

陆北辰的声音带着笑:"就是分开好几天了,想要见见你。"

"那咱们开个视频?不过事先说明,我现在的样子披头散发,还挺难看。"

"那就算了……"

"???"

诚实是种美德,但也不必用在这种时候。

尚在腹诽之际,一阵敲门声传来,紧接着,陆北辰的声音再次响起。

"清欢,开门。"

向清欢知道自己现在这副样子一定很狼狈。

头发刚刚洗完,还没来得及吹,湿漉漉地搭在肩膀上,谈不上任何造型。

因为没有替换的衣服,她身上穿着的还是洗澡前的那一套,脏兮兮不说,还带着某种难以言说的奇怪味道。

她和陆北辰的恋爱关系才刚刚确定没多久,就以这么不修边幅的模样见对方,实在是有些难堪。

但人已经到了门口,要是不开门,那也实在太说不过去了。

百般挣扎之下,向清欢只能赶紧拿了条毛巾,把头发胡乱擦了擦,确定它们不再滴水后,才犹犹豫豫地把门拉开了一条缝。

正准备说点什么给自己找补,下一秒,陆北辰已经踏步向前,将她紧紧抱住了。

过去的很多年里,向清欢不是没有遭遇挫折、心怀委屈的时候。

但向天衢远在千里之外,要是和他倾诉自己的那些烦心事,除了让对方徒增烦恼之外,并不能解决什么实际问题。而作为单身母亲的林娅,原本已经琐事缠身,自己再去添乱,未免太不懂事。

更不论她曾经交往过的那两个男朋友,除了"多喝热水""早点睡"之外的场面话,根本给不到她任何支持和安慰。

所以心情再怎么糟烂,她通常都是靠睡眠、阅读和酒精,自己消化,自己平复。

虽然很多时候她难免也会脆弱难过,尤其是看到谢芷纭之流,无论做出多么离谱的举动,都会有人宠着哄着时,更是会心有不忿,但这么多年过去了,她觉得自己也习惯了。

她以为自己已经足够坚强,足够懂事,就连被困在荒林,孤立无援的时候,都没有想过要麻烦谁,也没有掉过半滴眼泪。

眼下,陆北辰带着温暖、怜惜、安慰和浓浓爱意的拥抱,却让她有些不知所措。

不知道过了多久,一窗之隔的街道上忽然传来了几声猫叫。

向清欢这才像是惊醒一般,慢慢从他的怀里挣脱了出来。

"大老远的,你怎么忽然过来了?"

"放心不下你,所以过来看看。"

"从家那边赶过来,开车最少也要两个小时吧?所以你是知道我被困后,就开始往这边赶了?"

"嗯……"

陆北辰看着她,目光里都是关切:"为了赶时间,我叫了辆出租车,原本的打算是,到了这附近如果还是联系不上你的话,就报警。结果你比我想象的还要聪明勇敢,已经提前自救成功。"

"那也是陆老师你教得好,要不是你提醒我天上有天然导航仪,我现在还困在林子里喂蚊子呢!"

说话之间,陆北辰把脚下的行李包打开,拿了几样东西递到了她眼前。

向清欢凝神一看,居然是一套棉质的T恤短裤,一个保温壶。

见她一脸惊异,陆北辰的表情也变得有点局促:"这套衣服是干净的,虽然大了点,但总比你穿着脏衣服睡觉要舒服。而且你折腾了这么久,应该也饿了,保温壶里是我今天煲的一点绿豆汤,你要不要尝尝?"

从将近200公里之外的地方匆匆赶来,还能注意到这么多的细节,这人真是细致又体贴。

而这样一个人，如今把满满的一颗心都放在了自己身上。

想到这里，向清欢只觉得又是庆幸，又是感动，轻轻道了声谢后，接过家居服进了洗手间。

等她把衣服换好，重新回到房间时，陆北辰已经铺好了床。

看着尺寸不过一米二，如果同时睡两个人，必定会紧贴在一起的单人小床，向清欢的心跳不自觉地开始加速。

陆北辰却像是浑然未觉，见她换好了衣服，顺手把那壶绿豆汤递了过去。

向清欢实在有些饿了，一口气喝了大半壶，这才想起什么一样，赶紧问道："那个……要不要给你留一点？"

"不用，来之前我已经喝过了。"

让对方操心劳力累了这么久，向清欢实在有些过意不去，但小旅馆里条件简陋，她实在不知道用什么犒劳。

左思右想之下，她干脆拿起了床头柜上的一个茶包盒："你大老远过来应该渴了吧？要不要试试这个？"

陆北辰的脸略微抽搐了一下，声音却很平静："你想怎么试？"

"选一个你喜欢的口味，然后……"

"我帮你泡"几个字还说出口，向清欢猛地愣住了。

透明的塑料盒子里装着的并非她熟悉的茶包，而是几盒安全套，还有几样光看包装就让人面红耳赤的情趣用品。

盒子外面甚至还十分贴心地印着几行小字：付费产品，请扫码开盒。

鬼知道这种环境堪忧的小旅馆为什么还特别准备了这种产品。

偏偏她眼神不好，才闹出了这么个大乌龙。

见她满脸尴尬，陆北辰不动声色地把盒子接了过去，随意看了看，然后放在了一边："这些口味我都不喜欢，先不试了……倒是你，如果现在不困的话，要不详细和我说说，今天究竟发生了什么？"

对方知情识趣地跳开了这个话题，没有让她继续难堪，这让向清欢不由得重重松了一口气，于是赶紧清了清嗓子，一五一十地交代起了她在片场的遭遇。"

事情说到最后,她自己也有点懊恼:"其实现在想想,是我太冲动了。当时只要换个处理方式,事情未必会闹得这么糟糕。现在不仅得罪了谢芷纭,投资方大概也不会高兴,刚才公司老板给我发了微信,让我开机以后给他回个电话,想来八卦已经传到他那里去了,准备兴师问罪了……"

陆北辰认真听到最后,没有急着安慰她:"所以说,这件事对你以后的工作影响会很大吗?"

"应该会吧……"

知道对方对娱乐圈那些错综复杂的关系并不清楚,向清欢认认真真地解释了起来:"影视编剧一般分两种,一种是签约性质的,一种比较灵活。像我这种资历比较浅,也没什么资源背景的小编剧属于前者,主要靠公司接活。公司老板和制片方之间虽然是合作关系,但毕竟也有甲乙方之分,所以……"

"所以如果制片方指明了不要你,你就没法接到项目,是吗?"

三言两语之间,陆北辰显然已经明白了其中的利害关系。

就算向清欢能力再强,也需要有人愿意为她的作品买单。

东阳娱乐作为掏钱的那一方,又和娱乐圈里的各家大佬有着千丝万缕的关系,要是他们家的太子爷冲冠一怒为红颜,有心报复,必然会对她未来的职业道路造成巨大的影响。

"那你现在后悔吗?"

"其实有一点,毕竟为了个谢芷纭得罪了金主好像不太值得。不过嘛……我也没准备去找她道歉,毕竟今天这事是她太过分了,作为编剧,我得有自己的职业操守!"

"挺好的!"

陆北辰看着她,眼睛里涌上了笑意:"古有布鲁诺为了捍卫日心说不畏火刑,慷慨赴死,今有向老师为了坚持职业操守,坚决不向恶势力低头。"

向清欢抬眼瞪他:"你少讽刺我,想说我幼稚冲动就直说!"

"真没有,我是真心觉得我女朋友挺厉害的!"

"哪里厉害了？搞不好我都要失业了……"

"失业也没关系，反正你拥有一个又帅又能干，还愿意永远站在你这边支持你的男朋友！"

"……"

这种借机往自己脸上贴金的做法实在过于无耻，向清欢瞪了他一阵，忽然有点感叹："陆北辰，有件事其实我没敢问你，如果……我是说如果，这次考丘伯伯的博士生失败了，你准备怎么办？"

"不用那么小心翼翼地用假设句，其实来燕城之前，我已经做好心理准备了。"

"不是吧？这种谦虚谨慎的表现不符合你的人设……"

"所以在你心里我究竟是个什么人设？"

陆北辰扑哧一笑，忍不住伸手捏了捏她的脸，才继续说道："每年想考丘老师博士生的人那么多，比我优秀自律用心刻苦的人自然也不会少。大家都在朝着仅有的几个名额努力，谁又敢百分之百保证自己一定能成功？"

"一旦失败了，你打算怎么办？"

"那就继续再考。"

"如果还是不行呢？"

"女朋友，你能不能念我点好？"

陆北辰像是没辙了，深深叹了一口气："虽然理论上说，考博没什么次数限制，但接连扑街两次，丘老师大概也会把我拉进黑名单了。"

"所以真的到了那一步，你就打算放弃了吗？"

"放弃什么？考博还是研究天文？"

"这两件事有区别吗？"

"当然有。"

陆北辰看着她，一字一顿："清欢，我的梦想是和你爸爸一样，做一名优秀的天文学家，能跟着丘老师学习自然最好，如果真的失败了，我依旧可以用其他的方式来圆这个梦。"

"别的方式？"

"嗯……比如说申请去其他地方深造，去各个天文研究机构工作，实在不行，回我的母校争取一个在实验室里打杂的机会，也是可以的……"

他顿了顿，看向向清欢的目光更深了些："向老师和我说过，你从小就喜欢天马行空地编故事，所以做影视编剧肯定是个不错的选择。如果在这个过程中，你发现有些东西和你的初衷背道而驰，让你觉得难受委屈，那么也没有必要勉强自己。实现理想的方式有很多种，不用因为和某种方式格格不入，就自我怀疑。"

这碗浓浓的心灵鸡汤灌下来，让向清欢心下释然了不少。

虽然知道对方是在变着法地安慰自己，但她依旧庆幸又感激。

心情激荡之下，她干脆倾身向前，勾住了对方的脖子："谢谢陆老师。遇到麻烦事的时候，有你这么一个情绪稳定，又体贴温柔的男朋友在身边开解，真是太好了。"

陆北辰低声笑了笑，伸手搂着她的腰："向老师真心要谢的话，是不是得有点实际行动？只口头表示一下，未免太敷衍了。"

向清欢心领神会，很快仰起头，主动吻了上去。

陆北辰的喉结微微滚动了一下，把她更紧地揉进了自己怀里。

破旧的小旅馆，房间逼仄，除了那张床之外，好像也没有可以供人缠绵亲热的地方。

唇齿纠缠之间，两个人不知不觉地相拥着倒在了床上。

陆北辰的身体越来越热，原本温柔克制的动作也逐渐失去了章法。

即便隔着衣料，向清欢还是能感觉到藏在他胸膛下剧烈的心跳声。

虽然之前没有类似的经验，但和两情相悦的恋人滚在床上热情拥吻，接下来无论发生什么，都是水到渠成，没什么可指摘的。

能让向来冷静自持的陆北辰因为热烈的爱意而失控，是件很有成就感的事，但她还是忍不住有些紧张。

这种私人开的小旅馆，不知道隔音效果会不会太糟糕，如果有什么声音传到隔壁，那实在让人尴尬。

而且陆北辰来得仓促，对接下去可能发生的事显然没有做好相应的准备，但要她主动提醒，房间里还有一套可以"扫码开盒"的安全产品，好像又显得太处心积虑了……

满心的胡思乱想还没停止,陆北辰却逐渐停止了动作,轻轻喘了几声后,帮她把被子盖上了。

"时间不早了,你也累了一天了,早点睡吧。"

"那你呢?"

"我去找老板再开间房。"

"哦……"

这个答案听在耳朵里,不知道是欣慰多一点还是失望多一点,向清欢犹豫了一下,然后期期艾艾地表示:"大晚上的会不会太麻烦?"

"是有点……"

陆北辰弯下腰,将嘴唇凑在她耳边:"可是如果留在这儿的话,我可能会想和你试试接吻之外的事。"

向清欢紧抓着被角,一张脸涨得通红,心慌意乱之下,忍不住闭上了眼睛,把头埋进了被子。

陆北辰似乎被她的举动逗笑了,轻笑着吻了吻她的额头后,慢慢站直了身体:"女朋友,晚安。祝你做个好梦。"

Chapter 09
不为人知的心事

回燕城之后的第二天,"《白鸟林》剧组内讧"的话题声势浩大地冲上了微博的高位热搜,"向清欢"这个名字因此进入公众视野,和谢芷纭一起成为这场八卦风暴的女主角。

向清欢心下惊诧,忍不住联系俞明打探了一下情况,才知道俞明因为自己在谢芷纭那里受了委屈而心怀不忿,当天的戏还没拍完,就从微信好友中把盛庭扒拉了出来,一顿吐槽。

当初向清欢把盛庭介绍给俞明认识,只是为了让他去剧组探班的时候有个熟人可以照应,结果这俩自来熟的家伙加上微信没多久,关系突飞猛进,几场夜宵吃下来,居然成了可以聊八卦、"吐槽"的朋友。

更让她始料未及的是,为了证明自己所言不虚,聊到酣处,俞明甚至把她和谢芷纭吵架时偷录下来的音频分享给了对方。

结果盛庭冲冠一怒为红颜,为了替自己和宋沁出气,转头就下血本将这段音频贡献给了营销号。

对自己的这番操作,盛庭自我感觉良好,发现网友们听完音频都在怒骂谢芷纭后,干脆主动打了电话来邀功。

身为圈中人,向清欢却很清楚,无论这段音频发出来后舆论走向如何，自己作为当事人之一，肯定无法独善其身。

果不其然，仅仅半天之后，谢芷纭在自己的微博主页上发布了一条视频，楚楚可怜地表示热搜事件不过是有人为了炒作，扭曲事实，恶意抹黑剧组。而她和向清欢之间，只是因为对剧本的理解不同才会有所争执。

虽然谢芷纭在公众心目中的形象并不怎么样，但向清欢作为"烂剧制造机"，历来的口碑并不比她好多少。如今两相对峙之下，场面很快变成了所谓的"狗咬狗，一嘴毛"。

视频发布之后，风向开始逆转，在水军的推波助澜下，甚至有人开始怀疑热搜事件是向清欢为了炒作在自导自演，包括那段音频，也是出自她的设计。

为了保住俞明的饭碗，向清欢有口不能辩，只能眼睁睁地看着谢芷纭全妆入镜，对着镜头宣扬"一个演员的自我修养"，满心郁闷的同时，却也庆幸盛庭没把宋沁牵扯进去，不然同组女演员相互撕破脸扯头花这种事，肯定比演员和工作人员之间闹矛盾更让人津津乐道。

到了黄昏时分，关于《白鸟林》剧组内讧的讨论逐渐被其他热点事件所取代，从热搜的位置上退了下去。

在此之前，向清欢也从自家工作室那里，收到了让她暂时停工休息的通知。

老板的决定，向清欢能够理解。

一部剧从立项、拍摄、制作到播出，中途会遭遇无数风险，稍有不慎，工作人员投入的精力和金主砸下的钱，都会打水漂。

所以对投资人而言，内部人员闹点矛盾，他们可以视而不见，但如果把事情闹到公众面前，对项目产生影响，大概率会被拉进"谨慎合作"的黑名单。

何况娱乐圈那么势利浮华的地方，利益来往之间总免不了一些腌臜事，真要遇上了那种不懂规矩四处曝光的刺头，无疑是在剧组里放了一颗定时炸弹。

为了项目能够顺利推进，让她暂时销声匿迹，大概是最安全的选择。

悬在头顶上的达摩克利斯之剑终于落了下来，因为事先做过一定的心理准备，向清欢并未因此委屈伤感。

但对自己未来的事业发展，她有些忧心忡忡。

《白鸟林》剧组风波带来的影响并不会因为热搜的消失而轻易消停，这意味着未来的很长一段时间里，她在金主们的眼中就是个爱搞事的危险分子。

在得不到公司支持的情况下，以她一直以来的人脉口碑，大概也接不到什么靠谱的项目。

如果不想转行，只能等到风波彻底过去了，再慢慢看机会。

在此之前，她大概只能赋闲在家，被动地等待着。

她这边事业停摆，陆北辰那边却被好运眷顾。

仅仅一个星期后，丘原主动打来电话，告诉了他初试已经顺利通过的好消息。

陆北辰并未因此而放松，毕竟后面还有更加严格的复试在等着自己。

与初试时主要考核考生专业基础和能力的方式不同，燕北天文台的博士生招生复试主要针对考生的英语能力和学术能力进行考核。

为了让考核能够更加公平公正，燕北天文台甚至还专门成立了由相关领域专家组成的面试专家组。

短短二十分钟的面试时间，考生需要用英语做十分钟的英文报告，简述自己的基本情况，已经取得的科研成果，对报考专业前沿研究的理解，以及博士期间的研究计划等。报告结束之后，专家组的大佬们则会通过提问的方式，对考生的专业知识和学术能力进行考察，然后根据综合表现给予评分。

从陆北辰过往的表现来看，向清欢并不担心他的英语和专业能力，但要如何在短短十分钟内杀出重围，在一众强劲的竞争对手之中向大佬们清晰准确地展现自己的优势，还是有些忧心。

面试相关的准备工作她帮不上忙，向清欢只能在对方的日常生活里下功夫。

从复试名单正式在官网公示那天起，她每天都会在各种APP上找菜谱，努力学着洗手做羹汤。

对她的种种举动，陆北辰一开始表现得十分捧场，无论那些餐食成品如何离谱，从未有过半句吐槽。直到复试结束当天，在吃完了向清欢特意准备的"犒劳大餐"后，才拉着她坐了下来，摆出了一副长聊的架势。

"今天所有的菜都是你做的？"

"是啊！"

"准备了多久？"

"不算买菜的时间，差不多一个下午吧……"

向清欢自己也觉得不容易，于是开始求表扬："这么贤惠的女朋友，你是不是该好好夸一夸！"

"手艺不错！不愧是厨神小当家！"

陆北辰伸手点了个赞，然后继续问："所以看这情形，向老师是有转行的打算了吗？未来是想准备进军餐饮业，所以提前在家练练手？"

"你饶了我吧，我可没这个想法。"

"既然不打算创业，那最近一直学做菜，算是你的兴趣了？"

"也不算吧……"

提起目前的处境，向清欢只觉得无奈："你也知道，因为《白鸟林》剧组的事，公司暂停了我的工作，其间我也试着自己接触了一些项目，没碰到什么太靠谱的。所以我就想着，与其把自己消耗在那些脑残剧上，不如好好照顾自己的男朋友……"

陆北辰点了点头，一副非常理解的样子："谢谢你这段时间一直这么费心照顾我，让我可以心无旁骛地准备最后的考试。但是作为你的男朋友，我觉得，如果不是出于兴趣，把时间花在这些事上，会不会有些浪费了？"

其实陆北辰说得没错，所谓的"洗手做羹汤，照顾男朋友"，只是她焦虑之下为自己找的一个借口。

工作无所着落的情况下，她需要用某种方式来填充自己，让自己感觉依旧被需要。

她清楚这种家庭主妇般的填充方式没什么意义，可是通往理想的道路已经被堵上，她还能做点什么呢？

仿佛看穿了她的心事，陆北辰伸手揉了揉她的头："来燕城考试之前，我曾经在家里待过大半年，你是知道的对吧？"

"是……"

听他说起往事，向清欢的声音低了下去："为我照顾我爸。"

"不用觉得抱歉，你现在也在很用心地照顾我。"

陆北辰笑了起来："其实那段时间，我并不能确认自己的未来会是什么样子，究竟能不能顺利读博深造。但我唯一确定的是，天文学是我的理想，未来无论做什么，一定会和它有关。所以那段时间里，我只是尽自己所能地学习和积累，以便面对未来出现的任何一种可能……"

他顿了顿，口气更温柔了一些："虽然我一直知道做编剧是你的理想，但一直没有好好问过你，你最想创作的故事究竟是什么？"

聊起这个，向清欢顿时来劲了："说出来你可能不信，虽然之前我一直在青春偶像剧里打转，但其实我最想做的题材是科幻！为了记录灵感，我还披着马甲在网上写过好几篇科幻小说！不过你也知道，这种类型的剧一般耗资巨大，对制作团队的要求也高，要轮也轮不上我。至于那些粗制滥造，打着科幻的幌子圈政府资金的项目，就不用提了……"

"你还写过科幻小说？"

陆北辰似乎来了兴趣："网址交出来，让我拜读一下！"

"别了，别了……我当时工作忙，拖拖拉拉一直都没写完。现在回头去看，觉得还蛮幼稚的……"

"那不正好吗？反正你现在有时间，大可以把它继续写完啊！"

陆北辰一边笑着，一边握住了她的手："向老师曾经和我说过，但行好事，莫问前程。即便那篇小说写到最后也不能为你带来什么实际的利益，但是投入创作的过程，对你而言至少是有意义的。既然你有兴趣，干吗不试试呢？而且现在我也考完了，以后买菜做饭这些事，你大可以交给我！"

虽然知道陆北辰是在用这样的方式转移她的注意力，让她别再因为工作上的困境而焦虑，但在听完对方的建议后，她感觉到了阵阵心动。

能够摆脱市场、资本、交稿时间的种种束缚，自由畅快地去创作一件自己喜欢的作品,这才是她当初走上编剧行业的初心。

现在既然有机会去实现,又何必在意结果?

想到这里,她用力点了点头:"行啊!我觉得自己可以试试……不过连载期间,你多少得贡献几个点击量。"

"那是当然!"

陆北辰俯下头,非常虔诚地在她的手背上落下了一个吻:"向老师请放心,在你创作的道路上,我永远是你最忠诚的信徒。"

有了陆北辰的鼓励和支持,向清欢重新恢复了创作状态。

两人一起对着电脑各自奋战,然后一起吃饭,一起散步,一起闲聊各种灵感,成了他们的相处日常。

虽然没有偶像剧里那些风花雪月的浪漫和惊喜,但是键盘敲击时的嗒嗒声响,从窗户透进来的斜阳微风,厨房里经常飘出来的食物香气,以及有人陪伴着一起向前迈进的踏实感,时常会让向清欢萌生一种岁月静好,从容向前的感觉。

她重新连载的这部小说之前陆陆续续写了几万字,连载期间,并没有引发太大的关注。

喜欢言情的读者觉得男女主角之间的互动过于慢热,没有当下流行的那种天雷勾地火的澎湃激情;热衷科幻的读者却觉得故事缺乏动人心魄的大场面,关于科幻部分的设定也不够硬核。

向清欢事先做过一定的心理准备,并没有因为读者的冷淡反应就轻易退缩,依旧码字如飞,更新勤勉。

然而就在陆北辰为了兑现当初"多贡献几个点击量"的承诺,特意注册了一个读者号,每天定点催更打卡之后,场面逐渐变得热闹了起来。

"和许多科幻作品一样,作者将时空穿越的试验场放在了黑洞之中。但从当下的观点来看,黑洞强大的引力场不仅会拉扯空间,还会扭曲时间。我们可能会遇到所谓的'拖尾效应',即当我们通过黑洞时,时间会变得模糊、扭曲,这可能使时间旅行变得非常复杂,男主角很有可能无法找到回去的路……不过数百年后的科技发展可能会让这一切有所改变，让我们祝他好运！"

"2018年，Space X将100个人的骨灰带上了太空，很多装骨灰的胶囊外都留下了墓志铭，这或许就是小说中星际大移民的前身。对进行星际大移民的那些人而言，他们这一生或许都无法到达目的地，但当他们的子孙后代到达理想中的极乐净土时，也一定会从星际飞船里发现他们的墓志铭。"

"作者让男女主角在分别之前，一起欣赏了一次'行星的爱情之舞'，我想藏在背后的梗大概是，发现这一现象的天文学家约翰·凯普勒一度非常孤独，直到女孩苏珊娜的出现，才给予了他更多的勇气和灵感。对这篇小说的男主角来说，女主角和她所在的时代，同样是他实现理想的动力，不一样的是，虽然他们远隔时间两端，但在拯救地球的道路上，他们并肩前行……"

这些评论里有调侃、有科普，还有一些私人的观感，虽然用陆北辰本人的话来说，在看专业资料的时候也常常会这样顺手批注，并不是什么太费劲的事，但还是引来了不少读者的关注，让评论区变得精彩纷呈。

这样过了一个多星期，盛庭忽然打来电话，邀请向清欢去参加自己的生日派对。

向清欢只当他是需要女伴充场面，又对这种几乎都是生面孔的社交场合没兴趣，想也没想，直接拒绝。

结果一番拉扯之后，才明白了对方的真正意图。

原来热搜事件之后，俞明心下难安，几经纠结之下，还是把向清欢受到牵连而被公司停工的事透露给了盛庭。盛庭没想到自己的一番操作不仅没能让谢芷纭伤筋动骨，反而连累向清欢遭遇了无妄之灾，一时懊恼不已。

只是他并非娱乐圈中人，即便想要挽救，却也无从下手。

眼前好不容易逮到这么个机会，就想着当面和向清欢赔个罪，顺便再拉她出来换换心情。

向清欢原本就没有迁怒他的意思，对所谓的"道歉"自然是谨谢不敏，但"换心情"一说，让她动了心。

自打陆北辰来到燕城之后的日子，几乎都是在备考复习里度过，偶有放松，也是到各种博物馆、展览馆和公园里走一走，燕城里最热闹繁华的一面，竟是没有参与过。

如今他考试结束，只剩等最后的通知，自己刚好也没什么事，倒是可以借着这个机会，和他出去热闹热闹。

想到这里，她的态度有所松动："这样吧，我先问问朋友。如果他有兴趣的话，我们一起过去。"

"朋友？什么朋友？"

盛庭闻言来了兴趣："你们圈子里那些年轻貌美的小姐妹？"

"不是……是我男朋友。"

"哎哟！欢姐你交男朋友了？那我不是没机会了？"

盛庭装模作样地哀叹了一阵，然后继续八卦："你男朋友是干什么的？我见过没有？"

"见过。"

"上次在你家小区门口给你送蛋糕的那哥们儿？这速度够快的啊！"

盛庭一副果不其然的口气，根本不给她狡辩的机会："那行！我现在就把地址发给你，你俩一起过来，正好介绍我俩认识认识。"

听闻向清欢想出门为朋友庆生，陆北辰表现得很配合，吃完午饭之后，就陪着她一起，在附近的商场里挑选了生日礼物。

当天晚上，两人带着礼物赶到了某豪华酒店的泳池派对现场，一群年轻的潮男潮女正在热闹嬉戏，氛围如火如荼。

盛庭原本正在几个美女的拥簇下开心地吃着烧烤，眼见他俩出现，赶紧迎了上去，没等向清欢介绍，就一脸坏笑地主动伸出了手："帅哥你好啊，自我介绍一下，我是盛庭，欢姐曾经的相亲对象！"

陆北辰神色不变，也微笑着伸出了手："幸会，我是陆北辰。祝你生日快乐的同时，也得说声谢谢。"

"谢我什么？"

"多谢你们相亲失败，让我有机会成为她现在的男朋友。"

"看你这话说得……别那么客气嘛！"

盛庭哈哈笑了起来，和他寒暄了几句后，揽住他的肩膀把他推进了自己的朋友圈里。

向清欢原本还有些担心,以陆北辰的个性,骤然出现在这种声色犬马的场合会有些不自在,然而觥筹交错之间,见他神色自若,一副游刃有余的模样,不禁暗中松了口气。

趁着陆北辰和旁人聊天的当口,盛庭凑到了向清欢身边:"你这男朋友挺受欢迎的啊,就刚才那一阵,好几个姐们儿都在和我打听他的情况。要不是知道他是你的人,今晚只怕逃不出这盘丝洞。"

向清欢白眼一翻:"知道是盘丝洞你还敢这么搞,要是被你爸知道你的生日派对上到处都是泳装美女,小心他明天就拉你去相亲!"

"不至于……这不是有你在吗?在他眼里,咱俩现在的关系可是在稳定发展中呢!"

盛庭啧啧有声地叹了一阵,忽然想到了什么:"对了,你和陆北辰谈恋爱的事,你妈知道了吗?"

"还不知道。"

"难怪了,我就说我爸那边一点反应都没有,还老怂恿我多和你约会来着……不过,你打算什么时候告诉她?"

"再说吧……"

聊起这个,向清欢觉得有点心烦:"等北辰的考博结果下来以后,我再找个机会告诉她。"

"那也行!"

盛庭察言观色,没继续追问下去:"那在你坦白之前,我会继续扮演好相亲对象的角色。至于我拜托你的事,也得劳烦你多费心了!"

说话之间,天色渐暗。

吃饱喝足的宾客们开始嚷嚷着要去唱歌。

刚下到酒店大堂,一阵喧闹声忽然引起了所有人的注意。

靠近酒店大门的地方,一个年轻男子正拉拽着一个女人的头发,一边骂骂咧咧,一边使劲往外拖。

女人打扮得甚是精致,身材眉眼让人过目难忘,此刻已经被对方的粗鲁举动吓到花容失色,一边拼命挣扎,一边苦苦哀求:"我错了,你就饶了我吧,我以后再也不敢了!"

向清欢向来看不得女人受欺负，眼见这情形实在不像话，酒店的服务生们又犹犹豫豫不想多事，当即眉头一皱，想上前阻止。

没想到脚步刚动，却被盛庭一把拽住了："欢姐，这事你别管，这两人我认识。"

"你认识？"

"嗯……那男的叫蒋奇，是天寰集团董事长蒋承林的侄子。前段时间逛商场认识了一个柜姐，大概是见人长得漂亮，砸钱猛追了一阵，没过多久两人就在一起了。只是他性格极端，又爱乱吃醋，交了女朋友就恨不得人家二十四小时都围着他转。今天我过来的时候看到她和一个男人在一起，蒋奇大概是收到了消息，特意跑来抓奸了……"

话没说完，拉扯之中的蒋奇已经耐不住性子，一记重重的耳光打在了女人脸上，嘴里还在不干不净地骂着："你还好意思哭？我才出门两天，你就耐不住寂寞找了野男人来这儿开房！老子的脸面都让你丢尽了，你知不知道？"

女孩被那一记耳光打蒙了，踉跄着退了几步后跌坐到了地上，半晌才哭了出来："你说什么呀！今天那位先生是我之前的一个客户，他出差来燕城说想请我吃顿饭，我才过来的……难道这也不行吗？"

"客户？你一个出来卖的，客户还真不少！"

蒋奇咬牙切齿地狞笑着，似乎因为她的解释怒火更盛。

没等她再说点什么，他忽然迈步向前，抓起她的衣襟狠狠一扯："既然你给脸不要脸，不肯跟我回去，那老子就在这儿收拾你，让大家看看你究竟是什么货色！"

女孩原本只穿了一件雪纺连衣裙，衣料十分单薄，此刻在他的用力撕扯下，肩膀和大半个胸脯很快暴露在了众人面前。

在女孩凄厉的哭声中，向清欢再也按捺不住，快步向前，将身上的外套盖在了女孩身上。

几乎同时，陆北辰也伸手一挡，将还欲动手的蒋奇拦在了身前。

蒋奇愣了愣，像是没想到半路会忽然杀出个程咬金，对着陆北辰上上下下一通打量后，才哼声表示："你谁啊！我教训这烂货，你多什么事？"

陆北辰看了他一眼，没有要接话的意思，转而看向了向清欢："这姑娘没受伤吧？"

向清欢大概检查了一下，眼见对方除了手臂和脖子上多出几道勒痕外，并没有什么显眼的外伤，于是摇了摇头："应该没事。"

"那你问问她，需要报警吗？"

"报警？"

没等向清欢接话，蒋奇已经怪笑出声："这贱货花着我的钱，还背着我劈腿，老子没打死她就不错了，你居然还想报警？你是她什么人啊？难道也是她的姘头？"

盛庭原本不想多管闲事，听到这里忍不住打起了圆场："蒋奇，你胡说八道什么呢？这是我哥们儿，今天是来给我过生日的！你和你女朋友的事咱们管不了，但你也别在公共场合闹得太难看，有什么问题回去解决！"

"我说是谁呢！原来是盛庭你的朋友啊！"

蒋奇阴阳怪气地笑了笑，斜眼瞥了瞥他身后站着的乌泱泱的一群人，顺着他的话下了台阶："行吧！看在你的面子上，我不和他计较了。这贱人我带回家收拾，不打扰你们开心了！"

听他这么一说，女孩越发惊恐，下意识地拽紧了向清欢的手臂："我不跟你回去！我要回家！还有……咱们现在就分手，以后你别再来找我了！"

陆北辰蹲下身去，柔声安抚道："你有亲戚朋友可以联系吗？要不现在给他们打个电话，让他们过来接你？"

女孩颤颤巍巍地点了点头，刚把手机翻出来，下一秒，却被蒋奇抢了过去："你还来劲了是吧？老子在你身上花了多少钱？你现在想说走就走？以为有人给你撑腰了是吗？"

盛庭也低声劝道："北辰，算了。这是人家两口子的家务事，咱们外人也搞不清楚，让他们自己回家处理……"

向清欢闻言只觉得恼怒，忍不住狠声呵斥："看着女孩被打你就这态度？难怪宋沁看不上你！"

盛庭被她一教训，顿时脸上红一阵白一阵，一时间不知如何是好。

吵嚷之中，陆北辰重新站了起来，沉声表示："你们交往期间的财务纠纷，可以等这位小姐情绪稳定以后协商解决，无法达成共识的话，也可以走法律程序。但是现在这位女士明确表示要回家……"

"她敢！"

蒋奇恼羞成怒，顺手拿过一个酒瓶子往地上狠狠一摔："盛庭，你朋友既然不识趣，别怪我不给你面子。今天我就把话放这里了，这女的我非带走不可。你们谁想多事，别怪我不客气！"

盛庭知道他仗着家里的财势，向来是蛮横惯了的，若是陆北辰和向清欢坚持不退让，动手只怕在所难免。

要是真报了警，难免又会伤及盛、蒋两家的关系。

更何况，以蒋奇家的背景，即便进了警察局，大概率也只是警告两句，走个过场，至于出来以后，无论是他这个女朋友，还是向清欢和陆北辰，只怕会惹上无穷无尽的麻烦……

两相僵持之际，一辆黑色轿车无声无息地在酒店门前停下。

随着有人推门下车，跟在蒋奇身边的几个人迅速让开了一条路，口中恭恭敬敬地问候道："蒋总好……"

看这架势，来人应该就是盛庭口中那位声明赫赫的天寰集团董事长蒋承林。

没等向清欢继续琢磨下去，对方已经目不斜视地走了过来，直接在蒋奇身前站定："你怎么回事？怎么会闹出这么大的动静？"

一直叫嚣着的蒋奇，浑身气焰瞬间低了下去，犹豫了好一阵，才解释道："我收到朋友的电话，说在酒店里看到了这女的和别的男人在一起。我气不过，过来看看究竟是怎么回事……"

话没说完，他忽然像是意识到什么一样："舅舅，你怎么忽然过来了？"

"我再不来，你岂不是要闹翻天了？"

蒋承林皱了皱眉，没再问细节："你先回去。"

蒋奇犹自有些不甘心："舅舅……"

"我说，你先回去！"

蒋承林的声音略微扬高了一点，那种不怒自威的气势，让蒋奇瞬间闭了嘴:"还有……以后不准再惹事,知道了吗?"

"知道了……"

眼见蒋奇一脸不甘地出了门,盛庭这才松了一口气,赶紧上前打了个招呼:"蒋伯伯好!"

蒋承林笑了笑,口气倒是柔和了不少:"是盛庭啊?好久不见了,你爸爸还好吗?"

"谢谢蒋伯伯关心,他挺好的……没想到会在这儿遇见您。"

"我刚好在这儿附近吃饭,听说蒋奇在这儿胡闹就过来看看……。"

蒋承林漫不经心地朝周围人扫了一眼,正准备要走,目光落在了陆北辰的身上,脚步忽然停住了:"盛庭,这几位都是你的朋友吗?"

"是。"

盛庭怕他因为刚才的事不高兴,赶紧解释:"蒋伯伯,这是向清欢,是我关系最好的发小……这是她的男朋友陆北辰,他俩今天是来给我过生日的,刚才的事都是误会,您千万别放在心上。"

"陆北辰?"

蒋承林的表情微微震了震:"小陆是哪里人?这名字听着耳熟,咱们之前是不是在哪里见过?"

陆北辰神情冷淡地站在原地,不动也不接腔,像是知道了他和蒋奇的关系后,根本没打算和他说话。

眼见如此,盛庭赶紧打起了圆场:"蒋伯伯你去过阳州吗?北辰家在阳州,最近为了考博才来燕城的。"

"哦……这样……看来是我误会了……"

蒋承林慢慢地把目光收了回来,神情重新恢复了镇定:"盛庭,我和你爸也好久没见了,方便的话明天我请他吃个饭,你也一起来。"

"我?"

盛庭只觉得意外,不由得讪笑了起来:"您和我爸叙旧,我过去是不是不太方便?"

"没什么不方便的。"

蒋承林并没有给他推脱的机会:"一顿饭而已,就当是蒋伯伯替你庆生了。"

历经了这么一场风波，陆北辰像是没了继续凑热闹的心情，和盛庭解释了几句后，就一直坐在酒店大堂陪着女孩等朋友。

向清欢更是因为盛庭和稀泥的态度心下愤愤，连话都不想再和他多说。

盛庭知道自己表现不佳，只能一边赔笑脸，一边认错。

"欢姐，刚才不是我不帮忙，真的是碍于我爸和蒋家的关系，不好多说什么。蒋承林脾气不好，疼他这个外甥却是出了名的。他和我爸又有很多生意上的来往，真要得罪了他，我在我爸那儿也不好交代不是？"

盛庭所说的难处，向清欢倒是能理解。

那位天寰集团的董事长掌舵着一个庞大的商业集团，业务涉及金融、地产和互联网。声明赫赫之下，不仅政府方面对他礼遇有加，连许多有名有姓的企业家也以能和他攀上交情为荣。

这么一号人物，盛庭自然不敢轻易得罪。

但一想到他任由女孩被欺负，一脸息事宁人的模样，向清欢还是忍不住把他狠狠教训了一通。

当晚回家的出租车上，陆北辰一直静默不语地看着窗外，显得心事重重。

向清欢以为他还在为那个可怜的女孩抱不平，忍不住柔声安慰道："你别担心了，蒋奇虽然嚣张跋扈，但他那个舅舅看上去像是个明事理的人，今天既然警告了他别再找那个姑娘的麻烦，想来应该是管用的……"

"明事理？"

陆北辰哼声笑了笑，把目光收了回来："你别因为他刚才的表现就高看了他，对待感情问题，他们姓蒋的一家子没一个靠谱。"

他性格稳重，很少在背后说人是非，更不会随意迁怒，如今的反应让向清欢不由得有些好奇："怎么了？你是看过蒋承林的什么绯闻八卦吗？可是我怎么记得，他好像四十岁不到就离了婚，后面这十几年几乎没有传过什么绯闻……而且我听盛庭说，就是因为他无妻无子也没有桃色绯闻，才格外宠他这个侄子。八卦小报也一直在议论他要是有天干不动了，天寰都没个直系的继承人。"

"没有……他的事情我一概不知……"

陆北辰摇了摇头，表情似乎有些倦怠："而且他是什么人都无所谓，反正大家也不会再见面了。"

向清欢原本以为，盛庭生日当天发生的风波只是一个小插曲，相关的人事不会再和自己发生任何交集。

没想到仅仅两天之后，蒋承林的电话忽然打过来了："向小姐你好，我是蒋承林，前天我们见过面，你还有印象吗？"

普通人想要见一面都得提前找秘书预约的商业大佬，忽然给自己打电话，这让向清欢受宠若惊之余，说起话来也难免有些战战兢兢："蒋总你好，我记得您。请问您找我有什么事吗？"

蒋承林的态度格外亲切："昨天我和盛庭一起吃了个饭，席间他有提起向小姐是做影视编剧的。刚好我朋友公司有一个项目，需要和优秀的编剧合作，所以我找盛庭要了你的联系方式，想问问你是否有兴趣。"

虽然不确定对方口中的项目是否合适，但向清欢还是十分感激："多谢蒋总，只是不知道你说的那个项目，具体是什么情况？"

"电话里一句两句说不清楚，向小姐方便的话，咱们见面聊？"

蒋承林顿了顿，随即表示："如果你男朋友方便的话，叫上他一起？我请你俩吃个饭，就当是为蒋奇那天的无礼行为道歉了。"

以事发之后陆北辰对蒋氏一家人满是嫌恶的反应来看，这顿饭铁定是不愿去吃的。

向清欢不想让他为难，于是委婉表示："蒋总不好意思，我男朋友最近比较忙，所以可能没时间见您。"

"最近比较忙……是因为考博的事吗？"

"这您也知道？"

"盛庭那天提起，我大概有点印象……"

蒋承林笑了起来，似乎对陆北辰兴致浓浓："我听盛庭说，小陆是你爸爸的学生，学的是天文专业。这次来燕城，是为了参加燕北天文台的博士生考试？"

"是的。"

"那结果怎么样？一切还顺利吗？"

"还在等最后的复试结果，不过应该也就这一两天了……"

话说到这儿，向清欢忽然意识到了不对劲。

一边说在等考试结果，一边却又说他忙，这自相矛盾的借口实在太过明显了。

所幸蒋承林没继续深究："既然如此，那再找机会吧，咱们先见个面。至于替蒋奇道歉的事，等小陆的录取通知书下来了，再做安排。"

次日下午，按照蒋承林发来的信息，向清欢赶至一家私人会所和他见了面。

对这次见面，她原本只是存着"多个朋友多条路"的心思，并没有抱太大希望，然而当她看完对方给出的资料后，彻底震惊了。

蒋承林介绍给她的这个项目名为《狸妖传》，取材于古典名著《三侠五义》中的"狸猫换太子"的情节。

与过往搬上大小银幕和舞台的版本不同，《狸妖传》的故事里，并没有以观众耳熟能详的传奇人物包拯为主角，而是把主线放在了被剥去皮毛，顶替真太子仁宗的狸猫精身上，通过被囚禁在宫中的几十年，他与名义上的父亲宋真宗、被诬陷的李妃以及亲生母亲之间的爱恨纠葛，展示封建皇权下的宫廷斗争和大宋风物。

这种有着历史故事做背景，又充满了魔幻主义色彩的影视创作不仅投资巨大，而且十分考验创作团队的专业素养和文化功底。所以从立项之初，《狸妖传》的出品公司飞扬世纪对项目组成员的挑选就十分严苛，光编剧团队就更换了好几拨。

向清欢所在编剧公司的老板在得知这一消息后，也曾蠢蠢欲动地试图参与比稿，但在一番评估之后，还是很有自知之明地放弃了。

到了眼下，主笔操刀这个项目的是曾经拿过数次"最佳编剧"奖，并创作过大量优秀电影剧本的业界前辈王青山。在他面前，向清欢别说取而代之，就算是做个助理大概也不够格。

不知道是不是盛庭把她吹得太过，蒋承林又对影视行业不熟悉，才会一厢情愿地想要帮她牵这个线。

似乎是从她一脸苦笑的表情中读出了她的内心戏，蒋承林很快表示："飞扬世纪的负责人毕文全是我相识多年的朋友，关于你的情况，我也和他提前沟通过了，毕总的意思是，项目的编剧团队目前虽然是以资深前辈为主，但也很欢迎你这样有不同视野和创造力的年轻人加入。如果你愿意，可以从王老师的助手做起，一边熟悉项目，一边学习。"

对向清欢而言，这个机会无疑是天降大饼，不仅能够得到业界前辈们的指点，还能拥有在顶级影视项目里工作过的经验。

只是这块大饼来得太快太突然，虽然充满了吸引力，但她顾虑重重："谢谢蒋总的好意，但是我想了解一下，飞扬世纪那样的大公司能接触到的优秀编剧那么多，我过去也没有什么太过亮眼的表现，为什么会愿意找我合作？"

蒋承林的回答轻描淡写："这个项目我也投了一点钱，想要推荐几个工作人员，不是什么太难的事。"

搞了半天，一切是冲着蒋承林的面子。

可是仅有一面之缘的情况下，对方为什么要专门为了自己花那么多心思？

事业低谷时偶遇贵人，就此顺风顺水，一飞冲天的情形在影视剧里并不少见，但现实世界里，这种事情发生的概率不过万分之一。

向清欢有自知之明，确信自己并非天选之女，也不信盛庭有那么大的面子能让蒋承林卖他的人情。为了摸清对方究竟出于何种考虑，才会忽然给自己抛出橄榄枝，回家的路上，她上网浏览了一下历年来有关蒋承林的八卦报道。

从那些零零碎碎的信息中，她勉强拼凑出了对方的人生轨迹。

一个出身平平的南方孩子，父母都是普通工人，因为长相乖巧，脑子活络，从小讨长辈们喜欢。十八岁那年，为了见识更大的世界，他离开了一直生活的南方小镇，来到了燕城，在老乡经营的一家小饭店里打工，几年之后，机缘巧合之下，结识了一个被小流氓骚扰的女孩。

女孩是个家境优渥的白富美，两人的生活原本不会产生任何交集，但因为危机之中蒋承林出手相救，让两个人的命运纠缠在了一起。不久之后，在女孩的主动追求下，两人谈起了恋爱，虽然长辈们对这场门不当户不对的恋爱并不满意，但因为女孩的一再坚持，终究还是为他们操办了婚事。

有了女方在经济和人脉上的支持，蒋承林如鱼得水，很快显露出了他过人的商业天赋，生意从餐饮开始，逐步扩张到金融和地产，后期又步履精准地踏上了时代的浪潮，涉足互联网，逐步搭建起属于自己的商业帝国。

只是和一路风生水起的事业相比，他的私生活要乏味得多，那段改变他人生轨迹的婚姻仅仅维持了五年就急转直下，最终以"性格不合"为由走向了终结。

关于蒋承林离婚的原因，网上也有着不少八卦。

有人说他是因为发家之后在外面拈花惹草，惹了妻子不快，才导致婚姻破裂；也有人说他是因为妻子身有隐疾，生不出孩子，才最终决定离婚。

背后的真相究竟如何，如今已不可考，离婚之后，蒋承林虽然有过几段不长不短的绯闻，也交过几个名义上的女朋友，无论对方如何逼宫，却并未再婚，也没有孩子。

到了这几年，他大概是不想再因为类似的事情招惹麻烦，干脆过上了清心寡欲的日子，连绯闻都不再有过。日常除了工作之外，心思只放在蒋奇那个不成器的外甥身上。也难怪关于他功成身退之后，天寰集团究竟会交付到谁手里，公众会如此津津乐道。

看完这些八卦，向清欢在替蒋承林遗憾之余，不禁暗中松了口气。

对方虽已年近六十，但因为保养得当，样貌英俊，依旧充满着吸引力。

即便没有财富傍身，大概也是许多女性争相追逐的目标。

这些女性里，有本身能力不凡，见识卓越的职场高管，也有青春靓丽，有颜值有身材的模特明星，只要他愿意，交往起来都不是难事。

所以无论蒋承林是出于何种原因对她另眼相看，至少不是为了老牛吃嫩草，要在男女关系上打她的主意。

当晚到家后，向清欢原本计划点个外卖大餐，和陆北辰好好商量下这件事。

结果对方像是心有灵犀一般，不仅提前做好了饭菜，甚至还开了一瓶香槟。

两人吃吃喝喝地闲聊了一阵，还是向清欢先忍不住了，借着倒酒的机会主动表示："对了，我有个好消息要告诉你！"

陆北辰点了点头："真巧，我也有个好消息要告诉你。"

对陆北辰这么稳重的人来说，这段时间值得他大张旗鼓开香槟庆祝的好消息应该只有一个。

惊喜之下，向清欢立马追问："你的考试结果出来了？"

"嗯。今天下午刚接到的通知。"

"看样子是心愿得偿，一切顺利？"

"那不然呢？你该不会觉得落榜了也值得搞个庆祝仪式吧？"

"那又怎么了，就算落榜了，该吃也还是要吃的！"

满心欢喜之下，向清欢主动夹了个鸡腿到他碗里，然后美滋滋地追问道："那接下去呢，丘伯伯给你安排了什么活吗？"

"哪有那么快？这不刚出结果吗？"

陆北辰被她亟不可待的样子逗笑了："丘老师倒是给我打了电话，和我聊了聊他手里项目的情况。不过后续怎么安排，还得再等等。"

"哦……那就先等着吧！正好可以趁着这段时间休息休息。"

虽然心里清楚，陆北辰考博成功并不意味着他们的恋情就此稳定，研究工作一旦开始，面对的很可能是两地分隔的难题。但在这一刻，为了不破坏快乐的气氛，他们仿佛心有灵犀一般，谁也没有深入聊下去。

"我的好消息说完了，你的呢？"

"哦……开心过头了，差点把这事忘了！"

在他的提醒下，向清欢赶紧清了清嗓子："蒋承林你记得吧？他给我推荐了一个影视项目，想引荐我进去试试。我今天出门和他聊了聊，感觉还不错，所以想问问你的意思……"

陆北辰脸色微变，很快放下了酒杯："你和他不熟吧？他怎么忽然想着来找你？"

"大概是因为盛庭？前天他们在一块儿吃饭来着……"

向清欢察言观色了一阵，从他的表情里嗅出了不悦的味道，于是赶紧表示:"其实这个项目也不缺人,你要是不想因为这件事和他扯上关系,我不去也没关系。"

陆北辰想了想,声音低了下来:"清欢,你是不是还挺想去?"

"嗯。"

向清欢点了点头,目光中是藏不住的神往:"我之前参与的项目都是电视剧,没有碰过电影,以我们公司的资历和我自己的条件,短时间内应该没什么很好的机会。而且这个项目的编剧团队里有很多很厉害的老师,应该能学到不少东西……"

"既然机会这么难得,那就去试试吧。"

"你的意思是……你不反对?"

"我反不反对不重要,重要的是你自己是怎么想的。"

陆北辰笑了笑,主动朝她扬起了酒杯。那一刻,他的身影和多年前的向天衢重叠在了一切。

"只要你真正想做的事,我永远都会支持你!"

几天之后,在蒋承林的引荐下,向清欢去往飞扬世纪的办公室,和公司老板、项目制片人以及编剧团队的老师们一一见了个面。

寒暄之间,她也对项目有了进一步的了解。

在她加入之前,《狸妖传》的编剧团队已经集合了六名工作人员,除了担任总编剧的王青山老师之外,还有五位负责大纲和正文的同事。

考虑到向清欢算是投资方塞过来的人,之前的经验又大多来自电视剧,对电影创作上的活短时间内没法直接上手,公司内部讨论了一阵后,让她暂时干起了责编的工作。

编剧团队的责编又称剧本医生,通常是由出品方派遣,站在甲方的角度给编剧团队产出的作品提意见。

向清欢初来乍到,面对的都是一群资历深厚的业界前辈,虽然被安排给大家"提意见",却表现得十分谦虚低调。但凡参与讨论,都会秉承少说多听勤干活的原则,对自己有想法的部分,也不会不懂装懂,贸然开口提意见,而是先记录下来,私下里再找老师们请教探讨。

时间一长,编剧团队的老师们都觉得这个小姑娘懂礼貌,知分寸,干起活来勤勤恳恳，并不会因为自己有金主撑腰，就颐指气使地把自己当回事，对待她的态度日渐亲切的同时，面对她的各种请教，也不留余力地指点解惑。

虽然都是影视类项目的创作，但电视剧和电影的剧本创作有着很大的不同。

作为消遣式产品，电视剧的剧本一般不会太紧凑，从而可以让观众在发微信、吃水果、打扫家务的同时，能够理解剧情的发展。眼下动则四五十集的电视剧已经是业界常态，这让向清欢和她的小伙伴们时常要把大量心思花在"注水"上，用各种拖拖拉拉的支线，扩充故事情节。

电影则是大屏幕产品，观众坐在电影院的两三个小时里，通常精神高度集中，全身心投入。因此在剧情的展现上，需要精妙而紧凑，尽量减少和主线无关的拖沓环节。

自打进入编剧圈以来，向清欢都是一边摸索一边学习，即便偶有机会偷师，也是零零碎碎不成系统。如今在一群资深前辈的带领下，能深入而细致地对剧本进行打磨，这让她在忙碌之余，自觉受益良多。

她的工作渐入佳境，陆北辰的读博生涯也步入了正轨。

大概是对这个新收的学生格外偏爱，丘原但凡参加什么活动都喜欢把他带在身边，若是遇上去外地出差，有时候一走就是一个星期。

虽然陆北辰没有申请宿舍，依旧续租着和向清欢同一小区的房子，但两人因为各自忙碌，见面约会的机会，不再像过去一样频繁。

对这种情形，向清欢做好了思想准备，除了会偶尔撒撒娇外，也没有因为两人之间聚少离多的关系有什么不满。

倒是和她一起工作的同事们，在知道她有一个英俊帅气的男朋友后，忍不住半开玩笑半当真地提醒，这种大帅哥身边最不缺的就是投怀送抱的小姑娘，想要关系稳定长久，得把人看紧，牢牢锁在身边。

向清欢不好意思承认自己就是主动投怀送抱的那一个，更无暇解释以陆北辰的忙碌程度，就算小姑娘们动了什么心思，大概率也逮不到人，于是对同事们的调侃，只是哼哼哈哈地敷衍着。

这一天，她去公司开完了编剧会，正准备收拾东西，毕文全忽然推门走了进来："这段时间各位老师辛苦了，如果一会儿没事的话，大家一起吃个饭。"

向清欢感觉为难，又不想当众拒绝扫了他的面子，于是等到房间里的人都走得差不多了，才低声解释道："毕总，不好意思啊，我一会儿有点事，不能和你们一起吃饭了。"

"有事？什么事这么重要啊？"

毕文全只当她是找借口，于是笑着劝说道："今天这饭局，可是蒋总安排的，我看他的意思，是想和编剧老师们认识认识，顺便请他们在以后的项目里也多关照关照你。难得蒋总这么看重你，你可别拂了他的好意。"

听他这么一说，向清欢只觉得更加为难。

自打加入《狸妖传》项目组，她经常会在飞扬世纪的写字楼里遇见蒋承林。

虽然奇怪一个主营业务和娱乐业无关的霸道总裁，为什么会有那么多闲工夫往影视公司跑，但她不愿多事，每次见面除了客客气气地打个招呼外，没有套近乎的意思。

结果没想到，除了眼下这个项目之外，对方居然在为她的未来操心。

只是今天情况特殊，她再是感激，也只能婉拒："实在不好意思，今天我男朋友出差回来，我得去机场接他。蒋总那边能不能请你帮我解释一下？等有机会了，我再去当面谢谢他。"

见她态度坚决，毕文全没继续勉强："要接男朋友啊？那别耽误了。我看天气怕是要下雨，再耽误下去，只怕不好打车了。"

有了金主的特赦令，向清欢没敢再耽误，把东西收拾好后，赶紧往外冲。

刚走出公司大楼，随着几声轰隆隆的雷声，大雨倾盆而下。

看着突如其来的大雨，向清欢有些傻眼了。

今天她的车子限行，原本是计划着会议结束以后坐地铁去机场，高效环保的同时，还不会面临堵车的危险。

距离飞扬世纪最近的地铁站足有一公里，要是这么步行过去，只怕得淋成落汤鸡。

眼下这情形，打车肯定是不好打了。

几经考虑之后，向清欢正打算回公司找人借把伞，不远处忽然传来了嘀嘀几声喇叭响，紧接着，一辆黑色奔驰缓缓停在了她面前。

车窗摇下，司机探出半个头："向小姐，请问您是要去机场吗？"

"是的。"

向清欢看着司机，一时间只觉得困惑："请问您是？"

"我是蒋总的司机，刚巧要送他去机场办点事，刚听毕总说向小姐也要去机场，您看要不要顺路捎您一程！"

风雨大作之际，能有顺风车可搭，向清欢自然是求之不得。

连声道了几句谢后，赶紧拉开车门上了车。

车子开过东三环，很快上了机场高速。

司机经验丰富，虽然冒雨而行，但车速始终舒适而平稳。

蒋承林坐在后排，一直低声打着电话，从偶尔泄露出来的只字片语里可知，是个和城市发展有关的大项目。

向清欢害怕打扰到他，上车之后也没有多话，只是默默看着窗外的车流。

不久之后，蒋承林挂了电话，主动问道："清欢，小陆的飞机几点落地？"

"按照原计划，应该是七点四十五。"

"那你别着急，看样子咱们应该不会迟到。"

"多谢蒋总，今天真是麻烦你了……"

话题既然起了个头，向清欢顺势聊了下去："对了蒋总，晚上你不是要和毕总他们一起吃饭吗？怎么忽然要去机场了？"

蒋承林笑了笑："临时收到信息，要去接个很重要的朋友。"

对他这种身份的人而言，能称得上"重要"的人，不是举足轻重的生意伙伴，就是感情深厚的昔日旧交。

无论是哪一种，必定都比参加一个影视公司老板的饭局重要。

念头至此，向清欢不再多言，嗯嗯回应了两声后，重新将目光转向了窗外。

车子到达机场时，时间刚到晚间七点半。

向清欢正在暗自庆幸，机场广播却传来了因为天气，多架航班将延误到达的消息。

向清欢凝神听了一阵，发现陆北辰乘坐的航班也被列入了延误名单，不禁有些失望。所幸她随身带着笔记本电脑，暂时接不到人的情况下，倒可以用工作打发时间。

打定主意后，她就近找了家咖啡厅坐了下来，刚打开电脑敲了两行字，一道熟悉的身影忽然站在了她眼前："怎么，小陆的飞机延误了啊？"

向清欢抬眼一看，只觉得有些吃惊："蒋总，您怎么也在这儿？您朋友的飞机也延误了吗？"

"是……"

蒋承林有些无奈地笑了笑，指着她对面的位置："我可以坐这儿等吗？"

"当然。"

向清欢赶紧拿开座位上的电脑包让他坐下，心里不自觉地犯嘀咕。

因为大量航班延误，眼下接机大厅里的人的确有点多。

无论是咖啡厅还是简餐店，一时半会儿很难找到空座。

只是像蒋承林这种身份的人，必定是被各大航空公司奉为座上宾的超级VIP，只要他愿意，机场里各种安静豪华的贵宾休息室能任其挑选。

不知道他为什么放着那么好的条件不用，偏偏要跑到这么人声嘈杂的小咖啡厅里等着……

随着时间一分一秒过去，延误中的航班开始陆续到达。

向清欢关注着播报中的航班动态，工作起来难免有些心不在焉。

蒋承林看上去却颇有耐性，坐下来之后没多久，吩咐司机拿来了一本杂志开始认真翻阅，除了中途招呼服务生帮忙续杯之外，竟是丝毫不曾分神。

最初向清欢没在意，直到发现对方翻看着的那本杂志封面上，赫然写着《天文爱好者》几个大字时，才骤然惊诧了起来。

"蒋总对天文学感兴趣？"

"怎么了？很意外吗？"

"是有一点……之前我看过您的一些报道,好像没见你提过有这个爱好。"

"那不奇怪,这个兴趣,我也是最近一段时间才开始的。不过所学有限,很多内容也只是一知半解……"

他顿了顿,像是忽然想起什么一样:"对了清欢,我记得小陆是研究天文的,对吧?"

"是啊!"

"那有机会能不能请他一起吃个饭,我有些问题想向他请教请教……"

"……"

这不是他第一次提出要请陆北辰吃饭,但眼下这个理由实在有些离谱。

还没想好怎么回答,机场广播再次响起:"迎接旅客的各位请注意,由T城飞往燕城的××××××次航班现已到达本站,请各位前往接机大厅等候……"

听闻陆北辰搭乘的航班终于落地,向清欢顾不上和他寒暄,匆匆应了一句"有机会我和他说"之后,就收拾好电脑,一路小跑着冲向了接机口。

十几分钟后,向清欢在下机的人流中看到了陆北辰。

虽然刚刚才结束一场漫长的空中飞行,但他的模样看上去还是很精神,一件清爽的白T恤加一个简单的行李箱,像个出门旅游的大学生。

一个星期的时间没见,向清欢早已经按捺不住满心的思念,见他出现,立马踮起脚尖,努力挥起了手。

仿佛心有灵犀一般,原本还在低头发信息的陆北辰几乎同时抬头,看向了她的方向。发现了她的身影后,他弯眉一笑,快步向前,伸手将她抱住了。

"之前不是告诉你航班延误,让你别来了吗?怎么还一直等在这儿?"

"咱们都多久没见了?你千里迢迢赶回来,也没个人表示欢迎,那不是忒惨了?"

向清欢在他怀里撒了一阵娇，只觉得还不够，忍不住抬起了头："说说看，你的女朋友是不是既温柔又体贴？"

"那是当然！"

"面对这么温柔又体贴的女朋友，你就没点表示？"

见她目光闪闪，一副要索吻的模样，陆北辰从善如流地低下头，在她的嘴唇上轻轻吻了吻，然后一脸促狭地看着她："还要继续吗？"

"马马虎虎，先这样吧……"

向清欢心愿得偿，也知道大庭广众之下，若是再有什么过分的亲密举动难免惹人侧目，于是从他的怀里挣了出来，转而紧紧牵住了他的手："现在先放你一马，咱们先回家！"

飞机延误到这个时候，地铁已经停运了。

下机的人群朝着出租车停靠的方向涌动，若是排队的话，不知道要等到什么时候。

向清欢心疼陆北辰一路延误下来，连热饭都没吃上一口，正打算在排队打车之前，先去快餐店给他买个汉堡之类的东西垫垫肚子，身后忽然有人叫住了她："清欢，你怎么还没走？"

"蒋总？"

对方孑然一身站在那儿，显然要接的人还没接到，向清欢不由得心生同情："我们去买点吃的，然后去打车。您等的航班几点到啊？要不要去找工作人员问问？"

"不用了。"

蒋承林摇了摇头："刚收到信息，朋友临时改了行程，今天不过来了，所以我也打算走了。"

"……"

因为突发事件临时更改行程这种事并不少见，但让接机人等了整整一个晚上再发通知的行为，实在有点一言难尽。

但对方那副轻描淡写的模样，似乎并没有把这件事放在心上。

大佬之所以能成为大佬，心理素质真的不是一般好。

若是换作自己遇上这种事，就算不和对方翻脸，也很难不郁闷……

向清欢心下吐槽了一阵，正打算开口告辞，蒋承林再次叫住了她：

"清欢,既然大家都要走,要不我顺路送送你们?"

"不用麻烦了。"

没等她回答,一直没说话的陆北辰先一步表示了拒绝:"谢谢蒋总的好意,我们自己打车就好。"

这话虽然说得礼貌又客气,但向清欢还是忍不住有些吃惊。

在她的印象里,陆北辰虽然个性清傲,但绝非不近人情。

眼下雨下得这么大,搭个顺风车离开机场并不是什么了不起的大事,而蒋承林身为长辈,又是在和自己说话,他就算有什么反对意见,也不该半途插话,表现得这么唐突。

蒋辰林似乎没打算和他计较,态度依旧真挚而温和:"今天天气不好,延误的航班又多,要是等着排队打车的话,不知道要等到什么时候。清欢已经在机场等了一晚上了,再这么等下去,怕是对身体不好……"

仿佛应景一般,没等他把话说完,向清欢忽然鼻子一痒,猛地打了一个喷嚏。

陆北辰愣了愣,赶紧放开了行李箱,递了包纸巾过去:"你没事吧?"

"没事……"

向清欢吸着鼻涕,自己也觉得有点狼狈:"可能是一直在吹空调,感觉有点冷,回去就好了。"

"那你等一会儿,我先去给你买杯热奶茶。"

等他从便利店里买了奶茶回来,蒋承林居然还等在那里:"清欢都这样了,你就别客气了,早点回家还能早点休息……你说是吧?"

对方把话说到了这份上,陆北辰没有再反对,只是默默抓紧了自己的行李箱,然后点了点头:"既然如此,那麻烦您了。"

走出接机厅没多久,司机将车子开了过来。

蒋承林先一步上了车,习惯性地在后排靠右的位置坐下。

陆北辰想了想,拉开了副驾驶位的门,示意向清欢坐上去。

等她落座之后,他细心地把门关上,这才面无表情地坐到了蒋承林身边。

午夜已至,雨势渐缓。

车子以100公里的时速稳步向前,所到之处,将夜风撕扯得呼呼作响。

车厢之内,因为陆北辰和蒋承林之间的尴尬互动,陷入了一片诡异的气氛之中。

"之前一直没来得及问,小陆你今年多大了?"

"二十五。"

"二十五岁能读博士,很厉害啊!"

"您过奖了。"

"听说干你们这一行的要经常出差熬夜,身体受得了吗?"

"谢谢关心,一切都好。"

"那你学习的地方条件怎么样?吃饭和住宿什么的还习惯吗?"

"……"

不知是闲来无事,想随便和身边的人聊上几句,还是对陆北辰这个人抱有兴趣,上车之后没多久,蒋承林的问题就一个接着一个地抛了出来。

陆北辰有问必答,态度礼貌而客套。

但从那些精准简短,没有任何多余延展空间的答案来看,比起寒暄,他更像是出于个人修养,在勉强应付着。

作为一个靠自己一路打拼而来的企业家,蒋承林此生不知和多少形形色色的人物打过交道,自然是深谙察言观色之道,陆北辰的反应如此冷淡,他不会无所察觉。

即便如此,他却没有半点不满,依旧孜孜不倦地追问着各种问题,仿佛只要陆北辰愿意和他搭话,就能够无止境地一直聊下去。

在冷热相异的对话里,向清欢的心头忽然涌现出了一个连她自己都难以置信的想法——此刻她和陆北辰会坐在蒋承林的车子里,或许并不完全是因为巧合。

车子驶出机场高速之前,蒋承林的话题已经落到了陆北辰的家事上。

"听盛庭说,你的家乡在阳州?"

"是。"

"你到这么远的地方来读书,家里人是谁在照顾?"

"家里人?蒋总是想问我的父母吗?"

机械性的问答持续了这么久,陆北辰第一次提了个疑问句。

向清欢心下一凛,下意识地看向了后视镜。

"我妈妈已经过世了,劳您问候,我替她谢谢您。"

"抱歉……"

蒋承林低声应了一句,那一刻,交错而过的车灯在他脸上投下了一片浓重的阴影,让他的表情看上去模糊不清。

就在向清欢以为两个人的对话到此为止时,蒋承林再次开口:"那……你的父亲呢?"

"我不知道。"

陆北辰声音冷淡,目光直视着前方:"我自幼在单亲家庭里长大,从来没有见过他,所以他究竟是谁,现在过得怎么样,我一概不清楚。"

蒋承林嗯了一声,慢慢扭过头,目光落在了他清俊的侧脸上,声音听上去有些犹豫:"那你有没有想过……"

"没有!"

没等他把话说完,陆北辰也将头扭了过去,声音里多出了几分郑重:"我妈一直把我养得很好,从没让我有过任何缺失,所以对我来说,一切都足够了。"

他顿了顿,嘴角勾起了一抹笑:"蒋总还有什么需要了解的吗?"

"没有了……"

对话到此为止,陷入了长长的沉默。

此后的路途中,蒋承林一直双眼微合地靠在椅背上,没有再开过口。

车子进了城区之后,司机跟向清欢要了个地址,直接把她送到了小区门口。

下车之后,向清欢客客气气地道了句谢:"谢谢蒋总,今天真是麻烦你了。"

蒋承林这才像是回过神来,抬眼朝小区的方向看了看:"清欢你住这里吗?"

"是。"

"那小陆呢?我看时间也挺晚了,要不要顺便把他送回去?"

"不用了,他也住这儿来着。"

向清欢怕他误会,说完之后又赶紧补充:"北辰之前为了备考,租了套房子,刚好和我在同一个小区。"

"嗯,我明白。"

蒋承林点了点头,却像是有些不满意:"可是这地方离燕北天文台是不是远了点?"

"还行吧……坐地铁挺方便的!"

说话之间,陆北辰已经从车子的后备箱里取出了行李,安静地等在一旁。

眼见如此,蒋承林没再多言,说了句"你早点休息"后,关上了车窗。

陪着陆北辰进家后,向清欢很快钻进厨房忙活了起来。

等她把面煮好,端进客厅,却发现对方双眼微合着靠在沙发上,满脸疲惫,像是在想着什么不为人知的心事。

向清欢见状,去卫生间拿了一块湿毛巾,替他擦了擦脸,才轻声问道:"你是不是累了?要不赶紧吃点东西去睡吧?"

陆北辰摇了摇头,很快抓住了她的手:"你这是要回去了吗?"

"不是……"

"那就好。"

陆北辰撑起身体,将她紧紧抱住,像是要用力将她留下一样:"好久没见了,多陪我一会儿。"

向清欢被他抱在怀里,忍不住伸手摸了摸他的脸,终于没忍住问:"你怎么了?下了飞机就感觉不太对劲,是太累了吗?"

"不是……"

"那是因为蒋总?"

"怎么这么问?"

"我能感觉得出来,你好像不太喜欢他。"

眼见陆北辰不说话,她自顾自地解释了起来:"我不知道你是不是有什么误会,会不会觉得他为我推荐项目是另有所图……可是我可以保证,我心里有分寸,绝不会和他有任何越界行为……"

"你都在想什么呢?"

陆北辰像是被她小心翼翼的态度逗笑了:"我是不太喜欢他,但也没小心眼到因为你们多说两句话就乱吃醋。况且他帮了你这么大一个忙,有所来往是正常的。"

"那你今天为什么情绪这么低落?"

"有吗?"

陆北辰似乎还想佯装无事发生,最终还是轻轻叹了一口气,把头埋进了她的肩膀:"我也不知道。大概是听他问起我家里的事,忽然想我妈了……"

认识这么久,这是陆北辰第一次在她面前暴露出自己柔软脆弱的一面,那含糊不清的坦白,让她一时间慌乱了起来。

细细想来,陆北辰成长至今,一路都走得很辛苦。

自幼在单亲家庭中长大,因为没有父亲的存在,听到过各种冷言冷语。

好不容易长到心智成熟,能够独当一面的年纪,却陆续送走了一路含辛茹苦将自己养大的母亲和带着他一路向前、被他视若生父的老师。

身边的至亲之人就此全部消失,或是素未谋面,或是天人永隔。

对他而言,"家"的概念或许不复存在。

如今的他,为了自己的理想远离故土,身在异乡,在历经了一场辛苦的奔波之后,能够等待着他、给予他安慰的,只有自己。

即便如此,为了做好一个合格的男朋友,他始终独立、勇敢、温柔、包容,不曾流露出半点倦怠和脆弱。

想到这里,向清欢的心不由得阵阵抽痛。

许久之后,她像是下定决心一般,侧头在他耳朵上吻了吻:"你这次回来,应该能在燕城待一阵吧?"

"嗯……怎么啦?"

"有空的话,咱们一起去看看房子。"

"看房子?"

"对!我的意思是,反正咱俩租的房子都快到期了,如果有合适的,租一套下来一起住吧。"

Chapter 10
开诚布公的秘密

其实对向清欢而言,和男朋友婚前同居这种事,并不会那么快被列上日程。

毕竟因为陆北辰的职业,他们之间的关系至今还瞒着林娅。没有得到长辈首肯的情况下贸然同居,实在是有点说不过去。

而且他们交往的时间并不太长,忽然要在同一屋檐下生活,只怕要面对很多的问题和尴尬。

但向清欢不想再等了。

从陆北辰满是疲惫地拥她入怀的那一刻起,她下定决心,要给对方一个家。

打定主意之后,向清欢开始铆足了劲看房子。

在她的预想里,房子的面积不用太大,装修也不用多精致,只要采光通风好,交通方便,其他的都可以等住进去以后再慢慢收拾。

但真正到了看房阶段,她才意识到一切比她预想的要困难得多。

陆北辰经常出入的燕北天文台和飞扬世纪的办公楼都地处城东,为了不把时间和精力浪费在通勤上,她首先把目标锁定在了这一区域。

然而几轮房子看下来,价格合适的几乎都是些"老破小",合她心意的租金又过于昂贵，这让她一时之间不禁有些为难。

比起她患得患失的状态，陆北辰的心态要平稳得多，陪着她跑了几个周末无功而返后，免不了好言好语地安慰一番，表示一时半会儿找不到也没关系，大不了把之前的房子再续租一阵。

但老天像是偏偏不让他们消停。

就在向清欢碍于现实的阻碍，暂时压下了同居的念头，准备一切从长计议的时候，那个外派出国的前邻居忽然打来电话，告诉她自己即将跳槽回国，打算收回租给陆北辰的那套房子自己住。

这一下，是不搬也得搬了。

而且从对方的回国日程上看，留给他们搬家的时间仅仅只有半个月。

陆北辰怕她着急，主动提出在找到合适的房子之前，可以先向学校申请宿舍。向清欢舍不得他经常劳累奔波，到了休息的时候还要待在宿舍里，连个能陪他说话的人也没有，于是始终保留意见，不肯点头。

这样又过了一个星期，房东回国收房的日子已经近在咫尺。

向清欢心下着急，干脆和编剧组请了假，每天和房产中介待在一起，专心地看起了房子。

这一天，中介带着她去看了燕北天文台附近的一套房。

房子坐落在一个老旧的小区里，因为是某政府机关分配的福利房，户主只有居住权而没有售卖权，所以邻居们大多是租户。

原本在听中介介绍时，向清欢对其两室一厅的格局以及优越的地理位置还颇为心动，亲自上门后，面对着贴满小广告的楼梯间和吵吵嚷嚷的环境，不禁又犹豫了起来。

中介和她打了一阵子交道，对她的情况也摸了个七七八八，见她迟迟不说话，忍不住开始逼单："向小姐，这阵子我陪你看了不少房子了，想来这一片的情况你大概也了解。这房子虽然旧了点，但交通方便，价格也公道。在你之前，我的同事带过好几拨客人来看，都很有意向。您不想租没问题，但我怕您继续耽误下去，就没这么合适的房子了。"

向清欢原本是考虑着以陆北辰的工作性质，经常需要昼夜颠倒，白日里太嘈杂，怕是休息不好，然而在对方的变相催促之下，不由得急了起来："我可能还要和男朋友商量一下，你看能给我保留到什么时候？"

"这可不一定哦……"

她一急，对方更加有恃无恐："这个小区的房子向来抢手，如果有客户签了合同，我就算想给您留也留不住了。"

向清欢如今住的那套小房子是直接从朋友那里租的，所以没经历过和房产中介斗智斗勇的经验，被对方这么一逼，立马乱了手脚："那行吧，你再给我十分钟，我拍几张照片给男朋友看看，如果他没意见，我就和你签合同！"

眼见逼单有效，中介心中暗喜，说了一句"您请便"后，优哉游哉地等在了一边。

向清欢四下走了一圈，把客厅、卧室、厨房、卫生间的环境统统拍了一遍，正准备把照片给陆北辰发过去，蒋承林的电话忽然打过来了。

"喂，清欢，我听老毕说，你最近请了几天假找房子是吗？"

"嗯……是的。"

向清欢以为他在意的是自己请假的事，赶紧解释道："之前北辰租的那套房子，房东马上要收房了，所以得另找地方住。因为时间有点赶，我才请了几天假，不过您放心，工作上的事肯定不会耽误。"

"是小陆要找房子啊？"

蒋承林似乎完全没把她工作的事放在心上，一心只关心着房子："你有什么具体要求吗？"

"主要是环境清静点，方便他出行和休息就好。"

"面积方面呢？"

"如果有合适的，我会考虑和他一起住，所以可能比现在住的要大一点才够用……"

"现在找到合适的了吗？"

"我现在正看着一套，刚拍完照片，准备发给他看看，如果没问题就签合同了。"

"已经看好了？在哪儿？房子有多大？"

随着向清欢报出小区的名字，蒋承林陷入了沉默。

片刻之后，他清了清嗓子："清欢，这合同你先别急着签，我刚好知道有几套房子还不错，而且也符合你的要求。你要是有空的话，我现在带你过去瞧瞧。"

半个小时之后，蒋承林亲自开车，把向清欢带到了一个高档小区。

小区也在燕北天文台附近，环境却和她刚看过的那一处天差地别，放眼望去，不仅绿树环绕，空气清幽，还自带游泳池、健身房和休闲会所。

往来之间，出入的都是奔驰、宝马、凯迪拉克这样的高档车。

没等向清欢把外部环境参观完，蒋承林已经带她坐上电梯，直奔顶楼而去。

打开房门之后，是一套面积大概两百平方米，装修精美的大平层。

住这种档次的房子，户主一般非富即贵，就她和陆北辰的收入来看，大概是连验资看房的资格都没有。

蒋承林却像是十分满意，带着她前后左右参观了一通后，很快问道："清欢，你觉得这套房子怎么样？"

向清欢一脸苦笑："蒋总，如果实力允许的话，别说租了，让我把它们统统买下来都行！"

蒋承林一愣，很快反应了过来："房租的事你不用担心，这个小区是我们集团开发的，建好之后给我留了一套。我平时没机会住，空着也是空着，你俩住过来，给它添点人气也是好的……"

听对方这口气，像是要搞友情赞助。

即便这套房子对对方而言不算什么，向清欢却无法心安理得。

"蒋总，谢谢您的好意。但是咱们非亲非故，我实在不能承您这个情。"

"清欢你别误会，我帮你这个忙没有别的意思，就是觉得和小陆这孩子一见如故，想让他安心读书，别为了住的地方操心。"

搞了半天，对方醉翁之意不在酒，这么大手笔的赞助，居然是为了陆北辰？

可就他们那天见面时的反应来看，哪里说得上什么一见如故？

见她不说话,蒋承林继续劝说:"北辰这孩子不容易,孤身一人来燕城读书,除了你之外,身边连个帮衬的人也没有。干他这一行原本就辛苦,愿意坚持下去的人也不多,要是因为吃穿住行之类的事耽误了学业,那实在太可惜了。我这儿反正也是空着,平时还要专门叫人维护打扫,现在能有人住进来,不是两全其美的事?"

向清欢想了想,声音低了下去:"可是蒋总,以我对北辰的了解,您的这番好意,他是不会接受的。而且这里真的太大了……"

听她口气有所松动,似乎是有了可商量的余地,蒋承林赶紧趁热打铁:"如果你觉得这里太大住着不方便,这小区里还有一套小一点的,大概八十平方米,两室一厅。因为之前是样板间,家具什么的都有,稍微打扫一下就能住人。至于北辰那边……你随便找个借口应付过去就好,我看那孩子很喜欢你,肯定也舍不得你为了房子的事一直费心劳神。"

对方态度真挚,言辞恳切,不断提出各种方案,很显然是真心实意想帮忙。

搬家已经迫在眉睫的情况下,与其勉勉强强地租一套并不合心的房子,倒不如先承了他这个情。

想到这里,向清欢拿定了主意:"蒋总,要不这样吧,如果您同意,房子我们按照市场价先租下来。房租每个月先付一半,剩下的那部分年底结清。在此期间,如果我们能找到条件合适,又在我们日常承受能力之内的房子,我们也会尽快搬出去的。"

"这些都是小事,就按你说的办吧……"

听她愿意住过来,蒋承林像是松了一口气:"那就这么说好了,等你要搬家的时候记得联系我,我让司机过去帮忙。"

蒋承林所说的那套八十平方米的房子位于三楼,装修是现代极简的风格,却处处透着讲究和精致,南北通透的朝向让每个房间都温暖明亮,更让人惊喜的是,客厅和书房都带着宽敞舒适的大阳台。

面对这样的"梦中情房",向清欢只觉得满心雀跃,看完房子后,立马和相关人员取得了联系。

大概是领导提前打了招呼，负责接待她的工作人员表现得非常热情，不仅十分贴心地将小区周边的配套设施一一做了介绍，还表示相关的合同资料已经在准备，在此之前，她可以随时搬进来。

一直操心着的大事在蒋承林的帮助下终于尘埃落定，向清欢感激之余，不禁重重松了一口气。和工作人员约好签约的时间后，她给陆北辰打了个电话，准备等他下班以后一起再去看看房子。

陆北辰自打出差回来之后就没闲着，一直被丘原压在项目里，连周末出门看房也得精打细算地排时间。

原本他已经做好了如果暂时找不到合适的房子，就先找个宿舍凑合一阵的打算，如今听说事情得以完美解决，也不禁放下心来。

当天下班之后，他和向清欢在一家简餐店里见了面，匆匆把饭吃完之后，一起去看了房子。

虽然一路上向清欢都在眉飞色舞地向他介绍着新房子的种种好处，但真的踏进屋子，看着眼前的一切，他还是免不了有些吃惊。

"这套房子是不是没人住过？房东装修得这么好，居然舍得租？"

"对！这套房之前是样板间，因为面对的客户都是有钱人，所以在装修上下了不少功夫，也算是便宜我们了！"

"这地方交通和配套都不错，环境也好，房子应该不愁卖，开发商怎么会考虑往外租的？"

"我认识一个朋友，他在中间帮了不少忙。"

听他一直发问，似乎顾虑颇多，向清欢不禁紧张了起来："那个……你不会怪我自作主张吧？"

陆北辰一愣："什么？"

"这房子的价格，是比之前的预算高了不少，但我看了这么久，的确没有比它更好的了。而且我和对方说好了，房租每个月先付一半，剩下的一半年底再给，这段时间我努力工作，到时候交房租应该是没什么问题的……"

"傻孩子，你想什么呢？"

陆北辰终于明白了她的意思，忍不住伸手在她头上揉了揉："钱的事你不用担心，也别为难你朋友，等合同签了，按照正常的规矩押一付三把钱转过去,你安心工作,别有压力,以后的房租我来交。"

向清欢啊了一声,立马出声反对:"你现在读博呢,又没工资,哪来这么多钱?"

"你难道忘了,我之前有存款,而且在杨姐那儿多少算个小股东。何况丘老师对学生挺不错,跟着他做项目也是有收入的。"

"可是……"

"别可是了。"

陆北辰笑着打断了她:"这房子本来就是因为我才要租的,这段时间我太忙,让你四处跑已经很内疚了。如果你喜欢,就把合同签了,至于钱的事,用在哪里不是用?以后慢慢赚就是了。"

看他气定神闲,似乎真的没把房租的事放在心上,向清欢没再争辩,两个人拉着手,在房子里转了起来。

房子里家具齐备,厨具冰箱之类的东西也一应俱全。

两人逛了几圈后,正讨论着正式搬进来之前应该添加一些什么小家电,随着嘀嘀几声响,密码锁忽然被人打开。

紧接着,几个搬运工模样的人搬着几个巨大的纸箱子走了进来。

向清欢吃惊,下意识后退了一步:"你们……找谁?"

几个工人似乎没想到房子里会有人,面面相觑了一阵,不知该如何回答。

走在人群最后、一个穿着物业制服的人走了上来,笑着解释:"向小姐是吧?咱们蒋总交代了,说这房子里还缺电视和空调,让我们赶紧置办。本来我是想趁您搬进来之前安装好的,没想到您提前来了……"

话音未落,陆北辰已经打断了他:"蒋总?哪个蒋总?"

"咱们集团的董事长,蒋承林啊!"

对方依旧赔着笑,神色里带上了一点讨好的意思:"向小姐不是他的朋友吗?所以蒋总特意打电话嘱咐,在两位搬进来之前,一定要把房子打理好……"

"不用了。"

陆北辰脸色微变,态度却很客气:"谢谢他的好意。不过请您转告一声,这套房子,我们不租了。"

原本其乐融融的气氛忽然来了个一百八十度的大转弯,不仅物业工作人员满脸惊诧,连向清欢也有些不知所措。

然而陆北辰似乎不愿再多解释,说完这几句话后,拿起扔在沙发上的外套,头也不回地下了楼。

向清欢不明就里,只能冲工人们说了句"不好意思"后,脚步匆匆地追了出去。

一路无言地下了电梯,向清欢只觉得心里憋屈,出了大堂之后,直接往他身前一堵:"你究竟什么意思?有什么想法,就把话说清楚!"

陆北辰嘴唇微抿,似乎是在极力忍耐着什么,最后只是轻轻吁了一口气:"没什么,我就是觉得,这房子可能不太合适……"

"不合适?哪里不合适了?这么久的房子看下来,你觉得还有比这套更合适的?"

想起这段时间以来,自己为了看房子一直四下奔波,好不容易找到这么一套超乎预期的房子,对方却连一个理由也没有,忽然说不租就不租了,向清欢只觉得满心都是委屈:"几分钟前你明明还很高兴,也同意让我去签合同,现在忽然说不合适,所以让你改变主意的究竟是这套房子,还是蒋承林?"

陆北辰避开了她的目光,有点倦怠的样子:"对不起,我知道这段时间你因为找房子的事一直很辛苦。但是我的确不想因为房子的事,和他扯上任何关系……"

"为什么?"

向清欢简直要被他阴晴不定的态度气笑了:"这房子虽然是他的公司开发的,也是他帮忙推荐的,但是我们有付租金,又不是白住!你干吗那么介意?"

"如果不是因为他,我们不可能这么顺利地租到这套房子,还有物业特意过来添置打理,不是吗?"

"那又怎么样?我们和他是朋友,他愿意帮忙,让我们住得更舒服一点,这有什么问题?"

"朋友?像他那样的人,如果不是别有所图,又怎么会那么好心,轻易和人交朋友?"

话刚一出口，陆北辰立马意识到了有什么不对，然而没等他解释，向清欢已经瞬间炸毛："陆北辰，你这话什么意思？你是不是一直觉得他和我有什么不清不楚的地方，才会特意帮我？"

"你别误会，我不是那个意思……"

"那你是什么意思？"

"……"

认识以来，这是他们之间第一次发生这样剧烈的争吵，火药味十足的气氛下，陆北辰似乎想要道歉，最终却什么都没说。

等两人一路沉默着打车回到小区，还是向清欢先一步压下了火气，忍气吞声地表示："你的房东过两天就回来了，如果今天那套房子确定不租的话，要不要先搬到我那儿对付一下？"

"不用了，你那儿本来就不大，多个人实在不方便。"

陆北辰笑了笑，像是已经做好了决定："学校里还有几间宿舍空着，我先申请搬过去，等过一阵没那么忙了，我会尽快找房子的。"

两天之后，陆北辰把行李简单收拾了一下，搬到了学校为博士研究生们准备的宿舍楼。

不知是不想耽误向清欢的工作，还是对吵架的事依旧藏着心结，搬家的事直到落定，他才发信息和向清欢交代了一声。

向清欢心里憋着气，又恨他误会自己和蒋承林之间的关系，收到信息之后只是简单敷衍了一句"知道了"，就再没多过问什么。

接下去的一个星期，两人像是赌气一般，都把自己扔进了工作里，别说见面约会，连微信也没能发上几条。

时间一久，向清欢的气逐渐消了不少，拐弯抹角地从丘原那里打听到，陆北辰最近不是在上课就是在忙着做项目，连大部分吃饭也靠外卖解决，不禁越发心疼。

想要租房子和对方住在一起，无非是在爱意的驱使下，想要给对方一个家，让他身边可以有个人照顾，如今却因为这件事陷入冷战，未免有些得不偿失。

更何况，细细想来，蒋承林的热情的确来得有些莫名其妙，身为自己的男朋友为此不爽，也在情理之中。

一番反思下来，向清欢决定约对方一起吃个饭，一方面是主动示好，把话说开，别再让恶劣的情绪继续影响两人的关系，另一方面，也想好好改善一下他的生活。

周五那天，她提前赶到了燕北天文台附近的一家咖啡馆，正准备打个电话，晃眼之间，看到一窗之隔的地方，一辆熟悉的黑色奔驰在咖啡厅门口停了下来。

因为陆北辰临时改变主意，拒绝了蒋承林提供的那套房子，向清欢觉得辜负了对方的好意，心里一直有些愧疚。

虽然打电话给对方解释原因时，她临时编了个借口，把责任归到了自己身上，但那天有物业公司的人在场，想必对方只要问一问，就能知道真正的理由。

如今对方忽然出现，向清欢只觉得尴尬，下意识把头扭向了一边，盼着能避开对方的目光。

所幸蒋承林并没有注意到她，推开咖啡馆的门后，在她斜前方的卡座处落座，点完单后就垂着眼睛静坐着，看上去一脸的心事重重。

这种身家不菲的商业大佬，就算是吃饭喝茶消磨时间，一般都会选择私密性较强的高级会所，如今忽然在这么一个平价的小咖啡店里现身，不知道要等的究竟是什么人……

尚在琢磨之际，随着一声清脆的"欢迎光临"，咖啡馆的门再次被推开，紧接着，陆北辰的身影进入了向清欢的视野。

平日忙于项目的男朋友居然会在工作时间出现在咖啡馆，这实在让人有些意外。惊诧之下，向清欢正准备起身打招呼，却发现他目光微扫之后，径直走向了蒋承林的位置，然后面无表情地在他对面坐了下来。

从过去的表现来看，他对蒋承林始终态度冷淡，连为数不多的几次来往，也是浑身带刺，能避多远就避多远。

如今在态度坚决地拒绝了对方的好意后，忽然私下相约，同席而坐，这让向清欢惊诧之余，不由得好奇起来。

蒋承林似乎并没有因为他之前的冷淡态度而有所介意，见他出现，表情里甚至多出了几分惊喜："北辰你来了？本来我想着你还得有一阵才能下班呢……现在出来会不会耽误你的工作？如果一会儿没事的话，咱们一起吃个饭？"

"不用麻烦了，我还有事，一会儿就得回去。"

面对他的热情，陆北辰毫不动容，一副拒人于千里之外的模样，似乎连点杯咖啡的意思都没有："您既然绕了那么大一个圈子问到了我的电话，又特意打电话把我叫出来，必定是有什么重要的事。既然如此，还请您长话短说。"

蒋承林看着他，原本满脸的期待，渐渐变成了一抹苦笑："行吧，既然你还有事要忙，我就直说了。关于我给清欢推荐的那套房子……"

"那套房子我们已经决定不租了，那天物业的工作人员也在，他们没有告诉你吗？"

"是……我已经知道了。所以我想问问，对那套房子，你是有什么不满意吗？"

"没有，房子很好，我没有什么不满意。"

"既然没有什么不满意，那究竟是为什么不租了呢？"

蒋承林的口气变得急切起来，像是努力想说服他："你现在住在宿舍里，条件简陋不说，和清欢见面也不方便。如果是考虑到租金的问题，我之前也和清欢说过了，那套房子我空着也是空着，你们只管住着就好，等手头宽裕了，再给钱也不迟。"

陆北辰安静地听着，最后像是听到了什么笑话一样，嘴角勾起了一抹笑："蒋总，谢谢您的好意，只是我的决定和钱无关，只是单纯不想和您扯上任何关系……这个理由，我说清楚了吗？"

他这句话说得十分平静，那种显而易见的冷淡和嫌恶却是藏也藏不住。

就算蒋承林涵养再好，这一刻也不禁变了脸色。

就在向清欢以为两人之间的这场对谈终将不欢而散时，蒋承林再次开口了："北辰，你是不喜欢欠别人的人情，还是对我有什么误会？那我可以告诉你，我所做的一切，只是希望你能过得更好一点，并没有想要打扰你的生活，也没有希望你回报的意思……"

"其中也包括利用清欢来接近我，以及拐弯抹角地通过她和她的朋友来打探我的一切？"

陆北辰骤然抬头，直视着他的眼睛，口气里多出了一丝嘲讽："蒋总，您不用大费周章地对我一再试探，也不用自我感动地觉得要补偿我什么。你是什么人，做这些事究竟出于什么动机，我其实很清楚。但我记得曾经告诉过你，我妈一直把我养得很好，从没让我有过任何缺失，所以我对我目前拥有的一切都很满意。如果你真心希望我好，以后请不要再来打扰我了。"

陆北辰离开咖啡馆没多久，蒋承林也跟着出门上了车。

只是相较于来时步履急切，满是期待的模样，如今的他神态颓然，显然情绪十分低落。

向清欢无意间撞见了他们私下里见面，为了防止尴尬，全程低头静坐在卡座的一角，连大气都不敢喘一口，如今人虽然走了，她的心情却并未因此而轻松。

蒋承林对陆北辰一直有所关注，她是知道的。但另眼相看到这个地步，甚至为了打探他的消息，而刻意接近自己，大大出乎她的意料。

更让她不解的是，对方心思用尽，一再讨好，陆北辰却并不领情，对蒋承林的各种示好，他甚至充满了嫌恶。

虽说明面上看，两人的初次相识，始于盛庭生日时的那场风波，但从他们的对话来看，很显然在那之前，两人之间已经有所瓜葛。

念头至此，向清欢不敢再继续揣测下去。

正犹豫着是否要装作无事发生，继续把陆北辰约出来吃饭，手机铃声忽然响了起来。

向清欢暗中做了一个深呼吸，努力将自己的情绪调整好，这才摁下了接听键，小心翼翼地挤了个声音："喂……"

"清欢，是我。"

对方的声音从听筒里传来，温柔平静，一如往昔："今晚有空吗？"

"有的……怎么了？"

"那晚上一起吃个饭吧？"

"好！"

这心有灵犀般的提议让向清欢笑了起来："你在哪儿？我现在去

找你？"

"行啊。"

陆北辰也跟着笑："你现在出门右转，往前走个300米。那里有个小花园，我在那儿等你。"

"……"

等向清欢一路小跑着匆匆赶过去时，陆北辰早已经好整以暇地等在了那里。

见她出现，他很快迎了上来，变戏法似的递了一块水果糖到她手里："那家咖啡实在苦，喝着跟中药似的。"

向清欢默默把糖捏进手心，忍了一阵还是没能忍住："你知道我在？"

"嗯。"

"什么时候发现的？"

"进门就看到了。"

"那你怎么不叫我？"

"你不也没叫我吗？看你一直埋头缩在那儿，很明显不愿和我打招呼，我自然不去惹人嫌了。"

"……"

对方语带笑意，显然没有因为她躲躲闪闪的态度不高兴，但向清欢不想之前的心结没解开，又再生误会，于是认真解释道："我今天本来想约你一起吃饭，因为来得早，怕你在忙，所以才去咖啡馆里等着。结果没想到……"

"结果没想到无意中撞见了一场大八卦是吗？"

陆北辰笑了笑，拉住了她的手："其实这段时间我仔细想过了，之前是我不对，有些事情我不够坦诚，才会让你那么困扰。所以今天我打电话给你，一方面是想给你道歉，另一方面，也是想把之前的误会说清楚。"

夕阳将落，暮色四合。

结束工作的人们或是已经踏上了回家的地铁，或是已经围聚在了饭桌前，小花园里显得格外清幽。

向清欢和陆北辰牵着手，缓步走在花园的小径上。

四下一片悠然，她的心中却思潮起伏。

陆北辰等了一阵，没见她说话，忍不住捏了捏她的手心："我以为你有很多问题想问呢，答案都准备好了，结果你现在表现得这么稳重，倒是显得我有点自作多情了。"

向清欢叹了一口气："原本我是有很多问题想问的，但一时之间不知道从哪里问起……要不你拣重点说？我尽量领会精神！"

"重点啊？"

陆北辰认真想了想："重点只有一句话，如果按照我国大多数家庭的取名习惯，我其实应该姓蒋来着。"

仿佛一道惊雷在耳边炸响。

虽然之前做过诸般揣测，但眼前这个答案，还是让向清欢瞬间停住了脚步。

"所以你的意思是，蒋总他……"

"没错，就是你想的那样。"

这个回答听起来如此轻描淡写，仿佛是在说一件与己无关的事。

向清欢犹自不敢相信，握着他的手下意识地紧了紧："你确定吗？你只是很小的时候见过他几面，其他的信息都不知道。现在过去这么多年了，你是怎么认出来的？"

"我就是个普通人，即便我妈对我再好，小时候听到别人骂我是没爹的野孩子，也会委屈不甘心，所以有些事我妈不肯说，我也不会问，但私底下会花心思查一查……"

关于自己和蒋承林的关系，陆婷一直讳莫如深。

即便陆北辰小时候屡屡和她哭闹，想要知道关于自己生父的消息，她始终没有吐露过一个字。

蒋承林早已经有了家庭，即便自己知道了真相后，他一再赌咒发誓要离婚，但注定了陆北辰是个不被祝福的孩子。

如果对方真的因此离婚，她和孩子都会终身背负破坏对方家庭的罪恶感，如果不离，陆北辰即便能因为他的物质支持而衣食不缺，但也会永远见不得光。

与其让孩子长大以后发现自己的亲生父亲家世光鲜，有权有势，自己却不能光明正大地在他身畔撒娇，以致心理失衡，欲壑难平，不如从小守住这个秘密，彻底断了他的念头。

更何况，在陆婷看来，以蒋承林背弃家庭、隐婚生子的恶劣品性来看，实在不配拥有这么聪明乖巧的儿子。

但对年幼的陆北辰而言，母亲深思熟虑的一切，他无法懂得，也无法理解。

每次被人欺负得狠了，他会跑回家里，在陆婷面前哭闹。

陆婷虽然心疼他，但也清楚，一旦被他知道自己的私生子身份后，带来的会是更大的伤害，所以任他怎么哀求，始终三缄其口。

时间久了，陆北辰发现从陆婷那里问不出什么，于是决定自己查。

不久之后，在某次杨姐打算给陆婷介绍相亲对象时，他终于从母亲饱含痛楚和失望的口气中，听到了"蒋承林"这个名字。

对六岁之前发生的事情，陆北辰能记得的不多，但并非毫无印象。

他隐约记得，在离开燕城之前的某段时间，有一个姓蒋的叔叔经常把车开到他家附近找他玩，还会带他去吃好吃的。

因为对方一再告诫，陆北辰信守承诺，没有把他们见面的事告诉陆婷，但对这个姓蒋的叔叔，他一直心怀好感。

后来离开燕城回到阳州，他甚至因为没来得及告诉对方一声而感到遗憾。

但他万万没有想到的是，那个让他一度心心念念的蒋叔叔，竟然很有可能是他一直要找的人。

锁定了"蒋承林"这个名字后，陆北承越发迫切地想要知道有关他的一切。

家里的各种证件、银行卡、账单，以及陆婷手机通讯录上的联系人和曾经来往过的信件，都被他不动声色地翻找过一遍，始终没有发现任何蛛丝马迹。

就在他以为一切终将落空，除了这个名字外，再也不会有任何收获时，一条有关天寰集团董事长的人物报道进入了他的视野。

附在文章开头的半身照上的那张脸，虽然在岁月的洗礼下不再年轻，但他还是第一眼认了出来，那是他小时候，经常到他家附近找他玩的那个人。

自己的亲生父亲竟然是这样一个声名显赫的成功企业家,这让陆北辰又是骄傲,又是惊诧。

为了弄清楚陆婷为什么要隐瞒这一切,他开始从那些报道里找线索。

当时的蒋承林已然功成名就,虽然还没有眼下这般令人瞩目的社会地位,但俨然已是媒体追逐的目标。外加他当时正在和某个娱乐圈小明星传绯闻,各种报道铺天盖地,简直是要多少有多少。

从那些对他的发家史进行起底的文章里,陆北辰终于窥见了关于自己身世的真相,直到那个时候,他都没有完全明白,自己的母亲在这场闹剧里,充当着一个怎样的角色。

一直以来想要追探的人和事,竟是如此不堪,这让陆北辰失望之余,也不再强求。此后的日子里,他把所有的心思都放在了学业和对陆婷的照顾上,没有再问过有关蒋承林的任何消息。

只是私下里,他依旧通过互联网,关注着对方的一举一动。

这样的情形持续了好几年,就在陆北辰以为关于自己的一切身世,永远不会被宣之于口时,陆婷被确诊为癌症晚期。

或许是考虑到自己离开之后,儿子的身边将再无亲人,又或许是认为长大成人的陆北辰足够坚强勇敢地面对这一切,得知自己将不久于人世的陆婷,终于将事情的原委完完整整地告诉了他。

直到那个时候,陆北辰才知道,自己的母亲曾经遭受过怎样的欺骗和痛苦。

如果说,在此之前他还考虑过,如今的蒋承林已经和原配离婚,没有家庭牵绊的情况下,未来的某一天或许能有机会父子相认,在知道了全部的真相后,他彻底放下了这个执念。

始料未及的是,命运的子弹在二十多年前破膛而出,在历经了无数波折后,顺着时光的轨迹呼啸而来。

或许是因为父子之间血缘上的牵绊,或许是陆北辰和陆婷长得太过相像,即便中间横亘着不曾相见的二十年,在无意中见到陆北辰后,蒋承林还是起了疑心。

姓氏、长相、年龄、出生地……

这些信息拼凑在一起，几乎让他第一时间确认了陆北辰的身份。

只是为了保险起见，他一方面找了盛庭和向清欢套问信息，另一方面利用自己强大的社会关系调取了陆北辰的档案。

在所有的事实面前，他终于可以确定，如今这个英俊又出色的青年，就是他的亲生儿子。

"既然蒋总他早就认出你了，为什么不直接告诉你？"

"谁知道呢？或许是觉得自己不配，又或许是对他来说，像我这样的私生子根本见不得光，他没打算承认。"

"可我不这样觉得哎……"

陆北辰开诚布公地向她坦白了自己所有的秘密，向清欢也没再藏着掖着："虽然这样说你可能会不高兴，但我总觉得蒋总他离婚以后没有再组建家庭，很可能是因为想着你和你妈妈。而且不管他之前怎么想，现在那么宠着蒋奇，想来应该是很希望有个自己的儿子……"

"所以呢？"

陆北辰停下了脚步，似笑非笑地看着她："向老师有何高见？是想劝我别太纠结过去的事，主动示好，再续父子情吗？"

"当然不是！"

向清欢怕他误会，赶紧澄清："这些都是你的家事，要怎么处理，都是你自己的选择。我说这些只是不希望你太难过，毕竟从蒋总的表现来看，他还是挺在乎你的……"

"这些都不重要了。"

陆北辰轻声打断了她："对他，我曾经有过很多的憧憬，也有过很多的怨恨，但是到了眼下，这些念头都放下了。对我而言，他只是个无关紧要的陌生人。"

既然是陌生人，意味着他不会因为对方曾经亏欠了自己和妈妈，就怨天尤人地想要报复，也不会因为血缘上的关系和对方如今的社会地位，就与之冰释前嫌，心安理得地接受他提供的各种好处。

向清欢心下了然，却追问了一句："既然你早就知道他接近我的目的，为什么他把我推荐给飞扬世纪的时候，你没有阻止？"

"我为什么要阻止?"

仿佛看出了她心中的顾虑，陆北辰笑着摇了摇头："不管他抱着怎样的目的，对你而言，这是个难得的机会。只要你没有辜负这个机会，能从中得到经验、快乐和成就感，那就足够了，我又何必介意那么多?"

在一场隐秘的试探里，蒋承林为了接近陆北辰，主动向自己抛出了橄榄枝。

陆北辰早早看破了一切，却三缄其口，始终不曾说破。

他那么清傲的性格，不愿意接受蒋承林的好意，却愿意慷慨地成全自己。

对向清欢而言，这样为了成全自己而委曲求全的陆北辰让她有些心疼。

Chapter 11
如此奇妙的缘分

周一的编剧会结束以后,向清欢找到了毕文全,说了一通感谢的话,然后提出了自己要从项目组退出的想法。

毕文全只当她是在工作过程中受了委屈,赶紧一通安抚,甚至找来了王青山,商量着是不是要调整一下她的工作内容。

王青山和她一起工作了一段时间,对这个勤奋好学又刻苦低调的小姑娘印象不错,听说她要走,态度真挚地进行了一番挽留。

只是向清欢去意已决,虽然满心不舍,还是谢绝了对方的好意。

拉扯了一个上午后,毕文全也没辙了,只能把蒋承林抛了出来:"清欢,无论如何你是蒋总推荐进来的,他一再嘱咐我要把你照顾好。你现在不想干了,多少该和他交代一声。要不这样,我现在给他打个电话,具体什么情况,你俩当面聊。"

四十分钟后,收到消息的蒋承林赶到了飞扬世纪的办公楼。

和毕文全打完招呼后,就把向清欢带到了写字楼附近的咖啡厅。

相识以来,对方对她一直关心有加,不管目的如何,自己也实实在在地从他那里得到了不少好处。

如今为了自己辞职的事,对方特意放下了手里的工作,大老远赶来，这让向清欢惶恐之余，不禁有些愧疚。

似乎是从她惴惴不安的表情中意识到了她心中的忐忑与纠结，蒋承林的态度始终平静温和，坐下之后，先和她讨论了一下咖啡的口味，才柔声问道："我听毕总说，你忽然决定要退出项目组，具体是什么原因，可以和我说说吗？"

向清欢心下犹豫，于是找了个借口："其实没什么特别的原因，只是觉得在我进来之前，编剧组的配置已经很成熟了。我在这里工作，可能帮不上忙……"

"是，在电影项目上，你之前没有太多的经验，这个大家都知道。可是谁不是从新人开始做起的呢？"

蒋承林显然不认同她的这个理由："我之前打听过，你虽然经验不足，但是勤奋刻苦，和编剧组的老师们磨合得也很好。所以前一阵子毕总还和我商量着，接下去的几个重点项目也会让你一起参与……"

"可是我的工作合约并不在飞扬世纪，毕总就算有心培养新人，也不必把时间和精力耗费在我身上。"

"这你不用担心，他为你提供资源和机会，我给他提供项目投资，互惠互利的事，哪里说得上浪费？"

"蒋总这么用心地帮我，也算是一种互惠互利吗？但是很抱歉，关于北辰的事，我以后可能帮不上忙了。"

蒋承林愣了愣，慢慢放下了手里的咖啡杯，一直带着笑意的眼神，就此变得复杂："关于北辰的事……你都知道了？"

"是……他之前大概和我说过，你们见面的那天，刚好我也在咖啡厅，无意中听到了你们的谈话。"

"所以让你辞职是北辰的意思？"

"当然不是！事实上，只要是我愿意做的事，他向来都很支持。只是作为他的女朋友，我不希望他为难。"

蒋承林笑了笑，眼神满是失落："他是不是很恨我？但凡和我有关的事，他都不想有任何牵扯？"

"没有。他和我说，他是在陆阿姨和你最相爱的时候出生的，所以他对你没有怨恨。只是……"

"只是对他而言，我只是个陌生人，所以未来的生活也不希望被我打扰，对吗？"

爱恨是朵并蒂莲，却都滋生在情感的土壤里。

心有不甘也好，怨念犹存也罢，至少表明内心深处还在乎着这个人。

这样视若无睹的冷淡，却是一道坚硬的鸿沟。

或许不远，但距离是硬生生的。

向清欢没有亲身经历过陆北辰所遭遇的一切，因此无法对他如今的反应做出评判，但这一刻，蒋承林脸上所流露出来的失望、痛楚、追悔与懊恼，还是让她有些难过："蒋总，恕我冒昧，其实有件事我一直想问问你。你既然一直放不下陆阿姨和北辰，当初他们走了以后，你为什么没去找他们呢？"

"最开始是不能，后面是不敢……简而言之，这一切都是因为我的贪心和懦弱。"

蒋承林苦笑着，像是被向清欢的问题，刺中了内心深处最不堪的回忆。

在旁人眼里，他的第一段婚姻是人生起飞，迈向飞黄腾达的开始，但只有他自己知道，对二十多岁的他而言，那只是一次权衡利弊下的选择。

妻子出身优渥，因此性格骄纵，十分爱耍小性子，虽然是真心爱着他，但日常相处中，免不了会带着高高在上的优越感。除此之外，妻子娘家人给的脸色，也让当时还是穷小子的蒋承林每一天都过得小心翼翼，如履薄冰。

为了让家庭关系更加稳固和谐，蒋承林决定尽早要个孩子，虽然妻子的态度并不积极，但在他的坚持下，还是把备孕的事列上了日程。

万万没想到，夫妻俩认真备孕了大半年，妻子的肚子始终没有动静，最后去医院做了检查，却被告知女方因染色体异常而无法正常受孕。

对自幼在"不孝有三，无后为大"的教育中成长起来的蒋承林而言，这个消息无异于晴天霹雳。失望之下，他甚至开始怀疑对方正是清楚自己的隐疾，才会不顾一切地倒贴着嫁给他这样一个穷小子。

得知自己的女儿生育无望后，岳父岳母逐渐放低了姿态，开始积极地给予他各种经济上的支持，试图用财富稳固夫妻俩的关系。几经权衡之下，蒋承林打消了离婚的念头，转而将所有的心思扑在了他经营的几家小餐馆上。

那个时候外卖业尚未兴起，为了获取更多的客源，蒋承林亲力亲为地为周边客户提供起了送餐服务。在一次次裹挟着烟火气和饭菜香的奔波中，他认识了在动物园服装批发市场做生意的陆婷。

那时候的陆婷来燕城打工已经一年有余，但日常的活动范围都在服装批发市场几平方米的小店里。

因为工作繁忙，她时常会在周边的小餐馆里定饭，时间一久，当她意识到自己的饭盒里总会多出几份没有下单的肉菜后，留意到了经常会找各种借口和她聊天搭讪的蒋承林。

身在异乡，独自打拼的年轻女孩常常会被一顿餐食的温暖所感动，何况那个经常变着花样给她送盒饭的年轻人样貌英俊，又风趣温柔。

所以在蒋承林主动展开追求以后，陆婷几乎没有任何犹豫，很快点了头。

严格说来，和陆婷之间的交往，让蒋承林第一次体验到了爱情的滋味，尤其是在知道对方怀了自己的孩子后，更是打定了主意要离婚。

然而在他踌躇着如何和妻子开口，才能留下自己努力挣下的那点身家时，陆婷早一步发现了他已经结婚有家庭的事实。

后来蒋承林千百遍地想过，如果那个时候他当机立断提出离婚，极力挽留陆婷，事情会不会有回旋的余地。但是当时的他，因为担心离婚之后自己会净身出户，重新过回那种一穷二白的日子而心生犹豫，在陆婷最需要他的时候，找了个出差的借口远远躲开了。

等他彻底下定决心，决定选择陆婷，和妻子摊牌时，一切为时已晚，无论他如何一遍遍发短信，赌咒发誓自己一定会和妻子离婚，陆婷再也没有出现，也没有回过他任何信息。

历经了这么一场风波后，蒋承林变得失魂落魄，妻子也从他的异常反应中觉察到了什么，不仅开始紧盯他的日常动态，还强势介入到几间小餐馆的经营中。

妻子对生意的介入让蒋承林在经济上变得束手束脚,离婚的事不敢再轻易说出口,生活上的"监控"更是让他身心俱疲,连想要打探陆婷的下落也做不到。

这样过了好几年,蒋承林暗中蓄力,勤勉工作,终于攒下了属于自己的资产,在经济上可以不再看妻子一家人的脸色后,他很快提出了离婚。

离婚后不久,他在朋友的帮助下,打探到了陆婷的行踪。

得知陆婷依旧留在燕城打拼,蒋承林只觉得欣喜若狂,第一时间赶到了她的住所附近,想要告诉她自己已经离婚,还想祈求她的原谅。

然而当他再次见到陆婷时,对方身边多了一个虎头虎脑的小男孩。

惊诧之下,蒋承林不敢贸然打扰,只能时常在那里徘徊,试图摸清楚对方如今的生活状况。

在和那个小男孩接触过一段时间后,他骤然惊觉,对方竟然是他的亲生儿子!

对蒋承林而言,这无疑是个巨大的惊喜,毕竟对一个女孩来说,未婚先育需要承担常人难以想象的艰辛,在陆婷离开后,他早已默认对方会把孩子打掉。

眼下一切失而复得,他的儿子不仅健康长大,还那么可爱乖巧,这让他惊喜之余,更加坚定了要和陆婷长相厮守的决心。

只可惜他的惊喜并没有持续太久。

就在他卖好了戒指,鼓起了所有的勇气准备去见陆婷时,对方再次消失了。

和她一起消失的,还有那个可爱的男孩子。

从邻居口中得知,陆婷这次走得非常匆忙,除了简单的行李之外,很多家电之类的东西都没来得及搬走。

这种仓促而决绝的姿态让蒋承林意识到,陆婷是真的不想和他再见面,也根本没有打算和他重归于好。

以蒋承林当时的财力,如果执意要把陆婷找出来,算不上什么难事。

毕竟一个带着孩子的单身母亲，想要稳定地生活下去，大概率只能回老家。

但是对方的态度说明了一切，即便找到了，事情也已经无法挽回。与其再次给她带去伤害，不如就此放手，让她去过自己想要的生活。

自此以后，蒋承林没有再打扰陆婷母子，也没有再结婚。

仿佛只有一直处于孤家寡人的状态，才能对那对曾经被他欺骗和伤害过的母子稍加补偿。

没有感情上的牵绊，他把心思和精力都放在了工作上。

此后的很多年里，他的钱越赚越多，事业越做越大，甚至和他前妻一家的关系也恢复了和平，每到逢年过节，甚至会相互打个电话问候。

但他的心里始终藏着一个缺口，始终无法被填满。

直到在蒋奇闹出的那场风波里，看到了陆北辰。

那天下午，向清欢和蒋承林一直坐在咖啡厅里，陆陆续续地聊了很久。

直到暮色降临，陆北辰打来电话，询问向清欢要不要一起吃晚饭，这场谈话才算告一段落。

离别之前，蒋承林再次强调："清欢，之前我给你介绍项目的确带着私心，但并不是要和你交换些什么。现在你考虑到北辰的心情，不愿继续做下去，我也不能勉强你，但是以后如果遇到什么困难需要帮忙，请一定要告诉我……"

说到这里，他的口气变得更柔和了一点，目光里也带上了某种期待："另外，咱们也算是熟人了，如果你不介意的话，以后可以和盛庭一样，叫我蒋伯伯。"

看着眼前带着哀求意味的一张脸，向清欢只觉得内心五味杂陈。

虽然内心深处，她并没有要麻烦对方的打算，但出于同情，她还是点了点头。

"好的，你的意思我明白了。谢谢蒋伯伯。"

退出了《狸妖传》项目组，向清欢的生活再次清闲了下来。

所幸和几位编剧老师一起工作的那段时间里，她囤积下了不少学习资料，于是一边整理复盘，吸取经验，一边继续连载那本尚未完成的科幻小说。

　　知道她中止了和飞扬世纪的合作后，陆北辰只觉得遗憾，更是一再表达了不希望因为自己和蒋承林之间的私人恩怨，而影响向清欢的事业发展的态度。只是向清欢去意已决，没有要吃回头草的意思，几番劝说无果后，陆北辰没再多说什么，只是在学习工作之余，积极用心地看起了房子。

　　这样忙碌了小半个月，陆北辰终于在中介的帮助下找到了一套合适的房子。

　　房子面积不大，套内大概六十平方米，距离他工作的地方只有三站地铁站，周围的环境也安静整洁。

　　房子的主人是一对退了休的老夫妇，为了替在外工作的儿子儿媳照顾孙子，需要暂时离开燕城。要将自己一直精心打理的房子租出去，老两口都有些依依不舍，所以一再强调租客需要有个正经的职业，对房子也要懂得爱惜。

　　在和陆北辰见过面，并知道他此刻在燕城读博后，老两口只觉得格外满意，当场表示如果愿意长租，价钱方面可以在挂牌价的基础上再打个折。

　　陆北辰在租房市场上和各种中介斗智斗勇了好一阵，对行情也算了解，知道就性价比而言，这套房子已经是他当下最好的选择，于是见过房东之后，他当即交了五百块意向金，打算带向清欢来看过之后，就签合同。

　　当天回了宿舍，他正准备打个电话给向清欢，约她第二天一起去看房，丘原先一步找上门来，说是要找他聊一聊。

　　自打他跟在丘原身边学习，对方对他一直颇为关心，不仅在学业上多加指点，连日常生活也给了他诸多照顾。如今忽然登门，陆北辰自然不敢怠慢，恭恭敬敬地把他让了进来，泡了一杯茶，这才问道："丘老师，您特意过来找我，是有什么事吗？"

　　丘原嗯了一声，没着急说话，目光在宿舍里转了一圈，才笑着问："这段时间在宿舍住得还习惯吗？"

"谢谢丘老师关心,一切都挺好的。"

"既然觉得挺好,我怎么听说你最近一直在忙着找房子?"

当初他搬宿舍搬得急,丘原在中间帮了不少忙,如今又要搬出去,和对方交代一声也在情理之中:"宿舍的条件是很好,但毕竟有其他同学在,清欢过来也不方便,所以我们考虑着一起租一套房子,生活上方便点,平时也互相有个照顾。"

"原来是这样啊,那就难怪了……"

丘原点了点头,像是忽然想起什么一样:"说起来,你和清欢交往也有好一阵了吧,去见过她妈妈了吗?"

"暂时还没有。"

"为什么?"

"之前在备考,什么都还没定下来,贸然去见阿姨,总觉得不太合适。"

"那现在呢?你已经顺利地考上了博士研究生,以后的工作方向也基本确定了,难道还没打算见?"

在陆北辰一脸沉默的反应里,他笑了起来:"北辰,原本这些都是你的私事,我是不该多问的,只是你向老师之前特意叮嘱过,要我把你照顾好,所以有些事我还是得提醒你。如果你和清欢是在认真交往,未来也有结婚的打算,住在一起之前,最好先去见见你林阿姨。她能放下成见祝福你们自然最好,如果遇到了什么困难,你们也可以好好商量一下,看看怎么解决……"

丘原的意思陆北辰其实很清楚。

作为向天衢的学生,如今他选择的是一条和对方相同的事业道路。

这意味着,未来他很可能因为工作关系,而和向清欢两地分离。

有了自己的婚姻作为前车之鉴,林娅必定不会让女儿重蹈覆辙,找一个没有办法长期在身边陪伴的男朋友。

向清欢大概也是清楚这一点,才会把安排他和林娅见面的事一拖再拖。

不过就像丘原提醒的那样,有些事只靠逃避没有用。

他既然是以结婚为目的而和向清欢交往,那这段关系就必须要得到长辈的首肯和祝福。

与其先斩后奏，给林娅留下一个自私轻狂，不负责任的印象，不如早点把问题摆上台面。

至少在明确了对方的想法后，他能知道自己可以尽力争取的是什么。

对陆北辰准备向林娅摊牌恋情的决定，向清欢倒是没什么意见。

只是这件事该什么时候说，要怎么说，还是得讲究一点策略。

在她看来，因为她和盛庭之间的配合战，林娅认定了两人已经情投意合，因此没再像过去一样，着急给她介绍男朋友。外加盛庭为了放烟幕弹，会时不时拎着礼物登门探望，更是让林娅觉得他周全懂事，是未来女婿的不二人选。

如果此刻忽然告诉她自己的恋爱对象另有其人，无论林娅对陆北辰是否满意，大概都会觉得自己女儿不识好歹，辜负了盛家父子的一片真心。

但如果"分手"的事是盛庭提出来的，那就不一样了。

一旦自己女儿成了被辜负的"受害者"，对能够将她拯救出情伤，抚平她心绪的那位男朋友，林娅就算再有意见，必定也不舍得太过刁难。

打定主意之后，向清欢当机立断地给盛庭打了个电话，准备和他讨论一下"分手"的事。

没想到铺垫还没做完，对方已经亟不可待地表示："欢姐，正好我也打算找你来着。你最近有没有空，沁沁她想请你吃个饭，表示一下感谢。"

"沁沁"两个字对方说得柔情蜜意，仿佛还有那么点不好意思，向清欢听在耳朵里，却总觉得不太对劲："沁沁？哪个沁沁？"

"宋沁啊！我还能叫谁沁沁？"

"不是……她想请我吃饭为什么是你来告诉我？"

"反正迟早都是要说的，我代为转告一声怎么了？"

不久之前还在为能见宋沁一面而手段用尽的盛庭，如今不仅能一口一个"沁沁"叫得那么亲热，还能越俎代庖地替对方发邀请，这让向清欢啧啧称奇之余，也起了八卦之心。

一番追问之后，她才知道，《白鸟林》热搜事件之后，盛庭担心宋沁再被欺负，于是在俞明的帮助下陆陆续续地又去探了几次班，每次出现，还会十分贴心地给剧组工作人员带去各种饮料吃食。

旁人摸不清他的来头，但从衣着谈吐和出手的大方程度来看，显然是个有钱人家的公子哥。外加俞明私下里煽风点火，疯狂给他立挥金如土的富家子人设的同时，还不断强调着他"宋沁粉丝"的身份，使得包括谢芷纭在内的剧组人员在对待宋沁时，都多出了几分客气和尊重。

盛庭所做的一切，宋沁看在眼里，虽然对他这种和东阳娱乐太子爷如出一辙的刷存在感的方式不感冒，但还是能体会到他的良苦用心。

外加从俞明那里知道，让谢芷纭收敛气焰，不再生事的那段音频是盛庭花了大价钱挂上热搜的，宋沁更是心下动容，几经考虑后，终于同意了他约饭的邀请。

有了那顿饭做铺垫，盛庭也是有了正大光明去找对方的理由，更是为自己之前的恶劣举动真心诚意地道歉了好几次。

等到《白鸟林》正式杀青后，两人的关系已经得以缓和，再加上有向清欢这个共同的熟人当作话题，眼下俨然已经恢复交往，重新成为朋友。

虽然对是否能重新赢得对方的芳心，盛庭并没有完全的把握，但为了避免自家父母对宋沁有所误会，成为自己追爱路上的绊脚石，他和向清欢之间的"分手"已经迫在眉睫。

听闻向清欢和自己有同样的打算，盛庭忙不迭赶紧点头："之前找欢姐你演戏，只是不想我爸妈再给我介绍乱七八糟的相亲对象，现在我既然有机会重新追回沁沁，肯定要把话和他们说清楚。总之这事你放心，我绝对帮你处理好！你妈要是问起来，你就说是我狼心狗肺辜负了你，你一气之下才会另结新欢的！"

见他愿意帮忙，向清欢不禁松了一口气，又怕他说话太夸张，影响到两家长辈之间的关系。

一番讨论之后，两人决定还是尽早见个面，一方面了结宋沁的心愿，另一方面也可以认真讨论一下"分手"的细节。

周六下午，向清欢约着陆北辰一起，在一家泰国餐厅和盛庭、宋沁见了面。

好几个月没见，宋沁比在《白鸟林》剧组时的状态看着更好了一点，即便只是化了淡妆，却自带"星味"，不过是从大门走到包房的短短几步路，就引来了无数人侧目。

盛庭对她十分紧张，一路察言观色地伺候着，像是在提前实习如何做一个二十四孝男朋友。

宋沁的心思却都放在了向清欢身上，才进包房就十分亲热地拉住了她的手："向老师，之前的事我一直想跟你道谢来着，只是工作太忙，一直没找到机会。这次多亏了盛庭，才算是约到您了……"

见她满脸诚挚，向清欢有些感动："都是为了工作，感谢之类的话就别再说了。以后想找我吃饭聊天随时打我电话，不用再麻烦盛庭了。"

盛庭生怕这两人直接联系上了，以后不再搭理自己了，赶紧强调："欢姐你这话说得……大家都是朋友，哪里说得上什么麻烦不麻烦？以后你俩想约饭大可以叫上我，我是很乐意提供接送和买单服务的……"

"朋友？"

话音未落，一直默不作声的陆北辰忽然打断了他："上次做介绍的时候，你不是说清欢是你的相亲对象吗？这么快就变心了？"

盛庭瞠目结舌地看着他，愣了好一阵才苦着一张脸抗议："兄弟，我说你的报复心也太强了。"

不久之后，饭菜上桌。

盛庭招呼着大家坐了下来，开始边吃边聊。

四个人分属不同的行业，也没有共同认识的朋友，除了商讨向清欢和盛庭的"分手"策略外，最有效的话题就是娱乐八卦。

于是，聊天内容很快集中到了《白鸟林》相关的人事上。

宋沁身在圈中，性格又颇为低调，很多事情聊起来，都是客客气气地点到即止，盛庭却像是十分兴奋，滔滔不绝地转述着从俞明那里听到的八卦佐料："欢姐你还不知道吧，《白鸟林》快要杀青的时候，谢芷纭不知为什么和东阳娱乐的太子爷大吵了一架，翟明实在忍无可忍，干脆和她分手了!"

虽然以谢芷纭的做作性格来看,分手不过迟早的事,但真的到了这一步,向清欢还是有些感叹:"少了翟明帮忙,谢小姐以后怕是接不到什么像样的角色了。"

"那可不是吗?"

盛庭嘿嘿笑着,一副大仇得报的样子:"分手之前,她原本正谈着一部大制作古偶剧的女主角,结果那部片子的男主角想请叶麟。经历了《白鸟林》的合作,叶麟大概也觉得她是个戏精,于是不太愿意。为了争取到他,又没翟明作保,剧组干脆把谢芷纭换掉了,嘿嘿⋯⋯"

听他越说越高兴,向清欢忍不住瞪了他一眼:"你又不看古偶剧,谁演都和你没关系,这么激动干什么?"

"我是替沁沁高兴嘛⋯⋯"

盛庭看了宋沁一眼,终于没忍住:"剧组换了谢芷纭,一时之间找不到合适的女主角。结果叶麟人还挺好,给他们推荐了沁沁。前几天沁沁去见了导演,对方很是满意,没有意外的话,过两天就能进组了!"

所谓天道酬勤,宋沁大概就是最好的例子。

虽然这一路走来,中间不乏贵人相助,但是能够把握住每一次机会,在毫无背景的情况下接连接到不错的角色,和她自己的努力是分不开的。

当初看好的新人能够发展得这么好,向清欢不禁替她高兴:"盛庭说得那部剧我知道,导演非常厉害,他的剧里出过两个视后!沁沁你好好表现,说不定能靠这部剧拿个奖呢!"

宋沁看上去却有些忧心忡忡:"谢谢欢姐的鼓励,我会好好加油的。只是我听说上次的热搜事件对你影响挺大的。你现在怎么样了?有接什么新的项目吗?"

"暂时还没有⋯⋯"

向清欢怕她有心理负担,赶紧安抚道:"不过这也不是什么大事,我刚好趁这段时间充充电,多学点东西,说不定等你大爆了以后,咱们还能有机会合作!"

她越表现得云淡风轻,宋沁越觉得内疚。

沉默了好一阵，她忽然像是想到了什么："对了欢姐，我有个导演系的师兄正好在筹拍一部电影，不过一直没找到合适的编剧。你如果有兴趣的话，要不我把你的联系方式给他，你们聊聊？"

能被宋沁叫师兄，想来也是正儿八经的科班出身。

想到这里，向清欢顿时来了兴趣："你师兄叫什么名字？之前有过什么作品？"

"他叫郭宁，在圈内暂时没什么名气，你可能没听说过。至于作品……我晚点找他要份履历，然后发给你。"

听宋沁这口气，这个叫郭宁的小导演此前应该是没什么拿得出手的代表作。

至于眼下这个项目，大概率也是个八字没一撇的空中楼阁。

混圈这些年，这种心比天高却不肯踏实做事，仗着自己的学历光环，就试图用几页PPT融资圈钱的小导演，向清欢见过太多太多，早已不抱任何期待。

但为了不让宋沁担心，她还是笑着应承了下来："既然这样，那就麻烦你了。等有机会了，我和他见面聊！"

向清欢原本以为，饭局上讲的那些不过是客套话，即便宋沁有心撮合，对方也未必愿意在自己这个没名气没资源的小编剧身上浪费时间。

没想到当晚才回家，那位姓郭的导演就打电话来了。

"向老师是吧？我是郭宁，刚才宋沁给我打了个电话，把您的情况大概介绍了一下。我想着既然双方都有意向，咱们要不要尽早见个面，也让您对我们的项目有个更好的了解？"

对方表现得如此积极热情，倒是有些出乎向清欢的意料。

为了提高效率，避免自己被忽悠出门后，只能听对方天马行空地对着几张PPT畅谈理想，她还是抱着谨慎的态度，多问了几句："不好意思郭导，见面之前我想先了解一下，您这次的项目大概是个什么题材？"

"宋沁没和你说啊？"

郭宁哈哈笑了起来，一副踌躇满志的样子："我从小是个科幻迷，最大的理想是拍一部属于咱们中国人的科幻电影。不过之前条件不成熟,只能先做其他项目等机会,这几年遇到了几个志同道合的朋友,攒下了一些经验,就咬了咬牙,准备正式启动这个项目!"

"……"

如果说,在此之前,向清欢还对双方的合作抱着一丝微弱的期待,在听到这个答案以后,算是彻底没想法了。

谁都知道,在电影市场上,做科幻题材的项目是最吃力不讨好的。

一方面,拍科幻电影需要大量的科技支撑和专业的制作团队,对工业化体系不成熟和特效团队经验欠缺的国内团队而言,难度可想而知。

另一方面,科幻片的制作极其烧钱,投入产出比不可预估的情况下,很少有投资方愿意下赌注。

更重要的是,一个好的科幻剧本往往需要建立在非特效的基础上,在合理的科技基础上进行创新,超越常规认知的同时,又要守住故事的基本内核,让普通观众可以理解。

诸多困难之下,科幻题材的电影已经成了业界鲜少触碰的禁区,即便偶尔产出,大部分也是出品方用来圈钱,惹得观众一片唾骂的垃圾货。

向清欢不想在这种项目上浪费时间,也不想为虎作伥帮着对方四下圈钱,但碍于宋沁的面子,她客客气气地表示:"不好意思啊郭导,科幻类型的影视项目我之前没有接触过,只怕没法达到您的要求。要不等下次有合适的机会,咱们再考虑合作?"

"向老师别忙着拒绝嘛……"

郭宁很显然察觉出了她的顾虑,还是热情满满:"有志者事竟成,有些事不试试怎么知道结果?要不这样吧,我先发些资料给您看看,如果有兴趣,咱们再继续聊。"

挂了电话,向清欢去浴室洗了个澡。

等她吹干头发,准备刷刷新闻就上床休息,发现邮箱里多出一份新邮件。

对方效率如此之高,仿佛只要有一点希望就会死磕到底,这种坚韧不拔的精神向清欢倒是颇为欣赏,于是打开资料认真看了起来。

和她预想的差不多，这位郭导混迹社会这些年，拍的大多是一些让人连名字也记不住的青春偶像剧，因为观者寥寥，大多作品除了挂了名字和海报外，甚至没有开分。

这样一个导演忽然立志要拍科幻电影，只能说是不自量力。

向清欢看了几页只觉得无聊，正准备点击文档右上角的小红叉，履历介绍那一页上，一行不起眼的小字忽然引起了她的注意。

"在电影学院求学期间，根据第四届全国编剧大赛获奖作品《灯塔》创作同名微电影，全平台浏览量破千万，广受观众好评……"

作为《灯塔》的原作者，向清欢曾经非常关注这部作品的动态，资料上所谓的"全平台浏览量过千万"这个数据背后水分有多少，她自然心知肚明。

这种不入流的玩意也被对方当作"业绩"，光明正大地放在履历栏里，实在是让人啼笑皆非。

只是她万万没想到，如今这个满心热情期待着和她合作的导演郭宁，居然就是当年那个一遍遍给她发私信求授权的穷学生。

这样看来，他们两人之间真的有些奇妙的缘分。

秉承着想看看这位有缘人究竟是何许人也的想法，向清欢答应了对方的见面邀请。

没想到见面意向达成后，对方却甩来了一个地址，邀请她去自己的工作室参观。

那个所谓的工作室位置偏远不说，附近都是一片密密麻麻的厂房，乍看上去不像是什么正规的办公场所，倒颇有罪案现场的气质。

向清欢思前想后了一阵，干脆拉了陆北辰和自己同行。

周六早上，向清欢驱车几十公里，去往郭宁的工作室。

见面之后，意外地发现对方竟然是个平头正脸的小帅哥。

对向清欢的到来，郭宁表现得十分热情，寒暄了几句后，迫不及待地把她带进了自己的工作室。

结果仅仅参观了十分钟，向清欢就被那些密密麻麻的手绘概念图、特效道具和各种机械模型震惊了。

看她愣在那里，久久不说话，郭宁有点不好意思："其实第一次见面，原本是不该劳烦向老师跑这么远的，只是咱们前期筹备的东西比较多，得需要一个面积大一点的地方，市区里房租太贵，不得已只能搬到这里来了……"

向清欢明白他的难处，忍不住点了点头："光这些前期准备，需要投入的人力财力就不少，房租方面肯定是能省则省。不过看眼下的情形，是已经有投资方进来了？"

"暂时还没有，不过有几家已经在谈了。"

"那这些前期的投入……"

"哦，我把房子卖了，团队的小伙伴们也凑了一些，加上朋友帮忙，找了一些有用的资源，所以暂时还能撑下去吧……"

说到这里，郭宁停下了脚步，满是诚恳地看着她："向老师，说实话，这个项目是我一直以来的一个梦想，所以就算再难，我也会努力坚持下去。但是您肯定也清楚，谋事在人，成事在天，未来究竟是怎样一个结果，我其实不能保证。宋沁向我推荐您的时候，我也没抱太大希望，毕竟您是有过作品的人，没必要为了一个前途未卜的项目耗费时间。但是我又想试一试，说不定您能感受到我们的诚意……"

"就像当年您发私信给我，死活都要拿到《灯塔》的授权一样？"

"啊？！"

听她提起《灯塔》，一直侃侃而谈的郭宁终于呆住了。

那一天，向清欢在郭宁的工作室一直待到黄昏，听他讲述了整个项目的创作想法，以及目前的准备工作后，才起身告辞。

临别之前，郭宁悄悄扯了下向清欢的袖子："向老师，今天陪你来的这位帅哥，是你的男朋友？"

"是啊，怎么了？"

"新出道的演员？"

"不是……"

"嘻！刚见他的时候我就在想，这身材长相，看着像明星，可气质吧，又不太像是娱乐圈的……"

向清欢只当他是为了拉进双方距离，说几句好听的让她高兴，于是也没当回事，然而对方忽然话锋一转："对了，你男朋友对拍电影感兴趣吗？"

向清欢一愣："怎么了？"

郭宁笑着表示："咱们这部电影里需要几个科学家的角色，镜头应该不多，耽误不了多少时间。我看你男朋友条件挺符合，到时候要不要友情客串一下？"

"这倒是不必了吧……"

这人还真是薅羊毛小能手，编剧的事还没搞定，主意已经打到陆北辰头上了。

回程的路上，向清欢靠着车窗，一直在认真回忆着她所见到的一切。

直到陆北辰问了一句"晚饭想吃点什么"，她才骤然回过神来："今天你陪我来这一趟，郭导也见了，工作室也参观了，你怎么不问问我怎么想？"

"还有什么好问的？"

陆北辰哧声笑了起来："你的合作意向不都写在脸上了吗？"

"有这么明显吗？"

向清欢揉了揉脸，态度还是有些犹豫："其实我还是会有点担心……"

"担心什么，说来听听。"

"虽然在这个项目上，郭导看上去是挺用心的，但是我看了下他之前的作品，的确有点一言难尽……"

"别啊……说不定人家郭导在翻你的黑历史时，也有过同样的顾虑呢？"

在他的阵阵吐槽声中，向清欢忍不住翻了个大白眼，陆北辰这才战术性地咳了几声，继续说了下去："你自己干这行的，应该很清楚，一部影视剧最后所呈现的效果，会受到各种因素的影响。郭宁最后究竟能不能拍出一部让大部分人满意的作品，我不清楚，但当年他能从全国最好的电影学院毕业，足见他有这方面的才华。从如今的准备工作来看，也可以看出他在这个项目上的认真和决心。"

"你和他才认识一天，怎么一个劲地帮他说话？"

"毕竟郭导慧眼识人，见我第一面就觉得我有在贵圈当明星的潜质。"

"我们说话你都听到了啊？"

向清欢一脸警惕地瞪着他："你该不是真的想在娱乐圈出道,才一个劲怂恿我接这个项目吧?"

"真到开机那天,倒是可以考虑,不过现在这事不是八字没一撇吗?"

陆北辰开了几句玩笑,口气终于正经了点:"今天你们聊天的时候,我看了一下他们的概念图,发现关于宇宙星系方面的设定都很考究,显然是下了不少功夫。能和这么一个认真严谨的团队合作,是很难得的事,即便最后由于各种原因不能达到预期,你也不会有什么遗憾,不是吗?"

向清欢点了点头,说出了心中的最后一点顾虑:"你说的是没错,但是电影的拍摄和制作周期挺长的,何况这种科幻题材的电影。如果后期投资跟不上的话……"

"你不是还有我嘛?"

陆北辰目不斜视地看着前方,神情一片悠然:"虽然我不是什么有钱人,但支持女朋友的工作,包吃包住提供一些爱的供养,还是能做到的。"

有了陆北辰的支持,向清欢宽心了不少,后续又和郭宁见了几次面,商定了各种合作细节后,全身心地投入到了剧本的创作中。

和她接触之前,因为一直没能找到合适的合作对象,郭宁按照自己的想法,亲力亲为地写了近万字的故事大纲。虽然连剧本雏形都算不上,但凭着这个东西和他的三寸不烂之舌,不仅薅到了不少资源,还忽悠了一群靠谱的小伙伴心甘情愿地在他那儿打工。

对郭宁空手套白狼的能力,向清欢觉得叹为观止,被他压榨得狠了,会忍不住吐槽他是狐狸精转世。

但内心深处,她很清楚,无论是郭宁,还是陆北辰,她天生会被这种不问来路,只问归处,抱着强大信念的理想主义者吸引,所以即便吐槽得再凶,也没有要放弃退缩的念头。

郭宁用心筹备的这部科幻电影名叫《曙光》,讲述的是数百年后,人类社会的科技发展攀上了新的高峰,生态环境却遭到了前所未有的破坏。为了能够继续生存下去，一部分人选择了星际大移民，搭乘飞船去往银河系之外的世界，寻找新的栖身之所，另一部分人难舍故土，决定留在地球，将它重新打造成为人与自然和谐共生的乐园。

为了获取第一手资料，男主角接受了当时并不成熟的时空穿越实验，成功回到了数百年前那个青山绿水的黄金时代。在那个时代，他认识了身为环境保护学家的女主角，并在对方的陪伴下，度过了一段非常美好的时光。

那个能够呼吸新鲜空气，随时欣赏鸟语花香的世界让他流连忘返，甚至一度想要留下，再也不回去了。最终，为了自己的理想和地球的美好未来，他不得不从女孩身边离开，重新回到了属于自己的世界。

然而在他和伙伴们重建地球生态的过程中，无意间发现了一个保留着多种生物标本、对重建工作有着决定性意义的基因仓库。在整理基因库的过程中，他终于发现，那是女孩在他离开之后，为了帮助他实现理想，而在未来的很多年里，和自己的同事、学生们一起默默建设的。

这个故事以"时空穿越"作为人物关系和故事发展的强链接，现实和虚幻交替，过去与未来呼应，在简单扼要的情节主轴与剧情铺陈之外，拥有丰富瑰丽的元素细节和演绎空间，十分符合当下年轻观众的审美。而"环境保护"的主题立意，对追名逐利的当下社会也有着值得探讨的现实意义。

郭宁最开始向她介绍项目时，向清欢就知道了《曙光》的大概内容，在认真研读完大纲之后，萌生了更多新的想法，于是主动找到了郭宁："郭导，前段时间我在网上连载过一篇科幻小说，也是时空穿越的题材，虽然人物关系和背景有差别，但很多情节可以糅合进来，让咱们的剧本更丰富……"

"这当然好啊！"

郭宁怕她有什么顾虑，赶紧表示："向老师，编剧这一块你是专业的，只要故事的内核不变，有什么想法你尽管放手去写，有了问题，到时候咱们再一起讨论！"

虽然不知道对方是忽悠不到其他大编剧，只能把希望寄托在她身上，还是因为《灯塔》的情分，让他对她充满了信心，但对方表现出来的信任，让她感受到了久违的尊重。

"对了郭导，还有一件事。咱们既然做的是科幻剧，我想很多地方还是得有专业的科学知识做支撑，不能太天马行空。关于虫洞、量子力学、天体物理实验之类的知识，可能需要向专业人士请教……你那里有相关的资源吗？"

"你还真是问到我了……"

郭宁早已经考虑过这个问题，口气难得沮丧了起来："你说影视圈里的人吧，不管什么工种，想要找人请教一下帮个忙，多少都能找到点关系。但是那种搞专业研究的科学家，实在在我现有的能力之外，所以我一直也在想办法，看看能不能找到关系，去和搞科研的那些大佬认识认识。"

所谓隔行如隔山，到处施法忽悠骗资源的狐狸精居然也有一筹莫展的时候。

向清欢好笑之余，赶紧安慰他："既然这样，那您先别操心了。这部分的工作我来想办法，先去图书馆查查资料。实在有搞不懂的地方，就去和我男朋友咨询一下。"

"你男朋友？之前一起陪你来工作室的那个帅哥？"

郭宁显然对陆北辰印象颇深："一直没来得及问，向老师的男朋友究竟是做哪行的？"

"他是研究天文的，现在在燕北天文台念博士。"

"哎哟！你怎么不早说啊！早知道向老师的男朋友就是专业人士，我还费那么多劲干什么？！"

郭宁闻言如获至宝，连称呼都跟着变了："陆老师最近有没有空，我请他吃个饭，顺便向他请教请教。"

"最近可能不行哎……"

向清欢被他亟不可待的态度逗笑了："他这段时间在出差，要在外地待一阵，等他手里的活忙完了，我和他说。"

陆北辰这次出差的目的地是距燕城3000公里的亚心市，因为走得急，连刚刚签完租房合同的房子都没来得及打理。

虽然在丘原的提醒下，他决定先见过林娅，征得对方的同意后，再和向清欢考虑同居的事，但市面上性价比那么高的房子不好找，房东夫妇开出的条件又很优越，在中介的一再劝说下，他还是先一步租了下来。

向清欢倒是对那套房子很满意，相较于她现在住的地方，新房子不仅面积宽敞，而且采光通风良好，最重要的是，还有一个带阳台的小书房，让她可以舒舒服服地居家工作。

所以签完合同没多久，她就一点点地开始布置，盼着陆北辰出差回来以后，可以直接住进去。

到达亚心市的第二天，陆北辰陪着丘原参加了一场关于大口径射电望远镜面形实时调控与超宽带脉冲星信号处理关键技术研究的项目讨论会。

受邀参加本次讨论会的都是各政府部门和研究机构的大佬，以陆北辰的资历背景，原本是没资格坐在那里的。只是丘原对他格外看重，抱着为他搭桥铺路，拓展人脉的心思，特意为他争取了一个旁听名额。

等到会议结束，陆北辰自觉受益良多，正准备把一些问题整理好向丘原请教，对方先一步找上门来："北辰，咱们难得过来一次，我想趁机去一趟慕格观测站，你要不要一起过去瞧瞧？"

慕格观测站主要服务于光学和红外波段的天文观测项目，从研究方向上看，这个观测站和他们师徒的工作内容没有太多交集。

但陆北辰深知这座观测站建设在慕格雪峰之上，向来以工作条件艰苦著称，以丘原的身体状况如果单独出行，只怕会有危险，于是很快点头，接受了对方的邀请。

一天之后，陆北辰和丘原由飞机转乘大巴车，马不停蹄地赶往了慕格雪峰下的一座小村子。

前来迎接他们的是一个名叫陶杰的中年人，见到丘原后，一口一个丘老师叫得十分亲热。

知道陆北辰是丘原的得意门生，并且来自天瞳的故乡后，陶杰表现得格外热情，于是很快打开了话匣子，和他详细介绍起了关于观测站的种种情形。

在光学天文、射电天文和空间天文三大分支学科中，射电天文和空间天文学都是20世纪发展起来的新兴学科，天瞳的建成使国家在单天线射电望远镜方面走到了世界的最前列。探月工程和火星探索计划的深入开展以及空间站上的天文项目，也使国家的空间天文观测步入了快速发展阶段。

因此，和世界一流水平相比，光学天文进行赶超的任务最为艰巨。

光学天文的发展不仅要研制大型、特大型的望远镜，还需要优秀的观测站址。

而慕格观测站因为其优秀的光学天文观测条件，可以与世界一流的光学观测站相媲美。

因为和燕城有两个小时的时差，七点吃完晚饭后，天空依旧一片大亮。

做完了准备工作，陶杰让他们换上了羽绒裤，带上了两个从村里招聘的助理观测员，开始向观测站进发。

车行山谷中，连续翻过盘山道，即便已是初夏，群山之上，依旧白雪皑皑。

大约四十分钟后，车子停了下来，陶杰第一个跳下车，伸手向前一指，口气里都是骄傲："到了！"

伫立在眼前最显眼的是一座30米高的梯度塔，距离它们不远的地方，则是一排犹如集装箱拼凑起来的长方体建筑。

等到丘原下车以后，陶杰带着他走进了那栋长方体建筑，在某个过渡区里待了几分钟后，才带他在建筑里参观了起来。

建筑内部大约有150平方米，具备科考、居住、办公等功能，海拔高度可根据人员需求设置，同时解决高原低压、缺氧问题，降低"高反"对人体的影响，能让天文工作者在高海拔地区工作生活更健康。

对这种科技感十足的"零海拔"建筑，陆北辰曾有耳闻，却是第一次切身感受。在室内待了一阵后，头疼、鼻塞的情况都迅速减缓，他不禁由衷感叹道："之前丘老师说要过来看看，我还担心他的身体会受不了，没想到现在观测站的条件这么好了！"

"那也是现在，过去可不这样！"

陶杰笑呵呵的，也有点感慨："之前咱们这儿只有简易房，为了最大限度保障人员的身体健康，实行的是轮班制。即便这样，条件还是很艰苦，别的不说，光夜晚的温度就够人受的。所以来这儿的第一件事就是生炉火……要不是现在有了这种条件，我肯定不会让丘老师过来的！"

简单聊了几句后，陶杰开始领着助理观测员，检查气象、天文观测等仪器设备，为当晚的观测做准备。

夜间观测、白天上传数据、分析判断、发日报，是慕格观测站值班人员的职责，这些具体的工作陆北辰帮不上忙，只能陪着丘原四下走走。

丘原毕竟年事已高，虽然身体不错，但比不上年轻人，在室外走了几圈以后，呼吸声逐渐变得有些急促。

陆北辰怕他出事，赶紧劝道："丘老师，您已经在路上奔波一天了，为了身体着想，先回房休息吧。"

"是哦……我都这把年纪了，真出点什么事，就麻烦了……"

丘原哈哈笑了起来，却没着急往回走，而是抬眼看向了不远处的雪山："北辰，你知道我为什么明知可能会给你添麻烦，还要特意来这儿走一趟吗？"

没等陆北辰回答，他自顾自说了下去："目前，全世界的优秀光学望远镜大多聚集在美国和欧洲，我们不仅缺乏大型光学望远镜，中型光学望远镜也很少……为了和国际水平接轨，我们的天文工作者积极投身到了观测站的选址工作中。"

陆北辰被他郑重的口气所感染，不由得点了点头："是……这个我知道！"

丘原微微叹了口气，像是陷入了无尽的回忆："很多年前，亚心天文台的同事在接到选址任务后，开始进行实地考察，其中，包括我的一位好友。那段时间，他们在荒无人烟的高原上，克服着高原反应、低温和恶劣天气带来的困难，在无水无电无通信的条件下，完成基础建设、设备安装和数据监测，最后才有了现在的慕格观测站。可惜的是，我的那位朋友，没有等到它最终建成和启用的那一天……"

所以到了今天，他执意要过来，亲眼见证老友曾经为之奋斗的一切。

不久之后，丘原因为体力不支，先一步上床休息。

陆北辰一时半会儿睡不着，在屋子里待了一阵后，干脆披上冲锋衣走了出去。

刚好陶杰手里的工作暂时告一段落，正站在不远处抽烟。

见他出现，顺手递了根过去："来一支？"

陆北辰摆了摆手："多谢。我不会。"

"以前我也不会，后来工作久了，就慢慢学会了。"

"为了提神？"

"为了思考人生。"

陶杰哈哈笑着，踢开了脚下的几块小石子，和他并肩坐了下来："小陆你也是干这行的，之前没少在荒郊野外蹲着吧？"

"嗯……"

"你结婚了吗？"

"还没有？"

"有女朋友没？"

"有的。"

"那你女朋友没意见？"

"她能理解。"

"那可真好啊！"

陶杰抽了抽鼻子，有点羡慕的样子："不像我家那口子，因为我工作在外，没空管家里那些事，没少和我念叨！"

他顿了顿，在陆北辰的注视下，有些不好意思地摸了摸鼻子："不过吧，我能理解她，你说一个女人，嫁了老公跟没嫁人似的，一个人守着一个家，有点啥事我也帮不上忙，挺不容易的，是吧？"

陆北辰嗯了一声，忍不住问："你没考虑过让嫂子住过来吗？这样彼此也好有个照应。"

"之前考虑过，她也来陪我住过一阵。但生活区的条件你是知道的……外加家里还有老人要照顾，所以住了一阵后，她就回去了。"

"这样……"

说话之间，陶杰把手机拿了出来，翻找了一阵后，把一张照片递到了他面前:"这就是我老婆,是不是挺漂亮的?"

照片上是个三十多岁的女人,身材微胖,扎了个简单的马尾,要说长相,肯定和漂亮沾不上边。但那股子利落的精神气,让陆北辰真心实意地点了点头:"嗯……是很漂亮,陶哥你好福气!"

听到他的赞誉,陶杰心满意足地笑了起来:"这话可不止你一个人说过,我老婆年轻的时候,追她的人可多了!可她谁也没看上,一心只想嫁给我。所以每次想着她现在的处境,我就觉得很对不起她,很多时候也会想,要不要干脆回老家随便找个工作算了,反正也饿不死……可是转念一想,有些工作总得有人做不是?国家花了那么多钱培养我,我不能就这么跑了……"

大概是很久没机会和人聊点工作之外的事,陶杰一直絮絮叨叨说个不停。

陆北辰认真听着,时不时给予几句回应。

十几分钟后,陶杰像是说得有些累了,叮嘱他早点休息后,起身去了机房。

陆北辰看着他的背影,略微活动了一下手脚,也跟着站了起来。

天空是神秘的深紫色,亘古不变的星空横亘在头顶,银河透过薄云横穿天际。

白色观测塔在群山的拥抱下挺拔地伫立在不远处,像一朵盛开的雪莲。

他像是站在无尽的宇宙之中,璀璨的星空将他包裹。

那一刻,所有与时间、宇宙、理想、生命相关的宏大命题他都不曾想起。

唯一的念头是,如果此时此刻向清欢能在他身边,那就实在太好了。

从慕格观测站回到亚心市区之后,陆北辰定好了次日回燕城的机票,然后把航班信息发给了向清欢。

信息自发出以后,一直孤零零地躺在微信对话框里,始终没有得到任何回应。

陆北辰只当她是忙工作，最初也没在意，直到临睡前主动打了个电话过去，始终无人接听，才意识到了有什么不对劲。

次日醒来，他又尝试给向清欢打了几个电话，依旧是无人接听的状态，直到中午去机场，对方终于把电话回了过来："不好意思哦，我昨天一直在赶稿，手机没电了也没注意，刚把电充上才看到你的消息。我妈这两天不太舒服，我得在她那儿照顾着，不能去机场接你了，等她好点了我再去找你。"

对向清欢这种手机二十四小时不离身的人来说，忘记充电回信息这种事实属难得，这让陆北辰一时间紧张了起来，赶紧追问："阿姨是哪里不舒服？需要去医院吗？要不要我过去帮忙？还有……我怎么听你说话的声音不太对劲，是昨晚没休息好吗？"

"不用啦，我妈只是有点头疼，休息几天就好了，不用去医院的。而且你和她都没见过面，忽然跑来算怎么回事？"

像是担心他贸然出现，引起不必要的麻烦，向清欢的口气听上去有些慌乱："我这里也没啥事，就是忙着赶稿，昨天睡得晚了点，今晚早点休息就好了。"

"真的？"

"我骗你干什么？"

向清欢嘿嘿笑了几声，话锋一转："对了，你昨天发给我的那些照片是在哪儿拍的？看着可漂亮了！"

"慕格雪峰上的一个天文观测站。"

"那地方以后你会经常去吗？"

"那里主要是进行光学观测的，我过去的机会应该不多。不过你如果觉得风景不错想去看看，我可以找机会带你去。"

"真的？那咱们说好了！你可不许给我开空头支票！"

简单聊了几句后，广播里开始播报登机提示。

向清欢听到动静，立马催促道："好啦，时间不早了，你赶紧登机吧。新租的房子我没来得及收拾好，还得委屈你再住几天宿舍。等过一阵我有时间了，咱俩一起过去收拾！"

有了这通电话，陆北辰原本满是忐忑的一颗心终于放了下来。

考虑到向清欢有正事要忙，飞机落地之后，他除了发了条微信给对方报平安，没再过多打扰。

次日醒来后，他按照惯例将差旅期间收到的学习资料做了一番整理。

等到工作结束，正考虑要不要买点水果和营养品给向清欢送过去，一个陌生的电话忽然打了进来："你好，请问是陆北辰吗？"

来电的IP地址来自燕城，听声音是个稳重矜持的成熟女性。

以他目前的人际关系而言，实在猜不到对方究竟是何许人也，只能礼貌询问道："是我。请问您是？"

"我是林娅，向清欢的妈妈。"

对方言简意赅地做了句自我介绍，紧接着表示："方便的话，咱们见个面吧，有些事情，我想当面和你聊聊。"

很多年前，陆北辰在向天衢的钱夹里见过林娅的照片。

在他的印象里，那是个看上去知性又美丽的女人。

因为向天衢，他一度对她主动选择离婚的做法而心怀不满，然而随着年龄渐长，尤其是从陆婷身上看到一个女人独自拉扯孩子长大的艰辛后，那种不满逐渐被理解和体谅所取代。

和向清欢恋爱之后，他曾经无数次设想过自己和林娅见面时的场景。

应该穿什么样的衣服，准备什么样的礼物，如何做自我介绍，如何让她相信自己是个可以托付的人……这林林总总的细节，都在他心里排演过无数次。

但他从未想过，对方竟会在自己毫无准备的情况下，主动找上门来。

十分钟后，陆北辰在研究生公寓附近的一家咖啡厅里见到了林娅。

很多年过去了，岁月无可避免地在她脸上留下了痕迹，但陆北辰还是仅凭着一张照片的印象，第一时间认出了她。

林娅坐在一个靠窗的位置，眉头微蹙，看上去有些心事重重。

然而在见到陆北辰后，她的眉毛不自觉地抬了抬，表情变得柔和了起来："小陆是吧？晚饭吃了吗？要不要先点个吃的？"

"不用了阿姨，我喝水就好。"

"行，那咱们谈正事吧。"

听他这么说，林娅没再继续客套，当即挺直了脊背，摆出了一副谈判的架势："我知道你挺忙的，今天忽然来找你也很冒昧，但是作为清欢的妈妈，又听说你们俩正在谈恋爱，所以有些话，我还是当面问问你比较好。"

对方开门见山，直奔主题，这让陆北辰不由得有些紧张。

为表郑重，他下意识地绷直了身体，口气也越发严肃："阿姨您别客气。说起来，原本应该是我先去拜访您的，只是……"

"只是你心里一直有顾忌，怕我不同意你们交往，是吗？"

"……"

两相无言地沉默了好一阵，林娅清了清嗓子："我听盛庭说，你是老向的学生，学的是天文专业？"

"是。"

"前段时间刚考上燕北天文台的博士，现在主要跟着老丘学习？"

"嗯。"

"那以后呢？读完博士以后，你有什么打算？"

这个问题听着轻描淡写，像是在唠家常，但陆北辰很清楚，对方是在确认他未来的就业选择。

许多人之所以对天文萌发兴趣，大抵是被浩瀚的宇宙和美丽的星光所吸引，真的踏上了学习的道路后，却会发现，仰望星空的浪漫，大多只存在于天文爱好者的世界里。

对从事天文研究的专业人员而言，日常的工作是日复一日地对着电脑看文献，写代码，在海量数据里寻找蛛丝马迹，然后通过模型验证，去窥探出一点点关于宇宙的真相。

这个过程单调、枯燥又艰辛，结果却往往不尽如人意。

圈子里有一个广为人知的传说，一个博士研究生将一颗小行星作为研究课题，然而在他的论文即将完成的时候，小行星发生了爆炸。这个意外，让他数年的努力付诸东流。

虽然这个传说真实与否难以求证，却在某种程度上佐证了这个行业的艰难和不确定性。

鉴于以上种种，许多人在经历了一段痛苦又难以获得成就感的学习后，会在就业时选择转行。而在天文学习道路上攒积下来的数学、物理以及数据处理方面的经验，能让大多数人在新的领域大展拳脚。

曾经的同行去了某个大型企业，从月薪不过万的助理研究员一跃成为年入百万的资产新贵，一直是许多天文从业者私下里热议的话题。

只是对他而言，从向天衢为他打开迈向天文学之路大门的那天起，他的目标早已锁定，无论面对多少诱惑和困难，从来没有动摇过。

"林阿姨，念完博士以后，我希望继续留在行业里做科研……"

"也就是说，你的最终目标是留在天文台工作，对吗？"

作为向天衢曾经的伴侣，林娅显然对他们的就业形势很熟悉："当然，想做科研的话，你也可以选择进高校任教，就环境来说，学校肯定是比不上天文台的。只是想必你也清楚，那些条件不错的天文台，人员都非常饱和，你确定你能顺利留下吗？"

林娅的这番话并非危言耸听，就当前的形势而言，国内最知名的几个天文台里，人员竞争相当激烈，除了在国内就读的各种人才外，许多毕业于国外优秀大学的学生也在积极争取就业名额。

如果没有特别突出的表现，想要进去的确不是一件容易的事。

只是情况虽然不乐观，但他不想因此而退缩。

"林阿姨，你说的这些我明白，但我会努力争取。而且现在天文发展的速度很快，有很多地方建了新台……"

"新台的建立的确意味着新的机会，但是那些台站大多地势偏远，交通不便，就算你争取到了，打算让清欢怎么办？是像曾经的我一样，独自一人留在异地看顾家庭，还是抛下现有的一切，陪你一起去？"

在她骤然急迫的追问声中，陆北辰慢慢垂下了眼睛。

没等他想好怎么回答，林娅再次开口："或许你觉得那些事情太远，还没到需要认真考虑的时候，那咱们聊点近的吧……你离开燕城的这段日子，清欢被救护车送进了医院，现在都还在病床上躺着，这事你知道吗？"

"什么？"

这一下，陆北辰是真的愣住了。

向清欢是在陆北辰出差去往亚心市的第三天住进医院的。

那天她和郭宁见了个面，讨论了一下最新的剧本进度。工作结束后，去了陆北辰新租的那套房子，打算做最后的清理。

没想到擦拭顶灯时，脚下忽然打滑，从桌子上摔了下来，头晕目眩之下，立马感觉到右边肩胛处传来一阵刺骨的剧痛。

为了不惊动林娅，她咬着牙自己叫了救护车。

被救护车送到医院后，面临的却是拍片、缴费、取药等一系列麻烦事。

力所不及的情况下，向清欢只能给盛庭打了电话。

不巧的是，当天盛福辉刚好约了林娅一起吃饭，为了尽早把"分手"事宜排上日程，盛庭跟在两人身边作陪。

结果铺垫的话刚说到一半，向清欢的电话打了过来。

听闻对方被救护车送进了医院，盛庭不敢怠慢，连声询问。几句话之后，让坐在一旁的林娅听出了端倪。

几经追问之下，盛庭招架不住，只能一五一十地把所有事情都招了。

知道女儿交往的男朋友另有其人，还一直瞒着自己，林娅虽然生气，却顾不上追究，赶往医院见到向清欢之后，立马催着她给陆北辰打电话，让他来医院帮忙，然而向清欢百般推诿，迟迟不肯答应。

林娅心下生疑，忍不住当着盛庭的面，将向清欢仔细盘问了一番。

也是那个时候，她才终于知道了陆北辰和向天衢之间的渊源，也知道了为什么女儿这场恋爱谈了这么久，却一直小心地瞒着她。

事情说到最后，林娅的声音变得有些沙哑，但口气里是不容置疑的决绝。

"北辰，清欢和你都是成年人了，想要和谁谈恋爱结婚，是你们自己的事。但作为一个妈妈，我希望清欢选择的另一半，是一个能够长久地陪伴在她身边、照顾她的人，而不是像她爸爸那样，为了所谓的事业和理想，弃家庭于不顾。所以我这次来找你，是希望你能好好规划一下自己的未来，让我可以放心地把清欢交给你……"

没等陆北辰有所表示，她拿起放在一旁的背包站了起来："过段时间，我会带清欢去外地休养。至于你……在给出一个明确的答案之前，暂时不要再和她见面了。"

林娅走了以后,陆北辰独自在咖啡馆里坐了很久。

自从懂事以来,他的内心从未这么混乱过。

其实就世俗的标准而言,林娅算不上有多为难他。

她既没有像婚恋市场上的许多女方家长一样,咄咄逼人地对他提出房车之类的财产需求,也没有因为他来自异乡,在燕城里毫无人脉背景,就简单粗暴地要求他和自己女儿的这段恋情画上句号。

她的要求很简单,无非是希望一手带大的女儿能有一个可以随时依靠的伴侣,能共同应付生活中那些突如其来的风暴。

就是这么一个简单的基本要求,对他而言,却不是轻易许诺就能做到的。

他自幼跟着母亲长大,见过她需要干一些力气活却无能为力,最终只能赔着笑脸求人帮忙的模样,也经历过对方生病进了医院,明明需要家属照顾陪护,却因为孩子太小,又没有另一半在身旁,于是只能自己独自强撑的时候。

亲历过这一切后,他比大多数同龄人都要明白,女性独自一人面对种种琐事时的不易和艰辛,因此更能理解林娅的心情。

事实上,要得到林娅的祝福和认可,只要找一份平安稳定,每天能够正常下班回家的工作就好。

这件事对他而言,其实并不难。

研究生时代某个关系不错的同学,因为觉得做天文这一行太过辛苦,且"钱途"堪忧,毕业后放弃了继续深造,转身进入了一家知名的金融企业,做了大数据分析方向的工作。

每次在微信上说起近况,对方都会满心感慨地表示,比起当初折腾毕业论文时的艰辛茫然,如今的工作不仅成就感满满,而且愉快又轻松。

得知他如愿考上了丘原的博士生后,对方真心实意地说了很多句"恭喜",但在了解到他一个月的补助,七七八八加一起不过几千块钱,在燕城这样的城市生活,实在是捉襟见肘后,又忍不住半开玩笑地劝他,人生苦短,要把有限的生命投入在高性价比的事业上,早点赚钱成家，放下那些虚无缥缈的理想，才能获得世俗意义上的幸福。

虽然面对好友的建议，陆北辰从来只是飒然一笑，并未放在心上，但他清楚，以自己的能力，如果进入企业，也可以干得很好。

如果实在不愿转行，他还可以选择去高校任教，去做民众科普，甚至做一些文化传播方向的工作，未必要在科研道路上一直死磕。

那样的道路稳定安逸，还能获得林娅的认可，却和他的理想背道而驰。

当晚回到宿舍之后，向清欢主动打来了电话。

电话里，她满是抱歉地表示，为了陪林娅散心，她要暂时离开燕城，去外地旅游。

陆北辰明白她这些半真半假的话只是为了让自己宽心，避免他知道事情的真相而自责，所以即便满心酸楚，还是轻声应付着，没有揭穿她的谎言。

像是察觉到他情绪低落，向清欢的态度跟着小心了起来："对不起嘛……我知道你工作忙，好不容易出差回来，我应该好好陪陪你的。只是这次情况特殊，我妈难得想出次远门，我怎么着也得陪着。等我把她哄开心了，再回来陪你好不好？"

陆北辰心下酸楚，却配合着她继续演戏："我知道，你先好好陪你妈，等方便见面了，我再来找你。只是……你要把自己照顾好！"

"我你就放心吧，没和你在一起之前，我不都是这么过的吗？不至于谈个恋爱就柔弱到不能自理了！"

向清欢嘿嘿笑了一阵，又忍不住表示："对了，忘了告诉你，我妈已经知道咱俩的事了！"

"阿姨怎么知道的？"

"因为盛庭啊！他着急恢复单身，好正大光明地追宋沁，所以迫不及待地把事情招了。有他做铺垫，我也不好再瞒着。"

"那……阿姨什么反应？"

"我妈？没什么反应啊！大概问了两句，没多说什么了。"

向清欢显然不知道林娅私下找过陆北辰的事，因此态度十分乐观："对了，我给我妈看了你的照片，她还夸你长得帅来着。所以我想着，她既然对你印象不错,等我好些了……我的意思是,等我们旅游回来了,你如果在燕城的话,大家尽快见个面,这样以后你就可以以我男朋友的身份,光明正大地去我妈家里蹭饭了!"

在她满是憧憬的期待声中,陆北辰轻轻闭了闭眼睛,口气尽量保持着轻快:"好……那我好好准备,等你们回来!"

接下去的一个星期,因为那个悬而未决的选择题,陆北辰的精神始终无法集中。

连平日里看惯了的那些文献和数据,也开始让他感觉头疼。

为了分散自己的注意力,减缓那些关于未来的焦虑,他开始试着和同学们凑在一起,聊一些与工作无关的生活琐事,试图借那些家长里短的八卦,让自己暂时得以放松。

自他读博以来,因为积极勤勉的学习态度和出色的表现,一直很受周边人的关注。女同学们更是因为他鹤立鸡群的长相和气质,有事没事都喜欢往他身边凑,主动套套近乎。

只是陆北辰的心思都放在学习和科研项目上,闲暇时间又给了向清欢,除了工作上的来往,平日里和同学们的社交并不多。

眼下忽然成为闲聊小组的一员,众人都觉得惊喜,贡献起八卦来更是滔滔不绝,只盼能引起他的关注。

这天下午,陆北辰在几个师兄的邀约下,去了公寓楼附近新开的一家咖啡馆,原本是想问问他们未来的就业打算,从中获得一些参考,没想到刚坐下没多久,就听大家议论起了一位名叫赵寻的师兄退博的事。

虽然来往不多,但是对这位赵姓师兄的情况,陆北辰有所耳闻。

此人比自己早两年考进燕北天文台,研读的是天体物理方向。因为刻苦勤奋,在过去的几年里,参与了不少重要的科研项目。其出色的表现,也被他们这些后来者视为最有可能在行业里继续深造下去,并做出成绩的一位学长。

此时听闻他退博的消息,陆北辰只觉得满心震惊,忍不住主动问道:"赵师兄怎么忽然决定退学了?是家里发生了什么事吗?"

"哪儿呀!不就是觉得继续干下去也没啥盼头吗?"

一位师兄摇了摇头,满脸都是遗憾:"赵寻我是知道的,他家境不好，拼了老命考进来，天天埋头苦干，就是想以后能留在台里。但燕北天文台的情况大家清楚，原则上不能让博士毕业后直接留台做博士后，就算勉强留下来，大概率也没有编制……所以他估计是发现前途无望，心灰意冷，才起了离开的念头。"

还是有人不死心："可是赵寻他一直挺努力的，导师也很看好他……难道一点机会也没有吗？"

"努力有什么用啊！现在能留在燕北天文台工作的人，哪个不努力啊？可有一半人没有编制吧？"

师兄叹了口气，一副无奈的样子："干咱们这一行的，科研岗位需求大，但是人才竞争也激烈，想要提升竞争力，除了保证文章的数量和质量外，最好就是毕业以后能够在国外的知名单位做几年博士后。不过赵寻的家庭条件一般，出国这条路对他来说不容易，这么算起来，想要达成心愿，的确是机会渺茫啊！"

面面相觑之间，这位师兄像是意识到自己的八卦太过负能量，于是赶紧清了清嗓子："不过话又说回来了，赵寻做出这样的选择也没什么错。且不说搞科研有多辛苦，就算能留台，从助研做起，一个月也就一万左右。如果熬上几年能熬到正研，到手大概也就三万多。但是一个研究所里能有几个正研啊？他现在拿着一个硕士学位去企业干技术活拿高薪不好吗？"

人群里有人接过了他的话头："听你这意思，赵寻是已经有合适的去处了？"

"是啊！"

师兄点了点头，眼睛亮了起来："我之前大概了解过，听说是天寰集团下面的一个互联网公司，不仅办公环境优越，offer（录用信）给得也很不错。最重要的是，大老板好像对他特别感兴趣，知道他的背景后，不仅帮忙解决了住宿问题，还特意请他吃饭了呢！"

"天寰集团的大老板？你是说……蒋承林？"

"是啊！难得吧？能被这种大佬另眼相看，那不是前途无量？要是有这种机会待遇，我也考虑转行！"

阵阵议论之中，有人留意到了默不作声的陆北辰，于是主动招呼道:"小陆你怎么了?看你一直不说话,该不是被咱们的八卦影响了心情吧?"

没等他说话,那人又笑着安慰道:"你别有心理压力,咱们就是随便聊聊。而且你和赵寻的情况不一样,你做的是射电相关,那可是目前最热门也最受关注的领域,有了天瞳的存在,数据方面的问题也不用犯愁,只要找对方向,很容易出成果。况且老丘那么喜欢你,不会不管你的。再说了,就算真的留台无望,凭你的条件,去哪儿发展不是分分钟的事?"

陆北辰这才回过神来,勉强振作了一下精神:"师兄误会了,我没在担心这个。我只是觉得,赵师兄之前为了项目付出了那么多心血,忽然就这么转行了,大概心里会觉得很遗憾吧……"

"人各有志嘛,而且很多时候理想不能当饭吃,是不是?"

对方一副过来人的模样,悉心劝说道:"读博不成功很正常,但并不意味着学生的能力有问题。相反,能够及时认清自己的处境,找到合适自己的方向,才是更重要的事。你赵师兄的科研方向是纯理论,就算读到博士毕业,去了企业也未必加分。现在能有这么好的机会,拿到一个高薪offer,还有老板赏识,对他而言,是最好的选择。"

陆北辰点了点头,没有再继续争论下去。

然而有人因为他的这番话,有了新的关注点:"说起来,天寰集团的蒋老板是做餐饮和地产起家,对天文并不了解吧。而且以他们集团的实力,各行各业的精英人才也见多了,怎么偏偏对赵寻另眼相看?"

"谁知道呢?说不定这就是缘分?"

阵阵笑声里,众人很快把话题转移到了对项目的讨论上。

陆北辰有一搭没一搭地听着,心却飘向了远方。

蒋承林为什么会对赵寻另眼相看,他自然清楚。

他甚至可以想象对方将赵寻约去吃饭的时候,究竟聊了些什么。

在旁人看来,能够在一个实力雄厚的大型集团里谋得一份不错的职位,并得到老板的重用和赏识,或许是条不错的出路。

可那条路即便繁花似锦,若没有理想做伴,对他而言,就无法成为那个心甘情愿的选择。

一夜辗转之后，隔天去台里帮忙干活时，陆北辰只觉得困意浓浓，往日那些熟悉的文献和代码，都变成了一个个混沌不堪的字母，在他眼前胡乱飞舞着。

等到一整个上午的时间悄然过去，身边的人相互招呼着准备吃中饭，他才骤然惊觉，屏幕上的文章还停留在开机时的那一页。

继续这样下去也不是办法，他干脆下楼，去附近的便利店买了几杯黑咖啡，准备给自己提提神。

回办公室的路上，他无意中朝停车场的位置瞥了一眼，发现一辆熟悉的黑色奔驰停在那里。

还没等他反应过来那辆车究竟在哪儿见过，两道熟悉的身影低声聊着什么，并肩从办公楼里走了出来。

陆北辰万万没有想到，许久未见的蒋承林会出现在燕北天文台的办公区，更没想到他会和丘原扯上关系，一时间有些愣神。

倒是丘原先一步看到了他，主动招呼了起来："北辰你去哪儿了？刚才我还准备找你呢！正好在这儿遇见了，大家一起去吃个饭，顺便介绍你和蒋总认识认识！"

这场饭局来得猝不及防，陆北辰想要推脱，一时间却找不到合适的借口。

见他满脸犹豫，蒋承林跟着客气地表示："一起走吧，就在附近吃个饭而已，不会耽误你太长时间的。"

毕竟有丘原戳在那里，陆北辰心里再是不情愿，也不好拂了他的面子。

更何况，他也想知道，蒋承林这么一个家大业大的企业家，忽然跑到和他的生意八竿子打不着的燕北天文台来，究竟是想干什么。

想到这里，他没再推诿。

低低说了一声"好"后，跟在了两人的身后。

大概是了解过丘原惯有的风格，蒋承林没有特意搞什么大排场，午饭就安排在燕北天文台附近的一家粤式茶楼里，菜也点得很简单。

从两人的言谈之中，陆北辰很快了解到，蒋承林之所以会出现在天文台,是因为打算以集团的名义捐献一笔资金和设备,用以支持天文事业的人才发展和重点项目的研究工作。

在任何领域,搞科研都是一件很烧钱的事,即便是在燕北天文台,各个项目组也会为了争取研发资金而费尽心思。因此,蒋承林这种慷慨解囊的举动,自然大受台领导的欢迎。

只是对很多功成名就的企业家而言,之所以愿意给科研项目捐款,要么是为了实现自己幼年时代求而未成的理想,要么是为自己的业务发展提前布局投资。显然,从蒋承林的情况看,不属于其中的任何一种。

丘原显然也藏着这方面的疑虑,略加寒暄后,忍不住问道:"蒋总将来是有意向开拓天文或者航天方面的业务吗?"

"丘教授你也太看得起我了!"

蒋承林笑着摇了摇头:"我就是个没什么知识文化的粗人,现在的业务已经够让我头痛了,这种高精尖的行业哪是我可以介入的?"

"那蒋总是对天文感兴趣?"

"算是吧……"

蒋承林有些自嘲地笑着:"之前,我总觉得宇宙星星之类的东西离我特别远,不是我这种普通人该关注的。后来机缘巧合,翻了几本天文方面的杂志,大概了解了一下,现在也就是刚刚入门的水平吧。"

"所以说,蒋总对射电天文学,或者说是我这边正在研究的项目,其实并不算特别了解?"

丘原想了想,干脆放下了筷子:"蒋总,恕我冒昧多问几句,既然您的业务和咱们无关,本身对天文的兴趣也不大,怎么忽然要捐那么大一笔资金,还特别指定了要用在人才培养和射电相关的项目上?虽然资金充足的情况下,我们项目的确能更顺利地开展,但是您也清楚,科研项目并不是投入了资金和精力,就一定能取得理想的结果……"

"丘教授不必多虑,我这次过来,只是想表达一下自己的心意,为国家天文事业的发展尽一点绵薄之力,就我个人而言,并没有期待得到任何回报。"

蒋承林显然看出了他的顾虑,口气越发诚恳:"这事说起来,其实也是机缘巧合,前段时间我们那儿新进了一个姓赵的小伙子,能力背景都很不错。知道他原本一直在你们这儿读博，半途转行去了咱们集团后，我有点好奇，就找机会和他聊了聊。聊完之后我才知道，虽然国家对天文学的发展给予了积极的支持，但对从业人员而言，无论是科研环境还是就业环境，都不算太好。出于这样的想法，我才想看看有没有机会，能够表示一下自己的心意，也为你们做点什么。至于为什么会选择您的团队和项目……"

他顿了顿，下意识地朝陆北辰的方向看了一眼："过来拜访之前，我特意做了一些功课，知道射电天文领域是目前的研究热门，有了天瞳的支撑，更容易出成果，而且您又是这方面的专家……所以我才会联系到天文台的相关领导，冒昧提了点要求。一方面是希望项目能够顺利推进，另一方面也是希望您和团队的工作人员，能够减少来自经费上的压力，专心投入工作……"

"原来如此，蒋总有心了。"

这个解释听上去合情合理，分寸感十足地体现着一个成功企业家对国家科技事业发展的关怀和社会责任心。

丘原听完之后，一时间满是感慨，主动以茶代酒，敬了他好几杯。

一顿饭吃到最后，丘原起身去了一趟洗手间。

原本还算热闹的包房，顿时安静了下来。

自打咖啡馆一别，这还是陆北辰第一次和蒋承林同室而处，无话可说的情况下，他正打算去把单买了，蒋承林却叫住了他："北辰，你最近还好吗？"

即便心中藏着再多的不情愿，对方毕竟是个长辈，如今小心翼翼地坐在那儿，口气里都是讨好，他实在不忍心不接话。

"谢谢关心，一切都好。"

"那清欢呢？你们相处得还好吗？"

"嗯。"

"那就好……"

蒋承林轻声叹了口气，像是对他显而易见的敷衍态度有点无奈。

就在陆北辰以为对方准备放弃"尬聊"时，蒋承林再次开口了："清欢的妈妈……前段时间是不是找过你？"

陆北辰没说话，看向他的目光里多出了几分警惕。

以蒋承林的身家地位，要想介入一个人的生活，自然是方法多多。

之前他已经通过盛庭、向清欢以及赵寻等人了解过自己学习生活的方方面面，又以捐款为理由和自己坐在了一张饭桌上。

如今居然又提到了林娅，不知道他还想要干什么。

仿佛看出了他内心的疑虑，蒋承林安抚性地笑了笑："你别介意，我没有要干涉你生活的意思，我只是听说你出差回来就一直没和清欢见面，才想着问问，究竟发生了什么事……"

他顿了顿，眼见陆北辰没有要详加解释的意思，继续说了下去："我知道自己没有资格管你的事，只是清欢是个好姑娘，对你也很好……等你活到我这个年纪，就会知道，人这一生，事业、财富、名利其实都是过眼云烟，能有一个两情相悦的人陪在身边共度此生，才是最重要的。"

他说这番话时，神情满是感慨，带着某种有感而发的味道。

陆北辰忍了忍，口气里不自觉地多出了一丝嘲讽："这些道理我一直都明白，不用等到你这个年纪。"

"是，我知道你和我不一样，不像我这样自私又懦弱……"

蒋承林还是微笑着，看向他的目光多了几分显而易见的自责："只是你毕竟还年轻，独自一人在外打拼，难免会遇到一些困难。如果真的需要帮忙，我希望你能告诉我……我亏欠你和你妈妈的地方实在太多了，所以非常希望尽我所能为你做点什么。"

蒋承林的话说得很含蓄，他的意思陆北辰却很清楚。

因为自己一直以来的立场和态度，对方已经放弃了让他认祖归宗，继承家业的念头，即便如此，对自己唯一的儿子，他还是忍不住想要给予补偿。

只是依照陆北辰的心性，物质上的馈赠大抵只会被他毫不留情地拒之门外。

所以无论是对赵寻的另眼相看，还是如今大手笔的捐赠行为，都是在向他释放同一个信号——如果你有想要为之拼搏的理想，我一定会全力支持你，与此同时，如果现实和理想有所冲突，我也能让你拥有更多的选择和退路。

天寰集团慷慨捐资的消息犹如一枚重磅炸弹,很快在各个项目团队之间传了个遍。同事们纷纷感慨,有了这些资金的支持,那些原本受制于经费的项目,大概很快能出成果,而蒋承林本人所表现出来的对天文从业者的欣赏和关注,更是给了许多留台无望、计划转行择业的学生莫大的信心和鼓舞。

外界的诸多讨论,陆北辰没有参与太多,尤其是在旁人聊起有关蒋承林和天寰集团的种种时,更是会刻意回避。

虽然事先并不知情,对方的种种行为都是一厢情愿的自作主张,但内心深处,他不得不承认,蒋承林这些在旁人看来社会责任感十足的举动,都是因他而起。

这种曲线救国的补偿形式让他满心不适,但从当前的环境和周遭同事满是期待的表现来看,他又不得不承对方这个情。

满心纠结之下,他只能保持沉默,不让旁人察觉出其中的端倪。

在此期间,向清欢倒是一直联系他。

为了逗他开心,每一通电话里,她都绘声绘色地描述自己的旅行见闻。

陆北辰不忍心揭穿她,每次都只能安静地听着,只是担心之下,还是会忍不住旁敲侧击地问起她的身体情况。

向清欢纠结的显然是另外一个问题。

"我一切都好啦,每天陪着我妈逛逛景点,见见朋友,没啥操心的……只是吧,原本我是想着,她既然都知道咱俩在一起了,回去以后就尽早安排你俩见个面,可是每次和我妈提起这事,她总是说不着急,我也不知道她究竟怎么想的……"

陆北辰知道,自己对未来的选择没有给出一个明确的答案之前,林娅绝不会那么轻易地同意他和向清欢在一起,但为了让对方宽心,他只能笑着表示:"或许阿姨还给你准备了其他的相亲对象,想再比较比较也说不定?"

"还比较啥啊!她真当自家闺女是公主,要昭告天下招驸马爷吗?"

听他这么一说,向清欢貌似有些急了:"算了算了,这事咱们别瞎琢磨了。这两天你乖乖在宿舍待着，好好上课做项目，等我旅行回来，来个先斩后奏，直接带你去见她。"

与其一直纠结在非此即彼的选择题里，能够和向清欢一起，共同商讨出一个彼此都可以接受的未来，想来是比他一个人做决定要好。

想到这里，陆北辰也下定了决心："见你妈的事不急，你回来以后咱俩先见个面。有些事情，我想当面和你聊聊。"

Chapter 12
去往更远的地方

做好了和向清欢一起面对林娅的准备后,陆北辰只觉得宽心了不少,学习和工作很快恢复了高效平稳的状态。

在此期间,天寰集团和蒋承林的名字依旧是同事们闲聊时的热门话题,但心无旁骛之下,这些讨论他没再参与过。

这天夜里,他因为要处理一批数据,在台里待到了深夜十点。

离开办公室后,他正打算去附近的便利店买点夜宵垫垫肚子,一个意料之外的电话忽然打过来了。

"喂,北辰吗?我是陶杰,请问你现在方便说话吗?"

对方的声音听起来小心翼翼,嘶哑的腔调和当初见他时乐观开朗的模样简直判若两人。

虽然他们不过一面之缘,彼此之间说不上有什么交情,但对方大晚上忽然打电话来,显然不是为了闲聊。

想到这里,陆北辰停下了脚步:"陶哥,我方便的。你找我是有什么事吗?"

"实在不好意思,原本这么晚了,我是不该打扰你的。只是丘老师一直是关机状态,我在燕城又不认识什么人,实在没办法了,才把电话打到你这儿来的……"

对方一直吭吭哧哧地道歉解释,所谓何事却始终不肯明说。

陆北辰听了一阵,实在有些急了:"陶哥,你不用这么客气,有什么话直说就是。我如果能帮上忙,一定会尽力的。"

"哦……那我先谢谢你啊……"

陶杰犹豫了一阵,终于挤了个声音出来:"那个……你能不能借我点钱?你放心,我的钱只是都存了定期,暂时周转不开,最多三个月,我一定还给你!你要是不放心,晚点我可以给你写个借条……"

没等他把话说完,陆北辰轻声打断了他:"陶哥你要多少?"

"五万可以吗?"

五万的借款说多不多,但就他们之间的关系而言,的确也不能算少。

只是以陶杰的个性,若不是遇到了什么难事,想来不会对他开这个口。

念头至此,陆北辰没再多问,只是轻声交代道:"行,那你一会儿把账号发给我,我今晚给你转过去。"

"别……"

陶杰赶紧阻止道:"钱你就别转给我了,如果方便的话,你看能不能帮我租个房子?条件没什么讲究,稍微安静点,外加能做饭就行……租房剩下的钱,我到了燕城你再给我。"

"租房子?"

这个要求让陆北辰有些意外:"陶哥,你怎么忽然要在燕城租房子?是有什么事你?"

"不是我,是你嫂子……"

话说到这里,陶杰的声音不由得哽咽了起来。

在他接下去断断续续的讲述中,陆北辰才知道,很长一段时间以来,陶杰的老婆高惠一直感觉心脏不适,但因为忙着操持家庭,始终没有去医院做过检查。

前段时间,因为陶杰的母亲晨起后高血压难受,高惠带着她去了医院。

等待体检的过程中，她顺便查了一下自己的心脏，结果却发现了冠心病、左心室肥大，同时伴随二尖瓣、三尖瓣重度反流和右侧冠状动脉钙化堵塞，心衰，射血指数过低等一系列问题。

经过商议之后，医生决定采用支架方式治疗，但造影后发现右侧冠状动脉钙化，无法下支架，只能采取心脏搭桥。只是搭桥手术风险性较大，需要锯骨开胸，当地医院缺乏技术积累，对这样的手术，并没有太大把握。

到了这一步，原本打算独自处理事情的高惠意识到了问题的严重性，终于给陶杰打了电话。得知妻子的身体状况后，陶杰不敢怠慢，立马托关系联系上了在省会医院心脏科工作的熟人，并把在地区医院做的检查报告、用药情况和心脏血液造影等资料发给了对方。

让他绝望的是，对方在看完高惠的病例资料后表示，除了需要搭桥外，病人的心脏二尖瓣和三尖瓣也存在着很大问题，需要同步进行手术置换。鉴于手术的复杂性，建议他们直接去燕城的医院进行治疗。

得知高惠如今的状况随时可能发生猝死后，陶杰心急如焚，立马向单位请了长假，准备带妻子来燕城。

只是燕城好一点的医院大多人满为患，他也不知道这趟行程要耽误到什么时候，所以思来想去之下，干脆决定在当地租房子。

陆北辰理解他的心情，却依旧保持着冷静。

略加考虑后，他问："陶哥，燕城的医院有很多，各自擅长的领域也不同，你有考虑过去哪家医院做手术吗？"

关于这个问题，陶杰显然已经想过了："有朋友倒是给我推荐了几家，但是我了解了一下，专家号都很难约到。所以我想着，到了燕城以后我一家家地去跑，只要遇上能尽早看病做手术的就行了！"

这种蒙头乱撞的做法实在是有点撞运气的意思，但对陶杰这么个在燕城无资源、无人脉、两眼一抹黑的异乡人而言，显然也没有更好的选择。

陆北辰想了想，没在这个问题上和他争辩下去，只是柔声表示："那行，房子的事你别操心，我来想办法。这几天我也尽可能帮你打听一下，看看有没有什么医院，能够尽快安排嫂子做手术。"

"好的好的……实在是太感谢了……"

之前只是因为别无选择，才抱着试一试的心情打出了电话，对方却表现得尽心尽力，陶杰连连道谢的同时，不禁满是自责："其实这事也怪我，要不是我没能陪在她身边，让她终日操劳，忙到一直没空去看医生，这病哪里会拖到这个地步？以前我总觉得她应该理解我，应该支持我的事业和理想，可是到了眼下我才知道，一直以来，我欠她的实在太多太多了……"

听着一个乐观坚强的男人在电话那头带着哭腔自责，陆北辰只觉得心里十分不是滋味。

但生死面前，安慰的话实在显得太过无力，他只能安静地听着。

等到十几分钟后，对方终于挂了电话，陆北辰感慨之下，也没了再去吃夜宵的胃口。

陶杰的那些话依旧回荡在他脑海中。

虽然客观来说，高惠的心脏病和陶杰在哪儿工作、是否陪在身边并没有直接关系，但在她感觉不适的那些日子里，因为操劳家事而没能及时就医耽误了病情，也是不争的事实。

如果高惠的这场病最终无法挽回，陶杰的后半生，也许将会因为自己长时间里都没有尽到一个做丈夫的责任，而在后悔和自责中度过。

念头至此，陆北辰不禁又想起了向清欢。

如果说，当初来自林娅的警告只是一种假设的话，那眼下陶杰的遭遇真真切切地提醒着他，向清欢这次受伤，多亏了有朋友及时援手和林娅悉心照顾，才没有造成什么无法挽回的后果。

可林娅已经年老，不可能照顾她一辈子，朋友们也都有自己的生活。

作为她的男朋友或是未来的另一半，如果因为自己的缺席而让悲剧发生，他会不会像如今的陶杰一样，陷入无尽的追悔之中？

思绪翻涌之际，手机铃声再次响起。

陆北辰心下一凛，收敛心神，摁下了接听键："喂，你好。"

"北辰，是我。这时候给你打电话，没打扰到你休息吧？"

虽然来电号码没有备注，但对方一开口，他已经辨认出了蒋承林的声音，这让他不由得多了几分警惕："你找我有什么事吗？"

对他的冷淡态度，蒋承林并未计较，口气依旧柔软而温和："没什么要紧事，就是我明天早上在你们单位附近有个会，差不多十一点结束。所以想问问你，中午有没有时间一起吃个饭？"

若是换作平时，和蒋承林私下见面这种事，陆北辰自然是有多远躲多远。眼下，某个突如其来的念头却让他犹豫了。

"在哪儿？"

"什么？"

"我的意思是……你想在哪儿吃？如果地方太远，可能不太方便。"

"我就在燕北天文台附近找个餐厅，肯定不会耽误你下午的事！"

蒋承林打电话过来，原本只是想和他说说话，对一起吃饭的事并没有抱太大的希望，如今听他同意，口气也跟着激动了起来："说起来，你比较喜欢吃什么菜？西餐、日料，还是清淡一点的粤式茶点？我知道有一家泰国餐厅还算地道，如果你喜欢的话……"

"看你方便吧，我不挑食，吃什么都可以。"

没等他继续介绍下去，陆北辰迅速打断了他："如果可以的话，我想找个安静点的地方。"

"怎么了？"

蒋承林很敏感地察觉到了他的潜台词："你是不是有什么事要和我谈？"

"嗯……"

陆北辰抬起眼睛，看向天空中那些在薄雾的遮蔽下，有些暗淡的星群："我的确有件事想要麻烦你，具体情况，明天见面再聊。"

次日中午，陆北辰和蒋承林在燕北天文台附近的一家日料店见了面。

虽然并不想耽误太久，但一顿饭连吃带聊下来，差不多花了两个小时。

离开餐厅之前，项目组的同事打来电话，说是丘原中午找了他好几次，让他尽量早点回去。

蒋承林怕他着急，于是主动提出开车送他一程。

车子开至燕北天文台停车场时,时间已经到了下午两点。

陆北辰下了车,正准备往办公室走,蒋承林降下车窗,将头探了出来:"北辰!"

看他的意思,似乎还有事情要说,陆北辰只能停下脚步:"还有什么事吗?"

"没什么事,我只是想说,今天能和你一起吃饭,我很高兴。如果可以的话,希望以后这种机会能够多一点。"

蒋承林看着他,目光中都是期待:"另外……你和我说的那些事,我一定会尽力办好,只是我的建议,也希望你能够认真考虑。"

话刚说到这里,陆北辰忽然听到有人叫他的名字,抬眼一看,竟是传闻中找了他一中午的丘原。

眼见丘原出现,蒋承林赶紧下了车,十分客气地和他打起了招呼。

丘原却像是有些诧异:"蒋总今天怎么有空过来?是有什么事吗?"

"哦,没什么事,中午约北辰一起吃了个饭,顺便把他送回来。"

一个身家百亿的企业家愿意放下身段,和相识不久的博士生吃饭,事情本身就有些耐人寻味。

如今还专程把人送回来,更是显得两人之间关系不同寻常。

丘原心下生疑,出于礼貌,没有深究,简单寒暄了几句之后,就和他挥手告辞了。

送走了蒋承林,丘原把陆北辰带回了自己的办公室。

陆北辰惦记他给自己打了一中午的电话,没来得及坐下,赶紧问:"丘老师,你有事找我?"

丘原点了点头,从桌上拿起了一沓卷宗:"北辰,之前咱们台里有个新星研究计划,你有听说过吗?"

丘原所说的这个新星研究计划,是在天瞳正式投入运营之后,燕北天文台为了支持优秀的青年天文学家参与到天瞳的科学运行,并利用天瞳数据开展前沿科学和技术研究而特别设立的。

只是一直以来,计划的参与者都要求具备博士学位,并有在天瞳核心科学目标、关键技术方向开展过系统性研究,做出过优秀科研成果的经验。

如今丘原忽然在他面前提起，不知道是为了什么。

见他微微点头，脸带疑惑，丘原一脸神秘地从卷宗里抽出了一张纸，递到了他眼前："来！你先看看这个！"

放在他眼前的赫然是一张"新星研究计划"的申请表，推荐人那一栏，丘原已经龙飞凤舞地签上了自己的名字。

陆北辰只觉得难以置信："丘老师，这是……给我的？"

"没错！"

丘原哈哈笑了起来，向来严肃的表情里，带上了几分难以掩饰的激动和兴奋："出于资金和资源上的考虑，这个项目之前对申请人的审核非常严格，但是考虑到你的研究方向和学历背景，我特别给你申请了一个名额。这事我和台领导拉扯了有一阵子了，想着可能没那么快出结果，结果因为蒋总的赞助，资金上宽裕了些，所以领导总算点头同意了！"

眼见陆北辰呆立当场，似乎有些难以置信，他伸手拍了拍他的肩膀："这张表你赶紧填了，我给你交上去。这两天你做好准备，等流程走完，就抓紧时间出发。"

听到"出发"二字，陆北辰愣了愣，这才从满是惊喜的状态中回过神来："丘老师，您的意思是，一旦申请成功，就需要去天瞳研究中心出差是吗？"

"那不然呢？"

丘原只当他不了解情况，于是耐心解释道："一般来说，新星研究计划的参与者都需要去天瞳基地驻点，不过你还在上课，每个月在那儿待十五天就差不多了……本来吧，你刚出差回来，这一去半个月，日子也不算短，应该给你点时间好好准备一下，但我想着你老家就在那儿，对当地的环境也熟悉，应该不会有什么问题，是不是？"

陆北辰嗯了一声，没有正面回答，低头看向了手里的那张纸。

这张申请表的分量他很清楚，那是丘原因为向天衢的嘱托，经过深思熟虑之后，才为他特别争取到的。

一旦申请成功，他所研究的课题将得到更多的经费支持和资源倾斜，对任何一个想要认真做出点成绩的博士研究生而言，这种机会可遇不可求。

如果换作之前，他肯定会毫不犹豫地答应下来，然后用最快的速度填完那张表，满怀憧憬地期待新的征程。

可是因为林娅的出现和陶杰的那通电话，他的信念在这一刻有了微妙的动摇。

丘原显然看出了他的犹豫，不禁有些疑惑："怎么了？对这件事，你还有什么顾忌吗？如果觉得有什么为难的地方，你可以先和我说说。"

"不是……"

陆北辰轻轻吁了口气，慢慢把头抬了起来："丘老师，我想了解一下，如果申请通过，我需要立马就走吗？"

"如果一切顺利的话，争取周末出发吧。"

面对他的问题，丘原像是有些意外："这样的机会不是时时都有，多少人在那里排队等着。你要是耽误了，别人可就上了。"

"那……我可不可以过一阵再申请？"

"过一阵？过一阵是多久？你以为这种事是菜市场买菜，一拨赶不上，能那么容易地赶下一拨吗？"

丘原没想到他竟然是这个反应，原本笑容满面的一张脸跟着垮了下来。

短暂的沉默后，他像是意识到了什么，眉头拧了起来："北辰，你和我说实话，你现在这个态度……是不是有什么别的打算？"

没等他开口解释，丘原自顾自地说了下去："我很清楚，干咱们这一行的前路不好走，尤其是搞科研，很有可能辛苦一辈子也做不出什么像样的成就。所以听说赵寻这孩子中途退博去了企业工作，我虽然觉得可惜，但也能理解，毕竟辛辛苦苦读了那么久的书，有权利选择自己想要的生活……但是北辰你不一样，你是老向看重的孩子。当初他隔三岔五给我打电话介绍你的情况，是真的把你当成了他的接班人！要是知道你在我这儿没待多久，就起了别的心思，你说我该怎么和他交代？"

听他提起向天衢，陆北辰心下一酸，下意识地捏紧了手心："丘老师，你别误会，我没有什么其他打算……"

"如果没有的话，蒋承林为什么会特意来找你吃饭？"

丘原像是忍耐了很久，到了这一刻，终于没能再忍下去："他一个搞互联网和房地产的，和咱们这行八竿子打不着的关系，却忽然捐出那么多钱，当时我就觉得奇怪。后来去领导那里打听了一下，才知道人家特意表示，希望台里对你多点照顾。你倒是和我说说，如果不是什么特殊原因，他为什么要对你这么看重？"

陆北辰实在没有想到，蒋承林为了自己，居然直接在台领导那里打了招呼，一时间满心震惊。

但其中的"特殊原因"，他无法对丘原开口。

踌躇之间，丘原像是彻底失望了，赌气般一屁股坐在了自己的位置上，然后朝他挥了挥手："算了……你已经是成年人了，心里究竟打什么主意我也管不着。后面的事要怎么决定，你自己想清楚！"

陆北辰站在原地，嘴唇微微动了动，像是想再说些什么。

最终，他只是拽紧了手里的申请表，朝丘原的方向鞠了一躬后，默不作声地退出了对方的办公室。

过了没多久，向清欢喜气洋洋地打来了电话，说在自己的软磨硬泡之下，林娅终于松了口，答应她旅行结束之后，可以找时间和陆北辰一起吃个饭。

陆北辰深知在自己没有给出确定回复之前，林娅愿意表这个态，向清欢必然下了不少功夫，一时间只觉得越发为难。

按道理说，在新星研究计划这件事上，丘原的确有所误会，他应该和对方说清楚自己想要延迟申请的真实原因。

但内心深处，他也很清楚，在经历了向清欢意外受伤一事后，对那种一年之中有半年都需要离开燕城的日子，他的确顾虑重重。

如果说，三年之内，这种聚少离多的日子他尚且可以克服，那以后呢？

一旦林娅在饭桌上再次问起，未来如若争取不到留台的机会，或者因为手里的科研项目，不得不像当年的向天衢或者陶杰一样远走他乡，和最心爱的人两地相隔时，向清欢要怎么办，他又该如何回答？

见他一直不说话，向清欢只当他是心情紧张，于是安抚道："你别担心,我妈既然松口了,肯定是认真考虑过了。到时候你穿帅一点,再在她面前说点好听的,她应该就没什么意见了。"

对方态度轻快,似乎对他和自己母亲之间的这次见面充满了信心。

陆北辰再是心事重重,也不忍扫她的兴,于是振作精神,配合表示:"你和阿姨什么时候回来,时间定了吗?"

"嗯,应该就是明后天吧!我一会儿看看机票,定好了告诉你。希望你别在我们回来的时候临时出差就行。"

"不会的……"

陆北辰笑了笑,目光却落在了那张还未填写的申请表上,声音带上了一丝暗哑:"我这段时间哪儿也不去,就留在燕城,等你回来。"

当天的工作结束之后,项目组里有同事号召大家去附近新开的一家湘菜馆聚餐,这个提议立马一呼百应,得到了"吃货们"的积极支持。

同事统计了一圈人数,发现陆北辰没表态,于是热情招呼道:"北辰,你女朋友也不在,今晚就和咱们一块儿去吧,总比回宿舍点外卖强!"

满腹心事之下,陆北辰实在没有聚餐的心情,又担心自己情绪不高,破坏了热闹的气氛,正打算找个借口推脱,有人已经笑了起来:"你别为难北辰了,他这两天可忙着呢。等他把事情准备好了,咱们再一起给他饯行也不迟!"

"饯行?饯什么行?北辰这是要去哪儿?"

"你们还不知道啊?北辰被老丘推荐去了新星研究计划,没两天就得去天瞳基地蹲守了!"

"啥?老丘可以啊!他是怎么说服领导,把一个刚进来没多久的在读博士生塞进新星研究计划的啊?"

"你眼红个什么劲?那是北辰自己的项目适合,平时表现又好,才能争取到这个机会的好吗?而且进了新星研究计划,一年里得有半年时间去大山里蹲着,这福气给你你要不要啊?"

"那倒是……听你这么一说,我好像也没那么不平衡了……"

同事们嘻嘻哈哈地闹了一阵,重新回到了聚餐的话题上。

期间除了几个关系不错的师兄师姐给他发来道贺微信，以及提醒他一些出差的注意事项外，没有人再针对这件事多说什么。

等到众人散去，陆北辰静坐在电脑前，重新拿起了那张申请表。

干净整洁的表格上除了丘原的签字外，依旧一片空白，拿在手里却感觉分量沉沉。

类似的资料信息，他曾经填写过很多次，几乎可以说得上熟极而流。

眼下即将填写的，却像是他未来的人生之路。

一旦墨迹落下，再无后悔的可能。

踌躇之间，电脑包里传来叮的一声响。

陆北辰微微一怔，很快将放在包里的一台老式手机拿了出来。

自从向天衢去世之后，他生前使用的这台手机一直被陆北辰带在身边，每个月按时缴纳套餐费，让它保持着正常的运营状态。

偶尔有一些久未联系的老友或是广告商发来信息，陆北辰都会认真查阅回复，像是用这样的方式，就可以把向天衢在这个世界上的痕迹保留得更久一点。

只是随着日子一天天过去，信息提示音响起的次数已经越来越少，更多的时候，这台手机只是沉默地放置着。

如果不是那些订阅的行业资料会被定期推送至邮箱，它大概会和他曾经的主人一样，慢慢消失在所有人的视野中。

被点亮的屏幕上，是一条来自服务商的短信："您订阅的电子刊物已到期，请问是否继续订购。"

短信最后附着一个链接。

点击跳转之后，付费页面上居然带了一条新鲜出炉的业内新闻："重要突破！我国团队有望揭开快速射电暴物理起源的神秘面纱！"

以往收到这样的新闻，陆北辰总会第一时间打开，细细阅读，跟进了解国内外行业发展的最新动态。所以此刻，他虽然有些疲惫，但还是习惯性地将页面打开，一目十行地浏览了起来。

"近日，研究人员在处理天瞳观测数据时，发现了一组与众不同的数据。在进行综合分析后，研究人员排除了脉冲星和射电干扰的可能性，确定了该脉冲来自一个新的快速射电暴。由于天瞳提供的位置相对精确，以及本次发现的快速射电暴非常活跃，研究人员在发现它的同时，也发现了一颗与之对应的致密持续射电源……

"快速射电暴（FRB）是一种能量极强、位于射电波段的电磁波爆发，属于宇宙中的极端爆炸。它在几毫秒时间里释放的能量，相当于太阳几天甚至一年内释放的能量，研究这种极端爆炸的产生机制，可能对物理学和天文学产生革命性的影响。自2007年首例FRB被发现以来，它一直是天文学领域中最前沿的研究方向之一……

"根据研究人员介绍，天瞳曾经在多年前捕捉过与本次发现极为相似的FRB，二者都拥有复杂的电磁环境。不同的是，早期发现的FRB尚未进入活跃期，爆发的时间也非常短，而本次发现的FRB不仅一直在持续爆发，且局部电子密度分布更加复杂，各方面的特征都更为极端……

"据称，两个FRB很可能代表了快速射电暴的演化早期阶段，在进一步研究分析后，有望揭开其起源的神秘面纱……"

随着这些文字一个个映入眼帘，陆北辰的心激烈跳动了起来。

某个突如其来的念头让他迅速拿起手机，从通讯录里翻出了一个电话号码。

电话接通的那一瞬，陆北辰觉得自己的喉咙像是被什么东西堵住了一样，又干又哑，但那个近在咫尺的猜想，让他尽力保持着冷静："蒋工你好，我是陆北辰，不好意思这么晚给你打电话。有件事我想向您请教，请问您现在方便吗？"

"方便方便！我没啥事，正休息着呢……倒是你啊，现在怎么样啦？"

"我挺好的，现在人在燕城，跟着丘原老师学习。"

"那就好，也不枉老向当年对你一番苦心了……"

提起向天衢，蒋工像是有些感慨："说起来，我和老向最后一次见面，是他带着他闺女和你一起去天瞳参观那次。当时咱们还说等他身体好些了，就经常约着一起吃吃饭或者出去旅旅游什么的。没想到没过多久，他就走了，我甚至都没来得及送他最后一程……"

长长的一番感慨之后，他像是意识到了什么，赶紧清了清嗓子："对了，你刚才说有事要找我？具体是什么事？"

陆北辰紧捏着电话，声音微颤："是这样的，刚才我看到了一条新闻,说咱们的研究团队通过天瞳发现了一个新的FRB,而且还通过色散红移的关系研究建立了新的物理模型?"

"是啊!很厉害是吧!"

蒋工的口气中流露出了一丝骄傲:"天瞳一年大约有5000个小时的运行时间,估算下来,一年可能产生几十个PB量级的数据。也就是说,项目团队一年大概有上千个小时的数据要处理……在这样庞大的工作量下,能这么快取得成绩,真是非常不容易!"

陆北辰的重点显然不在这里:"我看新闻里提到,类似的FRB之前也曾经被发现过?"

"没错。不过你怎么会对这个问题这么感兴趣,和你现在的研究课题有关?"

"不是……"

陆北辰喉结滚动着,终于问出了自己的那个猜想:"我看文章里对那个FRB的命名……它被发现的时候,向老师还在天瞳工作吧?"

按照国际惯例,快速射电暴一般是以其被探测的日期命名。例如2020年4月28日,加拿大CHIME实验和美国STARE2实验同时观测到的那个快速射电暴,就被命名为FRB200428。

从这次的新闻报道来看,那个与本次发现共同用以验证FRB物理起源的快速射电暴被发现时,向天衢尚未从天瞳研究基地离开。

蒋工微微愣了愣,很快反应过来他问题中的潜台词,继而轻声叹了口气:"是……你想的没错。本次研究过程中,工作人员对历史数据进行了回溯,通过分析对比,验证了老向当年的猜想,那组让他一直纠结的脉冲信号,的确是来自FRB。只是那个时候,大多数人都以为FRB只出现在银河系之外,没有想过它的来源竟然是银河系内的一颗磁星。而且由于那个FRB尚未进入活跃期,持续的时间仅为几毫秒,才会让后面的研究举步维艰。现在好了,它的来源终于得以确认,想来老向在天有灵,可以就此安心了……"

电话的那一头,蒋工还在说些什么,陆北辰已经完全听不到了。

那一刻,他只觉得自己眼眶发热,心中又是欣慰,又是酸楚。

几分钟之后,这通电话终于在陆北辰的道谢声中结束。

紧接着，他将桌面上的东西仔细收拾好，缓步走出了办公楼的大门。

时间已至晚间九点，燕北天文台的办公区内依旧有不少人影在晃动。

灯火盏盏的夜色下，有人在纵情享受着平凡而温暖的人间烟火气，也有人在为渺不可见的理想而拼尽全力，碌碌奔忙。

不久之前那通电话带来的余震还在他的胸口突突作响，让他一时之间很想找个人说说话。

可是这些话一旦讲述起来，似乎又太过平淡漫长。

在这段漫长的时间里，既没有什么让人热血沸腾的桥段，也没有出现什么让人闻之难忘的英雄。

对外人而言，这或许只是一个运气欠佳的天文工作者，和他追寻的真相擦身而过，最后郁郁而终的故事。如今这个迟来的结局，除了能让他们叹息一句"真可惜"之外，大概也不会引发更多的共鸣和解读。

唯一能明白他此刻心情的，或许只有向清欢。

可是她现在的状况，大概也不方便在电话里和自己长聊。

几经犹豫之后，陆北辰克制了打电话的冲动，转而戴上耳机。

激烈的音乐鼓动着他的耳膜，将周遭一切暂时隔离开来，让他的情绪可以在这个私密的空间里尽情奔涌。

多奇妙啊……

很多年前，一颗驻扎在银河系内，距离地球大约30万光年的贫金属矮星系，发生了一次极端爆炸，强烈的信号以摧枯拉朽之势朝着宇宙四方扩散。

在历经漫漫征途之后，它和许多其他星体发出的信号一起，落向地球，被那些特意迎接它们的天文望远镜所接收。

经过程序处理，各种信号变成了枯燥乏味的数据，研究人员则需要从这些海量数据中一点点筛查、检测、排除干扰，从复杂的迷局中把它们找出来，然后去挖掘藏身在它们背后的宇宙真相。

向天衢曾经凭着自己坚韧的毅力和无畏的勇气，比大多数人更早地站在了真相的大门前，却终究未能得偿所愿，将那扇大门推开。

此后的漫漫数年里,那个再也没有出现的信号一次次出现在他的梦境里,让他念念不忘,魂牵梦萦。

很多年以后,那些同样心怀理想的后来者终于推开了那扇门,替他看到了那些潜藏在宇宙深处的秘密。

宇宙中的一切变化,最终都会产生微弱的回响。

而眼下的回响,除了是对过去的回应之外,更像是一种召唤。

——召唤着它的见证者继续背负着故人的理想,去往更远的地方。

当晚回宿舍之前,陆北辰先去了一趟出差之前租下的房子。

之前已经被向清欢仔细打理过,房子看上去整洁又温馨,除了因为闲置了几个星期,桌面上有一层浅浅的积灰之外,几乎挑不出任何毛病。

想着对方曾经满怀憧憬地在这间屋子里忙碌着,却意外受伤住进医院,陆北辰只觉得心里有些不是滋味。

为了防止自己触景生情,继续自责下去,他很快卷起袖子,打了一桶水,开始认真打扫。

屋子刚打扫到一半,向清欢的电话忽然打了过来。

陆北辰只当她是已经定好了机票,想要和自己交代一声,没想到电话接起后,对方的第一句话是:"陆北辰,你现在在哪里?"

"我刚从单位出来,现在在租的房子这儿,想要打扫一下。你怎么了?忽然问我这个,是有什么事情吗?"

"行!"

向清欢似乎没有要多加解释的意思,只是言简意赅地表示:"我现在过来找你!在此之前,你哪儿也别去!"

听她急匆匆的口气,似乎带着几分兴师问罪的意思。

陆北辰心下惊诧,却没再追问,简单回复了一句"好"之后,就挂了电话,继续打扫卫生。

半个小时之后,房门被人咚咚敲响。

陆北辰疾步上前,将门拉开。紧接着,向清欢气喘吁吁的一张脸出现在了他的面前。

近一个月的时间没见,无数的思念早已经在心里疯长。

四目相对的那一刻,陆北辰连问候都来不及,将她紧紧拥在怀里,低头吻了上去。

向清欢却像是根本没有亲热的心情,躲开了他的嘴唇后,从他的怀里挣了出来,随即恨声质问道:"陆北辰,我妈前段时间是不是找过你?"

看她气势汹汹的模样,想来该知道的事都知道得差不多了,陆北辰见状,只能笑着表示:"我和你妈提前见个面,也不算犯了什么大错吧?也值得你这么生气,大晚上专门跑过来兴师问罪?"

面对他的刻意调侃,向清欢依旧板着一张脸:"那你为什么不早点告诉我,一直瞒我到现在?"

"可你受伤进医院的事不也一直瞒着我吗?"

陆北辰微笑着,重新拉住了她的手,轻声哄劝道:"既然我们都自以为是地瞒过对方,那现在算扯平了?"

向清欢没想到对方居然也握着自己的把柄,口气很快软了下来:"受伤住院的事没告诉你,是不想影响你的工作,而且本身也不是什么大事,性质怎么会一样?倒是你……我妈去找你,究竟和你说了什么?她是不是为难你了?"

陆北辰眼里的笑意更深了一些,像是在看一只气急败坏的小动物:"首先,对我来说,你的事是最重要的事,即便受伤时我不在身边,也希望你能将真实的情况告诉我。其次,林阿姨来找我,只是想确认一下我能不能做一个称职合格的男朋友,并没有为难我。"

在他轻声细语的解释中,向清欢的眼睛垂了下去,表情逐渐变得有些难过。

自打林娅知道了陆北辰的存在后,她一直心存忐忑。

毕竟经历了一段以失败告终的婚姻,她并不确定对方是否能接受自己交往一个和父亲一样,以天文科研为终身事业的男朋友。

不知是陆北辰在燕城读博的现状让林娅还算满意,抑或是自己受伤以后,对方不想激发矛盾让她伤心。此后很长一段时间,林娅都没有在这个问题上发难,甚至在她试探着提出想要正式介绍陆北辰给她认识时,林娅也只是以时机未到稍做推诿,从未表现出明确的反对。

这让她一度觉得,林娅或许已经默许了她和陆北辰在一起。

让她始料未及的是,就在她软磨硬泡终于哄得林娅点头,同意陆北辰以她男朋友的身份登门拜访后不久,丘原忽然打来了电话。

电话里,丘原痛心疾首地讲述着陆北辰近段时间各种心不在焉的表现,并询问她知不知道陆北辰和蒋承林之间私下究竟达成了什么协议,才会在来之不易的机会面前,表现得那么犹豫不决。

向清欢不愿在旁人面前暴露陆北辰的身世,但在家养病的这段时间里,对他们父子之间究竟发生了什么一无所知。挂了丘原的电话后,她正准备找陆北辰问问情况,却发现林娅不知什么时候站在了她的房间门口。

"刚才的电话是你丘伯伯打来的?"

"是。"

"他找你干什么?是和陆北辰有关吗?"

面对林娅的询问,向清欢没在意,三言两语把双方的通话内容说了个清楚。

没想到了解到事情的缘由后,林娅满是欣慰地点了点头:"看样子,北辰应该是想明白了。天寰集团我有些了解,对人才这一块挺看重的。蒋承林既然看重他,进去以后的发展应该还不错。至于老丘那边,有空我可以去找他,让他以后尽量别安排北辰往外跑,安安稳稳地在单位待着……"

向清欢听了一阵只觉得不对劲,忍不住追问道:"妈,你这话是什么意思?什么叫北辰应该想明白了?他怎么想的你怎么知道?难道你之前找过他?"

"是啊。"

"你找他干什么?"

"他是你男朋友,你出了这么大的事,他却连个人影都没有,你说我找他干什么?"

随着对话的不断展开,向清欢终于得知,在她自以为诸事和平,恋情无碍的这段时间里,陆北辰却经历着一场艰难的考验。

更让她难过的是,为了争取到一个让林娅满意的结果,他似乎违背了自己的初心,做了一个她最不愿意见到的选择。

"所以,你已经决定好了是吗?"

"什么?"

"放弃丘伯伯为你争取的机会,以后打算找一个能长期留在燕城的工作?"

说到这里,向清欢像是为了说服自己,勉强挤了个轻松的语调:"不过这样也好,至少咱们不用像之前一样,经常十天半个月才能见上一面,有点什么事还能互相照应着。而且我看得出来,蒋伯伯其实挺在意你的,如果你能去他那里工作,他一定很开心……"

陆北辰安静地听着,一直不置可否,直到她的声音彻底低了下去,才轻声开口:"你真是这么想的?"

"是……"

"那如果我做了别的决定,你会觉得失望,或者打算和我分手吗?"

"什么?"

向清欢赫然一惊,立马抬起头来:"你究竟是什么打算?"

陆北辰笑了笑,从电脑包里拿出一张纸放在了她手里:"哪……这就是我的打算。"

写着"新星研究计划申请表"的那张表格上,每一个空白处都已经被清隽的字迹填满。

申请人的地方,落着端正有力的签名——陆北辰。

向清欢捏着那张表格,一时间有些难以置信:"所以说……你改变主意了?"

"什么叫改变主意?"

陆北辰摇了摇头,有点郁闷的样子:"我一直都是这个想法,从来没变过。"

"可丘老师不是说……你不愿意吗?"

"我不是不愿意,只是想过一阵再离开燕城……"

陆北辰微微叹了口气,认真解释了起来:"还记得我跟你提过在慕格观测站认识的那个朋友吗?前两天他打电话给我,说媳妇病了,需要来燕城做手术。他在这儿人生地不熟,两眼一抹黑,别说找医院了,连住的地方都没有。所以我打算先把人安置下来,帮他把生活上的基本问题都解决了再走,结果还没容我解释,丘老师就生气了……"

"这也不能怪丘伯伯啊,蒋伯伯那么在意你,是我也会怀疑他想从你们燕北天文台挖墙脚!"

峰回路转之下,向清欢只觉得松了一口气,一改几分钟前气势汹汹的模样,连口气也变得八卦起来:"说起来,你怎么忽然改变了态度,愿意和蒋伯伯一起吃饭了啊?是考虑之后,决定改善一下你们之间的关系吗?"

"和改善关系无关……我这次找他,主要是想着他在燕城认识的人多,或许可以帮陶杰他媳妇挂到一个合适的专家号。你来之前他刚给我打了电话,说事情已经安排好了,而且陶杰在燕城期间一切生活方面的问题,都会安排人照顾。既然这个问题解决了,那我也没什么后顾之忧了。只是……"

"只是什么?"

"只是林阿姨那边,可能会有点失望……"

在他略带惆怅的口气里,向清欢笑了起来:"那你打算怎么办?"

"还能怎么办?"

陆北辰摊了摊手,有点无奈的样子:"如果我告诉她,你和理想我都想要,她会不会觉得我太贪心?"

"好像是有点……但有些事情不试试怎么知道不行呢?"

说话之间,向清欢像是打定了什么主意,主动上前,伸手勾住了他的脖子,声音跟着低了下来:"如果我妈坚持不让我和你在一起的话,我们或许可以想想别的主意……"

如果说,向清欢主动吻上来之前,陆北辰还没明白她的暗示的话,当他们一路推揉着倒在床上以后,他就发现有什么不对劲了。

不久之前才被清扫过的房间里空气清爽,半开着的窗户外飘来阵阵花香。

向清欢脸色泛红,眼神躲闪,像是有些紧张,却始终像只笨拙的小动物一样,不停地仰着脖子向他索吻。

当她的手一路摸索着，从他的腰间向下探时，陆北辰终于忍无可忍地捏住了她的手腕，制止了她的下一步动作。

"向清欢，你想要干吗？"

理智告诉他，对方伤势初愈，林娅对他们之间的关系也尚未点头，眼下并不是一个适合交付彼此的好时机，但耳鬓厮磨间被挑起的冲动，还是让他忍不住颤抖了起来："今天我是过来帮陶杰打扫房子的，什么东西都没准备。"

"你想要准备什么？"

"……"

向清欢把头埋进了他的怀里，声音嗫嚅，却带着破釜沉舟的决绝："没准备就没准备吧，反正我没想过要和你分手，也没有考虑过要交别的男朋友。如果真的有什么意外，那就这么着。到了那时候，我妈就算想反对，大概也不能说什么了……"

陆北辰心下一颤，只觉得浑身血液都涌进了大脑。

还没想好如何回应，随之而来的热情，将他彻底淹没了。

次日一早，陆北辰特意找到丘原，交出了那张认真填写过的申请表。

老头还在气头上，接过表以后也没正眼瞧他，只是冷着脸不说话。

直到陆北辰把事情的原委从头到尾交代了一遍，他的脸色才缓和下来，紧接着开始抱怨："你这孩子怎么说话磨磨叽叽的，这么重要的事耽误到现在才告诉我。"

陆北辰心想：你当时话没听完就那么大火气，哪里有机会给我解释。

顾忌着老人家的脸面，他还是一脸诚恳地做起了自我检讨。

检讨做到最后，丘原也觉得有点不好意思了，战术性地咳了两声后，给了自己一个台阶："既然你已经想好了，那这张表就先放我这儿，我看看没问题了，再给你递上去……倒是陶杰那边，他和他媳妇什么时候到？"

"十点半左右。"

"住的地方都安排好了？"

"是。我之前刚好租了套房子，昨晚过去打扫了一下，清欢今天没什么事，去买了些日常生活用品，住起来应该没什么问题。"

"清欢也来帮忙了啊？"

想着自己气恼之下，还专门给向清欢打电话告状，丘原越发觉得不好意思："既然这样，项目上面的事你先放一下，帮忙把陶杰两口子安置好。至于后续还有什么需要帮忙的，你让他随时联系我。"

有了丘原这番话，陆北辰放心了不少，离开办公室后，打了辆车去机场接人。

十一点不到，陆北辰在接机大厅见到了陶杰和他的媳妇高惠。

比起照片上略显丰腴的模样，高惠显然憔悴了不少，见面之后话也不多，显得有些心事重重。

眼见如此，陆北辰没再耽误，简单寒暄了几句后，直接将他们送去了医院。

因为蒋承林事先托了关系，高惠看病的事进行得很顺利。

心外科的医生在查看了她的各项体征和检查结果后，和心内科的专家进行了沟通会审，最后达成了共识：病人的肺部有陈旧性肺炎，如果进行开胸手术，肺部会高概率衰竭，那时候得上人工肺，成本过高。同时，考虑到如今已经形成侧支，基本能够满足供血，如果强行对堵塞位置研磨，那些斑块极有可能会把侧支血管堵住，造成危险。因此，原本地区医院所考虑的搭桥和支架手术都没必要做，转而采取更加稳妥且低风险方式进行保守治疗。

一切落实之后，天色已经转黑。

考虑到陶家两口子一路奔波下来早已经累了，陆北辰给向清欢打了个电话，让她先点些口味清淡的外卖送到出租房里，等陶杰夫妇回去以后吃完饭，就可以早点休息。

没想到事情交代之后，向清欢却支支吾吾地一直不肯挂电话，隔了好一阵，她才压着嗓子小心提醒："那个……有件事我得和你说一下，我妈刚才过来了，现在在客厅里坐着。一会儿你要是见了她，说话可得小心些……"

陆北辰原本已经决定好，离开燕城之前去和林娅见个面，眼下听闻对方居然先一步找上门来，虽说有些意外却并不惊慌："阿姨怎么忽然过来了？是家里出了什么事吗？"

"倒是没什么事，就是我摔伤以后，她看我看得特别紧，昨天我是打着回家查资料的幌子才从她的眼皮子底下溜出来的。结果今天她不放心，炖了汤去我家找我，发现没人就问了小区保安，知道了我昨天根本没回去……"

"然后呢，她给你打电话了？"

"可不是吗？电话打过来口气特别凶，非要问我究竟去哪儿了，打算什么时候回家。本来吧，我倒是可以编个借口忽悠忽悠，但你出门的时候又没带钥匙，我只能待在这儿等你们回来啊。实在没办法，我只能老老实实地招了，然后她要了地址，直接找上门来了……"

听向清欢的口气，林娅这次上门，是准备来找他兴师问罪的。

毕竟男朋友的身份还没得到认证，就这样明目张胆地把她的女儿拐出来一夜未归，是有点不像样子。

想到这里，他不由得叹了口气，然后轻声交代道："阿姨心里有气我能理解，但有朋友在，你替我说点好话，让她先别着急……等陶杰他们安置好了，我再慢慢向她解释。"

大概是向清欢事先做了铺垫，等到陆北辰把陶杰两口子带回屋时，林娅表现得很客气，不仅微笑着打了招呼，还主动关心起了高惠的身体。

陶杰夫妇没想到此次来燕城看病，不仅陆北辰和他的女朋友在尽心尽力地帮忙，还惊动了长辈，心中只觉得又是惶恐，又是感激。刚进门没多久，就手忙脚乱地打开行李箱，翻出了一堆土特产，说是聊表心意，一定要他们尝尝。

一番客气之后，众人终于在向清欢的招呼下坐下来吃了晚饭。

等到菜色见底，陶杰两口子一个洗了抹布，一个拿起扫帚，准备打扫卫生。

虽然知道以他们两口子如今的状况实在不适合操劳，但向清欢明白，此刻他们自觉亏欠，小心翼翼的心情来看，必然不会心安理得地坐在那儿等旁人伺候。

略加考虑后,她朝陆北辰使眼色,然后笑着招呼道:"陶哥,你今天刚来,不如让北辰带你下楼熟悉下周围的环境,以后生活起来也方便。其他的事情交给我,我帮着惠姐一起收拾!"

陆北辰明白她的意思,很快带着陶杰下了楼。

紧接着,向清欢借着清扫残局的机会,把出租屋里那些小家电的使用方法,一一向高惠做了介绍。

等到一切收拾完毕,高惠实在有些累了,去卫生间里洗了个澡。

想着床品自己昨天才用过,向清欢顺手又帮她换了套新的床单被褥。

好不容易把一切整理完,向清欢只觉得心满意足,抬眼之间见到林娅站在卧室门口,她赶紧赔起了笑脸:"怎么样,你姑娘是不是挺能干的?"

林娅看着她,一脸意味深长:"女孩子能干一点是好事,但妈妈不希望你一直这么能干,你明白吗?"

"是,我明白。"

向清欢点了点头,拉着她的手在沙发上坐下:"可是妈,今天你也看到了,北辰他对一个只有一面之缘的朋友都能这么尽心照顾,何况是他的女朋友?"

"是,我知道北辰是个好孩子,对你也很用心。可是人生这么长,许多困难是需要有人陪着一起面对的。就像高惠那孩子,平时再怎么能干都好,真到有个头疼脑热的时候,也需要陶杰在身边照顾着……所以比起那些远隔山海的爱,妈妈更希望能有一个人踏踏实实地陪在你身边,让你随时有个依靠。"

"可是这么多年,妈妈你不也一个人把我拉扯长大了吗?在这期间,也有不少条件不错的叔叔追求过你,可你没有点头。如果两个人在一起只是为了寻求一个依靠,你大可以从他们当中找个最老实、最有钱,或者对你最好的重新组成家庭,可是你没有……我想除了考虑到我的感受外,也因为他们没有像爸爸一样,能让你心甘情愿地想要共度一生,对吗?"

过去几十年的经历,林娅早已经认定婚姻的目的,是两个人一起抵抗人生的无常，携手走过平淡的岁月，病痛时能有人嘘寒问暖，低谷时能有人把你拉出来。但每每有人向她示好，想要陪伴她走完人生的下半程时，她又总忍不住拿对方和向天衢做比较。

虽然不想承认，但和向天衢恋爱时的种种是如此刻骨铭心，那些片段鲜活地存留在她的记忆里，以至于让她无法只因为"有所依靠"而接受一份平淡如水的感情。

这份隐秘的心情被她深藏在心里，一直未曾宣之于口，此刻被向清欢突然道破，让她不由得有些羞恼："我在说你的事，你东拉西扯地说我干什么？"

"好，你的事我们不讨论了，咱们来聊聊惠姐吧！"

向清欢知情识趣地笑了起来，把头靠在了她的肩膀上："刚才打扫卫生的时候，我有问过惠姐，陶哥工作那么忙，平时顾家的时间有限，等她这次病好了，有没有考虑劝陶哥换个工作……"

"高惠她怎么说？"

"惠姐说，当初她和陶哥谈恋爱的时候，就知道陶哥的工作性质了，考虑到他十天半月回不了一次家，她也曾经犹豫过。可是和别人相了好几次亲，她还是觉得放不下，最后干脆一咬牙，直接嫁了。"

"那结婚以后，她觉得后悔吗？"

"这我可不知道，她没仔细说。她只是说每次陶哥回家，总是会一边抢着做家务，一边和她聊自己工作上的事。虽然她听不太懂，可是看到陶哥那么骄傲的样子，她就觉得他整个人都在发光！当时我想，就这一点而言，我比她可能要强上那么一点，毕竟作为我爸的女儿，北辰干的那些活，我多少还是能和他聊上几句的……"

林娅听到这里只觉得不对劲，很快坐直了身体，将她的手甩开："你在这儿拐弯抹角地铺垫了那么多，是想说什么？是不是北辰他改变主意了，以后还是打算走你爸的老路？"

"不是。"

向清欢抬起眼睛，满脸真挚地看着她："事实上，他的理想就是在天文领域做科研，从始至终没有变过。"

林娅和她聊了半天，原本只是想解释一下自己私下去找陆北辰的动机，没想到峰回路转之下，听到了这么一个答案，一时间激动起来："所以呢？他知道我不会同意，就让你过来当说客，和我讨价还价？"

"当然不是！事实上，他准备安置好陶哥和惠姐以后，就来找你。只是我想在他和你聊之前，先让你明白我是怎么想的。"

向清欢一边说着，一边重新拉住了她的手："妈，我知道你做所有事情的初衷都是为了我。但是我喜欢北辰，是因为他和爸爸一样，忠于自己的理想。虽然天文研究这条路走起来会很艰难，很孤单，甚至终其一生可能都无法取得什么令人瞩目的成就，可有些事情，总需要有人去付出，去坚持。而且比起惠姐，我的工作不需要坐班，如果北辰因为工作要常驻异地，我可以过去找他，这不也是你希望的彼此陪伴吗？"

在林娅满是复杂的注视下，她鼓起勇气，指向了眼前的那张床："说实话，为了争取你的同意，昨天我忽然有了个想法。"

"什么想法？"

"我和北辰要是有了孩子，你大概就不会反对我们在一起了……"

此言一出，林娅只觉得肝胆俱裂，连声音也抖了起来："向清欢！你是不是疯了？你们究竟做了些什么？"

"妈你别紧张，我们没乱来！"

害怕惊扰到卫生间里的高惠，向清欢赶紧压低了声音："虽然知道让你同意我们在一起，这是个最有效的办法，但北辰他最后还是没这么做……"

林娅心下一松，原本紧绷着的身体终于瘫软了下来。

犹豫了一阵后，她追问了一句："为什么？"

"因为他不想让你为难，也希望我们的关系能够得到你的祝福和认可。"

回想起昨天夜里陆北辰在她耳边说的话，向清欢露出了温柔的笑意："他的理想是星辰大海，但我知道，他的心会一直和我在一起的。"

说话之间，客厅外传来了开门的声响。

向清欢赶紧调整好表情迎了出去："陶哥你回来啦？那我们不耽误你和惠姐休息了。过两天北辰要出差，要不你加我微信？有什么需要帮忙的，随时联系我就行！"

趁着两人交换微信的间隙，陆北辰走到了林娅身边："林阿姨，请问你一会儿有空吗？有几件事，我想和你聊聊……"

"聊什么？关于我之前问你的那件事吗？"

林娅看着他，声音恢复了平静："这件事不用再说了，你的答案我已经知道了。"

没想到对方会拒绝得这么直接，陆北辰一时间有点不知所措。

还没想好该如何反应，林娅再次开口："听清欢说，你申请了燕北天文台的一个项目，以后每个月都要去阳州出差？"

"是……"

"这次准备什么时候走？"

"没有意外的话，大概是周末。"

"这样……"

林娅点了点头，看向他的眼神里多了几分柔和："如果明天没什么事，来家里吃个饭吧。之前你向老师也经常为了工作出远门，要准备些什么我多少有经验。到时候我列个清单，让清欢帮着你一起收拾。"

尾声
曙光

三年后。

阳州小镇中心某电影院门口。

随着"观看晚间七点四十分电影《曙光》的观众请检票入场"的提示声响起,许多年轻人一边紧握着应援用的横幅和海报,一边神色兴奋地开始检票。

对影院的工作人员而言,这样热闹的场面实属难得一见,这让他们在忙碌之余,不由得小声议论了起来。

《曙光》在上映之初,并不被太多观众看好。

即便有不少业内人士在提前看完点映后,都不遗余力地给予了好评,观众却依旧不怎么买账。

不过这也难怪,在中国电影史上,科幻电影大多时候都和粗制滥造挂钩。

观众被离谱剧情的五毛特效忽悠了太多次,学会了谨慎对待自己的钱包。

更何况,《曙光》这部电影的班底乍看之下也十分一言难尽。

导演郭宁是个名不见经传的小角色,放在履历上的作品不仅数量有限,而且基本属于无效播出。

编剧向清欢倒是有过不少电视剧项目的经验,只是所有作品评分都在5分以下的"赫赫战果",让她早早被冠上了"烂剧制造机"的名头。

唯一能引发观众讨论的,大概是一年前在某电影节入围最佳新人的宋沁,主动要求零片酬在电影中客串一个角色,并在电影上映之初,不遗余力地在自己微博上做宣传。

但在粉丝看来,宋沁之所以会做出这种自降格调的举动,大概是"恋爱脑"发作,为了支持她那个以投资人身份出现的男朋友。

鉴于以上种种,《曙光》在上映之初排片量极低,许多专业的售票渠道都做好了影片上映一日游的准备。

让人始料未及的是,影片放映仅仅两天后,社交媒体上的口碑开始逆转,许多原本抱着吐槽心理走进电影院的观众在完整地看过电影后,因为那些科学严谨的设定、精彩震撼的画面和瑰丽跌宕的故事情节,开始自动加入了"水军"的行列。

与此同时,剧组趁热打铁,一边有节奏地放出各种幕后制作花絮,一边马不停蹄地开始了全国范围内的路演。

随着花絮的推出,观众逐渐意识到整个剧组在工作过程中的用心和严谨,即便是那些在影片中作为背景出现,一闪而过的数字和程序,也曾经过无数次的考证和推敲。

在此情形下,许多在天文、物理、计算机、环境保护等方面有所建树的专业人士,也迅速加入了对影片的讨论。经他们挖掘而出的那些难以被普通人察觉的彩蛋,又不断地吸引着观众走进电影院,拉动着票房不断攀升。

时至当下,《曙光》的票房历经半个多月的逆跌,已然攀升到了近五年来同时期第一的位置,甚至有人预测,照这个势头发展下去,很有可能在下映之前,挤进国产电影票房前十的行列。

按照宣发机构的建议,针对《曙光》的核心受众,接下来的路演计划应该尽量聚焦一、二线城市,把在社交媒体上掌握话语权的精英阶层紧紧握在手中。但剧组偏偏不走寻常路,在声势最盛之际,把路演的队伍拉到了一个平静的小县城里,这让观众诧异之余,难免议论纷纷。

进场之后没多久，主持人上场，几句寒暄之后，很快将电影的主创团队请上了台。

县城里的观众鲜少有亲眼见到明星的机会，更何况眼前的主创团队正是当下各大社交媒体热议的对象，因此众人甫一亮相，就引发了一阵热烈的欢呼。

这样热闹的场面，主创人员近段时间已经历了不少，因此欢呼声才一结束，导演郭宁就主动踏前一步，拿起了话筒。

"各位观众大家好，我是《曙光》的导演郭宁，非常感谢大家百忙之中走进电影院，参加我们的观影活动。大概有人会觉得奇怪，我们为什么会特意跑这么远，来到总人口不超过40万的阳州做一场路演，那么借着今天这个机会，我可以认真聊聊……"

在全场观众的凝神注视下，郭宁深深吸了一口气："在场的观众里，或许有人已经在网上看过了《曙光》的幕后纪录片，那么会知道，在这次拍摄的过程中，有许多专家学者给了我们大力的支持。但大家或许不知道的是，影片中向我们提供有关天文物理相关理论和拍摄细节建议的陆北辰老师，不仅是燕北天文台的博士研究生，也是我们编剧向清欢女士的男朋友……不对，现阶段的话，应该是未婚夫了。"

他顿了顿，在全场观众善意的起哄声中，笑了起来："在过去的三年里，陆老师因为工作，一直往返于阳州和燕城，和女朋友聚少离多。在投身于自己的事业的同时，他也不遗余力地为我们的项目提供着各种专业支持。所以无论是对我们的项目、对他，还是对许多年轻的天文工作者而言，这里，就是梦开始的地方！"

在他激情澎湃的讲述声中，掌声再次响起。

有人开始左顾右盼，试图从他身后那些工作人员中，寻找出那位年轻的科学家。

仿佛看穿了大家的心思，郭宁笑着挥了挥手："我知道，大家如今坐在这里，肯定想见一见生活在我们身边的幕后英雄。但是我们的陆老师比较害羞，沟通之后，还是决定保持低调。大家如果想要更多地了解他的话，可以看看最近的新闻。不久之前，全世界最有名望的科学杂志 Nature（《自然》）上刊发了一篇与脉冲星导航有关的论文，研究者正是我们的陆老师……"

热烈的议论声里,一直安静坐在影院角落位置上,戴着口罩的女孩轻声笑了起来:"郭导挺能吹的!前两天还问我 Nature 是本什么样的杂志,你那篇论文的名字也磕磕巴巴地背了好久,没想到今天上台一发言,倒像是个资深粉!"

坐在身旁的男青年也跟着笑,声音同样压得低低的:"人家郭导为了宣传电影,每场路演都亲身上阵,卖力炒气氛。你倒好,不仅躲懒不上台,还在这儿说风凉话!"

"我哪里躲懒了,之前每场路演我都有参加好吗?今天要不是想好好陪你看场电影,我已经站在台上接受观众的表白了!"

"啧啧啧……现在这么厉害了吗?"

"那是当然,《曙光》评分8.2,而且还在往上涨,你说我厉不厉害!"

"这么说起来,好像是挺厉害!"

陆北辰十分捧场地比了个点赞的手势,然后悄无声息地握住了她的手:"这几年辛苦你经常陪我两地跑,我好像还没认真地对你说过谢谢。"

"谢什么?算起来这还是以公谋私,一边就地采风取材,一边还能陪自己的男朋友!"

向清欢嘿嘿笑着,把头靠在了他的肩膀上:"对了,我妈说等我忙完这一阵,她想让我陪她过来旅旅游,顺便讨论下咱们下半年结婚的事。我想住酒店什么的也不方便,要不安排她住你和我爸之前住的那套老房子?"

"行,那她来之前你提前和我说,我把屋子好好打扫一下。"

说话之间,台上的路演团队已经结束了和观众的互动。

随着灯光熄灭,正式进入了观影时间。

大屏亮起后,首先进入视野的是一片山峦迭起的荒原。

星空被污浊不堪的尘埃遮蔽,月色模糊而昏暗。

随着镜头推进,两个全身被防护服笼罩着的人影出现在了画面里。

虽然看不清脸,但是从身形和说话的声音可以判断,那是一个年华已逝的老人和一个正当青春的少年。

"知道这是哪里吗？"

山峰之上，老人指着不远处那片寸草不生的凹地，眼神里都是怀念和悲伤。

"我知道。"

年轻人点了点头，看向了老人所指的方向："这是天瞳的遗址，曾经拥有过全世界最伟大的射电望远镜。因为它的存在，人类在宇宙物理实验室里验证了爱因斯坦的大统一理论，继而让时空旅行成为可能。对我而言，去往新世界，这里是最好起点。"

"所以，你真的决定好了吗？"

老人扭身看向了他，口气里带着担忧和不确定："迄今为止，时空穿越依旧只存在于理论层面，并没有人真正经历过。如果坚持要尝试的话，很可能是一次有去无回的旅程。"

"那又怎么样呢？"

少年微笑着抬起了眼睛："中国有句古话，叫作'朝闻道，夕死可矣'。一直以来，我最大的愿望就是去看看过去那个充满鸟语花香的世界。为了这个理想，我愿意付出一切……包括我的生命！"

"既然如此，那祝你好运！"

低微的轰鸣声很快响起，像是受惊的蜂群正向着某个目标逼近。

不远的地方，一道弧形的量子拱门在月色的映照下缓缓打开。

拱门的另一头，无数的光束翻涌着，构成了一副流光溢彩的画面。

少年静静看了一阵，朝老人招了招手，继而大步向前。

进入拱门之前，他闭上眼睛，张开双臂，像是要拥抱未知的一切。

镜头再次旋转，定格之前，谁也不知道少年即将面对的是怎样的景象。

影院的角落里，陆北辰和向清欢的手一直紧握在一起，从那些光影交错的画面里，他们看到了属于自己最好的人生。

（全文完）

MEMORY HOUSE